アルクトゥールスへの旅

目次

1 降霊術の会

三月某日の夜八時、心霊術界に彗星の如く現れた霊媒のバックハウスが、ハムステッドにあるモンタギュー・フォールの屋敷、プロウランズ館の書斎に通された。室内を照らしているのは煖炉で燃えている火だけだった。主《あるじ》はあまり熱の入らない好奇のまなこで相手をじろっと見ながら身を起こし、型どおりの挨拶を交わした。煖炉の前の安楽椅子を客にすすめると、南アメリカ生まれの商人である主は再び深ぶかと腰をおろした。電燈のスイッチが入れられた。フォールの、人目を惹く整った目鼻立ちといい、金属のような皮膚といい、飽き飽きしていて何事にも無感動な風采といい、人間を特殊な角度から眺めることが習慣となっている霊媒にとって、それはあまり強い印象を与えるものではないらしかった。ひるがえって、バックハウスのほうはこの商人にとって物珍しい存在だった。瞼を半ば閉じたフォールは、葉巻の紫煙にかすむ霊媒を静かに観察しながら心の中で呟いた。とがったひげをはやしたこのずんぐりむっくりの小男は、その職業には病的なところがあるというのに、よくもまあこれほど新鮮で健全な容姿を保ち続けることができるものだ……

「煙草はいかがです」話の糸口をつかむために、フォールはゆったりした口調で訊いた。「ああ、おやりにならないのですか。では、酒はどうです」

「今は結構です」

話が途切れる。

「何も問題ないでしょうね。本当に霊が具象化するのですか」

「それならいいのですけど、今宵のお客さまを失望させてお帰しするようなことがあってはわたしの名折れになりますのでね。謝礼は小切手でいつでもお渡しできるようにしてあります」

「ええ——保証します」

「終ってからで結構です」

「開始時刻は九時でしたね」

「そうだったと思います」

こんな調子でだれ気味の話が続いた。安楽椅子の背にもたれて、だらしなく手足を伸ばしているフォールは、相変らず無感動の表情だった。

「今夜の会のためにどういう準備がしてあるか知りたくはありませんか」

「お客様がお坐りになる椅子を並べてあれば、それだけで充分ですけど」

「わたしが言っているのは、降霊術の会場の飾り付けとか伴奏音楽などのことなんだけれど」

バックハウスは主の顔をまじまじと見て、「でも、これはお芝居とは違うんですよ」

「ああ、なるほど、そのとおりですな。やはりわけを話しておきましょうか……。お客様の中には御婦人もいらっしゃるんですが、御婦人方というのは、あなたも御承知のとおり、きれいなものがお好きでしてね」

「そういうことでしたら、別に異論はございません。皆様方が最後まで楽しんで下されば、それにこしたことはありません」

バックハウスの口調はややそっけなかった。

「そうですか、それなら結構だ」とフォール。葉巻を煖炉の中にはじき飛ばすと、フォールは安楽椅子から身を起こし、グラスにウイスキーをついだ。

「どうです、会場に行ってみませんか」

「せっかくですが、できることなら始まるまでは会場に足を踏み入れたくありませんので」

「じゃあ、妹のジェイムスン夫人のところへ行きましょう、客間にいるはずですから。優しい妹でしてね、わたしが独身《ひとり》でいるものだから、時には女主人《ホステス》の役をしてくれることもあるんですよ」

「喜んでお供しましょう」バックハウスは冷ややかに言った。

客間には夫人しかいなかった。蓋が開いたままのピアノの前に物思わしげな面持ちで坐っていた。それまでスクリャビンを弾いていたのだが、今はくたびれてぐったりしている。霊媒は、夫人の小造りで引き締まった貴族的な顔立ちと陶器を思わせる手をしげしげと眺め、どうしてフォールにこんな妹がいるのだろうといぶかった。夫人は晴々した顔に穏やかな感動の色をうかべながら、霊媒を迎え入れた。霊媒は女性からこういうもてなしを受けることには慣れていたので、受け応えの仕方はよく心得ていた。

優雅ではあっても中味のないやりとりが十分も続いたろうか、半ばささやくような調子で夫人が言った。

「こんなこと申し上げて何ですけど、わたしがびっくりしておりますのは、霊が具象化する現象そのものではありませんの。もちろんそれもさぞかし不思議なことでございましょうが――それよりも、こういう現象が起るのをあなた様が心から信じていらっしゃる、それがわたしには驚きですの。どうしてそんなに自信がおありなのか、その理由をお話し下さいまし」

「わたしは眼を開けたままで夢を見ます」ドアのほうに視線を移しながらバックハウスは答えた。「そして、皆様方はその夢を御自分の眼で御覧になるのです。それだけのことです」

「でも、それは素晴しいことですわ」とジェイムスン夫人。微笑みをうかべてはいるが、なんとなく上の空である。最初の客がちょうど今客間に入って来たところなのだ。

入って来たのは前に治安判事を務めていたケント＝スミスだった。鋭い批判的なユーモアを口にすることで有名な男だが、私生活にまでそれを持ちこむようなことはしないだけの分別はあった。七十歳を優に越えているのに、いまだに相手をまごつかせるような明るい眼をしている。老人特有の要領よさで、たくさんの快適な椅子の中から一番坐り心地のよさそうな椅子を選んで腰をおろした。

「今夜は不思議なものを見せて貰えるそうですな」

「お書きになっている自伝の新しい題材になるといいんですが」とフォール。

「その話はやめてくれ、あれはどうにもならない代物でね。バックハウスさん、老いさらばえた元公務員が隠居の暇つぶしにやっているほんの手なぐさみなんですよ。ご心配には及びません。これでも思慮分別は弁《わきま》えておりますから。人生道場で教わりましたよ、出すぎたまねはするなとね」

「心配などしておりませんよ。あなたは書きたいことを書き、発表したいものを発表すればいいんです、誰が反対などするものですか」

「優しいお言葉、痛み入ります」狡猾そうな微笑をうかべながら老人は言った。

「トレントは今夜は来ないんですって」ジェイムスン夫人がもの問いたげな目つきで兄をちらっと見て言った。

「そうだろうと思っていた。あいつの好みではないからな」

ジェイムスン夫人は今度は前治安判事に話しかけた。「お分りになって戴きたいのですけど、わたしどもはみなトレント夫人には恩義がありますのよ。二階の古びた娯楽室をとってもきれいに飾り付けして下さいましたし、最高のメロディーを聞かせてくれる小さなオーケストラの手配までして下さいましたの」

「ですが、これはローマ帝国の華やかさにまさるとも劣らぬ豪華さですな」

「霊を扱うにはもっと恭々しい態度が必要だとバックハウスは、思っているんですよ」笑い声でフォールが言った。

「そのとおりですな、バックハウスさん……どうしても詩的な環境というやつが……」

「話の腰を折って申し訳ありませんが、わたしは単純な人間でして、物事を単純に考えるのが好きなのです。飾り付けやオーケストラに反対は致しませんが、意見ははっきり申し述べます。自然は自然であり、芸術は芸術であって、両者は別物なのです」

「あなたのお考えに全く同感です」と前治安判事。「こういう催しは簡素なものにして、ごまかしの入りこむ余地のないようにしなくてはいかん。歯に衣着せぬ言い方はお許し戴きますよ、バックハウスさん」

これを受けてバックハウスは、「会場は隅々まで明るくしておいて下さい。会場の検査も自由にやって戴いて結構です。それから、わたしのボディー・チェックもお忘れなく」

このひとことで、一同の間に気まずい沈黙が流れたが、さいわい、新しい客人がふたり入って来たので、空気がほぐれた。ひとりはロンドン中心街でコーヒー輸入業を営んでいるプライアーという資産家、その連れはラングという株式仲買人で、仲間うちではアマチュア手品師としてよく知られていた。バックハウスはラングとは多少面識があった。プライアーは、ワインと煙草の入り混じったほのかな匂いを部屋中にまき散らしながら、この場の雰囲気を楽しいものにしようとした。が、誰も自分に調子を合わせてくれないと見てとると、すぐに黙りこみ、壁にかかった水彩画を仔細に眺め始めた。背が高く痩せていて、禿げ頭のラングは殆ど口を開かなかったが、バックハウスから眼を離さなかった。

そのときコーヒーにリキュールと煙草が客間に運びこまれ、ラングと霊媒のほかはみなこれを賞味した。それと同時にハルバート教授が来訪されたことが執事の口から告げられた。教授は著名な心理学者で、犯罪、狂気、天才などの心理的側面に光をあてて本を書いたり講義をしたりしていた。こういう集いに教授のような人物が列席することは、ほかの客には少々奇異の念を抱かせたが、今夜の集会の目的がたちどころに厳粛さを帯びたように一同には感じられた。教授は小柄で痩せており、物腰柔らかだったが、ここに集まった種々雑多な人間の中ではおそらく最も頑固な頭の持主であろう。ハルバート教授は霊媒のほうを見向きもせず、すぐにケント＝スミスの隣りに腰をおろし、二人で話し始めた。

予定の時刻を二、三分過ぎたとき、トレント夫人が、取次の案内なしに入って来た。年は二十八歳ぐらいだろうか。つんとした聖女のような白い顔に、つややかな黒い髪、真っ赤な厚い唇には血の気がはち切れんばかり。すらりとした優美なからだに、贅を尽くした衣装をまとっている。トレント夫人はジェイムスン夫人と接吻を交わすと一同に向かって会釈をし、フォールのほうをちらっと盗み見て微笑んだ。するとフォールは夫人に向かって妙な顔つきをした。何ひとつ見逃さぬバックハウスは、その満足げな眼の輝きのうちに、隠れた野蛮人の姿を見てとった。トレント夫人は飲物をすすめられたが断わった。ここでフォールは、みなさんおそろいになったようですからそろそろ娯楽室へ席を移しましょうと言った。

トレント夫人が華奢な手を挙げた。

「モンタギュー、わたしは自分の好きなようにしてもいいということになっていたんでしたかしら」

「もちろんそうですよ」と笑いながらフォールは答えた。「どうしてまたそんなことを」

「出しゃばったことをしたのじゃないかと思いまして、ちょっと心配なんです。実はお友だちを二人ここへお招きしましたの。みなさん御存じのない方です。……こんな人には会ったことがないとおっしゃるような非凡な方たちで、しかもお二人は霊媒なんです、間違いありません」

「ずいぶん謎めいたお話ですな。誰なんです、あなたと共謀しているそのお二方は」

「じらさないで名前だけでも教えてよ」とジェイムスン夫人が横合いから口を出した。

「ひとりはマスカル、もうひとりはナイトスポーという方です。そのほかのことは殆ど何も知りませんから、これ以上わたしを質問ぜめになさらないで」

「しかし、どこで知り合ったんです。どこかで知り合わなければ、ここへ連れて来ることもできないでしょうが」

「その御質問はしつこすぎやしませんか。なんですか、わたしが申し合わせにそむくようなことをしたとでもおっしゃるんですか。断わっておきますが、このお二人のことはこれ以上何も申し上げられません。お二人はもうすぐお見えになりますので、あとはあなたにおまかせしますが、なるべくお手柔らかに願いたいものですわ」

フォールが言った。「そのお二人のことをわたしは知らないし、ここにいるみなさまも御存じないだろう。しかし、言うまでもないことだが、われわれ一同喜んでお迎えしますよ。……お見えになるまで待ちましょうか、それとも……」

「時間は九時と申し上げておきましたが、もう過ぎておりますわね。結局はお見えにならないのかもしれません。……いずれにせよ、お待ち戴かなくても結構です」

「わたしとしては、すぐにも始めたいのですが」とバックハウスが言った。

娯楽室は高雅な趣のある部屋で、縦十二メートル横六メートルの長方形をしていたが、今夜のためにずっしりした錦織りのカーテンが真ん中に引かれ、ちょうど同じ大きさの二つの区画に仕切られていた。カーテンにさえぎられて奥の様子は分らない。一同が足を踏み入れたこちら側の半室には、肘掛け椅子が三日月形に並べられて観客席になっていた。椅子のほかに家具はなく、椅子とドアのあいだ、ちょうど壁の真ん中あたりで煖炉の火が威勢よく燃えていた。壁面にとりつけられている電燈で室内は明るく照らされ、床には豪華な絨毯が敷かれていた。

客をそれぞれ席につかせてフォールがカーテンに歩み寄りさっと開くと、そこには、ドルリー・レーン劇場で上演された《魔笛》の寺院の舞台装置が、そっくりそのままといっていいほど忠実に再現されていた。陰鬱でどっしりした建物の内部空間、その上に広がる背景のほの輝く空、その空にシルエットで浮き出ている巨大なエジプト王の坐像。像の台座の前には、幻想的な彫刻の施された木製の寝椅子があり、カーテンのそばには、樫の木で作った地味な肘掛け椅子が、観客席から見ると斜めに置かれていた。霊媒の坐る椅子なのだ。

これを見て、この舞台装置は全くこの場にそぐわぬものだと内心思い、虚飾が感じられてあまりいい気がしなかった客も多かったが、とりわけバックハウスは困惑の体《てい》だった。が、表向きはみんな、かくも素晴しい劇場を工夫したトレント夫人にありきたりのお世辞を浴びせかけた。フォールは友人たちに、前に出て気のすむまでこの部屋を調べて戴きたいと言った。これを受けて進み出たのはプライアーとラングの二人だけだった。プライアーは口笛を吹きながら、厚紙でこしらえた書き割りの間を歩きまわり、時には指の関節でこつこつ叩いてみたりした。こういうことの得意なラングは、同席者の気持などお構いなしに、秘密の仕掛けはないかと、自分の一存で根気よく順序立てて捜し始めた。フォールとトレント夫人は〝寺院〟の隅でひそひそ話をしていた。一方、ジェイムスン夫人は、バックハウスと話し合っているふりをしながら、いかにも強い関心を抱いている人らしい目つきでこの二人を注視していた。

ラングは結局、怪しいものを見つけることができなかったので、いまいましげだった。そこで霊媒は、自分が着ている服も調べてほしいと言った。

「こういう用心は全く不必要で、当面の問題とは関係のないことです。それは、まもなくみなさまには御自分の眼で御覧になって納得して戴けましょう。しかしながら、ここにいなかった方々から、あれは何か策略を使ったんだとあとになって言われたのでは、わたしの名声に傷がつきます。ですから念には念を入れて調べて戴いているわけなのです」

バックハウスのポケットと袖を調べるといういやな役目を買って出たのはやはりラングだった。二、三分するとラングは、バックハウスの所持品の中には機械仕掛けのようなものは何も見当たらないと、納得の意を表した。客たちは再び席についた。フォールは、トレント夫人の友だちのために椅子をさらに二つ持って来ておくよう指示したが、当の客人はこのときになってもまだ姿を見せなかった。フォールはベルのボタンを押してから席についた。

この合図は、カーテンの奥のオーケストラに演奏を開始させるためのものだった。何の予告もなしに、モーツァルトの「寺院」の音曲の美しくもおごそかな旋律が奏でられて空気を脈打たせ始めると、驚きのざわめきが観客のあいだに流れ、一同の期待の念はいやが上にも高まった。一方、トレント夫人は、青白い顔に平静さを装ってはいるものの、強く心を揺り動かされているのが傍目にも明らかだった。美意識という点では夫人が出席者の中でとびぬけていることは間違いなかった。フォールは顔を胸にうずめ、例によって例の如くだらしなく手足を伸ばして夫人を眺めていた。

バックハウスは片手を椅子の背にあてて立ちあがり、一同に向かって語り始めた。すると途端に音楽はピアニッシモになり、霊媒が話し終って着席するまでその強さのまま演奏が続けられた。

「お集まりの紳士淑女の方々、みなさまはこれから霊が具象化するのを御覧になります。ということは、今まで存在しなかったものがこの場に現れるということです。最初は蒸気のようにぼんやりした形をしていますが、最後には固体となって、みなさまがさわったりつかんだり……そうですね、たとえば握手したりすることもできるようになります。握手できると言いましたが、それというのもこれから現れるものがまさしく人間の姿をしているからであります。男が出て来るか女が出て来るかは分りませんが、まちがいなく人間です。しかも、前代未聞の人間なのです。このようにわたしは霊を具象化させることはできますが、こうして出現してくるものの起源――それは一体どこから来たのか、その組織を構成している原子や分子はいかにして生じたか――を説明してくれと言われましても、納得のゆくお答えはできません。それでは只今より早速、霊の具象化を始めることに致します。終ったあとでどなたかこの現象を説明して下さる方がいらっしゃいましたら、忝く思います。……申し上げたいことは以上です」

霊媒は一同に半ば背を向けて着席し、仕事にとりかかる前に一《ひと》呼吸間《ま》をおいた。

その時である、下男がドアを開き、抑えられてはいるがはっきりした声で、「マスカル様、ナイトスポー様のお着き」と告げた。

みなは一斉にドアの方を振り向いた。フォールは椅子から身を起こし、やっと姿を現したこの二人を迎え入れた。バックハウスも立ちあがり、新しい客をじっと見つめた。

二人の新来者は、そっと閉じられたドアを背にして立っていた。部屋の中に進み入る前に、自分たちの出現によって惹き起こされた軽い興奮がおさまるのを待っているかのようだった。マスカルは大男も大男、普通の大男より胸幅も広く逞ましい身体つきで、ふさふさしたあごひげを生やしていた。大きな頭に精悍な顔、それは、荒削りで、木彫りの像を思わせたが、黒く小さなその瞳は、知力と勇気の光を湛えて爛々と輝き、黒髪は短く、逆立っていた。ナイトスポーのほうは中背だが、いかにもタフな感じで、人間としての弱さや過敏で移ろいやすい感情などはすべて締め出してしまう修練を積んできた男という印象を与えた。つるっとしたその顔は、猛烈な精神的飢餓で憔悴しているおもむきがあり、目つきまでが強烈で荒々しく、どこか遠くを見つめているようだった。二人ともツイードの服を着ていた。

ひとことも語られないうちに、石造りの家が倒れたような恐ろしい音が響き渡り、一同はびっくりして立ちあがった。頭の上の建物が全部崩れ落ちたかのように思われた。フォールはドアに飛びつき、大声で召使いを呼んで、どうしたんだと尋ねた。召使いは、主人からもう一度同じことを訊かれてやっと質問の意味を理解し、自分には何も聞こえませんでしたがと答えた。そのあと、主人の命令どおり階上に行ってみたが、別に変った様子はなく、女中たちもそんな音など聞いていなかった。

その間《かん》、一同の中でほとんどただひとり冷静を保っていたバックハウスは、爪を嚙みながら立っているナイトスポーのところへまっすぐ歩いて行った。

「多分あなたなら理由がお分りでしょう」

「これは超自然現象です」ナイトスポーは、相手の顔を見ずに、はっきりしない耳ざわりな声で答えた。

「わたしもそう思います。よくある現象です。しかし、こんなに大きな音は聞いたことがありません」

そして、バックハウスは客たちのほうへ戻り、御心配はいりませんと言ってまわった。一同は徐々に落ちつきをとり戻したが、楽しく今夜の催しを見ようという最初の気楽な気分が今や一転して、油断のない緊張した態度に変っていることがはっきりうかがわれた。マスカルとナイストポーは定められた席に着いた。トレント夫人はさきほどからそわそわしながら二人のほうを盗み見ていた。この出来事のあいだも引き続きモーツァルトの賛美歌が演奏されていた。オーケストラの人たちもあの大音響を聞いていなかったのだ。

バックハウスは仕事にとりかかった。熟練の域に達していると言っていいほどの腕前だったので、結果についての不安感はなかった。霊が具象化する現象は、単なる意志の集中や何らかの能力を行使することによって惹き起こされるものではない。もしそういうものであったならば、バックハウスが引き受けたこの仕事を、今までにも大勢の人がやってのけていたはずである。バックハウスの人格そのものが驚異なのであって、彼自身と霊界を隔てている壁が随所で破れていたのである。霊界の住人は喚び出しを受けると、霊媒の心の中のすき間を通って、現世という確固たる色彩豊かな宇宙に、びくつきながらおそるおそる一刹那のあいだ顔を出すのである。……だが、どうしてそういうことが起るのか、バックハウスには分らなかった。……これは肉体にとって苛酷な体験であり、このような荒業を何度も繰り返していると、ついには発狂して若死にすることは必至であった。それだからこそ、バックハウスはきっぱりとした厳格で無愛想な態度をいつもとっているのである。見物人の中には、頭から疑ってかかるという粗野で気のきかないものもいれば、浮薄な耽美主義に陥っているものもおり、こういった連中は、腹ふくるる思いを、ぐっとこらえているバックハウスにとって、不愉快以外の何ものでもなかったのだが、バックハウスとても生きていかなければならない。金のことでは人の厄介になりたくないし、そのためにはこういった無作法をも我慢しなくてはならなかったのである。

バックハウスは、木製の寝椅子のほうを向いて腰をおろした。眼は開けたままだったが、じっと内面を見つめているように思われた。頬は青白くなり、全身が目に見えて痩せてきた。観客たちは息をするのも忘れて見守っていた。感覚の鋭い人たちは、自分のまわりに得体の知れない霊の存在を感じ——あるいは、想像し——始めた。マスカルは、これから起ることを予測して眼がきらきら輝き、眉が上がったり下がったりしていたが、ナイトスポーはいかにも退屈そうな風情だった。

長い十分間が過ぎた頃、舞台と客席のあいだから靄が立ち昇ったのか、像の台坐が少しぼやけてきた。この靄は次第にはっきりしてあちこちで渦を巻く雲となったが、絶えず形が変って一定しなかった。ハルバート教授は中腰の姿勢になり、片手で眼鏡を鼻の上のほうにさらに押しあげた。

何もかもがまだ漠然としていてぼやけたままだったが、徐々に雲は大人と同じくらいの大きさになり、人間に似た輪郭をとり始め、寝椅子の三十センチばかり上のあたりに、静かに浮かんでいた。バックハウスはぞっとするほどやつれた顔になり、ジェイムスン夫人は椅子の中で声もあげずに気を失ったが、それに気づいたものは誰ひとりおらず、そのうち夫人も意識をとり戻した。やがて、出現した何ものかは寝椅子に降りて来た。と、その瞬間、急に色が濃くなり、全体がどっしりとして人間そっくりとなった。客たちは、霊媒と同じように顔面蒼白のものが多かったが、フォールは相変らず平然として無感動で、一、二度トレント夫人のほうをちらっと見やったりしていた。夫人は寝椅子を見つめたまま少しも視線をそらさず、小さなレースのハンカチを五本の指にかわるがわるからませていた。オーケストラの演奏は、この間ずっと続いていた。

何ものかは、この頃にはもはや疑いようもなく、横たわっている男性の姿になり、顔の形もはっきりしてきた。身には死装束のようなものをまとっていたが、顔は若い男そっくりだった。すべすべした手がだらりと垂れさがり、床につきそうになった。白い手だ。ぴくりとも動かない。気の弱い人たちは、気分が悪くなるほどの恐怖におののいてこの光景を凝視し、ほかの人たちも厳粛な気持で戸惑っていた。この人間らしきものは死んでいたが、なぜか、それは生のあとに続く死というより、生の前段階としての死であるようだった。このものは今にも起きあがるのではないかと誰もが思った。

「音楽はやめて下さい」小声でそう言うと、バックハウスはよろよろと立ちあがり、一同のほうを向いた。フォールがベルのボタンを押すと、暫く何小節か演奏が続いてから、すっかり静まりかえった。

「寝椅子のそばに来てみたい方はどなたでもどうぞ」バックハウスが辛そうな口調で言った。

すぐにラングが前に進み出て、畏怖の念に打たれながら超自然の若者を見つめた。

「さわってもいいですよ」と霊媒。

だが、さすがのラングもそこまではしなかった。ほかのものも同じで、ひとりずつそっと寝椅子に近づいて、若者を間近に見ただけだった。そして、とうとうフォールの番になった。フォールがトレント夫人をまっすぐ見つめると、夫人は目の前の光景にすっかりおびえ、嫌悪を感じているようだった。おもむろにフォールは出現体にさわった。触れたばかりではない、垂れさがっている手を突然つかんでぎゅっと握ったのである。トレント夫人は小さな悲鳴を上げた。幻の来訪者は、目を開けて不思議そうにフォールを見、寝椅子の上に起きあがった。その口元にただよう謎の微笑。フォールは自分の手を見た。とたんに強烈な快感が全身を貫いた。

マスカルはジェイムスン夫人を抱きとめた。また気を失ったのだ。トレント夫人が駆け寄り、部屋の外へ連れ出した。そのまま二人は帰って来なかった。

幻人は今や直立し、さきほどと同じ独特の微笑をうかべながらあたりを見まわしていた。プライアーは急に気分が悪くなり、外へ出た。ほかの人たちは生き身の人間同志まとまっていようと大なり小なり一かたまりになっていたが、ナイトスポーは飽き飽きして我慢できぬとでもいうように、行ったり来たりして、マスカルは若者に質問を試みていた。出現体は何とも訳の分らぬ表情でマスカルをじっと見つめるきりで、応答はしなかった。バックハウスは離れたところで、手に顔をうずめて坐っていた。

この時である——、突然ドアが乱暴に開かれ、見知らぬ男が取次もなしに、半ば跳ぶようにして大股で部屋の中に踏みこみ、二、三メートル入ったところで立ちどまった。フォールの友人は誰ひとりとしてこの男を知らなかった。ずんぐりしたやや小柄な男で、筋肉が驚くほど発達し、頭は身体とは不釣合にえらく大きかった。ひげのない黄色い顔から受ける第一印象は、明敏さと野蛮さとユーモアの入りまじった人という感じだった。

「やあ、みなさん！」見知らぬ男は大声で言った。妙に耳ざわりな、よく通る声だ。「やっぱりあの世からお客様が御入来というわけですか」

ナイトスポーは背を向けたが、ほかのものはみんなびっくりしてこの闖入者を見つめた。男はさらに何歩か前に進み出て、〝劇場〟の端に立った。

「なぜあなたをお客として迎える光栄に浴することになったのか、その理由をお話し戴けませんか」フォールが不機嫌な調子でこう尋ね、今夜は思ったほど順調に行かないなと心の中で呟いた。

新しい客はフォールをちらっと見ると、大きな口を開けて部屋中に轟きわたるばか笑いを始めた。そして、たわむれにフォールの背中をどんとたたいた。が、たわむれにしては乱暴すぎたのか、フォールはよろけて、体勢を立て直すことができないまま壁にぶつかってしまった。

「こんばんは、御主人！」

「お若い方、あんたにも、こんばんは！」今度は超自然の若者に向かって言う。若者は今では部屋の中をうろつき始めていたが、周囲のことには気づいていないらしかった。「あんたによく似た人に会ったことがあるような気がするんだが」

返事はなかった。

闖入者は、幻の顔にくっつかんばかりに頭を突き出すと、「分ってるだろう、おまえはここに来る権利などないんだ」

幻の形姿は振り向いて男を見た。何やら意味ありげな微笑がうかんでいたが、それを理解できるものは誰もいなかった。

「気をつけろ、自分のやっていることが分っているのか」バックハウスが急いで注意した。

「どうしました。霊の取次さん」

「あんたが何者なのか知らない、がどうもあれに暴力をふるおうとしているようだ。そんなことをしたらどうなるか、とうてい愉快な結末にならんだろう」

「愉快でなくなると今宵の催しも台なしというわけですか、えっ、お金で動く霊媒先生？」

日の光が風景から消えてゆくように、男の顔からユーモアが失せ、険しいごつごつした表情に変った。何をしているのか一同が気づく間もあらばこそ、瞬時のうちに男は毛むくじゃらの手で幻の具象体の柔らかな白い首を包み、二回ひねって完全にねじ曲げてしまった。幻はまさにこの世のものとは思えない無気味な悲鳴をかすかにあげ、顔を上に向けたまま崩れるように床に倒れた。さきほどまではその顔に謎めかしいけれど魅惑的な微笑がうかんでいたのに、今は下品で卑しいけだもののような薄笑いに変り、道徳的不潔さの冷たい影を並みいる人の心に投げかけ、客たちはこの表情の変化を目にして言葉には言い表せない衝撃を受けた。この変貌に伴って、吐き気を催すような墓地の悪臭があたりに漂った。

幻の顔かたちは速やかに消滅し、からだつきもまとまりが失せて固体から影の状態へと変り、二分と経たないうちに霊体は完全に消え去った。

得体の知れぬ小男は一同のほうに向き直って真っ正面から見つめ、長々と高笑いを放った。それは全く人間のものとは思えぬ哄笑だった。

ハルバート教授は興奮しながらケント＝スミスと小声で話していた。フォールはバックハウスを手招きして舞台のそでに呼び寄せ、無言で小切手を手渡した。霊媒はそれをポケットにしまい、上衣のボタンをかけると部屋から出て行った。ラングもそのあとを追った。一杯やりたくなったのだ。

見知らぬ男はマスカルのほうに顔を突き出した。

「よう、大男、今のことをどう思う。こういった種類の果物が自然にみのっている国を見たくはないかい」

「どんな果物だい」

「さっきのあれがその見本だよ、ゴブリンという魔物さ」

マスカルは大きな手で見知らぬ男を向うへ押しやった。

「きみは誰なんだ、どうしてここへ来たんだ」

「あんたの友だちを呼ぶといい。おれが誰だか分るだろう」

ナイトスポーはさっきから椅子を煖炉のそばに移して、何かを思いつめたようなこわばった表情で残り火を見つめていた。

「わたしに用があるんだったら、クラッグをこっちに来させてくれ」ナイトスポーは独特の奇妙な声で言った。

「どうだ、やっぱりおれを知っていたろう」クラッグはおどけた顔をしてこう言うと、ナイトスポーのそばに行き、椅子の背に片手を置いて——

「相変らず渇望に悩まされているってわけか」

「近頃の状況はどうなんだ」ナイトスポーは態度を変えずに莫迦にしたような口調で尋ねた。

「サーターが行ってしまったので、おれたちもあとを追わなくてはならない」

「きみたちはどういう知り合いなんだ。サーターというのは一体、誰だ」マスカルはさっぱり訳が分らぬといった表情で二人を交互に見くらべながら尋ねた。

「クラッグはぼくらに何か話があるんだ。とにかく外へ出よう」ナイトスポーはそう答えて立ちあがり、肩ごしにちらっと眼を走らせた。マスカルがその視線を追うと、あとに残った少数の人たちがこちらを注意深く見つめているところだった。

2　路上で

三人は屋敷の外で道路上に集まった。その晩は少しばかり霜がおりていたが、とてもよく晴れ渡り、東風が吹いていた。空には数知れぬ星が輝き、さながら象形文字の一大絵巻を思わせた。マスカルは奇妙に興奮していた。何か途方もないことが起りそうな気がしたのである。

「クラッグ、どうしてきみは今夜この家に来たんだ。それに、どうしてあんなことをしたんだ。……あの霊体は一体どういうことなんだ、訳が分らない」

「あの顔に出ていたのはクリスタルマンの表情にまちがいない」ナイトスポーが呟いた。

「そのことならきみと話し合ったよな、マスカル？　マスカルはあの珍しい果物をその原産地である未開の国で見たがっているんだ」

マスカルは注意深くクラッグの顔を見つめ、クラッグに対する自分の感情を分析しようとした。クラッグという男の性格に、はっきりとした嫌悪を感じてはいたが、それと並んで、なぜか不思議なことにクラッグが原因で生じる野蛮な生命力に満ちたエネルギーが、心の中に湧き起るように思われた。

「どうしてきみは果物というその比喩に固執するのかね」マスカルは尋ねた。

「適切な比喩だからさ。さっきナイトスポーが言ったことは事実なのだ。あれはクリスタルマンの顔だ。これからおれたちはクリスタルマンの国へ行く」

「その謎めいた国はどこにあるんだ」

「トーマンスにある」

「変った名前だな。それはどこにあるんだ」

街燈の光の中で、クラッグは黄色い歯を見せて、にたっと笑った。

「トーマンスというのはアルクトゥールスの郊外住宅地なのさ」

「ナイトスポー、一体クラッグは何のことを話しているんだろう。……きみはアルクトゥールスという名の星のことを言っているのか」マスカルはクラッグに向かってこう尋ねた。

「その星はまさしく今きみの眼の前にある」こう言いながらクラッグは太い指で、南東の空の一番明るい星を指さした。「あれがアルクトゥールスだ。トーマンスは恒星アルクトゥールスの惑星で、人が住んでいる」

マスカルはきらめく一等星を見て、もう一度クラッグに眼をやってから、パイプをとり出して、煙草を詰め始めた。

「クラッグ、どうやら新手のユーモアを思いついたようだな」

「ほんの数日間でもきみを楽しませることができれば、おれは満足だよ、マスカル」

「ひとつ訊きたいことがあるんだが、どうしてきみはぼくの名前を知っているんだ」

「知らなかったらどうかしている。おれがここへ来たのはほかならぬきみのためだからな。実をいうと、ナイトスポーとおれは昔からの友だちなんだ」

マスカルはマッチをすろうとしていたところだったが、途中で手をとめて――

「わたしのためにここへ来たんだって?」と訊き直した。

「そのとおり。きみとナイトスポーのためにだ。おれたち三人は一緒に旅をすることになる」

マスカルはパイプに火をつけ、平然として暫くのあいだすぱすぱと煙を吹かした。

「クラッグ、失礼な言い方かもしれないが、きみは気が狂っているとしか思えない」

クラッグは頭をのけぞらせて、耳ざわりな笑い声をあげた。

「おれは気が狂っているかね、ナイトスポー」

「サーターはもうトーマンスに行ってしまったのか」ナイトスポーはクラッグの顔に眼を釘づけにしたまま、窒息しかかったような声で急《せ》きこんで尋ねた。

「そうだ、サーターはすぐついて来るようにと言っている」

マスカルの心臓がいつもとは違う鼓動を打ち始めた。こうして話しているのが夢の中でのやりとりのようだった。

「クラッグ、一体いつからぼくは見も知らぬ人の指図を受けて行動しなくちゃならないことになったのかね……第一、何者なんだ、そいつは」

「クラッグの上に立つ人さ」ナイトスポーは顔をそむけながら言った。

「ずいぶん手のこんだ謎だな。ぼくはもうお手上げだ」

「きみは謎を捜し求めているんだ」とクラッグ。「だから何を聞いても謎だとしか思えないのさ。ま、せいぜい物事を単純に考えるようにするんだな。この一件は、誰の眼にも明々白々な、重大事なのさ」

マスカルはじっとクラッグを見つめ、せわしなげにパイプを吹かした。

「ここに来るまで、どこに行ってたんだ」藪から棒にナイトスポーが尋ねた。

「スタークネスにある古い天文台さ……マスカル、かの有名なるスタークネス天文台のことを聞いたことがあるかい」

「いや、ないよ。どこにあるんだね」

「スコットランドの北東海岸だ。時どき珍しい発見がそこで行なわれているんだ」

「たとえば、星へ行く方法を発見するとか、そういうことなんだろう。それで分ったよ、サーターというのは天文学者なんだな。おそらく、きみもそうなんだろう?」

クラッグはまたにたりと笑った。「きみの身のまわりの雑事を片づけるにはどのくらい時間がかかるんだ。いつなら出発できるのかね」

「気を使って下さって、まことに痛み入ります」無遠慮に笑いながらマスカルは言った。「今すぐにも引っぱって行かれちまうんじゃないかと心配しかけていたところなんだ。だが、ぼくには妻子も地所も職業もない、だから、待つことは何もありゃしないのさ。……は、は、旅程はどうなっているんだ」

「きみは運のいい男なんだぞ。大胆で恐れを知らぬその気性、おまけに、足手まといになるものもないときている」ここでクラッグの顔が急に厳粛になり、こわばった。「幸運の贈りものを断わるなんていう莫迦なまねはしないほうがいいぞ。辞退したら二度と手に入らない贈り物なんだからな」

「クラッグ」パイプをポケットにしまいながらマスカルはさらりと答えた。「ぼくの身にもなってくれ。たとえぼくが冒険に恋い焦がれているとしても、どうしてこんな気ちがいじみた話をまともに聞けると言うのかね。きみという人物のことも、きみの経歴のことも、何もぼくには分っていないんだ。きみはたちの悪いいたずらをしているのかもしれないし、精神病院から脱け出して来た患者なのかもしれない——そのあたりのことがさっぱり分らないんだ。もしきみが並みはずれた人間で、ぼくの協力が得たいのだったら、是非その並みはずれた証拠を見せてくれなくちゃ」

「どういう証拠だったら満足するかね、マスカル」

こう言いながら、クラッグはマスカルの腕をつかんだ。とたんに鋭い、背筋を凍らせるような痛みが体内を走り……同時に、頭の中が火のついたようになった。日の出さながらに、突如、光が差しこんできた。これで初めてマスカルは、この奇想天外な会話がひょっとしたら現実の事柄に関したものなのではなかろうかと考えた。

「聞いてくれ、クラッグ」ゆっくりとマスカルは言った。なんとも奇怪な心像や概念が豊かに混沌として頭の中を駆けめぐり始めた。「きみはある特別な旅のことを話している。そこでだが、その旅が可能であり、そういう旅をする機会がもし与えられたならば、ぼくは二度と帰れぬ身になってもいい。そのアルクトゥールスの惑星で丸一日を過ごせるものなら、この命を捨てても、惜しくない。これがこの旅にたいするわたしの態度だ。……さあ、きみの話が単なる出まかせではないことを証明してくれ。信任状を見せたまえ」

クラッグは、マスカルが話しているあいだ、ずっとその顔を見つめていた。クラッグの顔には次第にもとのふざけた表情が戻ってきた。

「お望みどおり、アルクトゥールスの惑星で丸一日過ごせるさ。ひょっとしたら一日以上いられるかもしれないが、あんまり長期間は無理だな。マスカル、きみは豪胆な男だが、いくらきみだって今度の旅はそうなまやさしいものではないことが分るだろう。……そうなのか、やっぱりきみも昔の懐疑家たちのように天からのしるしをほしがっているというわけか」

マスカルは眉をひそめた。「だけど、何もかもが莫迦げている。さっきあそこで起った出来事のために、ぼくらは三人とものぼせているんだ。家へ帰って眠り、興奮をさまそうじゃないか」

クラッグは片手でマスカルを押しとどめ、もう一方の手で内ポケットを探り、小さな折り畳み式レンズのようなものをとり出した。レンズの直径は五センチたらずだった。

「まずこれでアルクトゥールスを覗いてみたまえ、マスカル。まにあわせのしるしにはなるだろう。残念ながらこの程度のことしかできないんだ。どさ回りの魔術師じゃないんでね。落さないように充分注意してくれ。少々重いからな」

マスカルはレンズを手にとり、暫くいじくっていたが、びっくりしてクラッグを見た。小型レンズはクラウン銀貨ほどの大きさしかないのに、重さは九キロをくだらなかったのだ。

「一体これは何なのかね、クラッグ」

「そのレンズであの星を見てみたまえ。そのためにきみに渡したんだからな」

マスカルはどうにかこうにかレンズを持ちあげると、きらめくアルクトゥールスのほうへ向け、腕の筋肉が耐えられるあいだだけ辛うじてしっかりとそれを眼にあてて眺めた。そのようにしてマスカルが見たものは、次のような天体であった。肉眼で見たときにはただ一つの黄色い光の点にすぎなかったものが、レンズを通して見ると、明るいけれどもごく小さな二つの恒星にはっきり分かれ、大きいほうの恒星は先ほどと同じ黄色、小さいほうの伴星は美しい青色を呈していたのである。が、それだけではなかった。どうやら黄色い恒星の周囲を回っている衛星があるらしく、それはわりあい小さくて殆ど見分けのつかない衛星で、光ってはいるものの、それ自体が放っている光ではなく、反射光らしかった。……マスカルは腕を下げてはまた上げるという動作を何度も繰り返した。同じ光景が何度となく現れたが、ほかには何も見えなかった。見終るとマスカルは無言のままクラッグにレンズを返し、下唇を噛みながら、つっ立っていた。

「きみも覗いてみないか」レンズをナイトスポーに差し出しながらクラッグが耳ざわりな声で言った。

ナイトスポーはくるりと背を向けて、ゆっくりと行ったり来たりし始めた。クラッグはそれを見て、せせら笑いながらレンズをポケットにしまった。

「どうだい、マスカル、納得できたかね」

「とすると、アルクトゥールスは二重星なんだな。あの第三の光点がトーマンス惑星なのかね」

「おれたちの未来の故郷さ、マスカル」

マスカルはじっと考えこんでいた。

「納得したかときみは訊くが、納得できたかどうか、ぼくにも分らないんだ、クラッグ。まるで奇跡だ、ぼくにはこれだけしか言えない。……しかし、納得できたこともある。スタークネスにはとてもすごい天文学者がいるにちがいない。その天文台に招いてくれるのなら必ず行くよ」

「よし、招待しよう。出発はそこからだ」

「ナイトスポー、きみも行くだろう」マスカルが尋ねた。

「この旅行は是が非でもやらなくちゃならんのだ」はっきりしない声でマスカルの友は答えた。「どういう結果になるかは分らないけれどもな」

こう述べたナイトスポーをクラッグはぎょろっと睨みつけた。

「もっとすごい冒険をお膳立てしてやらないことには、ナイトスポーはわくわくしないってわけだ」

「でも、ナイトスポーは一緒に行くと言っているんだ」

「しかし、行きたくて行くんじゃない。きみにつきあおうとしているだけなのさ」

マスカルはふたたび、孤高を保って輝いているずっしりとした陰鬱な星を南東の空にさがした。それを見つめていると、マスカルの心は苦痛を伴った壮大な憧れでふくらんだ。しかし、その憧れを理性的に説明することは自分でもできなかった。自分の運命が、何らかの形で遥かかなたのあの巨大な恒星と結びついているように感じられたのである。とは言え、クラッグの話が真実であると認めることはさすがにできなかった。

マスカルは、クラッグが別れぎわに何か言ったのを全くの上の空で聞いていた。何分かして、ナイトスポーと二人だけになってから初めて、さっきの言葉は、どういう路線《ルート》で行くかとか、何時の汽車に乗るかといった事務的な事柄に関するものだということが分った。

「クラッグも一緒に北へ向かうのかね、ナイトスポー。はっきり聞きとれなかったんだが」

「いや、きみとわたしは先に行き、クラッグは、あさっての夕方スタークネスでわれわれに合流することになっている」

マスカルは相変らずもの思いにふけっていた。

「あの男のことをどう考えたらいいのだろうか」

「参考までに言っておくと」ナイトスポーはもどかしそうに答えた――「あの男が嘘をつくのを一度も聞いたことがないんだ」

3　スタークネス

二日後の午後二時、マスカルとナイトスポーはスタークネス天文台に着いた。ハイラー駅から歩いて十一キロのみちのりだった。道路はたいそう荒れていて人気がなく、その大部分はかなり高い崖っぷちを通り、北海が見渡せた。日は照っていたが、強い東風が吹いていて、空気は塩気を含んで冷たかった。暗緑色の海には点々と白い波頭が立っていた。歩いているあいだ、哀れを誘う鷗の美しい鳴き声が絶えず二人の耳に入ってきた。

天文台は、近くに住む人もなく、それだけでまとまったひとつの小さな村落という印象を与え、陸の突端にちょこなんと立っていて、建物は三つあった。小さな石造りの住宅と屋根の低い作業場、それに、二百メートルほど北に立つ御影石の塔。その高さは二十メートルほどで、角形をしていた。住宅と作業場は広々とした庭で隔てられ、庭にはごみ屑が散らかっていた。石塀がこの二つの建物をぐるりと取り巻いていたが、海に面した側には塀はなく、崖がそのまま住宅の壁面につながっていた。人っ子ひとり姿を現さず、窓はどれも締まっていて、ここの建物は全部閉鎖され、無人の館となっているのだとマスカルは思った。

マスカルはナイトスポーの先に立って開けっぴろげの門を通り抜け、玄関のドアを勢いよくノックした。ノッカーは埃だらけで、長いあいだ使われていないらしかった。マスカルはドアに耳をあてたが、中に人のいる気配はなかった。そこでドアの取っ手を動かしてみせたが、ドアはロックされていた。

別の入口はないかと二人は家のまわりを歩いたが、さっきのドアしかなかった。

「最初からこんな調子じゃ先が思いやられるな」マスカルがぶつぶつ言った。「ここには誰もいないじゃないか。……きみは作業場を調べてくれ。ぼくはあの塔へ行ってみる」

列車を降りてからほんの二言三言しかしゃべらないできたナイトスポーは、相変らず黙ったままこれに従い、庭を横切って作業場のほうへ歩いて行った。マスカルは再び門の外へ出た。塔は崖から少し引っこんだところに立っていた。その下まで行ったところ、ドアには重い南京錠がかかっていた。上を見ると、六つの窓が同じ間隔で縦に並び、どれも東側に面していた。つまり、どの窓も、海を見晴らす位置にあったわけである。ここにいてもどうしようもないと思ったマスカルは、さっきよりもっといらいらしながら塔を離れた。ナイトスポーと会って話を聞くと、作業場も鍵がかかっているとのことだった。

「わたしたちは招待を受けているのだろうか、いないのだろうか」強い語調でマスカルは疑問を述べた。

「中には誰もいない」ナイトスポーが爪を噛みながら答えた。「窓を破ったほうがいいな」

「クラッグがやって来るまで野宿するなんて真っ平御免だ」

マスカルは庭で古ぼけた鉄のボルトを拾うと、ガラスの破片を浴びない距離までさがり、一階のサッシュ窓に投げつけた。下側の窓ガラスは粉々になった。割れたガラスに気をつけながら、マスカルは穴に手をつっこみ、窓枠の留め金を押しはずし、一分後には二人は窓によじ登り、部屋の中に入っていた。

その部屋は台所だったが、何とも言えぬほど不潔で、ほったらかしになっていた。家具は今にもばらばらになってしまいそうで、こわれた台所用品やがらくたが積みあげられずに床に放置され、部屋の中のもの一切が厚い埃をかぶっていた。空気はずいぶん濁っていたので、ここ何か月かは新鮮な空気が入ってこなかったにちがいないとマスカルは判断した。周囲の壁には虫が這っていた。

二人は一階にある台所以外の部屋――食器室、わずかな家具があるだけの食堂、がらくたをしまっておく物置――にも入ってみたが、やはり汚れていて黴臭く、ほったらかしにされていた。どの部屋も人が最後に使ってから――あるいは、最後に足を踏み入れたときから数えても――少なくとも半年は経過しているに相違ない。

「クラッグに対するきみの信頼感はこれでもぐらつかないのかね」とマスカルは尋ねた。「正直に言うと、ぼくはもうそれがなくなりかけているんだ。今度のことはとんでもない悪ふざけだったんじゃないのかな、あちこちにそのきざしが見える。クラッグが、ここに住んでいたことなどないんだ」

「それより二階に行ってみよう」ナイトスポーが言った。

二階には書斎と三つの寝室があることが分った。窓はすべてぴたっと締められ、中の空気は耐えがたかった。ベッドは使用された形跡があったが、明らかにそれはずいぶん前のことで、それ以降一度も片づけられていなかった。変色してくしゃくしゃになっているシーツと枕カバーは、今でも人の寝ていた跡をとどめていたが、それが昔のものであることは疑う余地がなかった。なぜなら、浮遊していたさまざまな種類の埃が全部シーツと上掛けに厚く積もっていたのだ。

「誰がここで寝ていたと思う」とマスカルは尋ねた。「天文台の職員だろうか」

「われわれのような旅行者だったんじゃないかな。急に出発したみたいだ」

マスカルは、どの部屋の窓も入るとすぐにぱっとあけ放った。全部開くまでは息をしなかった。寝室のうち二部屋は海に面して、のこるひとつの寝室と書斎は上り坂になっている荒れ地に面していた。まだ足を踏み入れていない部屋は書斎だけだった。最近住んでいた形跡がそこでも認められなかったら、今までのことはみんな途方もないペテンだったのだと考えることにしよう。そうマスカルは決めていた。

が、ご多聞に洩れず書斎も黴臭い空気でむれ、埃がうずたかく積もっていた。マスカルは窓を上下に開くと、肘掛け椅子にどっかり坐りこみ、もううんざりだという顔で友を見た。

「クラッグのことをどう思う」

ナイトスポーは、窓の前にあるテーブルの端に腰をおろした。

「それでもことづてぐらいはどこかにのこして行ったかもしれないな」

「どういうことづてだね。なぜそんな必要があるんだ。この部屋にクラッグがそれを置いて行ったと言うのかい。そんなものありゃしないよ」

ナイトスポーの視線は何やら妙なふうに部屋の中をさまよっていたが、最後には、ガラス張りの食器戸棚に眼が釘づけになったようだった。棚のひとつには古い酒瓶が何本かのっていたが、それ以外には何もなかった。マスカルはナイトスポーをちらっと見て、食器戸棚に眼を移し、それから無言で立ちあがると酒瓶を調べ始めた。

酒瓶は全部で四本あり、そのうちの一本はのこりの三本より大きかった。小さいほうの三本は長さが二十センチほどだった。四本とも魚雷の形をしていたが、底が平らになっているので、まっすぐ立てることができた。小さい酒瓶のうち二本は空っぽで口はあいたままだったが、あとの二本は無色の液体が入っていて、ノズルのような妙な形の栓がしてあった。この栓は、細い金属棒で瓶の側面の真ん中にある留め金とつながれていた。どの瓶にもラベルが貼ってあったが、年数がたって黄色くなっており、書いてある文字も殆ど判読できなかった。マスカルはもっと明るいところで見ようと思い、中味の入っている瓶を持って窓の前のテーブルへ行った。ナイトスポーはテーブルからどいて、場所をあけた。

明るい光のもとで見ると、大きい瓶からは「太陽逆光線」という文字が読みとれ、もう一本のほうは、暫く首をひねった末、「アルクトゥールス逆光線」といったような文字が判読できるように思えた。

マスカルは顔を上げて、不思議そうに友を見つめた。

「ナイトスポー、きみは前にもここへ来たことがあるのかい」

「クラッグのことだから、ちゃんとことづてを置いて行ってくれるものと思っていたよ」

「さあ、それはどうかな。なるほど、ここに書いてあるのはことづてなのかもしれないが、ぼくたちには何の意味もない——少なくともぼくにはちんぷんかんぷんだ。〝逆光線〟ていうのは何のことなんだ」

「光源へ戻る光のことさ」ナイトスポーは呟いた。

「一体どういう光なのかね」

ナイトスポーはあまり答えたくないようだったが、マスカルの眼がそのままじっと自分に注がれているのに気づくと、隠さずに話すことにした。「光が押すことだけでなく引くこともしなかったら、どうして花は太陽の動きにつれて首を曲げることができるだろうか」

「どうも分らないな。だけど、肝腎な点は、この二本の酒瓶は何のためのものかということだ」

小さいほうの瓶に片手を置いて喋っているうちに、横にしてあったもう一本の瓶がふとしたはずみで動きだし、金属棒のせいでテーブルの表面にひっかかりながらころがっていった。マスカルは止めようとして身動きし、すでに手をおろし始めた。……とそのとき、不意に瓶が姿を消した。テーブルからころがり落ちたのではなく、本当に消えたのである。瓶はもうどこにもなかった……

マスカルはテーブルをじっと見つめていたが、やがて眉をひそめてから、笑顔になってナイトスポーのほうを向いた。

「ことづてはますます入り組んできたな」

ナイトスポーは退屈そうな顔をしていた。

「バルブがゆるんだんだ。中の液体は、瓶と一緒に開いている窓を通って太陽のほうへ逃げてしまった。しかし、瓶は大気のために燃えつきてしまうだろうし、中味も四散して、太陽には届かないだろう」

マスカルは注意深く話に耳を傾けていた。その顔から微笑が消えた。

「のこっているこの瓶で実験してみても構わないだろうか」

「食器戸棚に戻しておきたまえ」ナイトスポーは言った。「アルクトゥールスはまだ地平線の下にある。そんなことをしたらこの家がめちゃめちゃになるだけだ」

マスカルは窓の前に立って、日の照っている荒れ野を物思わしげに見つめていた。

「クラッグはぼくを子供扱いしてるんだ」暫くしてマスカルは口を開いた。「たぶん、ぼくは本当は子供なんだろう。……ぼくが言う皮肉も、クラッグにしてみれば笑止なものとしか思えないんじゃないかな。しかし、なぜクラッグはこういったこと全部をぼくひとりで発見するように仕向けたのだろうか――ひとりと言ったのは、きみは勘定に入れてないからだよ、ナイトスポー。……それにしても、いつになったらクラッグは来るのだろう」

「日が暮れてからだろうな」友は答えた。

4

声

このときはもう三時をまわっていた。マスカルは空腹を覚えた。二人とも早朝から何も食べていなかったのだ。そこでマスカルは食べものを捜しに階下へおりた。が、何かひとつでも食べものが見つかるとはあまり期待していなかった。台所の貯蔵庫の中に、手を触れるのもいやな、黴の生えたオートミールが一袋と、密閉した茶罐に入っている極上の紅茶、それに、まだあけられていない牛の舌《タン》の罐詰が一個、見つかった。何よりも有り難かったのは、食堂の食器戸棚に、栓の抜いてある最高級のスコッチウイスキーが偶然見つかったことである。そこですぐに間にあわせの食事の準備をした。

庭のポンプは、一生懸命汲み出しているうちに水がきれいになり、マスカルは時代ものの薬罐をすすいで、水をいっぱいに入れた。薪にするため、斧で台所の椅子をひとつばらばらにした。軽くて埃だらけの薪は火床でさかんに炎を上げ、湯がわいた。茶碗も見つかり、きれいに洗った。十分後には二人は書斎で食事をとっていた。

ナイトスポーはほとんど飲み食いしなかったが、マスカルは健啖ぶりを発揮した。ミルクがなかったので、ウイスキーをかわりに用いた。真っ黒に近い色をした紅茶に、同量のウイスキーを混ぜて飲んだのだ。この混合飲料をマスカルは何杯もお代わりし、タンがなくなってからもずっと飲み続けていた。ナイトスポーは不思議そうにマスカルを見た。

「クラッグが来る前にボトルをからにしちまうつもりかい」

「クラッグは飲みたがらないだろうし、どうせ手持ち無沙汰なんだから、飲むでもしない限り間がもたないのさ。どうも落ち着かないんだ」

「このあたりの様子を見に行かないか」

マスカルは唇に運ぼうとしていた茶碗を途中で止めた。

「ナイトスポー、どこかきまった目的地があるのかね」

「ソルジーの割れ目に行こう」

「それは何だい」

「このあたりの名所だ」唇を噛みながらナイトスポーが答えた。

マスカルは紅茶を飲み干すと立ちあがった。

「大酒を食らうより散歩するほうがましだが、特にこういう日は散歩するに限るな。……そこまでどれくらいあるんだろう」

「片道五、六キロってとこだ」

「たぶん何か考えがあってのことなんだろうな。というのは、だんだんきみが第二のクラッグのような気がしてきたんだ。でも、本当にそうだとしたら、かえってそのほうがいい。どうもぼくは神経がぴりぴりしている、何かが起ってほしいんだ」

二人はドアを半開きのままにして外へ出た。するとすぐに、さっきハイラーから歩いてきた荒れ地の道路に再び出た。今度はその道をまっすぐ進み、塔の前を通り過ぎた。歩きながらマスカルは、このにょっきり突き出た建物を怪訝な表情で興味深く見つめた。

「ナイトスポー、あの塔は一体何だい」

「わたしたちはあのてっぺんの台から出発するのさ」

「今夜かい？」――ナイトスポーにすばやい一瞥を投げる。

「そうだ」

マスカルはにっこりした。しかし、目つきは厳粛だった。

「とすると、きみとぼくが今眺めているのはアルクトゥールスへの関門であって、クラッグはその錠をあけるために目下北上中というわけか」

「どうやらきみもこの宇宙旅行がありえないことではないと思うようになったらしいな」ナイトスポーが呟いた。
二、三キロ行くと道路は海岸からそれて急に内陸に曲がり、丘をいくつか越えた。ナイトスポーが道案内になってその道路からはずれ、草地に入った。暫くは崖っぷちに沿って羊の通る小径がかすかに道筋をしるしていたが、さらに二キロほど進むとそれも消えてしまった。そこで二人は強引に丘の中腹を登ったり降りたりして、深い峡谷を渡った。太陽は丘の向うに隠れ、夕闇がじわじわと迫っていた。やがて、これ以上は進めそうもないと思われるところまで来た。山の出っ張りが崖のふちまで急角度で上からさがっていて、その斜面にはつるつるした草が生え、足がすべって通れなくなっていたのだ。マスカルは立ちどまってひげをなで、さて次はどうしたものかと首をひねった。
「これからがちょっと大変だぞ」とナイトスポーが言った。「でも、山登りなら二人とも慣れているから、大丈夫だろう」

ナイトスポーはこう言いながら、二人が立っているところから二、三メートル下の崖の側面に曲がりくねってついている狭い岩棚を指さした。その幅は平均すると四十センチから八十センチだった。マスカルの返事も待たずに、ナイトスポーはただちに崖っぷちから跳びおりると、早足で岩棚を歩き始めた。仕方がないと思ったマスカルは、友のあとを追った。岩棚の長さは四百メートルに満たなかったが、その上を歩くのはあまり愉快なことではなかった。なにしろ一歩踏みはずせば百メートル下の海面まで真っ逆さまなのだ。足を交互に前に出して進むことができず、身体を横にして少しずつ歩かなければならないところもあった。波の砕け散る音が、おどしつけるような低い轟きとなって二人の耳に届いた。

角を曲がると、岩棚はかなりの広さの岩の台になり、そこで行き止まりになっていた。狭い入江をはさんで、向う側にも崖が続いている。

「これ以上進めないところをみると、これがきみの言うソルジーの割れ目なのかね」マスカルが言った。

「そうだ」ナイトスポーはこう答えると、まず両膝をつき、次にはそのまま足を伸ばしてうつぶせになった。そうして頭と肩を崖っぷちに近づけて、真下の海面を見おろし始めた。

「ナイトスポー、何か面白いものでもあるのかい」

返事はなかったが、マスカルは友人のしたとおりにし、次の瞬間、自分でも崖の下を見つめていた。が、何も見えなかった。暗闇が深まり、海は殆ど見えなかった。しかし、そのまま無駄な努力をしていると、遥か下方の細長い海岸から太鼓が鳴るような音が聞こえてきた。その物音はかすかではあったが、たいそうはっきりしていた。太鼓の音は四拍子で、三つ目が少し強く打たれた。そこに腹ばいになっているあいだずっとその音が聞こえていた。太鼓の音は、それより遥かに大きな波の砕け散る音のために少しもかき消されることはなく、なぜか別世界の物音のように思われた……

二人は立ちあがり、マスカルがナイトスポーにこう尋ねた。

「ぼくらはあの音を聞くだけのためにここへ来たのかね」

ナイトスポーは、例によって奇妙な目つきでマスカルを見た。

「地元の人たちはあれを〝ソルジーの太鼓の音〟と呼んでいる。きみはこの名前を二度と耳にすることはないだろうが、あの音そのものはたぶんこれからも聞くことになるだろう」

「太鼓の音が聞こえたら、それはどういう意味なのかね」びっくりしてマスカルは尋ねた。

「あの音は人に伝えようとする意味をもっているんだ。あの音が聞こえてきたら、いつも、もっとはっきり聞くように心がけさえすればいいのさ。……だいぶ暗くなってきた。そろそろ帰らなくちゃ」

マスカルは習慣の惰性で懐中時計をとり出し、時刻を見た。六時過ぎだった。……だが、頭の中にあったのは、さっきからナイトスポーがしていた話のことだけで、時刻などはこの際どうでもよかった。


塔に戻ったときはすでに夜の帳が降りていた。真っ暗な夜空には星がきらめき、壮観だった。アルクトゥールスは二人のちょうど真っ正面——東の方向——で、海面よりやや上にあった。塔の横を通りかかったとき、マスカルは門があいているのを見てどきっとした。マスカルはナイトスポーの腕を乱暴につかむと——

「ほら、あそこ！　クラッグが来ている」

「うん、急いで建物のほうへ行かなくちゃ」

「塔へ入ったほうがいいんじゃないかな。門があいているから、クラッグはたぶんあそこだろう。ちょっと見てくる」

ナイトスポーは何やらぶつぶつ言ったが、反対はしなかった。

門をくぐると中は真っ暗だった。マスカルはマッチをすった。ちらちらする光が石づくりの螺旋階段の昇り口を照らした。

「きみも登るか」とマスカル。

「いや、下で待つ」

マスカルはすぐに登り始めた。けれども、五、六段登るか登らないうちに、立ちどまって呼吸を整えなくてはならなくなった。自分ひとりが登っているのではなく、三人の自分を運びあげるような感じだった。登るにつれ、重みで押しつぶされそうな感じは減るどころか、ますますひどくなり、これ以上進むことは肉体的に殆ど不可能になった。肺は酸素を充分にとり入れることができず、心臓は船の焼玉エンジンのように荒い鼓動を打っていた。とめどなく汗が顔を流れた。二十段目で螺旋階段を一周したことになり、高い朝顔口《エンブレイジャー》にはめこまれた最初の窓が眼の前にあった。

これ以上は階段を登れないと思ったマスカルは、もう一本マッチをすり、ともかくこの塔から何か見えないかと朝顔口に登った。マッチは消え、マスカルは窓から星を見つめた。とそのとき、驚いたことに、それは窓ではなく、レンズであることが分った。……空は無数の星をちりばめた広大な空間ではなく、レンズの焦点が合っている一個所のほかは、ぼんやりかすんだ暗闇で、その個所には、月をひとまわり小さくしたくらいの非常に明るい星が二つ接して並び、その近くに、金星のように輝き、表面がはっきり見える、ずっと小さな惑星が見えた。二重星のうちのひとつはまぶしいばかりの白色光を発し、もうひとつはこの世のものとは思えぬ荘厳な青色を呈していた。この二つの光は、強烈さという点ではほとんど太陽と変らなかったが、塔の内部を照らすほどではなかった。

マスカルは、自分が見つめている天体が天文学でいうアルクトゥールスであることを、たちどころに知った。この光景は前にもクラッグの望遠鏡で見たことがあったが、あのときは今ほど拡大されていなかったので、二重星は本当の色とは違った色に見えたのだった。……いずれの色もまことにすばらしく、地球人の眼では正しく見ることができぬのではないかとさえ思えた。……だが、マスカルが、何よりも熱心に最も長く見つめたのはトーマンスだった。何億キロも離れたあの謎めかしく恐ろしい大地をこの足で踏むことがすでに約束されているのだ——たとえあそこに骨を埋めることになろうとも。これから見たり触れたりする風変りな生きものが、まさにこの瞬間もあそこで生を営んでいる！……

ため息のような低いささやき声が、一メートルと離れていないところから聞こえてきた。「分らないのか、マスカル、おまえは使われ、そのあとはこわされてしまう器械にすぎないってことが。ナイトスポーは今は眠っている。しかし、あいつが目を覚ましたとき、おまえは死なねばならぬ。おまえは去るのだが、あの男は戻って来る」

マスカルはふるえる指で急いでマッチをすった。誰もいなかった。あたりは墓穴のように静かだった。声はそれ以上聞こえなかった。二、三分待ってからマスカルは下へ降りた。外の空気を吸うと重圧感はすぐに消えたが、非常に重い荷物を持ちあげたあとのように息切れがし、激しく動悸がしていた。

ナイトスポーの暗い姿が近づいてきた。

「クラッグはいたのか」

「いたのかもしれないが、見えはしなかった。しかし、誰かが話すのが聞こえた」

「クラッグだったのだろうか」

「そうじゃない。きみに気をつけろと警告する声だった」

「なるほど。その声もこれから何度か聞くことになるだろう」ナイトスポーは謎めかしく言った。

5　出発の夜

住宅に戻ると、窓にはひとつも明かりが見えず、さっき出たときと同じようにドアが少し開いていた。たぶんクラッグは来ていないのだろう。マスカルは部屋に入るたびにマッチをすり、家の中を限なく見てまわった。調べ終ったマスカルは、自分たちが待っている男はこの建物に顔を覗かせさえしなかったのだと確信した。二人は手探りで書斎に入り、真っ暗闇の中で椅子に腰かけてクラッグを待った。ほかにすることがなかったからである。マスカルはパイプに火をつけ、ウイスキーのこりを飲み始めた。開け放しの窓から、崖の下に打ちよせる波の音が列車のブレーキのように聞こえていた。

「クラッグはやはり塔にいるにちがいない」マスカルが沈黙を破った。

「うん、そうだ。今、出発の準備をしているところなんだ」

「あそこへ来てくれとクラッグが思っているんじゃないといいんだがな。とてもぼくの力じゃ登れないのさ。なぜなのかはさっぱり分らないけど。あの階段には何らかの磁力が働いているにちがいない」

「トーマンスの重力だ」ナイトスポーが呟いた。

「それならぼくにも分る——いや、むしろ分ってはいないのかもしれないな。だけど、それはどうでもいいことだ」

マスカルは黙って煙草を吸い続け、時どき少量のウイスキーをストレートで飲んだ。

「サーターというのは何者なのかね」不意に尋ねた。

「わたしたちはへまばかりやっている模索者なんだが、サーターは主《マスター》だ」

マカスルは納得した。

「きみの言っていることは正しいような気がする。というのは、サーターのことをぼくは何も知らないのに、名前を聞いただけで胸がわくわくしてくるからだ。……きみはサーターというその人物を個人的に知っているのか」

「知っているはずなんだが……忘れた……」むせぶような声でナイトスポーが答えた。

マスカルはびっくりして顔を上げた。しかし、暗闇の中では何も見分けられなかった。

「きみは、そのうちの何人かを忘れてしまうほど大勢の非凡な人物を知っているのか。……たぶん次の質問には答えてもらえるだろう――これから行くあの星で、ぼくらはサーターに会うのだろうか」

「マスカル、きみは死に出会う。……これ以上質問しないでくれ――答えることができないんだ」

「それならこのままクラッグを待とう」マスカルは冷ややかに言った。

十分後、玄関のドアがばたんと締まり、階段を駆け昇る軽快な足音が聞こえた。マスカルは胸の鼓動が激しくなるのを感じながら立ちあがった。

クラッグが、ドアの敷居に姿を現した。弱い光を放つ角燈を手にして、帽子をかぶっているその姿は、いかにも冷厳で近寄りがたい感じだった。しばしのあいだ二人の友人をじろっと見てから大股で部屋の中に入り、テーブルの上に角燈をぐいと突き出した。その光は壁面を照らすほど強くなかった。

「マスカル、やっぱり来ていたんだな」

「どうもそうらしいな。でも、きみのおもてなしに対する礼は述べないよ。もてなしが全然ないということがあまりにも明白だからね」

マスカルのこの言葉をクラッグは無視した。

「出発の準備はできたのか」

「もちろんだ。きみの準備ができ次第、いつでも出発できる。こんなところにいたって、面白くもないからな」

クラッグは批判するような目つきでマスカルを眺めまわした。「塔の中できみがよろよろ歩いている足音が聞こえたよ。上まで登りきれなかったみたいだな」

「あれじゃ出発に差し障りがあるんじゃないかな。ナイトスポーの話だと、出発は、あの塔のてっぺんからだというじゃないか」

「それより、ほかの疑惑はみんな解消したのか」

「うん、すっかりとまでは行かないが、何でも虚心に受けいれるようにはなったね。きみに何がやれるか、お手並みを拝見させて貰うよ」

「それで充分だ……けど、あの塔の件だが、塔のてっぺんまで登ることができないうちは、トーマンスの重力に耐える能力がないということになるんだぞ、分っているだろうな」

「もう一度言うが、あれは始末の悪い障碍だ。どうしても上まで登ることができないんだよ」

クラッグはポケットの中を捜していたが、やがて折り畳みナイフをとり出すと――

「上衣を脱いで、ワイシャツの袖をまくってくれ」と指図した。

「そのナイフで切り傷をつけるつもりなのか」

「そうだ。文句は言わないでくれ、効き目は確かなんだから。だが、やって見せないことには、さっぱり訳が分らないだろうな」

「そうは言っても、ポケット・ナイフで傷をつけられた日には……」マスカルは笑いながら言いかけた。

「これで答えが出るんだよ、マスカル」ナイトスポーがマスカルの言葉をさえぎった。

「それなら、きみも腕をまくってくれ、宇宙の貴族殿」とクラッグ。「きみの血液の成分を調べておきたいんだ」

ナイトスポーはこれに従った。

クラッグは折り畳みナイフの大きな刃を引っぱり出し、マスカルの二の腕に無造作に殆ど残忍と言っていいやり方で切りつけた。傷口は深く、血がどんどん流れた。

「包帯をしようか」苦痛で顔をしかめながらマスカルは尋ねた。

クラッグは傷口に唾を吐きかけて言った。「ワイシャツをおろしたまえ。これ以上もう血は出ない」

ついでクラッグはナイトスポーの腕にナイフをふるった。ナイトスポーは毅然とした無関心な表情で手術に耐えた。済むとクラッグは床にナイフを捨てた。

傷からくるすさまじい苦痛がマスカルの体内を駆けめぐり始め、気絶しないですむかどうか怪しいものだと思われるほどだった。が、苦痛はすぐにおさまり、生きているのがひとつの長い不快の連続だと思わせる程度の絶えまないうずきを、切り傷をつけられた腕に感じるだけとなった。

「さあ済んだぞ。これできみらはおれについて来ることができる」クラッグは言った。

角燈を手にとると、クラッグはドアのほうに歩いて行った。マスカルとナイトスポーも明かりに遅れぬよう急いであとを追った。そして一瞬後には、絨毯の敷いてない階段をがたがたと降りていく三人の足音が、人気のない家に鳴り響いた。クラッグは二人が外に出るのを待ち、そのあと、窓が震動するほど力をこめてドアをばたんと締めた。

塔へ向かって急ぎ足で歩いているとき、マスカルはクラッグの腕をつかんだ。

「さっきあの階段を登ったら声が聞こえた」

「何て言ってた?」

「ぼくは去るが、ナイトスポーは戻って来ると言うんだ」

クラッグは微笑んだ。

「この旅行、だんだん不埒なものになってきたな」少し間をおいてからクラッグは言った。「他人の不幸を願うやつが暗躍しているんだろう。……どうかね、きみも戻りたいのか」

「どうしたいのか自分でも分らないんだ。でも、あの声のことは不思議だったので、ちょっと話しておこうと思ったのさ」

「声を聞くのは別に悪いことではないが、夜の世界からやって来るものには必ず叡知が含まれているなど と、一瞬たりとも思うんじゃないぞ」

開け放されたままの塔の入口に着くと、クラッグはすぐに螺旋階段の昇り口に足を踏み入れ、角燈をもってすばやく駆け登った。マスカルはさっきこの階段で嘗めた苦しい体験のことを思って、こわごわ従ったが、最初の五、六段を登ったところで、依然として自由に呼吸ができることに気づくと、さっきまでの恐怖は安堵と驚きに変り、小娘のようにお喋りをすることだってできそうだった。

一番下の窓まで来ると、クラッグは立ちどまらずにそのまま進んだが、マスカルは、アルクトゥールス星座の奇蹟的な景観をもう一度わが眼で確かめておきたいと朝顔口によじ登った。……が、レンズはもうあの魔術的な特性を失い、ただのガラスになっていて、覗いてみても普通の空が見えるだけだった。

階段はまだまだ続いていた。二番目と三番目の窓では、マスカルはまた朝顔口に登って外を見たが、相変らずありきたりの景色しか見えなかった。これ以後はもうあきらめて、二度と窓をのぞこうとしなかった。

そうこうしているうちにクラッグとナイトスポーは角燈をもってどんどん先に行ってしまったので、それからマスカルは暗闇の中を登らなくてはならなくなった。てっぺん近くまで来ると、半開きのドアのすきまから黄色い光が洩れているのが見えた。クラッグとナイトスポーは、荒削りな板で階段から仕切られている小さな部屋の中に立っていた。室内の家具はお粗末で、天文学と関係のある品も見えなかった。角燈はテーブルの上に置いてあった。

マスカルは中に入り、もの珍しそうにあたりを見まわした。

「ここがてっぺんなのかね?」

「まだこの上に台があるんだが、まあてっぺんと言っていいだろう」クラッグは答えた。

「さっき来たときは一番下の窓を覗くと星が大きく見えたのに、今度はどうしてそういうふうに見えないんだろう」

「きみは機会を逃したんだ」にやにやしながらクラッグが言った。「あのとき上まで登っていたら、気宇壮大になるようなすごい光景を見ることができただろう。たとえば五番目の窓からはトーマンスが浮き彫りになった大陸のように見えただろうし、六番目の窓からはまるで目近の風景のように見えただろう。……しかし、もうその必要はないのさ」

「どうしてなんだ。必要っていうのは、どういうことなのかね」

「マスカル、きみの腕に傷をつけてからは事態が変ったのさ。きみは今では階段を登ることができるが、それと同じ理由で、途中で立ちどまって幻影に見とれる必要もなくなったんだ」

「ま、いいさ」クラッグの言っていることが完全には理解できないまま、マスカルはこう言った。……「だけどこれはサーターの隠れ処《が》なのかね」

「サーターはここにいたこともあるんだ」

「クラッグ、その謎めいた人物について話してくれないか。今を逃したら、二度と聞く機会はないかもしれないからな」

「窓について言ったことが、サーターにも当て嵌まるんだ。あの男のことを考えたりして時間を無駄にする必要はない。きみはじきに現実のサーターと会うことになるんだからな」

「じゃ、出発しよう」マスカルは疲れたように眼の玉を押さえた。

「服は脱ぐのか」ナイトスポーが尋ねた。

「もちろんだ」こう言ってクラッグは、のろのろしたがさつな動作で服を脱ぎ捨て始めた。

「なぜだい」マスカルはこう言いながらも二人にならって服を脱ぎ始めた。

クラッグは、猿みたいに濃い胸毛が一面に生えている広い胸をどんと叩いた。「トーマンスのしきたりがどういうものなのかは誰にも分らない。身体から手足が生えてくることだってあるかもしれない——必ずそうなると言ってるわけじゃないがね」

「あっは！」マスカルは服を脱ぐ手をとめて大声をあげた。

クラッグはマスカルの背中を叩いた。「マスカル、新しい快感器官が身体に出来るかもしれないぞ。どうだい、この話、気に入ったか」

三人は生まれたときのままの姿で部屋の中に立っていた。出発の瞬間が近づくにつれ、マスカルの心はすみやかに高揚していった。

「成功を祈って、われらが門出に乾杯だ!」とクラッグは瓶をつかんでその頭を指で割りながら歓呼した。グラスはなかったが、ひびの入った茶碗に琥珀色のワインが注《つ》がれた。

クラッグとナイトスポーが飲んだのを見て、マスカルも一気に飲み干した。……すると、まるで液体の電気でも呑みこんだような感じがして、クラッグはばたりと床に倒れ、脚で空《くう》を蹴りながらあおむけになってころげまわり、マスカルを自分のからだの上に引っぱりあげようとし、二人のあいだでちょっとした取っ組み合いが続いた。ナイトスポーはこれには加わらず、腹を空かした檻の中の動物のように、部屋の中を行ったり来たりしていた。

そのとき突然、外で、悪霊バンシーの声ではないかと思われるような、いつまでも続く甲高い叫び声が聞こえた。が、その声は不意にやみ、二度と繰り返されなかった。

「あれは何だ」もう我慢できないとばかりにクラッグから身を振りほどきながらマスカルは大声で言った。

クラッグは身体をゆすって大笑いした。「スコットランドの霊がこの地上に宿っているバッグパイプとそっくりの音を出そうと苦心しているのさ――われわれの出発を祝ってな」

ナイトスポーがクラッグのほうを向いた。

「旅のあいだマスカルはずっと眠っているんだろうか」

「眠っていたければ、きみもそうしていたまえ、他人のことを思いやってばかりいる慈善家君よ。おれはパイロットだが、きみたちは乗客だ、思いっきり楽しむがいい」

「いよいよ出発するのか」とマスカル。

「そうだ。マスカル、シーザーじゃないが、きみもきみのルビコン河を渡る時が来たのだ。それにしても、何と風変りなルビコン河なんだろう！……ここからアルクトゥールスまで、光速で行っても百年はかかる。それをおれたちは十九時間で突破するのだ」

「じゃあ、サーターはもうアルクトゥールスに行っていると言うのか」

「サーターはいるところにいる。大旅行家なんだ」

「会えないものだろうか」

クラッグはマスカルに近づき、その眼を見て言った――

「きみが自分から進んでこれを求め、これを願ったのだということを忘れるなよ。トーマンスの人たちだって、サーターのことをよく知っている者はあまりいないはずだが、サーターに関するきみの記憶はきみ自身にとって最悪の友となるだろう」


クラッグは先に立って短い鉄の梯子を登り、はねあげ戸をくぐり抜けて陸《ろく》屋根に出た。あとの二人もその屋上に立つと、クラッグは小さな懐中電灯のスイッチを入れた。

広大な空間の彼方へと三人を運ぶことになっている水晶製の魚雷型宇宙船をマスカルは畏怖のまなこで打ち眺めた。それは長さ十二メートル、幅二・四メートル、高さ二・四メートルの魚雷型宇宙船で、アルクトゥールス逆光線の入っているタンクは前部に、船室は後方にあった。船首は南東の空に向けられていて、船体そのものは、離陸の際に障害物にぶつからぬよう、屋根より一メートル高い平らな台の上にのっていた。

　クラッグは懐中電灯で船室のドアをぱっと照らし、ナイトスポーとマスカルが入れるようにした。入る前にマスカルは、これから先、自分たちの太陽になる遥か彼方の巨星をあらためて厳しい眼で見つめてから、顔をしかめ、かすかに身ぶるいして船内に乗りこみ、ナイトスポーのかたわらに坐った。クラッグは二人の横を通って奥の運転席に着くと、開いているドアから懐中電灯を投げ捨てた。ドアは注意深く締められ、錠がおり、さらにねじで止められた。

　クラッグは始動レヴァーを引いた。宇宙船は静かに台からすべり出し、かなりゆっくりと塔から離れ、海のほうへ向かった。極端なほどではなかったが、身体に感じられる程度に加速して飛行する宇宙船はやがて大気圏のほぼはずれのところまで達し、クラッグはそこでスピード・バルブをはずした。すると、宇宙船の船室部だけが光速を超える思考の速さに近いスピードで飛行を続けた。

　マスカルは、急速に移り変る天空のパノラマを、水晶の側壁ごしに眺める機会がなかった。極度の睡気がのしかかってきていたのだ。十回まで激しく眼を見開いたが、十一回目はもう開かなかった。それ以後は正体なく眠りこんだ。

　ナイトスポーの顔にうかんでいる、退屈しきった、何かに飢えている表情は少しも消えなかった。刻々と移り変る空の局面の変化にも全く関心がないようだった。

　クラッグは、夜光塗料のついている地図と計器を熱心に見つめながら、片手をレヴァーに当てて坐っていた。

6　ジョイウインド

マスカルが深い眠りから覚めたときは一寸先も見えない真っ暗な夜だった。穏やかだが、壁のような風が吹いていた。こんな風には地球上ではついぞ出会ったことがない。マスカルは地面に大の字になったままだった。身体が途方もなく重いため、起きあがることができなかった。身体のどの部分からくるのか、しびれるような痛みを感じた。この痛みはこれ以後、それ以外のすべての感覚に対していわば低い共振音として作用することになる。マスカルは絶えずこの痛みに苦しめられ、時にはそのために辛い思いをしたり、苛だったりすることもあれば、すっかりそれを忘れてしまうこともあった。

マスカルは何か固いものが額についているような気がした。手をやってみると、それはこぶであるのが分った。小粒な李《すもも》ほどの大きさで、真ん中がへこんでおり、手で探ってみてもその窪みには底がないようだった。また、首の両側の、耳より二、三センチ下のあたりにも大きなこぶが出来ているのに気づいた。心臓のあたりには触手が生えていた。マスカルの腕くらいの長さだったが、鞭紐のように細くてしなやかだった。

こういう新しい器官が出来たことの意味をすっかり悟るや否や、心臓が早鐘を打ち始めた。こんな器官が自分の身体に生じたというのは、それがどういう役に立つのか——立たないのか——分らないにしろ、明らかにひとつのことを意味している。おれは新しい世界に来ているのだ。

空の一部が際だって明るくなり始めた。マスカルは大きな声で仲間の名を呼んだが、返事はなかった。こわくなったので、さらに、間をおいて時どき大声で呼んだ。が、相変らず静寂と自分の声にびっくりするばかりだった。いくら呼んでも答えがないので、あまり大きな声を出さないほうが賢明だと思い、それ以後は静かに横になって、これから起ることを冷静に待つことにした。

まもなく、あたりにぼんやりした影が見えてきた。が、それは仲間の影ではなかった。

暗黒の夜にかわってミルクのような青白い蒸気が地面を蔽い始め、上空は薔薇色を呈してきた。地球なら、さしずめ夜が明けかかっているといったところだ。非常に長い時間をかけて、少しずつ明るさが増していった。

このときマスカルは、自分が砂の上に寝ていることに気づいた。砂の色は緋色だった。さっきぼうっと見えた影は、黒い幹に紫色の葉がついている灌木だった。これまでのところ、ほかには何も見えなかった。

夜がどんどん遠ざかり、日光が直接射しこめないほど深く霧が立ちこめていたが、早くもあたりの明るさは、地球で見る真昼の太陽の光よりも強くなった。暑さも強烈だったが、マスカルは喜んでそれを受け容れた。暑さは痛みをやわらげ、重い物体で押しつぶされているような感じもそれでいくらか楽になったからだ。日の出とともに風はやんだ。

マスカルは立ちあがろうとしたが、膝立ちになるのがやっとだった。遠方は見渡せなかった。霧はところどころしか晴れておらず、はっきり見えるのは、十本から二十本ほどの灌木が点々と茂っている狭い円形状の赤い砂地だけだった。

何か柔らかい、ひんやりしたものがうなじに触れた。ぎくりとして前に跳び出し、砂の上をころがった。すばやく振り返って見あげると、驚いたことにひとりの女が立っていた。

女の装いは、かなりクラシックで、淡い緑色の、ゆったりした服を着ていた。地球の基準からすれば美人ではなかった。顔はおおよそ人間と同じだったが、さっきマスカルが自分の身体に発見したあの見てくれの悪い余分な器官がやはりついていたからである。いや、ついていたと言うより、それに禍いされていたと言うべきか。女には心臓の触手もあった。が、マスカルが起きあがり、眼と眼が合って、共感し合ったままでいると、愛、温かさ、親切、優しさ、親密さの故郷である魂そのものを真っ向から覗きこんでいるような気がしてきた。こうして見つめ合っていると気高い親しさが感じられ、おれはこの女を知っているのだとマスカルは思った。そうすると、この女の容姿の美しさをすべて認めることができるようになった。女は背が高く痩せていて、一挙手一投足が音楽のように優雅で、皮膚は、地球では美しいとされている死んだようなくすんだ色ではなく、オパールのような光を放っていた。その色合いは、思念や感情の変化と共に絶えず変化したが、どの色合いも鮮やかではなく、すべて柔らかく、ほのかで、詩的であった。髪は亜麻色で、非常に長く、ゆったりと編まれていた。新しい器官も、マスカルがそれに慣れるや否や、比類のない際立った女の顔をいっそう引き立たせるものとなった。うまく言い表せないが、鋭敏さと内面的な深さが付け加えられたような感じだった。その器官は、女の眼に見られる愛情や、顔にあらわれている天使のような清純さとは矛盾しなかったが、それにもかかわらず、単なる純真さよりも深い調べを奏でていて、そのせいで、この女はただの小娘のようには見えなかった。

女は親しげに、少しもまごつかずにマスカルを見つめていたので、裸でどうすることもできずに女の足下に坐っていても、マスカルはほとんど屈辱を感じなかった。女はマスカルの状態を理解し、腕にかけて持って来た服を渡してくれた。それは女が着ている服に似ていたが、もっと黒っぽい男ものの色だった。

「ひとりで着られると思いますか」

マスカルははっきりとこの言葉を意識したが、声は聞こえなかった。

マスカルが無理に立ちあがると、女はマスカルがこのこみいった衣裳をうまく着こなせるように手伝ってくれた。

「かわいそうな方――どんなに苦しいことでしょう」さっきと同じ、耳には聞こえない言葉で女が言った。

今度は、女が言っていることの意味が、額についている器官を通して脳まで届き、はっきり了解されたのをマスカルは意識した。

「ここはどこだろう――トーマンスだろうか」こう言いながらマスカルはよろめいた。女はマスカルをつかみ、手を貸して腰をおろさせた。

「そうです。ここにいるのはあなたの味方ばかりです」

心でこう伝えてから女は微笑しながらマスカルを見つめ、実際に声を出して英語で話し始めた。女の声はなぜかマスカルに四月を想い起こさせた。それほどすがすがしく、力強い、少女らしい声だったのである。

「やっとあなたの言葉が分るようになりました。初めは未知の言葉でしたが、これからはこうして声を出してお話しできます」

「これは只事じゃない！　この器官は一体何なのです」額に手をやりながらマスカルは叫んだ。

「〈ブリーヴ〉というものです。それを使ってわたしたちはお互いに考えていることを読みとるのです。でも、声を出して話すほうがいいのです。そうすれば本心まで読みとれるのですから」

マスカルは微笑んだ。「喋る能力が与えられているのは他人を騙すためだと普通言われているんですがね」

「思念によっても騙すことはできます。ですが、わたしは最悪の場合を考えているのではなく、最善の場合を考えているのです」

「ぼくの友達に会いましたか」

女は無言のままマスカルをまじまじと見つめてから口を開いた。

「ひとりでいらしたんじゃなかったんですか」

「ほかに二人います。三人揃って機械に乗ってやって来たんです。ここに着いたとたんにぼくは意識を失ったんでしょう。それ以来、仲間の姿が見えないんです」

「おかしいわ。そんな人たちの姿、わたしは見かけませんでした。ここにはいないんじゃないかしら。もしいたら当然わたしたちに分ったはずです。夫とわたしは――」

「きみの名前は？　それから御主人は？」

「わたしはジョイウインド――夫はパンオウといいます。ここからかなり離れたところに住んでいます。でも、あなたがここで気を失って倒れていることは昨晩《ゆうべ》分りましたの。誰があなたのところへ行くかで夫と喧嘩になりかけたんですけど、結局、わたしのほうが勝ったんです」ここで女は笑って「わたしが勝ったのはね、わたしのほうが勇気があるからですわ。知覚ならば夫のほうが澄んでいるのですけれど」

「ありがとう、ジョイウインド」マスカルは単純に謝意を表した。

ジョイウインドの皮膚の下でさまざまな色がめまぐるしく移り変った。

「まあ、どうしてあらたまってお礼などおっしゃるの？　愛情をもって人に親切をつくすことにまさる喜びがあるでしょうか。こういう機会が得られてわたしは嬉しいんです……それはそうと、あなたとわたしは血液を交換しなくては」

「何のことなんです」狐につままれたような心地でマスカルは尋ねた。

「そうする必要があるのです。あなたの血液はたいそう濁っていて重いので、わたしたちの世界には適さないのです。わたしの血液を注ぎこまないかぎり、あなたは起きあがれません」

マスカルは頬を赤らめた。

「この世界ではぼくは全く無知な人間らしいな。……そんなことしてあなたは大丈夫なのですか」

「もしあなたの血液があなたに苦痛を与えているのなら、たぶん、それはわたしにも苦痛を与えるでしょう。でも、わたしたちは苦痛を分かち合うことになるのです」

「こんなもてなしには会ったことがない」マスカルは呟いた。

「同じことを、わたしにもして下さいませんか」半ば微笑み、半ば興奮しながらジョイウインドが問いかけた。

「この世界ではぼくは自分の行動に責任がもてない。自分がどこにいるのかも分らないような始末なんです。……ええ、いいですとも。――もちろんやります、ジョイウインド」

こうして話しているうちにすっかり日が高くなり、霧も地面から晴れあがって、上空にだけかかっていた。緋色の砂漠は周囲に広がっていたが、ひとつの方向だけは、彼方に小さなオアシスのようなものが見えた。それは、麓から頂上まで紫色の小さな木がまばらに生えている低い丘陵だった。そこまでの距離は四百メートルくらいだった。

ジョイウインドは火打ち石で出来た小さなナイフを持って来ると、気おくれした様子もなく自分の二の腕に慎重に深い切り傷をつけた。それを見てマスカルはよしなさいと言った。

「でも、これはまだ序の口で、何でもないのです」ジョイウインドは笑いながら言った。「それに、もしこれが……本当の犠牲とは言えない犠牲でしかなかったならば、こんなことをして何になるでしょう。……さあ、今度はあなたの番よ——腕をお出しなさい」

ジョイウインドの腕からは血が流れていた。しかし、それは赤い血ではなく、オパールのような輝くミルク状の液体だった。

「そっちの腕は駄目だ！」身をすくめながらマスカルは言った。「そっちはもう傷をつけられたんだ」別の腕を差し出すと、やがて切られた部分から血がどくどく流れ出た。

ジョイウインドは細心の注意を払って手際よく二つの傷口をくっつけ、長いあいだしっかりと自分の腕をマスカルの腕に押しつけていた。マスカルは快感が切り傷を通して体内に流れこんでくるのを感じた。以前の軽さと活力が戻り始めた。五分ほどたつと、二人の親切心が果たし合いを始めた。マスカルは腕をひっこめたいと思い、ジョイウインドはそのままでいたいと思ったのだ。が、とうとうマスカルは自分の思いどおりにした。しかし、それでも決して早すぎはしなかった——すでにジョイウインドは顔が蒼白となり、元気もなくなっていたのである。

ジョイウインドは、眼の前にぽっかり不思議な深淵が開きでもしたかのように、前よりも真剣な表情でマスカルを見た。

「あなたのお名前は？」

「マスカル」

「どこからいらしたの、こんな恐ろしい血をもって」

「地球という世界から来たのです。……ジョイウインド、ぼくの血液がこの世界には適さないことは確かだ。でも、結局のところ、それは初めから予想されていたことで……きみの言うとおりにしたのを今では後悔しているんです」

「そんなこと言わないで！　ほかにどうしようもなかったのよ。わたしたちはみんなお互いに助け合わなくてはいけないのです。でも、どうしたわけか——こんなことを言ってごめんなさい……穢されたような気がするの」

「そりゃあそうだ。見知らぬ惑星から来た見知らぬ男の血液を自分の静脈に注入するなんて、若い女にとって身の毛のよだつようなことなのだから。あんなにぼうっとして弱っていなかったら、こんなこと決してさせなかったんだが」

「でも、わたしもあとにひかなかったでしょう。わたしたちはみな兄弟であり姉妹ではないでしょうか。マスカル、なぜあなたはここへ来たの？」

マスカルは自分がいささか当惑しているのを意識した。

「莫迦げた話だと思うかもしれないけど、なぜここへ来たのか自分でもよく分らないんだ——ぼくは二人の仲間と一緒に来た。好奇心に駆られて来たのかもしれないし、冒険をしたかったのかもしれない」

「ひょっとしたら」ジョイウインドが言った。……「あなたのお友達は恐ろしい人たちなんじゃないかしら。その人たちはなぜここへ来たの」

「それなら教えてあげられる。サーターのあとを追って来たのさ」

ジョイウインドが困ったような顔をした。

「どうもよく分らないわ。お友達のうち少なくともひとりは悪い人にちがいないんだけど、もしその人がサーター——ここではシェイピングと呼ばれている男——のあとを追いかけているんだったら、本当は悪い人じゃないってことになるわけだし」

「サーターについて何か知っているんですか」びっくりしてマスカルは尋ねた。

ジョイウインドはマスカルの顔をしげしげと眺めながら、しばし黙っていた。マスカルの頭脳は、外から探り針でつつかれでもしたように休みなく回転していた。

「分ったわ……でも、やっぱり分らない」やっとジョイウインドは口を開いた。「とても難しいことなのね。……あなたがたの神様は恐ろしい存在です——肉体がなく、薄情で、目に見えない。そういう神様はここでは崇拝しません。教えてほしいんですけど、誰かあなたがたの神様を実際に見た人はいるのですか」

「一体どういうことなんです。ジョイウインド。どうしてまた神のことなど持ち出すんですか」

「わたしは知りたいのです」

「地球がまだ若くて壮大だった遠い昔には、神と一緒に歩いたり話したりしていた聖者が何人かいたという話だけれど、そういう時代はもう過去のものとなっている」

「わたしたちの世界はまだ若いのです」ジョイウインドが言った。「シェイピングはわたしたちと立ちまじって、話を交わします。現実に存在する人物で活動的です——友であり、愛する者なのです。シェイピングはわたしたちを作ったのです。そして、自分の作品を愛しています」

「きみはその神に会ったことがあるの?」自分の耳が信じられないといったようにマスカルは尋ねた。

「いいえ。それに値するだけのことをまだしていないんです。いつの日か自己犠牲をする機会が来るでしょう、そうすればシェイピングと会ってお話しするという御褒美が戴けるでしょう」

「確かにぼくは別の世界に来ているようだな。それより、どうしてきみはシェイピングはサーターと同じだと言うんです」

「そうなんです、サーターと同じなんです。わたしたち女性はシェイピングと呼んでいますし、男性もたいていの人はそう呼んでいます。でも、なかにはサーターという名前で呼んでいる男の人もいます」

マスカルは爪を嚙んだ。「クリスタルマンのことを聞いたことがあるんですか」

「それもシェイピングのことです。もうお分りでしょうけど、シェイピングはたくさんの名前をもっているのです――シェイピングがどんなにわたしたちの心を支配しているかがこれでよく分ります。クリスタルマンは愛情の別名なのです」

「変だな」とマスカル。「ここへ来るまでは、クリスタルマンはそれとは全く違うものだと聞いていたんだけど」

ジョイウインドは髪を横に振った。

「向うの木立の中にクリスタルマンを祀《まつ》った砂漠の社《やしろ》があります。そこへ行ってお祈りをしてから、その足でプーリングドレッドまで行きましょう。プーリングドレッドはわたしの家があるところなの。ずいぶん遠いんですけど、ブロッドソンブルまでには着いていなくては」

「何のことなんですか、ブロッドソンブルというのは」

「日中のおよそ四時間はブランチスペルの日光がとても暑くて、誰にも耐えられないほどになります。それをブロッドソンブルと呼んでいるのです」

「ブランチスペルはアルクトゥールスの別名なのですか」

ジョイウインドは真面目さをかなぐり捨てて笑った。「マスカル、わたしたちがあなたがたのつけた呼び名を使わないのは当り前でしょう？　わたしたちがつけた呼び名はあまり詩的だとは思いませんが、そのものの本性に即した名前なのです」

ジョイウインドは愛情をこめてマスカルの腕をとり、一面に木が茂っている丘のほうへ足を向けた。歩きつづけていると、突然太陽が上空の霧を通して射しこみ、焼けつくようなすさまじい暑さが、溶鉱炉から吹きつける熱風のようにマスカルの頭を襲った。マスカルは何気なく顔を上げたが、一瞬のうちにまた眼を伏せた。その瞬間に見えたのは、太陽の見かけの直径の三倍はあろうと思われる電気のように白熱してぎらぎら輝く球体だった。数分間、マスカルは完全に眼がくらんだ。

「こいつは大変だ」マスカルは大声をあげた。「早朝からこんな調子だったら、ブロッドソンブルについてきみが言ったことは本当なんだな」

マスカルはいくらか落ちつきをとり戻すとこう尋ねた。「ジョイウインド、この世界では一日の長さはどのくらいなんですか」

マスカルはまたもや探り針で脳をつつかれているような感じがした。

「一年のうちの今の季節では、あなたがたの世界の夏の日の一時間が、ここでは二時間になるんです」

「この暑さはものすごい——だけど、なぜか、思ったほど苦しくない」

「わたしはいつもより暑く感じます。その理由は簡単ですわ。あなたの身体にはわたしの血が、わたしの身体にはあなたの血がいくらか流れているからです」

「うん、そのことを考えるたびにぼくは……ジョイウインド、教えてくれないか、ここにずっといたらぼくの血は変るだろうか——つまり、赤い色と濁りが消え、きみの血のようにまざりもののない澄んだ色をした薄い血になるだろうか」

「もちろんですとも。わたしたちと同じ生活をすれば、きっとわたしたちのような身体になります」

「生活って、食べ物や飲み物のことなの？」

「わたしたちは食べ物はとらないんです、飲み物も水しか戴きません」

「それで生命を維持しているわけか」

「マスカル、わたしたちの水は良質の水なんです」ジョイウインドは微笑みながら答えた。

再び眼が見えるようになるとすぐに、マスカルは周囲の風景に眼をこらした。広大な緋色の砂漠が、オアシスで途切れている場所を除いて四方八方に広がり、地平線にまで達していた。砂漠の上空には、殆ど菫色に近い濃紺の空には雲ひとつなかった。弧を画く地平線は、地球のよりも遥かに長かった。二人が歩いている方向に対して直角のほうを見ると、地平線上に山脈が姿を現していた。六十キロは離れているだろう。ほかの山よりひときわ高いひとつの峰は、茶碗のような形をしていた。あらゆるものを目のさめるほど現実《リアル》にする光の強烈さがなかったら、マスカルは、自分は夢の国を旅しているのだと信じたくなっただろう。

ジョイウインドは茶碗の形をした山を指さした。

「あれがプーリングドレッドです」

「まさかあんな遠くから来たんじゃないだろうね」びっくり仰天してマスカルは叫んだ。

「あそこから来たんです、嘘じゃありません。これからわたしたちが行かなくてはならないのはあそこなのです」

「ぼくを見つけるというたったそれだけのためにあそこから来たの？」

「もちろんそうです」

マスカルは顔がぱっと赤くなった。

「だとすると、きみはあらゆる女性のなかで最も勇敢で最も気高い人だ」マスカルはちょっと間をおいてから静かに言った。……「例外なく……いや全く、これは運動選手向きの旅だ！」

ジョイウインドはマスカルの腕をおさえた。すると、絵の具では出せないほど微妙な色が次つぎにジョイウインドの頬に現れ、めまぐるしく変化した。

「マスカル、お願いですからそのことはこれ以上おっしゃらないで。そういう話を聞いていると楽しくなくなってくるのです」

「分った。それより、お午までに着けるんだろうか」

「着けますとも。距離にびっくりしてはいけません。ここではわたしたちは長い距離のことなど考えません――ほかに考えたり感じたりする事柄が山ほどあるのです。時のたつのはとっても速いんですもの」

話しているうちに二人は丘の麓に近づいていた。丘はなだらかで、十五メートルほどの高さだった。マスカルの眼に、不思議な植物が見えてきた。一辺が一・五メートルほどの小さな正方形の紫色の草むらみたいなものが砂漠の中を二人のほうに向かって動いているのだ。それが間近まで来ると、草ではないことが分った。葉はなく、紫色の根だけなのだ。根は草むら全体の中のひとつひとつの植物のために回転していて、その先は縁《ふち》のない車輪のスポークのようだった。それが砂を蹴ってはひっこみして、それで植物は前進しているのだった。渡り鳥が群れをなして飛ぶように、何か無気味な、半ば理知的な本能によって、全部の植物が一緒になって一定の速さで同じ方向に動いていた。

もうひとつ珍しい植物があった。たんぽぽの実に似ている、羽の生えた大きな球で、二人はそれが空中を飛んでくるのにたまたま出くわした。ジョイウインドはこの上なく優美な腕の動きでそれをつかまえ、マスカルに見せた。その植物には根があった。たぶん空中で生を営み、大気中の化学成分を糧として生きているのだろう。が、独特なのはその色で、それは全く新しい色だった。単なる新しい色調でもなければ新しい配合色でもなく、青や赤や黄のように鮮明でありながら、それとは全く異なる新しい原色なのだった。マスカルが尋ねると、ジョイウインドはウルファイアーという色ですわと答えた。やがてマスカルは二番目の新しい色に出くわした。これはジェールという名前の色だという。七色のほかに追加されたこれら二つの原色から受けた感覚の印象を漠然とでも説明するには、ほかの原色と比較する以外に方法はない。青が繊細で謎めいた色、黄色が微妙さを欠いた澄んだ色、赤が血気盛んで情熱的な色であるように、ウルファイアーは荒々しい苦痛にみちた色、ジェールは夢幻的、熱狂的、官能的な色として感じられた。

丘陵の土は黒ずんだ色の肥えた沃土で、異様な形の小さな樹木が斜面と頂上一帯に生えていた。一本一本みなちがった木だったが、色はいずれも紫色だった。マスカルとジョイウインドは丘を登って、頂上を越えた。大きな林檎ほどもある卵型の真っ青な固い果実が、木の下にたくさん落ちていた。

「ここに落ちている果実には毒があるの？ 毒がなければきみたちは食べているはずだし」マスカルが尋ねた。

ジョイウインドは静かにマスカルを見た。「わたしたち、生あるものは食べないんです。そんなことは思っただけでもぞっとします」

「理論的には、そりゃまあそうだろうけど、でも、きみたちは本当に水だけで身体を保《も》たせているの？」

「マスカル、生きる糧がほかに何もない場合、あなたは人を食べますか」

「いや、そんなことはしない」

「わたしたちが同じ生き物である植物や動物を食べないのもそれと同じです。そうなると、のこるのは水だけということになります。実際何を食べても生きてゆけるのですから、水で結構まにあうのです」

マスカルは果実をひとつ拾い、珍しそうにいじった。そうしていると、新たに生じた感覚器官がまたひとつ活動を始めた。耳の下に出来たこぶのようなものが、何か新奇な方法でこの果実の内的性質を知らせてくれていることにマスカルは気づいたのだ。見たりさわったり臭いをかいだりするだけでなく、その本来の性質を知ることもできたのである。この果実がもつ本来の性質は、冷厳で粘り強く、憂鬱なものだった。

ジョイウインドは、マスカルがまだ訊いてはいない質問に答えた。

「その器官は〈ポイグンズ〉というものです。あらゆる生きものを理解してそれに共感できるようにしてくれる器官です」

「ジョイウインド、そうすることができるようになるとどんな利点があるの？」

「残酷になったり、わがままを通したりしなくなるんですよ、マスカルさん」

マスカルは果実を投げ捨て、また頬を赤らめた。

ジョイウインドは別に困った顔もせずに、マスカルのひげのはえた浅黒い顔を覗きこみ、ゆっくりと微笑んだ。

「言い過ぎたかしら。うちとけすぎたかしら。……あなたがどうしてそんなふうにしか考えられないのか、分りますか。あなたはまだ不純だからです。そのうちどんな言葉でも恥ずかしがらずに聞くことができるようになります」

ジョイウインドが何をしようとしているのかをマスカルが悟るひまもないうちに、ジョイウインドは、もう一本の腕でも伸ばすように触手をマスカルの首に投げかけた。マスカルはそのひんやりした圧力に抵抗しなかった。ジョイウインドの柔らかな肉体がマスカルの身体に触れたときの感触は、湿り気をおびたこまやかなものだったので、新手のキスかと思われるほどだった。マスカルは自分を抱きしめているのが誰であるかが分った。青白い顔をした美しい女なのだ。が、奇妙なことに、肉感性も性的な誇りも感じなかった。愛撫によって表現される愛情は豊かで熱烈で個性的だったが、そこにはセックスを思わせるものは少しもなかった――だからこそマスカルはこれを受けいれたのだ。

ジョイウインドは触手を離して両腕をマスカルの肩にかけ、相手の魂そのものまで見すかした。

「そう、ぼくは純粋になりたいんだ」マスカルは呟いた。「そうでなければ、じたばたしている弱い悪魔にしかなれないんじゃないだろうか」

ジョイウインドはマスカルを離した。

「これは〈マグン〉というものです」ジョイウインドは自分の触手を指し示して言った。「これがあると、すでに愛しているものをわたしたちはもっと愛するようになり、まだ少しも愛していないものでも愛し始めるようになるのです」

「神のような器官だ！」

「これはわたしたちが最も用心深く守っている器官です」

今や殆ど耐えがたいものとなっていたブランチスペルの日光を折よく木が遮ってくれた。ブランチスペルは刻々と天頂に向かって昇りつつあった。小さな丘の向う側の斜面をくだると、マスカルは不安げな面持ちでナイトスポーとクラッグの足跡をさがしたが、無駄だった。二、三分あたりをじろじろ見まわしてからマスカルは肩をすくめたが、内心ではすでに疑いが頭をもたげていた。

天然の小さな円形劇場が下のほうに見えてきた。その周囲は、木に蔽われた台地ですっかりかこまれ、中心部は赤い色の砂地で、その真ん中には、堂々とした高い木が一本そびえ立っていた。幹と枝は黒く、葉は透明で水晶のようだった。この木の根元には自然にできた円形の井戸があって、暗緑色の水をたたえていた。

円形劇場の底に降り立つと、ジョイウインドはマスカルをまっすぐ井戸のほうに連れて行った。マスカルは熱心に井戸を見つめた。

「これがさっききみが話していた社なの?」

「そうです。これは〈シェイピングの井戸〉と呼ばれています。シェイピングを呼び出したい人は、男でも女でも、このグノール水を手ですくって飲むのです」

「ぼくのかわりに祈って下さい」とマスカルは言った。「穢れのないきみの祈りのほうが効き目があるだろうから」

「願いごとは何ですの」

「純粋になりたい」落ちつかぬ声でマスカルが答えた。

ジョイウインドは手で水をすくって少し飲んでから、その手をマスカルの口元に差し出して、「あなたも飲まなくてはいけません」と言った。マスカルはそのとおりにした。すると、ジョイウインドは直立不動の姿勢になって眼をつむり、春の柔らかなざわめきに似た声で祈った。

「父なるシェイピングよ、どうか私の願いごとをかなえて下さいませ。見知らぬ人が重い血のためにおしつぶされそうになって私どものところへやってまいりました。その人は純粋になりたいと願っています。その人に愛の意味を教えてあげて下さい。他人のために生きることができるようにしてあげて下さい。シェイピング、その人に苦痛を嘗めさせないようにしてくれとは申しませんが、何卒、自分自身の苦痛を捜し求めることができるようにしてあげて下さい。その下の内に気高い魂を吹きこんで下さいませ」

マスカルは心の中で涙を流しながらこれに耳を傾けていた。

ジョイウインドが話すのをやめると、ぼうっとした霧がマスカルの眼にかかり、まばゆいほど真っ白な柱が何本か大きな円形を描いて緋色の砂に半ば埋もれた状態で見えてきた。何分かのあいだ、柱は焦点を定めかねているもののように分明と不分明のあいだをさまよっていたが、やがて視野から消えていった。

「今のはシェイピングからの〝お告げ《サイン》〟なのだろうか」畏怖の念にみたされた低い声でマスカルは尋ねた。

「そうだろうと思います。あれは時間蜃気楼《タイム・ミラージュ》なんです」

「それは一体どういうものなんだろうか、ジョイウインド」

「マスカル、ごらんのとおり、ここには神殿はまだありません。でも、いずれはできるでしょう、なくてはならないものなのですから。今あなたとわたしが何も知らずにやっていることを、これからは賢者が何もかも承知でやるでしょう」

「人が祈るのは正しいことだ」とマスカルは言った。「この世の善と悪は無から生じるのではない。やはり神と悪魔は存在するのだ。ぼくたちは神に祈り、悪魔と闘わなければならない」

「そうです、わたしたちはクラッグと闘わなければなりません」

「えっ、何だって?」びっくりしてマスカルは問うた。

「クラッグと言ったのです。クラッグは悪と悲惨を生み出す張本人で……あなたがたはそれを悪魔と呼んでいます」

マスカルはすぐさま自分の考えを隠した。クラッグとつながりがあることをジョイウインドに知られないよう、心を空白にしたのだ。

「なぜ心を隠すのですか」ジョイウインドは不思議そうな顔をしてマスカルを見、色を変えながら尋ねた。

「純粋で明るいこの光り輝く世界にいると、悪などというものは全く遠いことのように思えるので……とてもその意味をつかむことができないんだ」マスカルは嘘をついた。

ジョイウインドは穢れのない澄んだ魂でまともにマスカルを見つめていた。

「この世は善で純粋なのですが、堕落している人が大勢います。夫のパンオウはよく旅をするのですが、帰ってくると、聞かないほうがよかったと思われるような話をいろいろしてくれました。夫が出会った或る人など、宇宙は地の底から天の頂《いただき》まで魔法使いの洞窟なのだと信じきっていたという話です」

「きみの御主人に会ってみたい」

「どのみち、これからわたしの家へ行くところなんですよ」

子供はいるのかという言葉が咽喉まで出かかったが、ジョイウインドが気を悪くするといけないと思ってやめにした。

ジョイウインドはマスカルの心の中の質問を読みとった。「子供をもつ必要など、どこにあると言うのです。この世には可愛らしい子供がいくらでもいるじゃありませんか。子供というものは、親の身勝手な所有物です。それをほしがる理由などありはしません」

異様な生き物がはっきりとした五つの音色で悲しげに啼きながら飛んで行った。それは鳥ではなく、気球の形をした動物で、水かきのついた五本の足を動かして空を飛んでいた。すぐにそれは木立の中に消えて行った。

ジョイウインドは飛んで行くその動物を指さして、「グロテスクな恰好をしていますけど、あの動物をわたしは愛していますーーグロテスクだからよけいにいとしいのでしょう。でも、もしわたしに子供があったら、今のように愛情をもちつづけることができるでしょうか。どちらがいいとお思いですかーー二人か三人を愛するのと、すべてを愛するのとでは」

「ジョイウインド、女性がみんなきみのようになれるはずはないけれど、きみのような人が少しでもいるというのはいいことだ」

続けてマスカルは言ったーー「灼熱の太陽に焼かれたあの荒野をこれから歩いて行かなくてはならないんだったら、あの長い葉っぱで頭に巻くターバンをこしらえたほうがいいんじゃないだろうか」

ジョイウインドは悲愴な微笑をうかべた。「莫迦だとお思いになるでしょうが、葉っぱをちぎるなんて、そんなことをしたらわたしの心が痛みます。……この衣を頭にかぶりさえすればいいんです」

「もちろんそれで間に合うだろうけど、ちょっと、訊きたいんだーーこの衣にしたって、元は生物の一部だったんじゃないのかね」

「いいえ、ちがいます。この衣はある動物の皮なのです。でも、それ自体では生命をもっていたわけではありません」

「きみは生命というものをごく単純に考えているんだな」マスカルは言った。「しかし、それはとても美しいことだ」

丘の反対側を降《くだ》りおえると、二人はもはや儀式ばらずに砂漠を進み始めた。

二人は並んで歩いた。ジョイウインドはまっすぐプーリングドレッドに針路を向けた。太陽の位置から判断すると真北に向かって進んでいるらしかった。砂は柔らかく、粉のようで、素足で歩いていると非常に疲れた。砂のぎらぎらする赤い光でマスカルは目がくらみ、半盲の状態となった。身体がほてって咽喉がからからに乾き、水を飲みたくてたまらなかった。なんとなく感じられていた苦痛が、今ではは っきり意識されるようになった。

「仲間の姿がどこにも見えない。全く奇妙だ」

「そう、変ですわね——もし事故か何かで偶然にはぐれたのなら」独特のアクセントでジョイウインドが言った。

「そのとおりだ」マスカルは合槌を打った。「もし仲間が何か災難に遭ったのなら、死体がまだそこにあるはずだ。どうも思わしく行ってないようだな。仲間はぼくを置きざりにしてそのまま行ってしまったらしい。……まあいいさ。ぼくはここにいるんだ、せいぜい頑張らなくちゃ。仲間のことはもう気にかけないことにしよう」

「人の悪口を言うのは好きじゃないのですが、わたしの勘では、あなたはその人たちから離れたほうがいいようですわ。あの人たちはあなたたちのためにここへ来たのではありません、自分自身のために来たのです」

二人は長時間歩いた。マスカルは気が遠くなりそうだった。ジョイウインドは愛情をこめて自分のマグンをマスカルの腰にからませた。すると、たちどころに信頼と幸福の強い流れがマスカルの血管を勢いよく貫いた。

「ジョイウインド、ありがとう！……でもぼくはきみを衰弱させているんじゃないだろうか」

「ええ、わたしは弱くなっています」ジョイウインドは、マスカルの胸をわくわくさせるようなすばやいまなざしをちらっと向けて答えた。「でも、そんなにひどくはありませんし、おかげでわたしはとても仕合せなんです」

やがて二人は、生まれたばかりの子羊ほどの大きさの奇怪な小動物が、三本の足でワルツを踊りながらやって来るのに出会った。三本の足がかわるがわる前に出て、この小さな怪獣は連続した完璧な回転運動によって進んでいた。目のさめるような青と黄のペンキ壺にひたされでもしたように鮮やかな色をしている。二人が通り過ぎるのを、その動物はきらきら輝く小さな眼で見あげていた。

ジョイウインドは小動物に向かってうなずき、微笑んだ。「マスカル、あれはわたしの親しい友達なのです。このあたりへ来るといつも姿を見かけます。あの動物はいつもワルツを踊り、いつも急いでいるのに、どこにも行き着かないみたい」

「ここの生活は自足しているので、どこかに行き着く必要などないんじゃないかな。……ぼくに分らないのは、きみたちがどうやって毎日を退屈せずに過ごしているのかということなんだ」

「退屈というのは聞き慣れない言葉です。それ、興奮《スリル》への憧れという意味なのですか」

「まあそういったところかな」とマスカルは答えた。

「それは食べ物がふんだんにあるために起る病気なのですわ、きっと」

「でも、きみたちはほんとうに退屈することがないの？」

「退屈などするものですか。わたしたちの血液は速く軽くて自由ですし、肉体は内も外も全部きれいで、詰まっているところなどないのですから。……そのうち、今ご自分でなさった質問がどういう種類の質問であったかがお分りになればいいですけど」

さらに先へ進むと、二人は不思議な現象に出くわした。砂漠の真ん中で、しゅうしゅうと涼しく心地よい音をたてて泉が垂直に十五メートルほど噴き出していたのだ。だが、それは普通の泉ではなかった。噴き出している水が地面に落ちないで、頂点のあたりで大気に吸収されていたのである。これは水蒸気がてっぺんで、渦を巻いたり、ねじれたりしている暗緑色の液体が形づくる高い優雅な円柱であった。

近づいてみると、この水の円柱は、山脈の方角から流れてくる小川の続きであり、終着点であることをマスカルは知った。こういう現象が起きるのは、この地点の水にとって上空の空気が化学的に性が合うためで、それで水はつい地面から離れてしまうのだ。

「さあ飲みましょう」ジョイウインドが言った。

ジョイウインドは小川のほとりの砂の上に気どらずに手足を伸ばしてうつぶせになり、マスカルもためらうことなくこれにならった。ジョイウインドは、マスカルが飲むまでは咽喉の渇きを癒やそうとしなかった。水は重かったが、ガスでぶくぶくと泡立っていた。マスカルはたっぷり飲んだ。水を口に含むと、これまでに感じたことのない新しい感覚が生じた。……水は純粋で清らかであったばかりか、発泡性のワインのように気分を昂揚させる力をもっていたのだ。マスカルは意気軒昂としてきた……が、なぜかこの酔いで表面に出てきたのは、マスカルの低劣な性質ではなく、よいほうの本性だった。

「わたしたちはこれを〈グノール水〉と呼んでいます」ジョイウインドが言った。「色でお分りのようにこの水は完全に純粋というわけではありません。プーリングドレッドでは水晶のように透きとおっているのですけど。でも、不平を言ったりしたら、ばちがあたります。これでもう、今までよりずっと楽にやって行けるんです——あなたにもすぐそれが分るでしょう」

水を飲んだせいでマスカルは、いわば初めて周囲の物事をはっきりと把握するようになり、すべての感覚器官が、今までは想像もできなかった美と驚異をマスカルに示し始めた。砂のぎらぎら輝く緋色は、これまでは均一に見えていたのに、実ははっきり区別できる二十種もの異なった色調の赤であることが分り、空もやはり異なったさまざまの青に分かれているのだった。マスカルは燦然と輝くブランチスペルの光熱が自分の身体のあらゆる部分にそれぞれ異なった強さで作用していることを知った。耳も目ざめた。大気はざわめきに満ち、砂漠はぶんぶん唸り、太陽光線すらもが音をたてていた——それは風が吹くにつれて鳴るあのアイオロスの琴にも似たかすかな音だった。何だか妙なほのかなかおりが鼻をついた。口と舌はグノール水の思い出にふけっていた。皮膚の毛穴はひとつのこらず、これまでは気づかなかった空気の流れにくすぐられ、なだめられた。マスカルのポイグンズが、身近にあるすべてのものの内的性質を積極的に調べ、マグンはジョイウインドに触れ、その人柄から愛と喜びの流れを引き出した。そして最後には、ブリーヴを使って無言のままジョイウインドと思念のやりとりをした。こうした力強い感覚のシンフォニーで心の奥底までふるい立ったマスカルは、いつ終るともしれない長い朝のあいだずっと歩き続けても、もはや疲れを感じなかった。

まもなくブロッドソンブルが始まろうとしている時刻に二人は、プーリングドレッドの下にある暗緑色の湖の、菅《すげ》の茂るほとりに出た。

パンオウが黒っぽい岩に坐って二人を待っていた。

7　パンオウ

夫は立ちあがって妻と客人を迎えた。パンオウは白い服を着ていた。ひげのない顔にブリーヴとポイグンズがついている。顔にしろ身体にしろ皮膚はとても白くみずみずしくて柔らかだったので、それが皮膚だとはとても思えなかった——むしろ、そのまま骨につながっている、純粋な雪のように白い新しい種類の肉に似ていた。それは、文明のおかげをこうむりすぎた女性の、人工的に白くした肌とは何の共通点もなかった。その白さときめの細かさは少しも官能的な考えを喚び起こさなかった。……それは明らかに、自然の冷たい、殆ど残酷といっていいほどの純潔さのあらわれであった。首すじに垂れている髪も白かった。もちろんこれも活力に満ちているためであって、からだが衰えたためではない。眼は黒く穏やかで、測り知れないものを秘めていた。この男はまだ若かったが、厳しい顔つきをしていたので立法者のように見えた——調和のとれた、たいそう美しいその顔にもかかわらず。

パンオウのマグンとジョイウインドのそれとが一瞬からみあい、パンオウの顔つきが愛情で和らげられ、ジョイウインドも歓喜の表情をうかべているのをマスカルは見のがさなかった。ジョイウインドは優しく力をこめてマスカルを夫の腕の中に飛びこませ、自分はうしろにさがって微笑みながら二人を見つめていた。マスカルは男に抱かれることになって当惑したが、黙ってそれに従った。抱かれていると、涼しく心地よいけだるさが身体の中を通りぬけた。

「するとこの見知らぬお方の身体には赤い血が流れているのか」

マスカルはパンオウが英語で話すのを聞いてびっくりした。その声も普通とは違っていた。それは全く静かな声だったが、その静けさはなぜか妙な具合にひとつの錯覚であって、その動きがつかめないほど速く回転している思念や感情のせいでこの錯覚が生じているのではないかとさえ思えた。なぜそう思えるのかマスカルには分らなかった。

「今まで聞いたこともないような言葉をどうして喋ることができるのですか」マスカルは尋ねた。

「思考は豊かで複雑なものです。本能によってわたしはあなたがたの言葉を本当に口に出して喋っているのか、それとも、わたしが伝える思考内容をあなた自身があなたの言語に翻訳しているのか、どちらとも言えないのです」

「もうお分りでしょうが、パンオウはわたしより賢いのです」ジョイウインドが楽しそうに言った。

「あなたのお名前は?」パンオウが尋ねた。

「マスカルといいます」

「あなたの名前には何か意味があるにちがいない。……それにしても思考は不思議なものだ。あなたの名前は或ることとつながりがあるのだが、それが何であるかが……」

「分るように努力して頂戴」ジョイウインドが言った。

「あなたの世界には、同胞を高貴にするために造物主から何かを盗んだ人がいましたか」

「神話にそういう話があります。その英雄の名前はプロメテウスです」

「わたしの心の中ではあなたはそういう行為と結びついているように思える——しかし、これがどういう意味をもつのか、わたしにも分らないのだ、マスカル」

「今のことをよい前兆として受けとって下さい。パンオウは決して嘘をつきませんし、軽はずみに喋ることもないのですから」

「何か混同なさっているんじゃないですか。いずれにしろ、ぼくにはこういうことはとんと分らないんです」

マスカルは静かにこう言ったが、その表情は、瞑想にふけっているようだった。

「あなたはどこから来たのですか」

「地球と呼ばれる、遠い太陽の一惑星から来ました」

「何のために？」

「卑俗さにうんざりしたんです」マスカルは簡潔に答えた。クラッグの名前が明るみに出ないよう、仲間のことに触れるのを意識的に避けたのだ。

「立派な動機だ」パンオウが言った。「その上、言いのがれに言ったことではあるが、嘘ではないらしい」

「今言ったこと自体に嘘はありません」マスカルはどぎまぎしながらパンオウを見つめて言った。

沼地のような湖は、三人が立っているところから山の麓まで八百メートルにわたって延び、羽のような紫色の葦が浅瀬のあちこちに茂っていた。水は暗緑色だった。……これからどうやってこの湖を渡るのか、マスカルには見当がつかなかった。

すると、ジョイウインドがマスカルの腕をつかんだ。「ご存じないんでしょう、湖の上を歩いても沈まないのよ」

パンオウはすたすたと歩いて水面上に出た。水は非常に重かったので、体重を支えることができた。ジョイウインドもマスカルと共に夫のあとを追った。たちまち足がすべり始めたが、つるつるすべるのは面白かった。マスカルはパンオウの歩き方をよく見てまねをした。懸命に練習した甲斐あって、じきに、助けてもらわなくてもバランスがとれるようになった。……それからはこのスポーツがすばらしいものに思えてきた。

女性はダンスがうまいが、それと同じ理由で、倒れかかっては身を起こすジョイウインドの動きは、二人の男性いずれの動きよりも遥かに優美で確実だった。布をまとったジョイウインドの小柄な身体……それが黒ずんだ水面ですべったり、前かがみになったり、起きあがったり、揺れ動いたり、ねじれたりするそのさま……まさしくこれはマスカルの眼を惹きつけて離さない一幅の絵だった。

湖はだんだん深くなり、グノール水が暗緑色に変り、岸のごつごつした岩や谷や断崖が、今では細かいところまで判別できた。百メートルほどの高さから落下する滝も見えた。湖の表面が波だってきて、バランスをとるのが難しくなったので、マスカルは飛びこんで湖面を泳ぎ始めた。ジョイウインドは振り向き、たいそう楽しそうに笑ったので、歯が日の光を受けてきらっと光ったほどだった。

三人はさらに数分間進んで黒い岩だらけの岬に上陸した。マスカルの服や身体についていた水はすぐに蒸発してしまった。マスカルはそびえ立つ山をじっと見つめた。が、その瞬間、パンオウが妙な動作をしているのに注意を惹かれた。パンオウはひきつったように顔を動かし、よろめき始めたかと思うと、口に手をやり、鮮やかな色をした小石のようなものを口からとり出すと、何秒かのあいだつぶさにそれを眺めていた。ジョイウインドもめまぐるしく色を変化させながら、パンオウの肩ごしにそれを見つめていた。調べがすむとパンオウはその得体の知れぬ物体を手から離し、それ以上関心を払わなかった。

「見てもいいですか」マスカルは尋ねたが、許しを待たないでそれを拾いあげた。それは繊細な美しさを帯びた卵形の水晶で、薄緑色をしていた。

「これはどこから出てきたんだろう」不思議そうにマスカルは尋ねた。

パンオウは顔をそむけたが、ジョイウインドがかわって答えた。

「夫の身体の中からです」

「そうじゃないかと思ったんだけど、とても信じられなかった。それにしても、これは一体何だろう」

「これに名前があるのかも、使いみちがあるのかも、わたしには分りません。それは美が溢れ出たものなんです」

「美だって?」

ジョイウインドは微笑んだ。「マスカル、もしあなたが自然を夫とみなし、パンオウを妻とみなすなら、何もかもはっきりするはずですわ」

マスカルはじっと考えた。

暫くしてこう言った。「地球ではパンオウのような人は画家とか詩人とか音楽家と呼ばれている。そういった人たちの場合も美がひたひたと押し寄せたり、溢れ出たりする。パンオウと違うのは、地球の芸術家たちの作品のほうがもっと人間的で分りやすいということだけです」

「その水晶からは空《むな》しさしか出てこない」パンオウはこう言うと、マスカルの手から水晶を取りあげ、湖中に投げこんだ。

三人がこれから登らなければならない崖はおよそ百メートルの高さがあった。マスカルは自分のことよりもジョイウインドのことが心配だった。ジョイウインドは明らかに疲れていたのに助けをすべて断わったし、それどころか、相変らずマスカルより敏捷だった。マスカルに向かってジョイウインドはからかうようにしかめっつらをして見せた。パンオウは静かに物思いにふけっているらしかった。岩はしっかりしていて、三人が乗っても崩れなかった。だが、この頃にはブランチスペルの日光は人が生きていけないほど暑くなっていて、その燦然たる白い輝きの強さはまさに衝撃的で、マスカルの苦痛は徐々にひどくなっていった。

頂上に着くと、右を見ても左を見ても草一本生えていない黒っぽい岩の台地が眼の届く限りの彼方まで広がっていた。台地の幅はほぼ一様で、五百メートルほどあり、それが断崖のふちから内陸につらなる丘の麓へと延びているのだった。丘の高さはまちまちで、茶碗の形をしたプーリングドレッドは、こういう丘より三百メートルほど高く、その頂上部分は、マスカルには理解できないきらきら輝く植物のようなもので蔽われていた。

ジョイウインドはマスカルの肩に手を置いて、上のほうを指差した。「あれがこのあたり一帯で一番高い峰です……イフドーン・マーレストまで行けばもっと高い山もありますけど」

この不思議な名前を耳にするやいなや、マスカルは一瞬、何だか説明のつかない荒々しい活力と落ちつかぬ気分に襲われた——が、やがてそれも消えた。

パンオウは時間を無駄にしないですぐさま先に立って山腹を登って行った。山の下半分は草木の生えていない岩ばかりで、登るのは造作なかった。ところが、中腹まで登ると道は険しくなり、灌木や小さな木が立ちふさがるようになった。そのまま登りつづけると草木はますます濃密になり、頂上に近づくと高い森林樹が現れた。

これらの灌木や木は幹も枝も色の薄いガラスのようだったが、小枝と葉っぱは半透明で水晶に似ていた。そのせいで上から影は落ちていなかったが、それでも木陰に入ると涼しかった。葉も枝も風変りな形をしていたが、何よりもマスカルをびっくりさせたのは、見わたす限り殆どすべての植物がそれぞれ別の種に属しているという事実だった。

「マスカルが頭を悩ませていますわ。ひとつ助けてあげて下さいませんか」夫の腕を引っぱってジョイウインドが言った。

パンオウは微笑した。「もう一度頭の中に侵入することをこの人が許してくれるならそうしてもいい。だが、きみを悩ませているこの問題はごく簡単なことなのさ……マスカル、新しく出来たばかりの惑星に棲む生物はどうしたって精力的で無法に生きる必要があり、腰を落ちつけたり模倣したりする生活ではやっていけないのだ。自然はまだ流動的で――要するに固まっておらず――物資は自由に形を変えることができる。意志は絶えず分岐し変異しているのだ。だからこそどの生物も同じではないのだよ」

「なるほど、よく分りました」注意深く耳を傾けていたマスカルはこう言った。「でも、合点の行かないことがあるんです。もしここにいる生き物がそんなに精力的に変異するのなら、ここの人間がぼくの世界の人間と殆ど同じ形をしているのはなぜなのか」

「その点についても説明しよう」パンオウが言った。「シェイピングに似ている生き物はどうしたって互いに似る必要があるのさ」

「それではは変異というのはシェイピングのようになろうとする盲目的な意志のあらわれなのですか」

「そのとおりだ」

「全くすごい話だ」とマスカル。「……とすると、人間どうしの兄弟愛というのは理想主義者のこしらえた作り話ではなくて根拠のある事実だということになりますね」

ジョイウインドはマスカルを見て、色を変えた。パンオウはまた厳しい態度に戻った。

マスカルは新しい現象に興味をもった。水晶のような灌木の花が精神波動を出していて、マスカルはブリーヴでそれをはっきりと識別することができた。花は声に出さずにこう叫んでいた——「わたしのほうに！　わたしのほうに！」マスカルが見ていると、虫が空中を飛んで来てこれらの花のひとつにとまり、その蜜を吸い始めた。すると花の叫び声はすぐにやんだ。

三人は今や頂上に達し、彼方を見おろした。この山の噴火口のような窪みは湖になっていた。湖をとりまいて茂っている木々のためにところどころで視界が遮られていたが、この湖はほぼ円い形を成し、直径はおそらく四百メートルくらいあることがマスカルにも分った。湖の岸は三人がいるところより三十メートルほど下にあった。

もてなし役のパンオウとジョイウインドが降りてみましょうと言い出さないのを見てとると、マスカルは待っていて下さいと頼んで、這って湖面のほうに降りて行った。湖のほとりまで来ると、水は全く動かず、無色透明であることが分った。マスカルは水際に近づき、長々と横になって深みをじっと見つめた。水は不気味なほど澄んでいた。……ずっと下を見ても涯しなく続いていて、底が見えなかった。マスカルの眼がやっと届く深いところに黒っぽい影のようなものが幾つか動きまわり、非常にかすかで謎めいた音が、測り知れない深みからグノール水を通して聞こえてくるように思われた。それは太鼓のリズムに似ていて、等間隔で四回打ち鳴らされたが、三拍目が強く打たれた。この音は暫く続き、やがてやんだ。

この音は、今マスカルが旅しているのとは別の世界に属しているように思われた。マスカルが旅している世界は神秘的で夢のような、信じられない世界なのに、この太鼓の音は現実そのもののかすかなこだまのようだった。それは人の話し声にみちている部屋で時計がかちかちいうのに似ていて、時どき耳に入るだけなのだ。

　マスカルは再びパンオウとジョイウインドのもとに帰ったが、この経験については何も言わなかった。三人は一緒に噴火口のふちを歩き、反対側をじっと見おろした。砂漠に面していたあの断崖と同じような崖が、ここでは広大な荒野の境界線となっていて、その荒野の広さはとても肉眼では見きわめられなかった。それは沼地などではない乾いた土地だったが、その全体の色を見分けることはできなかった。それはあたかも透明なガラスで出来ているかのようだったが、日の光を受けて輝くことはなかった。この平原にはこれといったものは何も認められなかったが、遠くに滔々と流れる川が見え、それよりさらに彼方の地平線上には奇妙な形をした黒っぽい山脈が望見された。この山並は丸形でも円錐形でもかまぼこ形でもなく、自然によって刻まれて城の胸壁そっくりの形をしていたが、ただ、その切りこみは極度に深かった。

　その山脈の真上の空の色は強烈なほど鮮やかな青で、天空のそれ以外の部分の青に対して、すばらしいコントラストをなしていた。それはほかの部分より明るく光り輝いているらしく、まことに壮麗な青い夕映えさながらだった。

　そのままずっとマスカルは見とれていた。見つめれば見つめるほど、心の中が妖しく騒ぎ立ち、高尚な気持になった。

「あの光は何だろう」

　パンオウはいつもより厳しい態度をしており、ジョイウインドは夫の腕にすがりついていた。

「アルプペイン――われわれの第二の太陽だ」パンオウが答えた。「あの丘陵地帯がイフドーン・マーレストだ。……さあ、われわれの隠れ処へ行こう」

「あれは気のせいなのだろうか。それともぼくは本当にあの光に心を動かされ……苦しめられているのだろうか」

「気のせいなどではないよ――現実なんだ。……性質の違う二つの太陽が同時にきみを引っぱっているのだから、当然じゃないか。幸いにもきみはアルプペインそのものを見てはいない。ここからは見えないのだ。アルプペインを見るには少なくともイフドーンまで行かなくてはならないのだ」

「どうして〝幸いにも〟なんです」

「相反するあの二つの力によって惹き起こされる激しい苦痛に、きみはたぶん耐えられないだろうと思ったからそう言ったのだ。……だけど、断言はできないがね」

それから先の短い道中、マスカルは物思いにふけり、心が落ちつかなかった。マスカルには何ひとつ理解できなかった。たまたま眼に触れるものすべてが、たちまち謎に変ってしまうのだ。山頂のあたりの静けさは、何かをじっと考えこんでいるかのようで、謎めかしく、待っているように見えた。パンオウはマスカルに親しみをこめた心配そうな顔を向けると、これ以上ぐずぐずせずに先に立って小道をおりて行った。その道は山腹を横ぎって洞窟の入口に達していた。

この洞窟がパンオウとジョイウインドの家だった。中は暗かった。主《あるじ》は貝殻をとり、井戸から汲みあげた液体でそれを満たすと、砂地の床にぞんざいにまいた。緑がかった燐光のような輝きがしだいに洞窟の一番奥まで広がり、三人がそこにいるあいだずっと中を照らしつづけた。家具はなく、乾いた羊歯のような葉が何枚かあって、寝椅子がわりに使われていた。

　ジョイウインドは洞窟の中に入ったとたんに疲労で倒れてしまった。夫は落ちついた態度で妻を気づかいながら介抱した。顔を洗ってやり、口に飲み物を含ませ、マグンでエネルギーを与え、最後に寝かせてやった。高貴な婦人が自分のためにこのように苦しんでいるのを眼にしたマスカルは心が痛んだ。けれどもパンオウはマスカルを安心させようとした。「とても長くて辛い往復旅行だったことは事実だが、このおかげでこれからはジョイウインドのする旅は辛くなくなるだろう。……犠牲とはそういうものなのだ」

「午前中にどうしてこんなに遠くまで歩いてこられたのか想像もつかないな」マスカルは言った。「それにどうしてこれだけの距離をジョイウインドが往復できたかってことも不思議だ」

「ジョイウインドの血管には血液のかわりに愛が流れているのだ。だからあんなに強いのさ」

「ご存じですか——ジョイウインドがぼくにその愛を分け与えてくれたんですよ」

「知っているとも。愛を貰わなかったらきみはあそこから動きだすこともできなかっただろう」

「このことは決して忘れません」

　外のものうい暑さ、明るい洞窟の入口、薄緑色の光が輝いているこの涼しい別世界のような内部、そのせいでマスカルは眠気をさそわれた。が、好奇心がだるさに打ち勝った。

「話をしたらジョイウインドの邪魔になるでしょうか」

「大丈夫だよ」

「でも、あなたの気分はどうなんです」

「わたしはろくに寝なくても大丈夫なんだ。いずれにしろ、きみが新しい生活についていろいろ知識を仕入れることのほうが大切だ。全部が全部こんなに無垢で牧歌的だとはかぎらない。……だから、新しい生活を経験してみるつもりなら、さまざまな危険について知っておいたほうがいい」

「ああ、やっぱり――そうじゃないかとぼくも思っていたところです。でも、どんなふうにしましょうか。……ぼくが質問をして答えて戴くか、それとも、一番肝腎だと思うことをあなたが話して下さることにするか」

パンオウはマスカルに積みかさねてある羊歯の上に坐るよう身振りで示し、それと同時に自分も両足を伸ばして腕を枕に横臥した。

「わたしの人生で起った出来事をいくつかお話ししよう。そうすれば、ここがどういう世界であるかがきみにも分るだろう」

「そうして戴ければ助かります」こう言ってマスカルは話を聞く心がまえをした。

パンオウはひとしきり間《ま》をおいてから、慎重で穏やかだけれども思いやりのある口調で物語を始めた。

パンオウの物語

「わたしが覚えている最も小さいときの記憶は、三歳のとき（きみたち地球人の十五歳に相当するのだけれど、この世界では人間の成長はずっとのろい）――両親に連れられて、トーマンスで一番賢いブルードヴィオルという人物に会いに行ったときのことだ。この賢者はウームフラッシュ大森林に住んでいた。三日間わたしたちは林の中を歩き、夜は野宿した。進むにつれ木はだんだん高くなり、しまいには梢が見えないほどにまでなった。幹は暗赤色で葉っぱは薄いウルファイアーだった。父は絶えず立ちどまっては物思いにふけっていた。邪魔されなかったら半日でも全くの放心状態を続けていただろう。母はプーリングドレッドの出身で、性格が父とは違っていて雅量があり、美しくて魅力的だった。……けれども積極性もあって、絶えず父をせき立てていた。そのため両親は何度も口論をし、わたしはみじめな思いをした。四日目に《沈む海》に接している森の一部を通りぬけた。この海には人の体重を支えることのできない水塊がほうぼうにあり、比重の小さなこういう水塊でも外見はほかの水域と変らないので、この海を歩いて渡るのは危険なのだ。父は水平線上のぼんやりした輪郭を指し示して、あれがスウェイロウンの島だと教えてくれた。時どきあの島に行くものがいるが、誰ひとり帰って来ないというのだ。その日の夕方、わたしたちは、九十メートルの高さの木が茂る森の中で泥沼のような深い窪地にブルードヴィオルが立っているのを見つけた。ブルードヴィオルはごつごつした大柄な身体つきで、顔に深い皺が寄っている老人だった。そのときの年齢は、わたしたちの年齢で言うと百二十歳、きみたちの年齢に直すと六百歳といったところだった。ブルードヴィオルの身体は三辺形で……足は三本、腕も三本あり、眼は六つで、頭のまわりに等間隔についていた。そのためたいそう用心深く賢明な顔つきになっていた。賢者は一種の入神状態で立っていた。あとでわたしはこの人の名言を聞いた。それはこういう言葉だ。〈横になることは眠ることであり、坐ることは夢見ること、立つことは考えることである〉これが父にもうつり、父は瞑想にふけり始めたが、母が二人の心をすっかり目ざましてしまった。ブルードヴィオルはひどく顔をしかめて母をにらみつけ、何の用かと尋ねた。そのときわたしも初めてこの旅行の目的を知った。わたしは変わった子どもで……男でも女でもなかったのだ。両親はこのことを心配して、人々の中で一番賢いこの人物に相談してみようと思ったわけだ。

ブルードヴィオル老人は顔つきをやわらげてこう言った。〈たぶんそれはそんなに難しいことではないと思う。こういう不思議なことが起ったわけをお話ししよう。男であれ女であれ、人はみな殺人者なのだ。男ならば、自分の肉体の中に一緒に生まれた女性と闘って相手を殺したのであり――もし女であるなら、自分の中の男性を殺したのである。ところが、この子の場合はまだ闘いが続いているのだ〉

〈どうしたらその闘いを終らせることができるのでしょうか〉母が訊いた。

〈その闘いの戦場にこの子の意志を向けさせてやりなさい。そうすればどちらか好きなほうの性になるだろう〉

〈おまえ、もちろん男になりたいんでしょう？〉母は真剣な面持ちでわたしに言った。

〈そうすればお母さんの娘を殺すことになり、そんなことをするのは犯罪なのではないでしょうか〉

こう答えたわたしの口調にこめられていた何かにブルードヴィオルは注意を惹かれた。

〈今の言葉は利己的な心からではなく雅量のある心から出たものだ。それ故、男が喋ったに相違ない。もはやこれ以上心配する必要はない。家に帰り着くまでにこの子は男の子になっているだろう〉

父はその場を離れて見えなくなった。母のほうは十分ほどもブルードヴィオルの前で深々と頭をさげ、その間ずっと相手は優しそうに母を見つめていた。

このすぐあとアルプペインが毎日この地に数時間ずつ現れるようになり、それでブルードヴィオルは憂鬱になって死んでしまったそうだ。

賢者の予言は見事的中した。……家へ着かないうちに、わたしは恥ずかしさということの意味を知った。が、後年、自分の本性を理解しようとしたとき、しばしばこの賢者の言葉をじっくり考えてみた結果、ブルードヴィオルは誰よりも賢い人ではあったけれど、あのときにはあまりよくものが見えていなかったのだという結論に達した。ひとつの肉体の中に封じこめられていたわたしと双子の妹とのあいだには闘いなど全く起っておらず、生命に対する本能的な畏敬の念が二人にあって、そのせいで、お互いに生きるための闘争を慎しんでいたのだ。妹のほうがわたしより気性が強く、わたしのために――意識してそうしたのではなかったのかもしれないが――犠牲になってくれたのだ。

このことを理解するや否や、わたしは、生命を宿しているものを食べたり殺したりすることは一切しまいと誓いを立て……今でもそれを守っているのだ。

わたしがまだ大人にならないうちに父は亡くなり、母はそのあとを追うようにしてすぐに死に、わたしはこの土地にまといついている記憶がいやになったので、母の生まれ故郷へ旅しようと決心した。その国では大自然が非常に神聖で孤独なのだと母からよく聞かされていたのだ。

ある暑い朝、わたしは《シェイピングの土手道》にやって来た。そういう名で呼ばれているのは、シェイピングがかつてそこを通ったことがあるからか、それとも土手自体が驚くべきものであるためだ。それは延長三十キロほどの自然にできた土手で、わたしの生国の国境となっている山脈とイフドーン・マーレストを結んでいた。谷の深さは二千四百メートルから三千メートルもあり、土手の両側は恐ろしい崖になっていた。ナイフの刃のように突き立った尾根は、どの地点でも幅が三十センチほどしかなかった。《土手道》は南北に伸びていて、右手の谷は影の中に沈み、左手の谷は日の光と朝露できらきら光っていた。わたしはおそるおそるこの危険な小道を何キロか歩いた。遥か東方で谷はそびえ立つ台地によってとざされていた。この台地はさきほどの二つの山脈を結んでいたが、山脈の最高峰よりも標高が高かった。これは《サントト高原》と呼ばれている。わたしはそこへ行ったことはないが、そこの住民に関して奇妙な事実を二つほど聞いた。第一はそこには女はいないという話で、第二は、住民はほかの地へ旅行することに熱中しているのに、一緒に住んだ異民族の習慣を少しも身につけないという事実だ。

やがてわたしはめまいがしたので、両手で小道の両端をつかんだままかなりの時間長々と横になり、眼を大きく見開いて、わたしが横たわっている地面を見つめた。めまいがしなくなると、自分がまるで違った人間になったような気がし、うぬぼれが強くなり陽気になった。小道の全行程の中ほどまで来ると、遠くのほうから誰かがこちらにやって来るのが見えた。わたしは再び恐怖を感じた。どうやったらうまくすれちがうことができるか分らなかったからだ。けれどもわたしはそのままゆっくり進み、やがて、向うから歩いて来る人物が誰だか分るだけの距離にまで互いに接近した。……それはスロフォークという男で、魔術師と呼ばれていた。わたしはこの男にそれまで一度も会ったことがなかったのだが、変った人物だということで知っていた。スロフォークの皮膚は鮮やかな黄橙色で、鼻は長い象のようで、えらく長かった。この鼻は役に立つ器官のようだったが、普通に言う意味での美しさを増す働きはしていなかった。この男は、自分の身体に手足や器官を芽生えさせる驚くべき才能をもっているため、《魔術師》の異名をとっていた。こんな話がある。ある晩スロフォークは先のとがっていない石を鋸がわりに使ってゆっくりと脚を切断し、二日間苦しみながら横たわっていたところ、新しい脚が生えてきたというのだ。この男はいつも一貫して賢い人だという評判ではなかったが、誰も比肩するものがないほどの洞察力と大胆さのひらめきが周期的に現れるのだった。

わたしたちは二メートルほど間隔をおいて腰をおろし、面と向かいあった。

〈二人のうちどちらか相手を踏み越えて進むか〉とスロフォークが言った。その態度はこの日の天候と同じくらい穏やかだったが、若いわたしとしては、奥底に恐怖が隠されているような気がして恐ろしいものに思えた。わたしはスロフォークに微笑みかけたが、相手に踏みつけられる屈辱だけはご免こうむりたかった。こうしてわたしたちは何分間も親しげに坐っていた。

〈《快楽》の上に位するものは何か〉スロフォークが不意に尋ねた。

わたしはいかなる突発的な出来事にも対応できると人から思われたい年頃だったので、内心の驚きを隠して、二人が出会ったのはこういう話をするためだったのだとでもいうように、この問答に身を入れた。

〈《苦痛》です。苦痛は快楽を追い払うからです〉わたしはそう答えた。

〈《苦痛》より上にくるのは？〉

わたしはじっくり考えた。〈《愛》です。わたしたちは愛する人の苦痛を分かちあおうとするからです〉

〈それなら《愛》より偉大なものは？〉スロフォークはしつこく尋ねた。

〈《無》です、スロフォーク〉

〈《無》とは何か〉

〈それはあなたのほうから話して下さらなくてはなりません〉

〈それでは話して進ぜよう。この世界はシェイピングの世界だ。この世界で良い子供である者は、快楽と苦痛と愛を知り、その見返りとして報償を受ける。しかし、別の世界も存在する……シェイピングの世界とは別の世界だ。……その世界ではこういったことは何も知られておらず、別の秩序が支配している。その世界のことをわれわれは《無》と呼んでいるのだ……が、それは《無》ではなくて《何ものか》である〉

そこで少し話が途切れた。

〈聞くところによると、あなたは器官を芽生えさせたりひっこませたりするのが得意なんだそうですね〉わたしは言った。

〈それだけではわたしは満足していない。どの器官もみな同じ話をする。わたしは違った話をいろいろ聞き

たいのだ〉

〈あなたの知恵は潮みたいに満ちたり退《ひ》いたりするという話ですが、それは本当ですか〉

〈本当だ。しかし、あんたにその話をした連中は、自分たちがいつも知恵の満潮をその干潮と混同しているのだということを言い忘れている〉

〈ぼくの経験から言うと、知恵とは惨めなものです〉とわたしは簡潔に言った。

〈たぶんそうだろう、お若い人。……だが、そのことをあんたは実感として学びとっていないし、これからも学びとることはないだろう。あんたにとって世界はいつまでも高貴で荘厳な顔をもち続けるだろう。あんたが神秘思想を超えることは決してないのだ。……しかし、あんたなりに幸せになるがよい〉

　相手が何をしているのかをわたしが気づいたときには、スロフォークはすでに静かに小道から虚空の中へと跳びこんでしまっていた。……スロフォークの身体は遥か下方の谷底めがけて絶えず勢いを速めながら落ちて行った。わたしは金切り声をあげて地面に伏し、眼を閉じた。

　わたしが喋った無分別な青臭い言葉のうち、どれがスロフォークに突然自殺する決心を抱かせたのだろうと、わたしはこれまでしばしば考えた。どの言葉が原因であれ、その後わたしは、自分の快楽のためには決して喋らず、他人を助けるためにだけ口を開くことを厳格な掟とした。

　ついにわたしはマーレストに着いた。わたしは四日間恐怖におののきながらその迷路を縫うようにして進んだ。わたしは死に怯えていたが、生に対する神聖な態度を失ってしまうことをもっと恐れていた。迷路を殆ど通りぬけ、内心喜び始めていたとき、三人目の尋常ならざる人物に出くわした。……それはミュールメイカーという気味の悪い男で、それと出会ったときの事情は全く恐ろしいものだった。曇って荒れ模様だったある日の午後、生きた人間が眼に見える支えなしに空中に宙づりになっているのが見えた。男は崖の前に直立の姿勢でぶらさがり……真下には三百メートルもの深さの割れ目が大きく口を開いていた。わたしはできるだけ近くまで登って男を見つめた。男はわたしを見て、屈辱をユーモアに変えたがっている人のようにしかめっつらをした。わたしはこの光景に胆をつぶしてしまい、何が起っているのかを理解することさえできなかった。

〈わたしはミュールメイカーだ〉ぞっとするようなかすれ声で男は叫んだ。〈わたしは一生涯他人を吸収してきた。……今度はわたしが吸収されている。ニュクランプとわたしはひとりの女をめぐって仲たがいした。そこでニュクランプはわたしをこのようにつるしあげているのだ。あいつの意志力が続いているあいだは、こうしてつるされたままでいるだろう。が、ニュクランプがくたびれたら——そんなに先のことではないと思うが——わたしはあの深みに落ちるのだ〉

それがもしほかの人物だったら、わたしは助けようとしただろう。が、この人食い鬼のような男は、自分の喜びのために他人を苦しめたり殺したり吸収したりして生涯を送ってきた奴だということを、わたしは知りすぎていた。わたしは急いでそこを立ち去り、その日は二度と立ちどまらなかった。

プーリングドレッドでわたしはジョイウインドに会った。わたしたちは一か月のあいだ一緒に歩いたり話したりした。そしてその頃には、もう離れられないほど深く愛し合っていたのだ。

＊　＊　＊　＊　＊

パンオウは話すのをやめた。

「ぐいぐい心を惹きつけられる話でした」マスカルが言った。「おかげで事情がよく分るようになりました。ですけど、ひとつだけ腑に落ちないことがあるんです」

「何だね」

「ここにいる人々は道具や技術を知らず、文明ももっていないのに、社会人としての習慣を身につけ、賢い考え方をしていますね。それはなぜなのでしょうか」

「それではきみは、愛と知恵は道具から生じると思っているのかね？………だが、きみがそういう考えを抱く理由も分るな。きみたちの世界の人には、わたしたちほど多くの感覚器官が備わっていない。その不足を補うためにきみたちは石や金属の助けを求めざるをえなかったのだ。……それは決して優越のしるしではない」

「ええ、ぼくもそう思います」とマスカル。「でも、おかげで学び直さなくてはならないことがたくさんあることが分かりました」

二人はそのまま暫く語り合ったが、やがて徐々に眠りに落ちていった。ジョイウインドは眼を開けて微笑み、再び眠った。

8　リュージョン平野

　ほかの二人より早く目がさめたマスカルは起きあがって伸びをし、外の日の当たるところへ出て行った。ブランチスペルはすでに傾きかけていた。マスカルは噴火口のふちの一番高いところへ登り、イフドーンの方角を望んだ。アルプペインの残照は今では完全に消え、山脈が荒々しく雄大なたたずまいでそびえていた。あたかも単純な楽曲の主題のように山々はマスカルに感銘を与えた。どの音も互いに音階的に遠く離れている一曲の主題……その山々から、向う見ずな勇気と冒険の気魄が呼びかけているように思われた。マーレストまで歩いて行ってその危険を探ってみようという決意がマスカルの心にひらめいたのはまさにその瞬間だった。

　マスカルはもてなし役の夫婦にさよならを言いに洞窟に戻った。ジョイウインドは恐れを知らぬ正直な眼でマスカルを見た。

「マスカル、それはあなたのわがままですか、それとも、あなた自身より強い何かに引き寄せられているのですか」

「お互い、聞き分けをよくしなくちゃ」マスカルは微笑みながら答えた。「きみたちのこの驚くべき新しい惑星について何かを探り出せないうちは、プーリングドレッドに腰を落ちつけることはできない。ぼくがどんなに長い道のりをやってきたか思い出してみてくれたまえ。……でも、たぶんここへ帰って来ることになるんじゃないかな」

「ひとつ約束して戴きたいことがあるんですけど」

マスカルは躊躇した。「答えに困るようなことは聞かないでほしいな。まだ自分の力がろくに分らないんだから」

「難しいことではありませんし、是非お願いします。約束して下さい——叩いたり、むしったり、食べたりするために生きものに手を上げるときには、まずその生きもののことで苦しんでいる母親を必ず思い出すと」

「そんなことは約束できないと思う」ゆっくりとマスカルは言った。「それよりもっとはっきりしたことを約束しよう。生きものに手を上げるときには、必ずきみのことを思い出すよ、ジョイウインド」

ジョイウインドの顔色が少し蒼ざめた。「まあ、そんなことをおっしゃって——もしパンオウが自分は実在するのだと知っていたら、あの人、妬くかもしれませんわ」

パンオウはジョイウインドにそっと手を置いた。

「シェイピングの前だったらおまえだってそんな妙なことは言わないはずだぞ」

「そのとおりですわ。失言を赦して下さい！　自分じゃないみたいなんです。……たぶんわたしの血管にマスカルの血が混ざりこんでいるからでしょう。……さあ、マスカルにさよならを言いましょう。どこへ行ってもマスカルが立派な行いだけをするようお祈りしましょう」

「わたしは途中までマスカルを送って行こう」パンオウが言った。

「その必要はありません。道ははっきりしていますから」マスカルは答えた。

「しかし、話しながら歩けば道のりが短縮されるよ」

マスカルがうしろを向いて出かけようとすると、ジョイウインドがそっとマスカルの身体を自分のほうに向けた。

「わたしのせいでほかの女の人を悪く思ったりはなさらないわね」

「きみは清らかな心をもった人だ」マスカルは答えた。

ジョイウインドは静かに洞窟のいちばん奥まで歩き、そこで立ちどまってそのまま考えにふけっていた。

パンオウとマスカルは外に出た。

崖を半分ほどおりたとき、小さな泉のほとりに出た。その水は無色透明だったが、ガスが含まれていた。咽喉の渇きを癒すや否や、マスカルは別人になったような気がした。周囲の風物はその鮮やかさも色どりもきわめて現実味が強く、幻のような神秘をたたえている点では逆に甚だ現実ばなれしていたので、マスカルは冬の夢でも見ている人のように這うようにしておりて行った。

平野に到着すると、前方に、いかにも異界らしい風変りな形をした高い樹木が大森林となって果てしなく続いているのが見えた。葉は水晶のようで、眼をあげると、ガラス屋根を通して見ているような感じだった。木陰に入っても太陽光線はやはり白く残忍にぎらぎらと射しこんできたが、さすがにもう暑くはなかった。今通っているところが小妖精の棲む、明るくて涼しい林間の空地なのだと想像することも難しくなかった。

二人のすぐ足下から、あまり広くない道が、森の中を眼の届くかぎり一直線に前方へと伸びていた。

マスカルは旅仲間と話をしたかったが、なぜか言葉が見つからなかった。パンオウは厳しいけれどもなぜか人を惹きつける半ば女性的な謎めいた微笑みをうかべてマスカルを一瞥し、それから急に沈黙を破った。が、おかしなことには、パンオウが歌を唄っているのか話しているのかマスカルには分らなかった。パンオウの唇からは、低い調子の弦楽器が奏でる魅惑的なアダージョそっくりのゆっくりした叙唱が流れ出てきた。

……が、それは音楽とは多少違っていて、音楽ならば一つか二つの短い主題が繰り返されたり変奏されたりするのだが、パンオウの主題はそのまま延長され、いつまでも終らなかったので、リズムとメロディーを伴うお話と言ったほうがむしろ当っていたかもしれない。が、同時にそれは叙唱でもなかった。朗読調ではなかったからだ。それは美しい感情の静かな長い流れだった。

マスカルはうっとりしながらも興奮して耳を傾けていた。もしこれを歌と言ってよければ、これは常にあと少しではっきりしてきて理解できるものとなりそうな歌だった——が、理解できるとは言っても歌詞が理解できるのではなく、他人の気分や感情に共感するという意味での、それは理解だった。マスカルは、今までに起ったことすべてを説明してくれるある重要な事柄が今にも述べられようとしているのをひしひしと感じた。だが、いつまでたってもそれは始まらず、さっぱりわけが分らなかった……けれども、何となく分ってもいた。

午後おそく、森を切り開いた空地に出ると、パンオウは叙唱をやめた。パンオウは、これ以上進むつもりはないことを知らせたがっている人のように歩調をゆるめて立ちどまった。

「この地方の名前は何というのですか」マスカルは尋ねた。

「リュージョン平野だ」

「さっきのあの歌は誘惑するためのものだったんですか……つまり、ぼくを行かせまいとなさったのでは?」

「きみの仕事はきみの前にあって、後にはない」

「じゃあ、あの歌は何だったんです。それに、仕事だなんて、どういう仕事のことなんです」

「あれを聞いて何か思いあたる節はなかったかね、マスカル」

「シェイピングの音楽ではないかと思いましたよ」

こうマスカルは何気なく言ったのだが、言ったとたんに、どうしてこんな言葉を口にしたのだろうかと不思議に思った。それほどこれは自分には無意味な言葉だった。パンオウは少しも驚きの色を見せなかった。

「きみの行く先々にシェイピングがいることだろう」

「ぼくは夢を見ているのだろうか、それとも目ざめているのか」

「きみは目ざめている」

マスカルは深い物思いに沈んだ。

「断じてやるぞ!」マスカルはこう言って物思いから心を目ざめさせた。「ぼくはもう出かけます。でも、今夜はどこに泊まればいいのか」

「きみは広い川に出るだろう。あすはその川を渡ってマーレストの麓まで行けばいい。しかし、今夜は森と川が出会うところで泊まったほうがいいだろう」

「パンオウ、それじゃあ、さようなら! でも、もっと何か言いたいことがあるんじゃないですか」

「マスカル、言いたいことはひとつだけだ——どこへ行こうと、世界を醜くするのではなく美しくするよう手をつくしてほしい」

「そんなことは誰の手にも余る大仕事じゃありませんか。ぼくは単純な人間で、人生を美しくしようなどという野心はもちあわせていない……でも、ジョイウインドに伝えて下さい、ぼくはいつまでも自分を純粋に保つよう心がけるつもりだ、と」

二人はどちらかと言うと冷ややかに別れた。マスカルは二人が立ちどまっていた場所に立って、パンオウの姿が見えなくなるまで見つめていた。一度ならず溜息が出た。

マスカルは、何かが起ろうとしていることに気づいた。空気はそよとも動かなかった。何物にも遮られない午後おそくの陽光は、官能を刺戟する暑さでマスカルの身体を包んだ。空高くぽつんと浮かぶ雲がみるみるうちに頭上を通り過ぎて行った。

マスカルのうしろのどこか遠くで喇叭が長々と鳴った。最初は何キロも離れたところから聞こえてくるようだったが、それは次第にふくらみ、音が大きくなるにつれますます近づいて来た。依然として音は鳴り続けていたが、今では大男マスカルの真上で喇叭を吹いているかのようだった。そのうち音は次第に弱まり、マスカルの前を通り過ぎて行った。そして、ついにはごくかすかになり、遥か彼方に去った。

マスカルは大自然と二人っきりになったような気持だった。神聖な静寂が心を包み、過去も未来も忘れ去られた。森も太陽も白日もマスカルにとっては存在しなかった。マスカルは自分を意識していなかった――思考も感情もすっかり消えていた。だが、生というものがマスカルにとってこれほどの高さをもったことはいまだかつてなかった。

ひとりの男が腕を組んでマスカルの行く手に立っていた。身にまとっている服が蔽っているのは胴体だけで、手足はむきだしのままだった。男は年をとっていると言うよりはむしろ若いほうだった。マスカルは、まだなじめないでいるトーマンスの特殊な器官がこの男の顔にはないことに気づいた。男の顔はのっぺりしていて、暑い日に陽炎《かげろう》が立つように、ありあまる生命力が全身から発散しているように思えた。男の眼は、マスカルが視線を合わせられないほどの力強さをたたえていた。

男は不思議な声で「マスカル」と呼びかけた。その声は二つの音を響かせ、第一の音は遥けく、第二の音は低くて共鳴絃がびゅうんと鳴っているようだった。

この人物の前に立ち続けているうちにマスカルは、喜びが湧き起るのを感じた。何かいいことが自分の身に起っているにちがいないと思った。

言葉を発することが肉体的に難しかった。「どうしてぼくを立ちどまらせるんです」

「マスカル、よく見たまえ。わたしを誰だと思う?」

「シェイピングだろう」

「わたしはサータ一だ」

マスカルは再び視線を合わせようとしたが、相手のまなざしに射すくめられるような感じがした。

「ここはわたしの世界であることはきみも知っているはずだ。きみをここへ連れて来たのはなぜだと思う? わたしに仕えてもらいたいからだ」

マスカルはもはや口をきくことができなかった。

幻の人物はさらに語り続けた。「わたしの世界をからかう者、そしてうわっつらにあるのではなく底知れぬ根源から生じるこの世界の厳しい永遠のリズムや美や崇高を莫迦にする者……そういう連中をわたしは逃しはしない」

「ぼくは莫迦にしてなどいません」

「訊きたいことがあったら訊きたまえ、お答えしよう」

「別にありません」

「マスカル、きみがわたしに仕えるのは、どうしても必要なことなのだ。分らないのかね。……きみはわたしの召使いであり、助け人なのだ」

「ご期待に添うように致しましょう」

「これはわたしのためであって、きみのためではない」

この最後の言葉が発せられるや、突如サーターが道の外に向かって上へと跳躍するのをマスカルは見た。天空を見あげると、サーターの姿が占めていた幻の空間全体が人間の形としてではなく真ん中のへこんだ巨大な雲の映像として見え、それが顔をしかめるようにしてこちらを見おろしていた。やがてこの映像は光が消えるように見えなくなった。

マスカルは心臓を激しく鼓動させてじっと立っていた。するとまたあの孤高な喇叭の音が聞こえた。今度は正面の遥か彼方でかすかに鳴り始め、少しずつ強さを増しながらゆっくりとこちらに進み、頭上を通り過ぎるとき最も音が大きく、それからは後方に遠ざかるにつれ次第に静かで素晴しい壮厳な音となり、ついには森を圧する死のような静けさの中に吸いこまれた。それは驚嘆すべき重要な一章の幕切れのようにマスカルには思えた。

喇叭の音が消え去るのと同時に、天空が稲妻のような速さで開き、測り知れないほどの高さの青い丸天井となってゆくようだった。マスカルは大きく息を吸って手足を伸ばし、ゆっくりと微笑をうかべながらあたりを見まわした。

暫くしてからマスカルは再び徒歩旅行を始めた。頭の中は真っ暗で混乱しきっていたが、すでにひとつの考えが目立ち始めていた――それははっきりした形をもたない壮大な考えで、創造的な芸術家の魂の中で成長する心像《イメージ》に似ていた。……自分は運命に操られる人間なのだという、心をぐらつかせるような考えがそれであった。

この新しい世界に到着してから起ったすべてのことばかりか、地球を出発する前に起った出来事を思い出してみても、考えれば考えるほど、ここへ来たのは自分のためではありえず、何らかの目的のために来なくてはならなかったのだということが、ますますはっきりし、疑問の余地のないものとなった。……しかし、その目的が何であるかは見当もつかなかった。

森の向うを見ると、ブランチスペルがついに西に沈んでゆくところだった。それは驚くほど大きな赤い火の玉に見え――今では何とすばらしい太陽だろうと気楽に実感することができた。道は突然左に曲がり、急な下り坂になり始めた。

色の濃い、きれいな水が流れる幅の広い川が、前方のさほど遠くないところに見えた。それは北から南へ滔々と流れていた。今来た森の小道はまっすぐその土手に通じていたので、マスカルはそこに立って、ひたひたと打ち寄せながら轟々と流れる水を物思わしげに見つめていた。向う岸には森が続き、何キロも南にはプーリングドレッドがはっきり見え、北の地平線にはイフドーン山脈がぼうっとかすんでいた――その姿は荒涼として、美しくいかにも危険そうだった。山脈までには二十キロもなかった。

夕立の最初の雷鳴や、ひんやりした風が吹き始めるときのあのかすかな息吹のように、マスカルは心の中で情熱が騒ぎ立つのを感じた。身体は疲れきっていたのに、何かに対して自分の力を験してみたくなった。この欲求はマーレストの険しい岩山と同じなのだとマスカルは思った。あの岩山はマスカルの意志に対して磁石が鉄を惹きつけるのと同じ魔術的な吸引力を及ぼしているようだった。マーレストの方向に眼を向けながらマスカルは爪を嚙み続け、今夜あの頂上を征服できないものかと考えた。だが、振り向いて再びプーリングドレッドのほうを一瞥すると、ジョイウインドとパンオウのことが思い出され、なおも安らかな気分になった。マスカルはここに寝床を作り、夜が明けたら目がさめると同時に出発しようと心に決めた。

川で水を飲み、身体を洗い清め、岸に横になって寝る頃には、マスカルの考えはたいそう進んでいたので、ひょっとしたら夜中に危険が身にふりかかるのではないかなどということは少しも気にならなかった……自分の運命の星をマスカルは信じていたのである。

ブランチスペルが沈んで、日は暮れ、恐ろしく重苦しい夜が訪れ、マスカルは夜のふけるのも知らずに眠った。だが、真夜中になるずっと前、夜空に映える深紅の輝きでふと目をさましたマスカルは、ここはどこだろうといぶかった。なぜか身体が重く苦痛が感じられた。赤い輝きは地上の現象で樹木のあいだからさしこんでいた。マスカルは立ちあがって光源のほうへ歩いて行った。

川岸から三十メートルも行かないところで、眠っている女の身体につまずきそうになった。深紅の光を発している物体は女から数メートル離れた地面に落ちていた。それは赤い閃光を放つ小さな宝石のようなものだった。だが、マスカルはそれには殆ど眼もくれなかった。

女は動物の大きな皮を身にまとっていた。女の手足は大きくて形がよく、すべすべしていて、肥っているというよりは筋肉質だった。この女のマグンは細い触手ではなく、先のほうが手になっている三本目の腕だった。仰向けになっている顔は激しさと力強さを秘めて、比類のないほどきりっとした顔立ちだった。が、額にはブリーヴのかわりに眼がもうひとつついているのを見てマスカルはびっくりした。眼は三つとも閉じられていた。深紅の輝きに包まれているので、身にまとっている皮の色はよく分らなかった。

マスカルはそっと女に手を触れた。女は静かに目ざめ、筋肉を動かすことなくマスカルを見あげた。三つの眼が全部マスカルをじっと見つめた。が、下の二つはどんよりしていてうつろだった——映像を伝えるだけの眼なのだ。中央にある上の眼だけがこの女の内的性質を表していた。ひるみもせず傲慢不遜ににらみつけるその眼は、だが、人の心を迷わせる魅惑をたたえていた。女主人然とした意志のこもったその目つきにマスカルは挑戦を感じ、本能的に態度がこわばった。

女は起きあがった。

「ぼくの言葉を話せるのかね」マスカルは尋ねた。「こんな質問はしてはならないんだけど、今まで会った人はみな話せたんでね」

「どうしてあたしにはあんたの心が読めないなどと思うの。あんたの心はそんなに複雑なの?」

女は余韻を響かせる豊かな甘い声で話したので、マスカルは喜々として耳を傾けた。

「そんなつもりで言ったんじゃない。でも、きみの身体にはブリーヴがついてないんでね」

「それはそうね、でもブリーヴよりましなこのソーブがお見えにならないの?」こう言いながら女は額についている眼を指さした。

「きみの名前は?」

「オウシアックスよ」

「どこから来たんだ」

「イフドーンよ」

人をさげすむようなこの受け答えにマスカルは苛立ち始めたが、声の響きそのものは魅力的だった。

「あす、ぼくはイフドーンへ行くつもりなんだ」マスカルは言った。

オウシアックスは笑った。吾にもあらずつい笑ってしまったというような笑い方だったが、別に何も言わなかった。

「ぼくはマスカルと言うんだ」マスカルは喋り続けた。「この惑星は初めてなのさ……別の世界からやって来たんだ」

「そうじゃないかと思っていたわ、おかしな恰好をしてるんですもの」

「単刀直入にお訊きしたほうがいいんじゃないかな」マスカルはぶっきら棒に言った。「きみとぼくは友達どうしなのか、そうじゃないのか」

オウシアックスはあくびをし、腕を上げずに伸ばした。「なぜ友達にならなくちゃいけないと言うの。……あんたを男だと思ったら、あたしはあんたを愛人にしてあげてもいいんだけど」

「そんなもの、よそで探してくれ」

「それならそれで結構よ！　さ、あっちへ行って、邪魔しないで」

オウシアックスは再び地面に頭を下げたが、すぐには眼をつぶらなかった。

「ここで何をしているんだ」マスカルは尋ねた。

「あたしたちイフドーンの人間は時どきここへ眠りに来るの。なにしろイフドーンでは、次の日の朝がやってこない夜がしょっちゅうあるんだもの」

「そんなに恐ろしい場所へ全くの他所者《よそ》であるぼくが出かけて行こうとしているのだから、どんな危険が待ち受けているのか、教えてくれるのが礼儀というものじゃないかね」

「あんたがどうなろうとあたしの知ったことじゃないわ」オウシアックスはやり返した。

「朝になったらイフドーンに帰るのかね」マスカルは食いさがった。

「その気になったら帰るわ」

「それなら一緒に行こうじゃないか」

オウシアックスは再び片肘をついて起きあがった。「他人のために計画を立ててやるよりも、自分にとって必要なことをしたいのよ、あたしは」

「ひとつそのことを話してくれないか」

「そうね、話さなくてはならない理由は何もないけど、話してあげましょう。あたしは女としての自分の器官を男性の器官に変えようと思うの。なにしろここは男の国なんでね」

「もっと分りやすく話してくれたまえ」

「分りきったことよ。もしあんたがソーブをもたないでイフドーンを通りぬけようとするなら、それは自殺するのと同じだわ。それにそのマグンだって有害無益よ」

「オウシアックス、もちろんきみには自分が何のことを話しているのか分っているのだろうけど、一体ぼくはどうすればいいんだ、それをはっきり教えてくれたまえ」

オウシアックスは地面に落ちている発光石を無造作に指さした。

「あれが問題を解決してくれるわ。あのドルードを長いあいだ自分の器官に押し当てていれば、たぶん変化が起り始めるでしょう。のこりの仕事は自然が夜のあいだにしてくれるんじゃないかしら……何も約束はできないけどね」

オウシアックスは今度は本当にマスカルに背を向けた。

マスカルは数分間じっと考えてから石が落ちているところまで歩いて行って、それを手にとった。鶏の卵ほどの大きさのその石は、真っ赤に焼けた石のように深紅の光を放ち、血のように赤い小さな火花をひっきりなしに発していた。

オウシアックスの言うとおりにしても悪くないなとやっと判断したマスカルは、ドルード石をまずマグンに、ついでブリーヴに当てた。と、とたんに焼き金で灼かれたような感覚が襲って来た——それは苦痛が癒されるような感じだった。

9

オウシアックス

トーマンスでの二日目の朝が訪れた。マスカルが目をさましたときには、ブランチスペルはすでに地平線より上にあった。夜のあいだに自分の器官が変ってしまったことにマスカルはすぐ気づいた。肉の突起であるブリーヴは眼のようなソーブに変っており、マグンは膨脹して、胸から伸び出る三本目の腕になっていた。この腕はすぐに自分の身が前よりも安全になったという安心感を与えてくれたが、ソーブのほうは験してみないとどういう働きをするか分らなかった。

白い日の光の中に横たわって、三つの眼を順ぐりに開いたり閉じたりしていると、下の二つは理解力を、上の一つは意志力を助けるための眼であることが分った。つまり、下についている二つの眼で見るとものが細かいところまではっきり見えるが、個人的な興味の入りこむ余地はなく、一方、ソーブで見るとどんなものでも独立した存在には見えず、当人の必要に応じて重要な対象に見えたり、重要でない物体に見えたりするのだ。

こういう眼があると、どういうことになるのだろうかとマスカルは首をひねりながら立ちあがり、あたりを見まわした。ゆうべ眠った場所からは、オウシアックスの姿は見えなかった。あの女はまだあそこにいるのかどうか知りたかったが、確かめに行く前に川で水を浴びることにした。

輝くばかりに美しい朝で、白い灼熱の太陽はもうぎらぎらと照りつけ始めていたが、木立のあいだをひゅうひゅう吹きぬける強い風のために暑さはやわらいでいた。数多くの風変りな雲が空一面に広がっていた。

それは動物のように見え、常に形を変えていた。森の木の葉や枝ばかりか地面も、夜のあいだにたっぷりおりた霧か雨の名ごりをまだとどめていた。つんと鼻をつく自然の香りが感じられ、マスカルの苦痛が静まり、意気軒昂としてきた。

水を浴びる前にマスカルはイフドーン・マーレストの山脈を眺めた。山々は朝の太陽を受けて絵のようにくっきりと浮かびあがっていた。高さは千五百メートルから千八百メートルほどではないかと思われた。非常に高い不規則な形をした城郭風の稜線は、魔法の都市の城壁のように見え、正面に立ちはだかる絶壁は、朱色やエメラルドグリーンや黄色やウルファイアー色や黒色など、華やかな色どりの岩だった。それを見つめているうちに心臓が重々しくゆっくり響く太鼓のように動悸を打ち始め、全身がぞくぞくし……口では言い表せない希望や熱望や感動にひたされた。マスカルが感じたのは新しい世界に対する征服感以上のものだった——それは単なる征服感とは異なる何かだった……。

マスカルは川につかり、水を飲んだ。服を着ているとオウシアックスがけだるそうにぶらぶらと歩いて来た。今度はオウシアックスが身にまとっている動物の毛皮の色を見ることができた。それは鮮やかな紅と白とジェール色の微妙に溶け合った混合色で、その印象はこの世のものとは思えぬすさまじいものだった。こういう珍しい色を身につけているオウシアックスは、見知らぬ惑星の正真正銘の代表者に見えた。身体つきにも何か奇妙なところがあって、その曲線はいかにも女らしく、骨もごつごつしていなくて女性的だったが、全体としてはなぜか底にひそむ勇猛な男性的な意志を表しているように見えた。額についている威圧的な眼は、もっと分りやすい言葉で同じ謎をかけていた。相手を支配してやまない大胆不敵なその自己中心主義の奥に、性的魅力と女らしい柔和の光がほの輝いているのだ。

オウシアックスは川のほとりにやって来て、あらためてマスカルを頭のてっぺんからつま先までじろじろ眺めた。

「これであんたは前よりも男らしい身体つきになったわ」オウシアックスは余韻を響かせる美しい声で言った。

「ごらんのとおり実験は成功だった」楽しそうに微笑しながらマスカルは答えた。

オウシアックスは相変らずマスカルの身体を眺めまわしていた。「そのおかしな服はどこかの女の人に貰ったの？」

「うん、ある女《ひと》がくれたのさ」マスカルの顔から微笑が消えた。「だけど、そのときはこの贈り物におかしなところがあるとは思わなかったし、今でもそうは思わないな」

「あたしが着たほうが見栄えがするんじゃないかしら」

わざとゆっくり喋りながら、オウシアックスは自分の身体にぴったり合っていた動物の皮を脱ぎ始め、マスカルに服を取り替えましょうと身振りで示した。マスカルは言われたとおりにしたが、この衣服の交換は女性よりも男性にふさわしいものだと気づいたので、着替えながらも少し恥ずかしかった。

動物の皮のほうが、今までの服より身体の動きが自由なのだ。マスカルの服を着たオウシアックスのほうは、危険なほど女らしく見えた。

「ほかの女の人から贈り物なんか貰っちゃいやだわ」オウシアックスはゆっくり言った。

「なぜだね。きみにとってぼくは何だと言うんだ、恋人じゃあるまいし」

「ゆうべ、あんたのことをずっと考えていたの」

オウシアックスの声は間のびしていて人を小莫迦にするヴィオラの音のようだった。オウシアックスは倒れた木の幹に腰をおろし、眼をそらした。

「どんな風にぼくのことを考えていたのかね」

オウシアックスはマスカルの問には答えず、木の皮を引きちぎり始めた。

「ゆうべのきみはとても侮辱的だったのに」

「ゆうべはゆうべ、きょうはきょうよ。あなたはいつもうしろを振り向きながら世界を渡り歩いているの?」

今度はマスカルが黙る番だった。

「でも、もしあんたに男性の本能があるんなら——たぶんあるはずだけど——それなら、いつまでもあたしを拒み続けることはできやしないわ」

「だけど、莫迦げてるよ、そんな話——」眼を大きく見開いてマスカルは言った。「かりにきみが美人だとしても……そんな野蛮人みたいなまねができるかって言うんだ」

オウシアックスは溜息をついて立ちあがった。「たいしたことじゃないのに。とにかく、あたしは待ってあげてもいいのよ」

「というと、きみはぼくと一緒に旅をするつもりなんだな。それだっていいよ——いや、むしろ大歓迎だ……けど、条件がある、今のようなそういう言葉づかいはやめてほしいんだ」

「でも、あんたはあたしのことを美しいと思ってるんでしょ?」

「きみが美人だというのが事実なら、そう思うのが当り前じゃないか。それとぼく個人の気持と、どういう関係があるのか、さっぱり分らない。そんな話はもうやめにしてくれないかな、きみを崇拝し……愛してくれる男ならいくらでも見つかるさ」

これを聞いてオウシアックスは烈火の如く怒った。「愛というものは選り好みをするのよ、お莫迦さん。あたしが眼を皿のようにして男を捜さなくちゃならないほど男に飢えているとでも思っているの？ 今だってクリムタイフォンはあたしを待ってくれているのよ」

「分ったよ――きみの気持を傷つけてすまなかった。これ以上もう誘惑しないでくれ……きみが美人である以上、やっぱりこれは誘惑なんだ。ぼくだって自分を制することのできない男なのさ、木石の身じゃないんだ」

「そんなにいやな話を持ちかけているつもりじゃないんだけどな。どうして、こんなにあたしに恥をかかせるの」

マスカルは背中に両手を回した。「もう一度言うけど、ぼくは自分で自分を抑制できる支配者じゃないんだ」

「じゃあ、誰があんたの支配者なの？」

「きのうぼくはサーターに会った。きょうからぼく**は**あの人の召使いなんだ」

「あの人と話をしたの？」興味ありげにオウシアックスは尋ねた。

「そうだ」

「あの人が言ったことを話して」

「それはできない――話をしたくないんだ。だけど……サーターがどんなことを言おうと、サーターの美しさは、オウシアックス、きみの美しさよりもっと悩ましい、だからきみを見ても平静でいられるのさ」

「サーターがあんたに男性であることを禁じたとでも言うの？」

マスカルは顔をしかめた。「それじゃあ訊くけど、愛ってものは、そんなに男性的なスポーツなのかい。

愛なんてめめしいものなのだとばかり思ってたんだけどな」

「そんなこと、どうでもいいじゃない。あんただっていつまでもこんなふうに小さな男の子みたいな気持でいられるわけじゃないんだもの。とにかく、あたしの心をあんまりじらさないで頂戴、堪忍袋の緒が切れてしまうわ」

「もっとほかのことを話そう――それに、ぼくたちは早く出発したほうがいいんじゃないか」

するとだしぬけにオウシアックスは笑いだした。とても豊かで甘く魅惑的な笑い声だったので、マスカルは半ば怒りを覚えると同時に、半ばオウシアックスを自分の腕に抱き締めたくもなった。

「マスカル――あんたは何てお莫迦さんなんでしょう」

「どんなふうに莫迦なんだい」オウシアックスの言葉にではなく、自分自身の弱さに顔をしかめながらマスカルは訊いた。

「この世は数えきれないほどたくさんの愛し合う男女のカップルが作りあげたものじゃないかしら。……それなのに、あんたときたら、そういったことを何もかも超越していると思っている。あんたは自然というものから逃げ出そうとしている、でも、一体どこに身を隠す穴があるというの」

「きみは美人であるばかりか、もうひとつ長所があることを認めてやるよ……しつこさという長所だ」

「あたしという女をよく見て頂戴、そうすればあたしを捨てる前にじっくり考え直すのが自然の道理というものだわ……それはそうと、出発する前に何か食べたほうがいいんだけど」

「食べるだって?」マスカルは思慮深く問い返した。

「あんたはものを食べないの? 食べ物だって愛と同じ種類のものじゃないかしら」

「食べ物って、どんなものを食べるんだい」

「川にいる魚よ」

マスカルはジョイウインドとの約束を思い出した。と同時に腹がすいてきた。

「もっと生臭くないものはないのかね」

オウシアックスはさげすむように口をとがらせた。「あんたはプーリングドレッドを通って来たんでしょ。あそこの人たちはみんな同じだわ。どいつもこいつも人生は見るもので生きるものじゃないと思っているのよ。あんたはこれからイフドーンを訪ねようとしているんだから、考えを変えなくちゃいけないわ」

「魚を獲りに行きたまえ」眉をひそめてマスカルはやり返した。

山脈のほうから幅の広い澄みきった川がうねりながら流れていた。オウシアックスは川岸にひざまずいて深みを覗きこんでいたが、やがて全神経を集中して緊張した顔つきになり、手を水につけて小さな怪物のようなものを引っぱりあげた。それは魚というよりは爬虫類に属する動物で、鱗のついた甲羅と歯があった。陸の上に投げ出された動物が這いまわり始めると、突然オウシアックスはありったけの意志を自分のソーブに振り向けた。すると、たちまち動物は空中に跳びあがり、倒れ落ちて死んでしまった。

オウシアックスは端の尖った粘板岩を拾いあげ、鱗と内臓を切りとった。この作業でオウシアックスの手と服は淡い緋色の血にまみれた。

「マスカル、ドルードを捜して来て」けだるそうな笑みをうかべてオウシアックスが言った。「きのうの晩もっていたでしょ」

マスカルは捜した。が、見つけるのは容易でなかった。ドルードの光線が日光のせいで弱まっていたからだ。それでも、どうにかやっと見つけることができた。オウシアックスはドルードを怪魚の体内に入れると、そのまま地面に放置した。

「自然に焼きあがるまでのあいだ、この血を洗い落としてくるわ。あんたがひどくびっくりしているみたいなんだもの。血を見たことがないの?」

マスカルは当惑して相手を見つめた。前からあったあの矛盾——この女の人柄がもつ相反する性的特徴——があらためて意識されたのだ。この女の物腰に見られる大胆で横柄で男性的な自己中心癖が、その声から感じられる魅惑的な、心を落ちつかなくさせる女らしさとは全く不釣合いに思われたのだった。と、このとき驚くべき考えがマスカルの頭にひらめいた。

「きみの国には〈吸収〉と呼ばれる意志的行為があるそうだけど、それはどういうことなのかね」

オウシアックスは血のしたたる赤い両手が着衣につかないようにしながら、はじけるような甘美な笑い声をあげた。

「あたしのことを半分男だと思っているの?」

「質問に答えてくれ」

「マスカル、あたしは正真正銘の女なのよ……骨の髄まで女なんだわ。だからと言って、男性を吸収したことがないというわけではないのよ」

「ということは……?」

「あたしというハープのための新しい絃……それだけ情熱の対象範囲が広がり、心《ハート》がいっそう荒れ狂う……」

「きみにとってはそうかもしれない……だけど、相手の男たちにとっては……?」

「どうなのか知らないわ。被害者は自分の体験を語らないものだし。たぶん男たちは何かしら不幸を味わうんじゃないかしら……吸収されてもまだ意識があるんならばね」

「恐ろしいことだ!」マスカルは暗い表情でオウシアックスを見つめながら叫んだ。「人はイフドーンを悪魔の国だと思うだろう」

オウシアックスは川のほうへ一歩踏み出しながら美しい冷笑をうかべた。「あらゆる意味であんたなんかよりもすぐれた人たちが、自分のものではない意志を内に宿して世界を歩きまわっているのよ。マスカル、あんたはせいぜいお好きなだけ道徳家ぶったって構やしないけど、でも、動物は食べられるために作られ、単純な心の人たちは吸収されるために作られているという事実に変りはないわ」

「人権など、どうでもいいって言うのか!」

オウシアックスは川べりにかがみこんで腕と手を洗っていたが、マスカルの言葉に答えるために肩越しにちらっと見あげた。「人権は重要よ。でも、あたしたちが誰かを人間とみなすのは、その誰かがほかの人たちと互角にやってゆける場合だけなの」

肉はすぐに料理でき、二人は黙々と朝食をとった。時折マスカルは相手に重苦しい疑いの眼を向けた。食べ物自体が奇妙であったせいか、長時間、食を断っていたせいか、焼き魚は吐き気を催すような味で、人肉の味さえした。マスカルは少ししか食べず、立ちあがるや否や、身も心も穢れてしまったように感じられた。

「いつかまた見つけることができるところにこのドルードを埋めさせて頂戴ね」とオウシアックスが言った。「でも、今度ここへ来るときには、どきりとさせてやりたくてもマスカルはいないのね。……さ、川まで行かなくちゃ」

二人は陸《おか》から離れて水の上に出た。川は二人にさからってゆるやかに流れていたが、その抵抗は歩行を妨げるどころか、まさしく逆効果で——流れに抗して懸命に力をふりしぼることによって二人は却って速く進むことができたのだった。こうして川を数キロさかのぼるうちに、この運動のおかげでマスカルは血行が次第に良くなり、前よりもずっと朗らかにものを見ることができるようになってきた。灼熱の陽光も、今では弱まった風も、不可思議な雲の情景も、水晶さながらの透きとおった森も——すべてが心を落ちつかせ喜ばしい気分にしてくれた。二人は華やかな色どりのイフドーンの高地に次第に近づいて行った。

その色鮮やかな絶壁にはどことなく謎めいたところがあって、マスカルはこの山脈に惹きつけられながらも畏怖の念を抱いた。山脈は現実のものと見えたが、同時にきわめて超自然的でもあった。もし人がたっぷり絵の具を使ってくっきり描かれた幽霊の肖像画を見ることができたならば、そのときの印象は、イフドーンの絶壁をつぶさに眺めたときのマスカルの印象とぴったり一致するはずだ。

マスカルは長い沈黙を破った。「あの山脈は全く風変りな形をしているな。どの線もみんなまっすぐで垂直だ。……斜面も曲線もありゃしない」

オウシアックスは水の上を戻って来て、マスカルと向かい合った。「あれがイフドーンの典型なのよ。あたしたちイフドーン人には、自然はハンマーで猛威をふるうすさまじいものなの。柔らかなものも、なだらかなものも何ひとつないのよ」

「きみの言っていることは聞こえるが、意味は通じないよ」

「マーレストでは、どこへ行こうと、地面が突き出ているか、急に落ちこんでいるか、どちらかなのよ。木の生長もすごく速いし。マーレストの人たちは行動する前に考え直したりはしないわ。そうね、イフドーンは即決速断の地といったところかしら」

マスカルは強い印象を受けた。「自然のままの若々しい原始的な土地だ」

「あんたのいたところはどうなの」オウシアックスが尋ねた。

「ぼくが住んでいたところは老いさらばえた世界で、自然の力が寸土でも動かすには百年もかかり、人間も動物も群れをなして動きまわり、独創性を発揮する習慣はとっくに失われてしまっている」

「そこには女の人もいるの?」

「いるとも、ここと同じだよ、姿もあまり変らない」

「その人たちは愛するの?」

マスカルは笑った――「あんまり愛してばかりいるので、女性全体の服装や話し方から考え方まで変ってしまったくらいだ」

「きっとあたしなんかよりきれいなんでしょうね」

「いや、そんなことはない」とマスカル。

またかなり長いあいだ沈黙が続き、二人は危なっかしい足どりで進んで行った。

「イフドーンにどんな用事があるの」いきなりオウシアックスが尋ねた。

マスカルは答えるのをためらった。「全体が見渡せないくらい大きな目的が真っ正面に腰を据えている人間がこの世にいるなんて、きみには理解できるだろうか」

オウシアックスは好奇のまなこでじっとマスカルを盗み見た。「どんな目的なの?」

「道徳的な目的だ」

「あなたは世界を正そうとしているの?」

「別に何をしようとしているのでもない。……待っているんだ……」

「あんまり長く待ちすぎてはいけないわ、時は待ってくれないんだから――特にイフドーンではね」

「何かが起ってくれるだろう」マスカルは言った。

オウシアックスは微妙な微笑を投げた。「と言うと、あんたはマーレスト内の特定の場所へ行くわけじゃないのね」

「そうだ。きみがいいと言ってくれさえすれば、一緒にきみの家へ行きたいんだが」

「変った人!」オウシアックスは笑いながら言った。短いが、胸をときめかせるような笑い声だった。「あたしはさっきからずっとそうしなさいと言っていたのよ。もちろん一緒に来ていいわ。……クリムタイフォンのことだけど……」

「さっきもその名前を口にしたね。誰なんだい」

「あたしの愛人よ。あんたの言い方で言えば、夫ってとこかしら」

「それじゃ、却ってまずいことになる」とマスカル。

「そんなことないわ、前と同じよ。あの人を始末しさえすればいいんだもの」

「ぼくたちは誤解し合っている」マスカルはびっくりして言った。「ひょっとしたらきみは、ぼくたちが契り合った仲なのだとでも思っているんじゃないの」

「あんたのことだもの、やりたくないことはどのみちやらないでしょ。でも、あんたは一緒に家へ来ると約束したのよ」

「いいから教えてくれ、イフドーンではどうやって御亭主を始末するのか」

「あんたかあたしが殺さなくちゃならないの」

たっぷり一分間あまりマスカルは相手をまじまじと見やった。

「こうなるともう愚劣を通りこして狂気の沙汰だ」

「そんなことないわ」オウシアックスが答えた。「これは悲しいけれど事実なんだもの。クリムタイフォンに会えば分るわ」

「ここがぼくにとって未知の惑星であることは分っている」ゆっくりとマスカルは言った。「ここでは、今まで聞いたこともないようなことがいろいろ起るだろうし、道徳律それ自体が変っているのかもしれない。だけど、ぼくに関する限り殺人は殺人だ、自分の夫を片付けるためにぼくを利用しようとする女なんかとこれ以上かかわりたくない」

「あたしを悪い女だと思っているの?」オウシアックスはいささかも動ぜずに尋ねた。

「そうでなかったら気が狂っているんだ」

「マスカル、それならあたしと別れたほうがいいわ。……ただ……」

「ただ何だい」

「あんたは自分の言動を首尾一貫させたいんでしょ、ちがう? それなら、あたしばかりか、ほかの悪人や狂人だってほうっておくのが筋というものだわ……そうすれば、それ以外の人たちの心を入れ変えてやる仕事がそれだけしやすくなるのよ」

マスカルは顔をしかめたが何も言わなかった。

「どうなの、答えは」薄笑いを浮かべてオウシアックスが問いつめた。

「きみと一緒に行くことにするよ。クリムタイフォンとも会おう——危険が身に迫っていることを知らせるだけでもいいから」

オウシアックスはどっと堰を切ったように笑いだした。女らしい豊かな笑い声だった……が、それがマスカルの言ったことから思いうかぶ光景を想像して出た笑いなのか、何かほかの理由で生じた哄笑なのか、マスカルには分らなかった。この話はそれっきりになった。

眼の前にそびえ立つ絶壁まであと数キロというところで、川は西の方角に鋭く直角に曲がってしまい、もはや二人の旅には役だたなかった。マスカルは自信なさそうにじっと見あげた。

「暑い朝にあれを登るのは骨だな」

「ここで少し休みましょう」オウシアックスはこう言うと、川の中ほどで水面から僅かに出ているすべすべした黒岩の平らな島を指さした。

島まで行くとマスカルは腰をおろしたが、オウシアックスは優美な姿でまっすぐ立ったまま、前方の絶壁に顔を向け、甲高い独特の声で呼んだ。

「何のためにそんな声を出すんだい」

オウシアックスは答えなかった。ちょっと間をおいてからまた呼びかけが繰り返された。すると大きな鳥が絶壁の頂きから離れ、二人のほうにゆるやかに下降してくるのが見えた。そのあとからもう二羽がついてきた。どの鳥も飛び方がぎこちなく、のろのろしていた。

「あれは何だ」マスカルは尋ねた。

オウシアックスは依然として返事をしなかったが、何やら奇妙な微笑みをうかべてマスカルのそばに腰をおろした。ほどなくマスカルは空飛ぶ怪物の形と色をはっきり見ることができた。それは鳥ではなく、蛇のような長い胴体に、先端が翼の働きをする鰭になっている十本の爬虫類の脚がついている動物だった。胴体は鮮やかな青で、脚と鰭は黄色だった。三羽とも急ぐことなく飛んでいたが、二人のほうへまっすぐに向かっているのが少々不気味だった。マスカルはどの怪鳥の頭にも先の尖った細長い角が突き出ているのをはっきりと認めた。

「あれはシュロークよ」やっとオウシアックスが説明してくれた。「あの動物たちが何をしたがっているか知りたいのなら、教えてあげましょう。あたしたちを餌食にしようとしているのよ。まずあの角で突き刺し、それから、実際には吸いこみ器官になっている口であたしたちの血を一滴のこらず吸いとってしまうの……徹底しているのよ、シュロークって奴は、中途半端なことが嫌いなの。歯が成っていないんで、肉は食べないのよ」

「あっぱれといっていいくらいきみが落ちつき払っているところをみると、特に危険はないと考えていいんだな」マスカルは何食わぬ顔で言った。

だが、こう言ったにもかかわらず、本能的に立ちあがろうとした。……が、身体が言うことをきかなかった。今まで経験したこともないような麻痺が起り、地面に鎖でつながれたように動けなくなったのだ。

「立ちあがろうとしているの?」オウシアックスは涼しい顔をして平然と尋ねた。

「そうなんだけど、あのいまいましい爬虫類めが意志の力でぼくの身体を岩に釘づけにしているらしい。ひとつ訊くけど、きみがあの動物たちの目をさまさせたのは何か特別の目的あってのことなのか」

「マスカル、危険が身に迫っているというの、嘘じゃないのよ。暢気《のんき》に喋ったり質問したりしていないで、あんたの意志でどうすることができるかやってみて頂戴――そのほうがずっとましだわ」

「残念なことに、ぼくには意志などないようだ」

オウシアックスは笑いの発作に襲われたが、その笑い声は相変らず豊かで美しかった。「マスカル、あんたときたら、どう見てもあんまり英雄的とは言えない保護者なのね。あたしのほうが男の役を果たし、あんたは女の役をしなくちゃいけないみたい。そんな大きな図体をしているんだもの、もっとましなことができるんじゃないかと思っていたのにな。……夫だったら、あんなもの、まずからかって大空いっぱいに踊らせておいて、それからおもむろに始末しちゃうところなのに。とにかく、見ていて御覧なさい。三羽のうち二羽は殺し、残りの一羽に乗って家へ帰るわ。どれを残そうかしら」

よろめくようにゆっくりと二人に向かって飛行を続けているシュロークは、巨体だった。マスカルは昆虫に対するのと同じような嫌悪感をこの巨鳥に感じた。奴らは意志力で獲物を捕まえるので、速い動きを身につける必要はないのだと、マスカルは本能的に悟った。

「好きなのを選びたまえ」マスカルはぶっきらぼうに言った。「ぼくにはどれも同じだ――みんな気にくわない」

「それなら先頭を飛んでいるのにするわ。一番元気があるでしょうから。見てて頂戴」

オウシアックスが直立の姿勢をとると、突然ソーブが火と燃え、マスカルは頭の中で何かがぷつんと切れるのを感じた。手足が再び自由になったのだ。あとからついて来た二羽の怪鳥はぐらついたかと見るまに、次つぎに真っ逆さまに大地へ向かって落ちて来た。二羽とも地面に激突し、動かなくなるのをマスカルは身じろぎもせずに見つめていた。先頭の怪物は依然として二人のほうに向かっていた。が、その飛び方は今までとは違っているようにマスカルには思えた。もはや脅威を感じさせるところはなく、飼いならされ、不承不承飛んでいるようだった。

オウシアックスは意志の力で、自分たちのいる岩の島の対岸へと怪鳥を誘導した。怪鳥は体を伸ばしてオウシアックスの命令を待っていた。二人はすぐさま川を渡った。

マスカルは近くに寄ってシュロークを検分した。全長が十メートルくらいあり、鮮やかな色の皮膚は光っていて、すべすべした感じで、革のようだった。黒いたてがみのような毛が長い首一面に生え、顔にはいかにも肉食動物らしい眼と、ぞっとするような短剣状の針と血を吸う口がついていて、この世のものとは思えぬ恐ろしい相貌だった。背中と尻尾には本物の鰭がついていた。

「おまえ、乗り心地はいいかしら?」巨鳥の横腹を軽く叩きながらオウシアックスが言った。「あたしは操縦しなくちゃならないから、先に乗せてもらうわ」

オウシアックスは衣をたくしあげて巨鳥の背に登り、たてがみのすぐ後あたりにまたがってそれをぐっとつかんだ。オウシアックスと鰭のあいだに、マスカルが坐れるだけの余地があった。外側の二本の手で飛行動物の両脇腹をつかんだマスカルは、三本目の新しい腕をオウシアックスの背に押しつけたが、さらに安全を期するためにはそれをオウシアックスの腰に巻きつけないわけにはいかなかった。

そうするやいなや、はかられたとマスカルは思った。この動物に乗せたのはほかでもない、おれの欲望に火をつけるためだったのだと悟ったのである。

三本目の腕は、マスカルがこれまで気づかなかった独自の機能をもっていた。その腕は発達したマグンだったのだ。が、マグンに伝わってくる愛の流れはもはや純粋でも高貴でもなく——沸き立ち、情熱的で、悩ましいものだった。マスカルは歯ぎしりし、沈黙を守っていたが、オウシアックスはマスカルの感情を無視する目的でこの冒険飛行をたくらんだのではなかった。オウシアックスは黄金のようにきらめく勝ち誇った笑みをうかべて振り返った。……「暫くのあいだ、これに乗っていることになるわ。……だから、しっかりつかまってて！」……オウシアックスの声はフルートの音色のように柔らかかったが、底意地の悪さを秘めていた。

マスカルはにやりと笑っただけで何も言わなかったが、腰に巻きつけた腕を離すことはこわくてできなかった。

シュロークは股を広げて立ちあがると、急にがくんと動きだし、ゆっくりとぎごちなく空に舞いあがった。色どり鮮やかな絶壁へ向かって鳥は羽ばたき、その動きはぐらぐら揺れていて、気分が悪くなるほどだった。第一、鳥のぬるぬるした皮膚に触れていること自体が不快だった。だが、眼を閉じ、オウシアックスにしがみつきながら鳥の背にまたがっているマスカルにとって、こういったことすべては心理の背景にすぎなかった。マスカルの心の表面と中心には、自分は美しい女の身体をつかんでおり、女の肉体は触れると美しいハープのように反応する、という意識があった。

一行はどんどん上昇して行った。マスカルは眼を開け、思いきってまわりを見た。このころにはすでに絶壁の頂きと同じ高さまで昇っていた。すると、輪郭のぎざぎざした荒涼とした一群の島が雲海から姿を現した。島々は山の頂上だった。もっと正確に言えば、その土地は、いたるところに狭い、見たところ底なしの割れ目ができている高い台地だった。こういう割れ目はある場合は運河のようであり、ある場合は湖のようであり、またある場合は周囲をふさがれた単なる穴のようであった。島の垂直な側面、すなわち、数えきれないほどの絶壁の眼に見える上の部分は、けばけばしく色どられたむきだしの岩だったが、水平面には野生の植物がもつれあっていた。シュロークの背中からは高い木だけが見えた。その木はさまざまな形をしていて、老樹とは見えなかった。どの木もほっそりしていて揺れていたが、あまり優美な姿ではなく……針金のように強靭で、野蛮に見えた。

風景をよく探ろうとして眼をこらし続けていたマスカルは、オウシアックスのことも自分の情熱のことも忘れていた。それとは別のなじみの薄い感情が前面に出てきた。その朝は晴れやかで明るく、太陽はじりじりと照りつけ、すばやく形を変える雲が空を流れ、大地は荒々しい生気に溢れ、見るからに孤独そうだった。が、マスカルは少しも美感をそそられなかった。……感じられるのは、活動したい、所有したいという熱烈な欲求だけだった。どんなものであれ、それを見るとたちまち関係をもちたくなった。この地方の大気は自由ではなく、ねばついているように思われた。……人を惹きつける魅力と、反撥を起こさせる不快さ、それが並存しているのだ。自分の周囲と下方の地上で起っていることと個人的にかかわりたいというこの願望を除けば、風景はマスカルにとって何の意味ももっていなかった。

夢中になっていたため、オウシアックスに巻きつけていた腕が少しゆるんだ。オウシアックスは振り向いてマスカルを見つめた。そこで見たマスカルの姿に満足したのかしなかったかはいざ知らず、とにかくこの女は不思議な絃のように響く低い笑い声を放った。

「たちまちのうちにまた寒くなったんじゃないの、マスカル?」

「何か用かい」まだ下を眺めたまま、マスカルは上の空で尋ねた。「不思議だな、ぼくはすっかりあの風景に惹きつけられている」

「自分もあれに加わりたいの？」

「降りたいんだ」

「駄目よ、まだずいぶん先があるんだもの。……そんなことを言うところを見ると、ほんとにいつもとは違ったような気がしているんじゃないの？」

「違うって、何と違っていると言うんだね。一体、何のことを話しているんだ」マスカルは依然として上の空で言った。

オウシアックスはまた笑った。「あんたを一人前の男に仕立てあげることができなかったらおかしいわ、なにしろ素材はすばらしいんだもの」

こう言うとオウシアックスはまた背を向けた。

空中の島は別の点では海上の島とは異なっていた。それは平面上にあるのではなく、一行が奥へと進むにつれて、つらなっている段状地のように上へ傾斜していた。これまでシュロークはかなり上空を飛んでいたが、あらたに切りたつ絶壁が前方に見えてくると、オウシアックスは巨鳥を促して上昇させるかわりに、山脈を水路のように横ぎっている狭い峡谷へ向かわせた。と、たちまち一行は深い陰の中に入った。運河の幅は十メートルたらずで、壁のように切り立った両側の断崖は数百メートルもの高さにまで達していた。そこは氷室のように涼しかった。マスカルは峡谷の深さを目測してみようとしたが、見えるのは、朦朧とした黒い陰ばかりだった。

「底には何があるんだね」マスカルは尋ねた。

「探しに行ったら死んでしまうわ」

「そんなことは分っている。……あそこには何か生物がいるのかって訊いているんだよ」

「生物がいるっていう話は聞いたことがないけど、もちろん、何がいるか分ったもんじゃないわ」

「あそこにも生物がいるような気がするな」マスカルは思案の末に答えた。

オウシアックスの皮肉な笑い声が暗闇から響いてきた。「見におりましょうか」

「興味があるのかい」

「とんでもない、そんなことには興味なんかないわ。……あたしにとって興味があるのは、自分以外のあらゆるものにとっても強い関心を寄せているひげをはやした見知らぬ大男よ」

これを聞いてマスカルも笑った。「たまたまぼくという人間は、トーマンスにあるものの中では自分にとってちっとも目新しくない唯一のものなのさ」

「そうよ。でも、あたしはあんたにとって目新しいものなんですからね」

水路は山間をじぐざぐに進んでおり、この間ずっと一行は徐々に上昇を続けていた。

「少なくとも、今までにきみのような声は聞いたことがない」見物するものがなくなったので、やっと話をしようという気になってマスカルが言った。

「あたしの声がどうかしたの」

「今、きみという人からぼくが感じとれるのは、きみの声だけなんで、それでああ言ってみただけなんだ」

「あたしの声がはっきりしていないの?……この喋り方、はっきりしていないと言うの?」

「はっきりしているとも。でも……適切じゃないんだ」

「適切でない？」

「これ以上は説明したくないが、話しているときも笑っているときも、きみの声は今まで聞いたことがないほど美しい不思議な楽器だ。……が、もう一度言うけど、きみの声は適切じゃない」

「あたしの本性とそぐわないっていう意味なの？」

どう答えようかと思案していると、あまりやかましくは感じられないけれども並はずれて大きな、おどろおどろしい音が一行の真下の深い峡谷から突然わき起り、二人の問答は中断された。それは臼をひくような轟音だった。

「この下で地面が隆起を始めているわ」オウシアックスが叫んだ。

「逃げるのか」

返事をせずにオウシアックスは、シュロークを駆り立てて上昇させた。がくんと急上昇したので、二人は座席にしがみついているのがやっとだった。峡谷の底が何か強大な地下の力で持ちあがり、下とは逆の上へ向かって動く巨大な地すべりのように一行に迫ってくる音が聞こえたばかりか、その気配が膚にも感じられるほどだった。断崖にひびがはいり、破片が落下し始めた。無数の恐ろしい音が大気を満たし、刻一刻大きくなっていった。……ばりばりと裂ける音、しゅうしゅうと噴き出す音、割れる音、きしる音、殷々と響く音、爆発する音、轟く音……頂上までまだ十五メートルはあるというとき、打ち砕かれた岩や土が漠とした暗い海さながらに一行の真下に現れ、この上なく恐ろしい音を伴いながら、抑えきれない力で急速に上昇してきた。運河は一行の前後二百メートルにわたって埋まってしまった。何百万トンもの固い物質が持ちあげられているらしかった。上昇中のシュロークは突き出ている瓦礫の山にひっかかり……その刹那、巨鳥も乗っている人間も地震のあの恐怖を味わった——激しくころがり、岩や泥のあいだに投げ出されたのだ。あるのは雷鳴のような轟きと揺れと動きと混乱だけだった。

どういう場所にいるのかを悟る間もないうちに、日がさしてきた。隆起はまだ続いていた。一、二分すると谷底は以前より三十メートル以上も高い新しい山を形づくった。そのとき急にぴたりと動きが止まり、魔法のようにあらゆる音がやんだ。……岩もひとつとして動かなかった。オウシアックスとマスカルは立ちあがり、切り傷や打ち身はないかと調べた。シュロークは激しく喘ぎ、恐怖のあまり冷汗をかきながら、横向きになって寝ていた。

「危ないところだった」土砂を払い落しながらマスカルは言った。

オウシアックスは衣の端で顎にできた傷の血を止めていた。

「これでもまだよかったほうだわ……つまりね、上に昇るのもよくないけれど、下に降りたら死んでしまうわ、よくあるのよ、そういうことが」

「どうしてまたこんなところに住んでいるんだい」

「知らないわ、マスカル。習慣じゃないかしら。ここから抜け出そうと思ったこともたびたびあるけど」

「一分先もどうなるか分らないこんなところで暮らさなくちゃならないんだから、きみにはいろんなことを赦してやってもいいな」

「あんたにも少しずつ分るようになるわ」オウシアックスはにっこりして答えた。

オウシアックスが怪鳥をじっと見つめると、怪物はのろのろと立ちあがった。

「マスカル、もう一度乗って！」自分の座席に戻りながらオウシアックスが指図した。「ぐずぐずしちゃいられないのよ」

マスカルは言われたとおりにした。一行は中断された飛行を再開し、今度は日光を全身に浴びながら山脈を越えて行った。マスカルは再び腰をすえて考えにふけり始めた。この土地の独特な大気がマスカルの頭脳にしみこみ続けた。意志が不安におののき、落ちつきを失っていたので、何もしないでただそこに坐っているのは拷問にひとしかった。何もすることがないというこの状態に耐えられそうもなかった。

「マスカル、あんたはなんて隠しだてする人なんでしょう!」オウシアックスは前を向いたまま静かに言った。

「隠しだてって……何のことを言っているんだ」

「あんたの心の中でどういうことが起っているのかあたしはちゃんと知っているのよ。そうね、あんたに訊いてみるのも悪くないわね。……今でも友達づき合いだけで充分なの?」

「何も訊かないでくれ」唸るようにマスカルは言った。「ただでさえぼくの頭の中には入りきれないほどたくさんの問題が詰まっているんだ。そのうち三つか四つでも答が出せれば御《おん》の字なのさ」

マスカルはじっと風景を見つめていた。怪鳥は遥か彼方に見える奇妙な恰好をした山に向かって飛び続けていた。それは自然にできた巨大な四角錐で、麓は広大な台地を思わせ、てっぺんは広びろとした平坦地で、緑色の雪のようなものがまだ残っていた。

「あれは何という山かね」マスカルが尋ねた。

「ディススコーンよ。イフドーンで一番高い山だわ」

「これからあそこへ行くのか」

「どうしてあんなところまで行かなくちゃならないの。でも、もしあんたがこれからもどんどん進んで行くつもりなら、あの頂上に行ってみる甲斐はあるわ。この地方が全部見渡せて、《沈む海》やスウェイロウンの島ばかりか、もっと先のほうまで見えるのよ。あそこからならアルプペインも見えるわ」

「それは、この旅を終える前に是非見ておきたい眺めだな」

「ほんとにそうなの、マスカル？」オウシアックスは振り向いてマスカルの手首に手を当てた。「あたしの家に泊りなさいよ、そうすればいつか一緒にディススコーンに行けるわ」

マスカルは何か訳の分らぬことを唸った。

眼下に広がる一帯には、人間が居住している形跡は何も見えなかった。マスカルが依然としてむすっとした表情で見つめていると、前方のさほど遠くないところで、岩だらけの大森林地帯が恐ろしい唸りをあげて突然陥没し、目には見えない深い割れ目の中に崩れ落ちた。今の今までどっしりとした大地だったものが、次の瞬間には歴とした深い割れ目になってしまったのだ。マスカルはぎくりとして激しく跳びあがった。

「恐ろしいこともあったものだ」

オウシアックスは相変らず動じなかった。

「これじゃあ、生物は絶対に育たないはずだ」マスカルはいくらか自分を取り戻すと、言葉を続けた。「鋼鉄のような神経が必要だな。……こういう災害を予知する方法は何もないのかね」

「なかったらあたしたち、生きていられないわ」オウシアックスは落ちつき払って答えた。「頭を使って結構うまく切りぬけているのよ――それでも、やっぱり災難に巻きこまれてしまうこともあるわ」

「どういう前兆が現れるのか教えておいてくれると助かるんだが」

「一緒に検討してみなくちゃならないことがいろいろあるはずだわ。たとえば、そもそもこの土地にとどまるべきかどうかという問題もそのひとつなのよ。……でも、とりあえず家まで行きましょ」

「まだどのくらいかかるんだね」

「あなたの真っ正面よ」オウシアックスは人差し指でさし示した。「ほら、見えるでしょ」

マスカルは指の先をたどってゆき、二、三度訊いてから、オウシアックスが指し示している場所を認めた。それは幅の広い半島で、三キロほど遠くにあった。半島の側面のうち三つは、底の見えない空気の湖からまっすぐに突き出ており、四番目の側は瓶の首のようにくびれて、半島と本土とをつないでいた。半島にはあざやかな植物が一面に茂り、きらめく大気の中にくっきり映えていた。半島の真ん中には高い木が一本そびえ立っており、この木のためにほかのすべてのものが小さく見えた。広く枝を張っている木で、海のような緑色の木の葉で陰ができていた。

「あそこにクリムタイフォンがいるかしら」オウシアックスが言った。「二人いるように見えるけど、見まちがいかしら」

「ぼくにも何かが見えるよ」とマスカル。

二十分ほどすると高度十五メートルで半島の上空にさしかかった。シュロークはスピードをゆるめ本土に舞い下りた。半島との中間にある地峡のちょうど入口付近である。二人はシュロークの背からおりたが、マスカルは腿が痛くて仕様がなかった。

「怪物はどうしましょう」オウシアックスはこう尋ねたが、返事を待たずに、ぞっとするような怪鳥の顔を軽く叩いて言った。「おうちへ帰りなさい。またいつかおまえの手を借りなくちゃならないときがあるかもしれないわ」

怪鳥は間の抜けた唸り声をあげてもう一度立ちあがり、走るとも飛ぶともつかぬ恰好で何メートルか滑走してから、ぎごちなく空中に舞いあがり、来た方向に羽ばたいて行った。二人は見えなくなるまでじっと見送った。やがてオウシアックスは地峡を渡り始め、マスカルもあとに続いた。

ブランチスペルの白光が情け容赦ない力で二人を激しく襲った。空は次第に晴れあがり、風もすっかり凪いだ。地面には色鮮やかな羊歯や灌木や草が入り乱れ、それを透かして眺めると、ここかしこに金色の白亜質の土壌が広がり、時には、ぴかぴか光る白い金属質の丸石も見えた。何もかもが異様で、野蛮な外観を呈していた。とうとうマスカルは超自然の地イフドーン・マーレストに足を踏み入れたのである。遠くから望んだときにはあれほど不思議な感慨を催させたイフドーン・マーレスト。……それが今では驚きや好奇心など少しも感じられず、ひたすら人間に会いたいとマスカルは念じるだけだった――それほどまでに意志の力が強烈になっていたのだ。この力を誰かに験してみたいとマスカルは思った。それ以外のことは少しも重要ではないように感じられた。

半島は、全域にわたって清涼感が漂い、柔らかい陰に包まれていた。広さは八十アールほどで、全体が大きな茂みに似ていた。もつれ合った小さな木や下生《したば》えの中ほどに、何も茂っていない空間があった。……きっと真ん中に生えている巨大な木の根が、周囲の雑木を枯れさせてしまったのだろう。巨樹のすぐそばに、ごぼごぼと泡だつ小さな泉があり、その水は鉄のように赤かった。泉をとりまくようにして切り立っている断崖からは、茨や花や蔓がたれさがり、こういう絶壁にかこまれているために、この空地はいかにも未開な魅力をたたえた僻地らしい趣を呈していた。ひょっとするとここには伝説上の山の神が住んでいさえするのかもしれなかった。……マスカルの落ちつかぬ眼は絶えず動いて同じところにとどまらず、結局は、この情景の中心となっている二人の男に向けられた。

そのうちのひとりは、ちらほら花の混じった苔で出来た高い寝椅子に古代ギリシャの宴人《うたげびと》のように寝そべっていた。その男は片肘をついて臥し、穏やかな喜びの表情をうかべて、李のような果物を食べていた。かたわらの寝椅子には李が山のように積まれ、大きく枝を広げた木の陰に入っている男はすっかり日光から遮られていた。男は、少年のような小さな身体にざらざらした皮をまとっていたが、手足はむきだしのままだった。その顔を見ただけでは、年のいかない少年か成長した大人か区別がつかなかった。顔はすべすべしていて柔らかく、子供のようで、その表情は天使にも似て穏やかだったが、上のほうの菫色の眼は、邪悪そうな大人の眼だった。皮膚の色は黄色がかった白で、カールした長い髪はソーブとよく似合っていた。菫色なのだ。……もうひとりの男は第一の男の二メートルほど前につっ立っていた。この男は背が低く、筋肉質で、顔は大きく、ひげを生やしており、どちらかというと平凡な目鼻立ちだったが、その風貌にはどことなく恐ろしいものが感じられた。色濃く刻まれた苦痛と絶望と恐怖の表情でその顔は歪んでいた。

オウシアックスは立ちどまらずに軽い足どりでのんびりと歩いて、寝椅子から少し離れた木陰のはずれのところまで行った。

「隆起に遭ったわ」オウシアックスは若者のほうを見ながら無頓着に言った。

若者はオウシアックスをじろじろ見たが、何も言わなかった。

「あなたの植物人は元気なの?」オウシアックスの声の調子はわざとらしかったが、この上なく美しかった。返事を待ちながら、オウシアックスは脚を優美に折り曲げて地面に坐りこむと、衣の裾を引き下げた。

マスカルは腕組みをしながら、オウシアックスのすぐうしろにじっと立っていた。

一瞬、沈黙があった。

「サテュール、奥様に返事をしないか」寝椅子に横になっている少年が、穏やかな甲高い声で言った。

話しかけられた男は表情を変えず、咽喉を絞められたような声で答えた。「オウシアックス、とってもうまく行っています。足にはもう芽が出ています。あすは根をおろしたいと思っています」

マスカルは心の中に嵐が巻き起るのを感じた。今の言葉はサテュールの口から出たのだが、実は少年が言わせたものであることにマスカルははっきり気づいていたのだ。

「サテュールの言っていることは本当なんだ」少年が言った。「あすには地面に根が届き、数日後にはしっかり根を張るはずだ。そうすればぼくは、この男の腕を枝に、指を葉に変える仕事に取りかかることにする。頭を樹冠に変えるにはもっと時間がかかるだろうけど、それでも、オウシアックス、一か月以内にはきみとぼくは、この新しい珍しい木から果実をつみとって味わうことができるだろうと思うよ——思うどころか約束したっていいくらいだ」

「ぼくはこういう自然の実験が好きなんだ」また李に手を伸ばしながら、少年はこう言って話を結んだ。「わくわくさせてくれるんでね」

「冗談を言ってるんだろう」足を一歩踏み出してマスカルは言った。

若者は穏やかな表情でマスカルを見た。黙ったままで返事はしなかったが、マスカルは、咽喉に鉄の手を当てられて後へぐいと押されたような気がした。

「サテュール、朝の仕事はこれで終った。ブロッドソンブルのあとでまたここへ来なさい。今夜からはおまえは永久にここにいることになるのだ。だから、根をおろす場所をきれいにする仕事にとりかかっておいたほうがいい。このあたりの植物は今でこそどんなに新鮮で可愛らしく見えようと、将来はおまえの不倶戴天の仇《かたき》、競争相手になるんだ、それを忘れるんじゃないぞ。さあ、もう行っていい」

男は痛そうにびっこを引きながら立ち去り、地峡を渡って間もなく見えなくなった。オウシアックスはあくびをした。

マスカルは力をふりしぼって強引に前へ出た。立ちはだかる壁を押しやって進んでいるみたいだった。

「きみは冗談を言っているのか、それとも悪魔なのか」

「ぼくはクリムタイフォンだ。冗談なんか言うものか。今きみは悪魔という言葉を口にしたな、だからきみを罰する新しい方法を考え出してやる」

意志の果し合いは儀式ばらずに始まった。オウシアックスは立ちあがり、美しい手足を伸ばして微笑み、前からの愛人と新しい愛人との決闘に立ち会う仕度をした。クリムタイフォンも微笑んだ。また果物に手を伸ばしたが、今度は食べなかった。マスカルは自制が効かなくなり、眼の前が真っ赤になるほど激昂して息を詰まらせながら少年にとびかかって行った。ひげが揺れ動き、顔は朱色に染まっていた。クリムタイフォンは対戦相手がどんな男であるかを知ると、微笑むのをやめて、するりと寝椅子からおり、自分のソーブに恐ろしい険悪なまなざしをこめた。マスカルはよろめいた。何くそと歯を喰いしばって荒々しい意志力を結集させると、そのままがむしゃらに突き進んで行った。少年は金切り声をあげ、なんとか逃れようと寝椅子のかげに隠れた。……突然、少年の抵抗が崩れた。マスカルはのめりそうになったが体勢を立て直し、高く積んである苔をきれいに飛び越え、敵に躍りかかると、相手の身体に自分の全体重をかけた。少年の咽喉をつかんでその小さな頭をすっかり後向きになるまでひねると、首が折れた。クリムタイフォンは即死した。

死体は顔を上向きにして木の下に置かれた。マスカルは念入りに屍を検分した。すると、畏怖と驚異の表情がマスカル自身の顔に現れた。瞬間にクリムタイフォンの顔が一変してしまったのだ。それはまことに驚くべき変貌で、衝撃的ですらあった。顔の個性的な特徴がすっかり消え失せ、何も表していない、にたにた笑う下卑た仮面に変っていた。

これと同じ表情をどこで見たかを思い出すのに、長いあいだ思案する必要はなかった。降霊術の会でクラッグが首をひねって殺したあの幽霊の顔に現れた表情と同じなのだ。

10　タイドミン

オウシアックスは無頓着に苔の寝椅子に腰をおろし、李を食べ始めた。

「ね、分ったでしょ、マスカル、あんたはこの人を殺さなくてはならなかったのよ」何か謎めかしたような声でオウシアックスは言った。

死体から離れ、オウシアックスを見つめるマスカルの顔はまだ真っ赤で、息づかいも荒かった。「冗談事じゃないんだぞ。特にきみは静かにしていなくちゃいけないはずだ」

「どうして?」

「だって、きみの夫じゃないか」

「悲嘆に暮れているところを見せなくちゃいけないというのね……何も感じていないというのに」

「とぼけるな!」

オウシアックスは微笑んだ。「あなたの態度を見ていると、あたしが何か罪を犯して責められているみたいだわ」

マスカルはこの言葉に文字通り鼻を鳴らした。「何て女だ、きみはごみと一緒に暮し——怪物みたいに病的な男と暮してきて……今になってそいつを……」

「やっと分ったわ」全く超然とした声でオウシアックスが言った。

「そうか、それはよかった」

「あのね、マスカル」ちょっと間をおいてからオウシアックスが続けた。「あたしの行動を支配する権利を誰から授かったの。あたしの主人はあたし自身じゃないかしら」

マスカルはうんざりしてオウシアックスを見たが、何も言わなかった。また長い沈黙が続いた。

「あたしはあの人をちっとも愛していなかったわ」眼を伏せて地面を見ながらとうとうオウシアックスが口を開いた。

「それじゃなお悪い」

「一体どういうことなの——何がお望みなの」

「きみからは何も貰いたくない——ほんとに何ひとつほしくないんだ……ありがたいことさ」

オウシアックスは冷たく笑った。「あんたは異国の先入観をもってここへやって来て、あたしたちみんながそれに頭を下げるのを期待しているんだわ」

「どういう先入観だい」

「あなたはクリムタイフォンの道楽が奇妙だというだけの理由であの人を殺した。……そして、あたしまで殺したいと思っている」

「道楽だって！　あんな極悪非道の残虐行為が？」

「あんたって感傷的なのね」オウシアックスが軽蔑して言った。「サテュールのことでどうしてそんなに大騒ぎしなくちゃならないの。世界中どこへ行っても生物は生物なんだわ。ある生物と別の生物では優劣の差はないのよ。……あの男は、ほかのあらゆる木と同じような木に作り変えられようとしていただけよ。ほかの木が木としての生に耐えているのに、あの男がそれに耐えられないわけはないわ」

「それがイフドーンの道徳だって言うのか！」

オウシアックスは怒り始めた。「おかしな考えをしているのはあんたのほうだわ。あんたは花や木の美しさならば、それは神業だと思って夢中になって褒める。ところが、その神々しくて新鮮で純粋な魅力たっぷりの美しさを自分が身につけるという段になると、とたんにそれは残忍で邪悪な堕落行為だということになってしまう。……わたしに言わせれば、そんなの、おかしな謎だわ」

「オウシアックス、きみは美しい冷酷な野獣だ——ただそれだけのものでしかない。……もし、きみが女でなかったら……」

「へえ」と口を歪めながら、「聞かせて貰おうじゃありませんか——あたしが女でなかったらどうだと言うの」

マスカルは爪を噛んだ。

「そんなことはどうでもいい。ぼくはきみに手をくだすことができない——きみと、ご亭主だったあの男の子とのあいだには一本の毛ほどの違いもありゃしないんだけど。この点、きみは〈異国の先入観〉に感謝しなくちゃ。……じゃ、達者でな」

マスカルはうしろを向いて立ち去ろうとした。オウシアックスの眼が長い睫の奥から斜めにマスカルを見あげた。

「どこへ行くの、マスカル」

「そんなことはどうでもいい。ぼくがどこへ行こうと、とにかくこれでいいんだ。ぼくがいなくなれば前よりはましになるんだからな。……罪の泥沼みたいな女め！」

「ちょっと待って。これだけは言わせて。ブロッドソンブルは今始まったばかりなのよ。午後になるまでこここにいたほうがいいわ。あの死体は見えないところにすぐ片づければいいんだし、あんたはあたしのことをとっても嫌っているみたいだけど、ここは広いし——話す必要もないし、お互いに顔を見なくってもいいんだもの」

「同じ空気を吸うのもいやだ」

「変った人！」

オウシアックスは美しい彫像のように身じろぎもせずに坐っていた。

「サーターとの不思議な会見のことはどうなの。それに、あんたが手がけ始めた色々なやりかけの仕事は……？」

「きみはそういうことについて話すような相手じゃない。……だけど」マスカルは瞑想するような眼でオウシアックスを見た。「ここにいるあいだに訊いておきたいことがある。あの死体の顔に現れた表情は一体どういうことなんだ」

「あれもやっぱり犯罪だと言うの、マスカル？　死んだ人はみんなあんなふうになるのよ。ああなっちゃいけないとでも言うの？」

「あれは〈クリスタルマンの顔〉だって聞いたことがあるんだが」

「当り前でしょうに。あたしたちはみんなクリスタルマンの娘であり、息子なのよ。家族どうしだから似ているんでしょ」

「サーターとクリスタルマンは同一人物だという話も聞いたことがある」

「あんたのお知り合いは真実を言う賢い人たちだこと」

「それなら、ぼくが見た人物がサーターだったというのはどうしてなんだ」相手に向かってというよりむしろ自分に向かってマスカルは言った。「あの幻は全く違うものだった」

オウシアックスは嘲るような態度をやめ、目につかないようにマスカルに近づき、そっと腕を引っ張った。

「ねえ……よく話し合わなくちゃいけないわ。そばに坐って質問して頂戴。あたし、とびぬけて頭がいいわけじゃないけど、お役に立てるよう精々頑張るわ」

マスカルは柔らかい暴力に引きずられて坐らされるがままになった。オウシアックスは内証話をするときのようにマスカルのほうに身体を曲げ、甘くてひんやりする女の息が相手の頰にかかるようにした。

「マスカル、あなたがここへ来たのは悪を善に変えるためじゃなかったの？　だとしたら、あんたを遣《つか》わしたのが誰かということなど、どうでもいい問題じゃないかしら」

「善悪について一体きみに何が分っていると言うんだ」

「あんたは初心者には何も教えてくれない偉い先生なの？」

「誰かに教えを垂れるなんて、そんな……。だけど、きみの言っていることは当っている。ぼくは自分にできることをしたいんだ。……適任者だからではなく、こうしてここに来ているからだ……」

オウシアックスの声は囁き声に変った。「あんたは肉体も魂も巨人だわ。したいことがやれるのよ」

「それはきみの正直な意見なのか、それとも、何か魂胆があってぼくをおだてているのか」

オウシアックスはふっと溜息をついた。「あんたはこの問答をどんなに難しくしているか分らないの。あたしたち自身のことではなく、あんたの仕事について話しましょう」

と、このとき、突然マスカルは不思議な青い光が北の空に輝いているのに気づいた。それはアルプペインから発していたが、アルプペインそのものは丘の向うに隠れていた。それを眺めていると、心をかき乱すような奇異な自己否定が波となって体内を通り抜けた。マスカルはオウシアックスを見た。そしてこのとき初めて、自分は不必要にこの女に対して残酷な態度をとってきたということにはたと気づいた。オウシアックスは女であり無防備なのだという事実をうっかり忘れていたのだ。

「ここにとどまらない？」いきなりオウシアックスが全くあけっぴろげの態度で率直に尋ねた。

「うん、とどまるつもりだ」マスカルはゆっくりと答えた。「それにもひとつ、オウシアックス……もしきみの性格を間違って判断しているんだったら、どうか赦してくれ。ぼくって男はどうもせっかちで怒りっぽいんでね」

「この世にはいい加減な気持で生きている人が多いんだもの。思いっきり殴りつけてやるのは悪どい人間にはいい薬だわ。……これまでのところは、あたしの性格をあんたは誤解してなどいないわ――ただ、女なら誰でもそうだけど、たったひとつの性格しかないわけじゃないのよ。そのことを知らないの？」

そのあとやや間があった。すると、小枝のぱちんと鳴る音が聞こえ、二人ははっとしてあたりを見まわした。ひとりの女が、本土との境になっている地峡をゆっくりと渡ってくるのが見えた。

「タイドミンだわ」いかにも迷惑そうな怯えた声でオウシアックスは呟くと、すぐにマスカルから離れ、立ちあがった。

新しくやって来たのは、たいそうほっそりした中背の、優美な身体をしたかなり年配の女だった。顔には、世の中をどう渡って行けばよいかを知っている女の落ちつきがにじみ出ていて、顔色はひどく青白く、もの静かな表情の蔭に、何か奇妙な、危険なものがちらりと見えていた。必ずしも美しい顔ではなかったが、不思議に人の心を惹きつけるところがあった。髪は房を成していて少年のようで、首のところまでしか垂れていなかった。その色は異様な藍だった。着ているものは風変りなブラウスとズボンで、それは爬虫類の青緑色をした四角い甲羅をつなぎ合わせて作った衣装だった。小さな象牙色の乳房があらわに見えていて、ソーブは黒く、悲しげで、何やら瞑想にふけっているようでもあった。

女はオウシアックスとマスカルなど眼中に入れずに、まっすぐクリムタイフォンの死体に向かって静かに歩いて行った。死体の一、二メートル手前まで来ると立ちどまり、腕を組んで見おろした。

オウシアックスはマスカルを少し離れたところへ引っ張って行き、小声で言った。「あの女はクリムタイフォンのもう一人の妻で、ディスコーンの麓に住んでいるのよ。あの女はとても危険な人だわ。言葉に気をつけてね。何かしてくれと頼まれてもすぐ断わるのよ」

「あの気の毒な女は人に危害を加えるようにはとても見えないけどな」

「見かけはそうよ——でも、あの女はクラッグを呑みこむことだってできるのよ。……さあ、男らしく振舞いなさい」

二人の囁き声がタイドミンの注意を惹いたらしく、タイドミンは今度はゆっくりと二人のほうに目を向けた。

「殺したのは誰なんだい」タイドミンが尋ねた。

その声は低く、もの柔らかで洗練されていたので、マスカルには殆ど聞きとれなかったが、その響きはいつまでも耳に残り、奇妙なことに弱くなっていくかわりにますます強くなってくるようだった。

オウシアックスが「ひとことも喋っちゃ駄目よ、全部あたしにまかせて」と囁くと、くるりとうしろを向き、タイドミンに面と向かい合い、大声で言った。「あたしが殺したの」

この頃になると、マスカルの頭の中でタイドミンの言葉がまさしく音となって、がんがん鳴り響いていた。それを無視するのはとても無理で……マスカルは、どういう結果になろうとも、自分のしたことをおおっぴらに告白しなければならなくなった。オウシアックスの肩をそっとつかんで自分のうしろにさがらせると、低いけれどよく透る声で言った。「クリムタイフォンを殺したのはぼくだ」

オウシアックスは傲慢そうな顔つきだったが、同時に怯えているようでもあった。「マスカルはあたしをかばうつもりで言ったんだわ。マスカル、かばってくれなくていいのよ。タイドミン、殺したのはあたしよ」

「オウシアックス、あんたの言葉を信じるよ。あんたが殺したのさ。でも、あんたの力で殺したんじゃない、あんたは殺させるためにこの人を連れて来たんだ」

マスカルはタイドミンのほうに二、三歩踏み出した。「誰が殺そうと、そんなこと問題じゃない。ぼくの考えでは、クリムタイフォンなんて生きているより死んだほうがいいのさ。それでもぼくが殺したことには変りはない。オウシアックスは何の関係もないんだ」

タイドミンはマスカルの言葉が耳に入っていないらしかった——物思いにふけって、マスカルの向うにいるオウシアックスを見ていた。「クリムタイフォンを殺したとき、あたしがここへやって来て一切を知るだろうってことがあんたの頭には思いうかばなかったのかい」

「あんたのことを考えるだなんて、とんでもない、一度だって考えたことはないわ」怒りの笑い声をあげながらオウシアックスはやり返した。「どこへ行くにも必ずあんたの姿を頭に思い描いているとでも思っているの?」

「もし誰かがここであんたの愛人を殺していたら、あんた、どうする?」

「嘘つきの偽善者め！」オウシアックスは吐き出すように言った。「あんたはクリムタイフォンを愛してなどいなかった。あんたはいつもあたしを憎んでいたものだから、今が腹いせをするいいチャンスだと思っているのさ……なにしろクリムタイフォンはもういなくなったんだからね……もし生きていたらあの人は、あたしが頼めばあんたを足台に変えちゃっていたはずだもの。あの人はあたしを崇拝していたけれど、あんたのことなど嗤っていたわ。醜い女だって思っていたのよ」

タイドミンはすばやく優しい笑顔をマスカルに向けた。「こういう話を全部聞く必要がおまえさんにあるの？」

何の疑念も抱かずに、またそうすることが正しいと感じて、マスカルは話し声が聞こえないところまでその場を離れた。

タイドミンはオウシアックスに近づいて言った。「あたしの美しさは衰えたし、年だってもう若くないんだから、それだけあの人が必要だったんだよ」

オウシアックスは犬の唸るような声をあげた。「とにかくあの人は死んだのさ。それでけりがついたってわけよ。タイドミン、これからどうするつもり」

タイドミンは、哀れをそそるような笑みをかすかにうかべた。「死んだ人を弔う以外にすることはないわ。あたしが葬式を出しても、恨まないだろうね？」

「あんた、ここにとどまりたいって言うの？」オウシアックスは相手の心を疑うように尋ねた。

「そうだとも、オウシアックス。ひとりきりになりたいのさ」

「じゃあ、あの人とあたしはどうなるの」

「あんたとあんたの愛人は……――名前は何て言うんだい」

「マスカルよ」

「あんたたち二人はディススコーンへ行って、あたしの家でブロッドソンブルを過ごしたらいいじゃないか」オウシアックスはマスカルに向かって大声で叫んだ。「あんた、あたしとディススコーンへ行く?」

「そうしてほしいと言うんなら」とマスカル。

「オウシアックス、あんたは先に行って。あんたの友達にクリムタイフォンの死のことで訊きたいことがあるんだよ。長くはかからないから――さあ」

「なぜあたしに訊かないの?」鋭いまなざしをきっと上げてオウシアックスが尋ねた。

タイドミンはちらりと笑みをうかべた。「あたしたち、お互いに知りすぎちゃっているんだよ」

「妙なまねをしないでよ!」こう言うと、オウシアックスは向きを変えて立ち去ろうとした。

「あんた、夢を見ているんじゃないの?」とタイドミン。「道はあっちよ――崖っぷちからそのまま真っ逆さまに落ちたいんならそっちでもいいけど」

オウシアックスが行こうとしたのは地峡を渡る道だった。タイドミンが教えたのは崖っぷちの方角であり、そっちには何もない空間が口をあけていた。

「まあ! あたしったら、どうかしているわ」笑いながらオウシアックスは叫んだ。そしてすなおにタイドミンの指さすほうへ歩いて行った。

二十歩ほど離れた深い淵のはずれに向かってまっすぐにオウシアックスは歩いて行った。マスカルは乱暴にひげをひっぱりながら、あの女はどうなってしまったのだろうといぶかった。タイドミンはオウシアックスを見つめて、まだ指を立てたまま、じっと立っていた。何のためらいもなく、一度も歩をゆるめずにオウシアックスはぶらぶら歩いて行った。……そして、崖っぷちに達しても、さらにもう一歩踏み出した。

崖を踏みはずしたときオウシアックスの手足がねじれるのをマスカルは見た。オウシアックスの身体が見えなくなり、同時に恐ろしい悲鳴が聞こえた。幻想からさめるのが一瞬おそすぎたのだ。マスカルは茫然自失の状態を打ち破って崖っぷちに駆けつけ、無謀にも地面に身を投げて下を覗きこんだ。……オウシアックスの姿はもうなかった。

マスカルはなおも数分間、狂ったように下を見つめ続けていたが、やがて啜り泣き始めた。タイドミンが近づいて来た。マスカルは立ちあがった。

顔に血がのぼったり、ひいたりし続けていた。マスカルは暫くしてからやっと口がきけるようになった。無理に絞り出すようにしてこう言った。「タイドミン、この償いはして貰うぞ。だが、その前に、どうしてこんなことをしたのか聞かせて貰おうじゃないか」

「ちゃんとした理由がなかったとでも言うのかい」眼を伏せたままでタイドミンが言った。

「いわば、きみの心に棲む悪魔のなせる業だったのか」

「クリムタイフォンのためにやったのさ」

「オウシアックスはクリムタイフォンの死とは何の関係もないんだ。さっきも言ったろう」

「おまえさんはあの女に忠実だし、あたしのほうはあの人に忠実なのさ」

「忠実だって？　きみは大変なへまをやらかしたんだ。オウシアックスはぼくの女じゃなかったんだぞ。ぼくがクリムタイフォンを殺したのは全く別の理由からなんだ。オウシアックスとは全然関係がないんだ」

「あの女はあなたの愛人じゃなかったって言うの?」タイドミンはゆっくり尋ねた。

「きみは大間違いをやらかしたんだ」同じことをマスカルはまた言った。「ぼくがクリムタイフォンを殺したのは、あの男が野獣だったからだ。オウシアックスは、あの男の死については全く潔白なんだ。その点、きみと変りはない」

タイドミンの顔に硬い表情が現れた。「だとすると、おまえさんは二人の人間を殺したことになる」

恐ろしい沈黙が続いた。

「どうしてぼくの言うことが信じられなかったんだ」マスカルは尋ねた。顔は青ざめ、油汗がにじみ出ていた。

「誰があの人を殺していいと言ったの」こう尋ねるタイドミンの表情は厳しかった。

マスカルは何も言わなかった。相手の質問が聞こえなかったのかもしれない。

タイドミンは二、三度、溜息をつくと、落ちつきなく動きまわり始めた。「おまえさんが殺したんだから、埋葬を手伝ってくれたっていいだろう」

「どうすればいいんだ……これは全く恐ろしい犯罪じゃないか」

「おまえさんが全く恐ろしい男なのさ。……どうしてここに来て、こんなことをしでかしているんだ。おまえさんにとってあたしたちは何だと言うんだ――赤の他人じゃないか」

「残念ながら、きみの言っていることは正しい」

また間があった。

「こうしてつっ立っていても仕方がないわ」タイドミンが言った。「どうすることもできないんだし。あたしと一緒に行かなくちゃいけないね」

「きみと行くんだと。どこへだ?」

「ディスコーンさ。あの土地の向う側に燃える湖があるんだよ。クリムタイフォンはいつも、死んだらあそこに投げこんでほしいって言ってたのさ。ブロッドソンブルが過ぎたら火葬にすることにしよう。それまでに家まで運ばなくちゃ」

「きみは冷たい薄情な女だ。どうしてあの男だけ埋葬するんだ——かわいそうにオウシアックスは埋葬もしないでほうっておこうというのに」

「埋葬しようたって無理だということぐらい分っているだろうに」タイドミンは静かに答えた。

マスカルの眼はきょろきょろとあたりを見まわしたが、何も見えてはいないらしかった。

「とにかく、何かしなくちゃ」タイドミンが続けた。「あたしは行くわ。まさかいつまでもここにひとりきりでいたいなんて思っているんじゃないでしょうね」

「うん、こんなところにはいたくても、いられやしないし、第一、ここにいたいと思う理由などあるものか。……ぼくに死体を運ばせたいのかい」

「あの人は自分で動くことはできないし、あの人を殺したのはあんたなんだし……運んであげればあんたの気も休まるでしょ」

「気が休まるだって?」莫迦みたいにマスカルは問い返した。

「後悔の気持を軽くする方法はひとつしかないわ、進んで苦痛を背負いこむことよ」

「きみは後悔しないのか」悲しみに沈んだ眼で相手を見すえてマスカルは尋ねた。

「今度のことはあんたの罪なのよ、マスカル」タイドミンは低いが突き刺すような鋭い声で言った。

　二人はクリムタイフォンの死体のところへ行き、マスカルはそれを肩にかついだ。死体は思ったより重かった。気味の悪い荷物をしっかり肩に固定させるのをタイドミンは手伝おうともしなかった。

　タイドミンはマスカルを従えて地峡を渡った。二人の行く道は日なたと陰の中を通っていた。雲ひとつない空に灼熱のブランチスペルが輝き、とても耐えられないほどの暑さだった――滝のような汗がマスカルの顔を流れ、死体はますます重くなっていくようだった。タイドミンは絶えずマスカルの前を歩いていた。いかにも女らしいその白いふくらはぎにマスカルの眼は釘づけになっていたが、実は何も見えてはいなかった。……右にも左にもマスカルは眼を向けず、次第に顔つきがむっつりしてきた。……十分ほどすると、突然、肩から屍がすべり落ちて地面にころがり、そのまま動かなくなった。マスカルは大声でタイドミンを呼んだ。

　タイドミンはさっと振り向いた。

「こっちに来てくれ。今こんな考えがうかんだんだ」マスカルは笑った。「なぜぼくはこの死体を運ばなくちゃならないのか……そもそも、なぜきみのあとについて行かなくちゃいけないのか。……ぼくにとって驚きなのは、こういったことがどうして今まで思いうかばなかったのかってことだ」

　タイドミンはすぐにマスカルのところに戻った。「マスカル、あんたは疲れているんじゃないかしら。さ、坐りましょ。けさずいぶん長い道のりを歩いて来たんでしょ?」

「疲れのせいでこんなことを言っているんじゃない……急に考えがひらめいたんだ。きみの運搬人の役をしなくちゃならないなんて、一体なぜなのか、分らなくなったのさ」マスカルはまた笑った。が、とにかく、タイドミンのかたわらに坐りこんだ。

　タイドミンはこちらを見もしなければ返事もしなかった。半ば顔をそむけて、アルプペインの光がまだ輝いている北の空のほうを向いていた。その視線を辿ってマスカルも輝く北空をひとときと黙々と見つめた。

「どうして口をきかないんだ」やっとマスカルは尋ねた。

「マスカル、あの光からあんたはどういう暗示を受ける？」

「あの光のことを言ってるんじゃないんだ」

「なんにも暗示を受けないの？」

「暗示などありゃしないんじゃないのか。それがどうしたというんだ」

「犠牲を暗示していると思わない？」

　マスカルはまたむっつりした。「犠牲って、何を犠牲にするんだ。きみは何の話をしているんだ」

「こういう考えが頭にうかんだことはなくて？」タイドミンはまっすぐ前方を見ながら、持ち前の繊細で峻厳な態度で言った。「何か犠牲行為をしない限り、あんたのこの冒険は終りにならないだろうってことが」

　マスカルは返事をせず、タイドミンもこれ以上何も言わなかった。二、三分するとマスカルは自発的に立ちあがり、死者に対する礼を欠いた怒ったような手つきでぞんざいにクリムタイフォンの死体をまたかつぎあげた。

「この先まだどれくらいあるんだ」マスカルは無愛想な声で尋ねた。

「一時間ほどよ」

「案内してくれ」

「でも、あたしが言っている犠牲行為はこれとは違うのよ」先に立って歩きながら、タイドミンは静かに言った。

殆ど時を移さず、二人は今までより歩きにくい地域に踏み入った。島から島へ海を渡るように、峰から峰へ渡らなければならなかった。またいだり跳んだりして渡れることもあったが、木が倒れて出来た天然の橋を利用しなければならない場合も多かった。どうやらそれは人がよく通る道であるらしく、下は光の通らない真っ暗な深淵だったが、表面には太陽がぎらぎら照りつけ、色どり豊かな岩がごろごろし、不思議な植物が無秩序に入り乱れていた。爬虫類や昆虫も数えきれないほどいた。昆虫は地球のよりもずんぐりしていて、それから受ける嫌悪感もずっと激しく——中には途方もない大きさの虫も見えた。馬ほどの大きさの奇怪な昆虫が身動きもせずに道のど真ん中に立っていた。その殻は鎧のようで、顎は三日月刀そっくり、胴体の下には無数の脚が密林のように生えていた。タイドミンは悪意のこもった眼でひとにらみし、深い淵の中に怪虫を突き落した。

「命以外に差し出せるものがこのぼくにあると言うのか」だしぬけにマスカルは話し始めた。「第一、命を投げ棄てたところで何になる？　あのかわいそうな女を生き返らせることができるわけでもあるまいし」

「犠牲は何かの利益を求めてするものではないわ。支払わなくてはならない罰金なのよ」

「それは分っている」

「問題は、さっきのようなことがあったあとでもあんたが楽しんで人生を生き続けることができるかどうかだわ」

タイドミンはマスカルが追いつくのを待った。

「きみはぼくがまだ一人前の男になりきってはいないと思っているんじゃないのか……かわいそうなオウシ

アックスをぼくが自分の身がわりに死なせてしまったので、そう思っているんだろう」

「あの女が自分から進んであんたの身がわりになって死んだのよ」力をこめて静かにタイドミンは言った。

「それはきみの二つめの大間違いだ」やはり断固とした口調でマスカルはやり返した。「ぼくはオウシアックスを愛していたわけじゃないし、生きることに執着するほど人生を愛してもいないんだ」

「あんたの命なんか別に必要じゃないのよ」

「だとしたら、きみが何を求めているのか、何のことを話しているのか、さっぱり見当がつかない」

「マスカル、あんたに犠牲行為を求める資格などあたしにはないのよ。今、命を捨てたって、それはあんたが承知してやることとであって、犠牲ということにはならないんだわ……犠牲のほかには何もすることがないという気持になるまで待たなくちゃ」

「全く謎めいた話だ」

このとき少し前方で何かが砕けるような耳を聾する恐ろしい轟音が起って二人の話は中断され、大音響に伴って、二人が立っている地面が激しく揺れた。はっとして二人は顔を上げた。見ると、二百メートルと離れていない前方で巨大な森林が姿を消そうとしており、その最後の瞬間を二人は辛うじて目撃することができた。何へクタールもの木や植物や岩や土が、その上に棲んでいる無数の動物と共に、魔法の物語のように二人の眼の前で消え去り、そのあとに、ナイフで切られたように新しい割れ目ができた。割れ目の向う端の彼方に、アルプペインの輝きが地平線のすぐ上で青々と燃えていた。

「回り道をしなくちゃいけないわ」タイドミンが立ちどまって言った。

マスカルは三本目の手でタイドミンをつかんだ。「ぼくが今心の中で思っていることを説明してみるから聞いてくれ。……あの地すべりを見たとき、この世の終りについて今まで耳にした話が全部、頭にうかんできたんだ。現実に世界の終末を目撃しているんじゃないかという錯覚に陥り、ほんとに世界がばらばらに砕け散っているような気がしたんだ。……それに、これまで大地だったところが、今ではこれこのとおり空っぽの恐ろしい割れ目に——つまり、無に——なってしまった。ぼくらの人生もこれと同じ状態になるんじゃないかって気がするんだ——何かがあったのにそこが全くの無になってしまう、そういう状態にだ……それはそうと、向うでぎらぎら輝いているあの恐ろしい青い光はまさに運命の眼のようだな。あれはぼくらを告発し、おまえらは自分の人生をどう生きたのかと問いつめている——人生はもうないんだけど。……同時にあれは壮大で歓喜にみちてもいる。その歓喜というのはこういうことだ——つまり、あとになればどうせ力づくで奪われてしまう定めにあるものをぼくらは今、自由に惜しみなく与えることができる——それがあの歓喜の内容なのだ」

タイドミンはじっとマスカルを見つめた。「それじゃあ、あんたは、自分の命など値打ちのないものなんだと思っていて、一番初めに求めてきた人にそれを進呈するというわけ?」

「ちがう、もっと深いことなんだ。人生の生き甲斐はただひとつ、運命さえもが顔負けするほど度量の大きい人間にひとりひとりがなることなのだ——とそうぼくは感じている。どうかぼくの言うことを分ってくれ。これは世をすねた皮肉でも繰り言でも絶望でもなく、英雄主義なんだ。……うまく説明できないんだが」

「マスカル、あんたにひとつ犠牲をやらせてあげるわ。それはなまやさしい犠牲ではないんだけど、どうやらあんたがやりたがっているのはそういう大変な犠牲らしいんでね」

「そうだとも。今の気分ではどんな犠牲だってぼくには荷が重すぎはしない」

「それなら言うわ。もしあんたが本気なら、あんたの肉体をあたしに譲って。クリムタイフォンが死んでしまった今、あたしは女であることに飽きてきたのよ」

「どうもよく分らないんだが」

「それじゃあ説明するわ。あたしはあなたの肉体を借りて新しい人生を始めたいの。男性になりたいのよ。女であることは何の価値もないんだって分ったの。……自分の肉体はクリムタイフォンに捧げるつもりだわ。あの人の身体にあたしの身体を縛りつけて、燃える湖で二人一緒のお葬式をするの。……分った？　あんたにやらせてあげようという犠牲行為はそういうことなのよ。さっきも言ったように、なまやさしい犠牲じゃないけど」

「それじゃあ、やっぱりぼくに死んでくれと言うんじゃないか。もっとも、どういうふうにぼくの肉体を使うつもりなのか理解に苦しむがね」

「なにも死んでほしいと言ってるんじゃないわ。あんたは今までどおり生きていけばいいのよ」

「肉体がなくてどうやって生きていけるんだ」

タイドミンは真剣にマスカルを見つめた。「あんたの世界にだってそういう存在はうようよしているわ。あなたの世界で霊とか幽霊とか幻と呼ばれているものがそれよ。実を言うと、それは肉体という物質を奪われた生きている意志なの。……いつも行動し、楽しみたいと思っていながら、そうすることが全くできないでいる意志。そういうものとして生きる状態に甘んじられるほどあんたは気高い心の持主だと自分で思う？」

「そんなことが可能なら引き受けてもいい」マスカルは静かに答えた。「……大変なことであるにもかかわらずやるというのではなく、大変なことだからこそやるんだ。それにしても、どういうふうにしてやるんだい」

「これは紛れもない事実なんだけど、あんたにはとても考えられないようなことが、あたしたちの世界ではたくさん可能になるのよ。……とにかく、家に着くまでは決めないでおきましょ、あたしは今のあんたの言葉を楯にとってあんたを縛ったりはしないわ。自発的にやる犠牲でなかったら、あたしには用がないんだもの」

「ぼくはいいかげんなことを言うような男じゃない。そういう奇蹟をきみがやれるんなら、承知したよ。決めた以上、この気持はもう変らない」

「それなら、とりあえず今のところはそういうことにしておきましょ」タイドミンは悲しそうに言った。

二人はまた進み始めた。台地が陥没しているため、タイドミンは初めどの道を行ったらいいものか分からないらしかったが、遠く迂回をしてやっと新しくできた割れ目の向う側に着くことができた。さらに少し行くと、ぽつんと立っている小さな山頂に僅かに茂る雑木林の中で、偶然ひとりの男に出会った。その男は木によりかかって休んでいるところで、疲れている上にひどく興奮し、落胆しきっているように見えた。年はまだ若かった。ひげのない顔には並々ならぬ誠実さが表れ、それ以外の点でも頑丈でよく働く知的なタイプの青年と見うけられた。髪は濃くて、短く刈られ、亜麻色だった。ソーブも第三の腕もついていないところを見ると、おそらくイフドーンの住民ではないのだろう。だが、大きさも形もとりどりの眼のようなものが全部で八つ額についていて、その様子がいかにも醜かった。眼は二つ一組になっていて、二つの眼が使われているときはいつも、独特の輝きを発するので、それが分った——使われていないほかの眼は、自分たちの番が来るまでとろんとしていた。このほかにも、下の段にさらに二つの眼がついていたが、こちらのほうはうつろで生気がなかった。かわるがわる生きたり死んだりするこの珍しい多眼のせいで、若者は相手に警戒心を抱かせるほど精神活動旺盛らしく見えた。身につけているものは、動物の皮で作った一種のキルト(短いスカート）だけだった。マスカルは、これはどこかで見たような顔だという気がしてならなかったが、実は一度も見たことのない顔だった。

タイドミンがマスカルに死体をおろすように勧め、二人は日陰に腰をおろして休憩した。

「マスカル、質問してよ」タイドミンは見知らぬ若者のほうに頭をぐいと向けて、いくらか無造作に言った。

マスカルは溜息をつくと、坐ったまま大声で尋ねた——「名前は何ていうんだね。どこから来たんだい」

若者は最初はある一組の眼で、次は別の組の眼で、さらに三組目の眼で、暫くマスカルをじろじろ見ていたが、やがてタイドミンのほうに注意を向けた。こちらのほうがずっと長いあいだ若者の心を惹きつけていた。やっと若者は男らしい乾いた力強い声で答えた。「ぼくはディグルングだ。マタープレイから来たのさ」

若者の色は絶えず変化していたので、マスカルはこの男を見て思い出すのが誰のことであるか急に分った。ジョイウインドなのだ。

「ディグルング、きみはプーリングドレッドへ行くところじゃないのか?」興味が湧いてきてマスカルは尋ねた。

「実を言うとそうなんだ——この呪われた国から抜け出せればの話だが」

「ひょっとしたらきみはプーリングドレッドでジョイウインドと知り合いなんじゃないのかね」

「ジョイウインドならぼくの姉だよ。これから姉に会いに行くところなんだ。へえ、姉を知っているのかい」

「きのう会ったばかりだ」

「じゃあ、きみの名前は?」

「マスカルだ」

「きみに会ったことを姉に話しておこう。姉とは四年ぶりなんだ。姉は元気だったかい、幸せに暮していたかい」

「この眼で見た限りでは元気で幸せそうだったよ。パンオウを知っているかね」

「姉の連れ合いだろう——知っているよ。……それはそうと、きみはどこから来たんだ。きみのような人間は今まで見たことがない」

「別の世界から来たのさ。マタープレイというのはどこにあるんだい」

「《沈む海》を渡ってすぐとっつきのところにある国だよ」

「どんなところなんだね。……何をして遊ぶのかね。……ご多分に洩れず殺人や急死が起るのかい」

「きみは病気なのか」ディグルングが尋ねた。「その女は誰なんだ。どうしてきみは奴隷みたいにそんな女のあとをついて歩いているんだい。その女はぼくには気が狂っているように見える。……その死体は何だね。……どうしてきみは死体をひきずりながらあちこち歩きまわっているんだい」

タイドミンはにんまり笑った。「あたし、マタープレイについてこんな話をもう聞いているのよ。マタープレイの地に〝答え〟という種を一粒まくと、たちまち無数の〝質問〟という実が生《な》って豊作疑いなしなんですってね。それはそうと、ディグルング、どうしてあんなふうにあたしのことを悪く言うの、こっちは何も挑発なんかしていないのに」

「べつに悪く言ってるわけじゃないけど、ぼくにはおまえという女が分るのさ。……ぼくはおまえを見ぬいている、狂気が見えるんだ。普通ならそんなことはどうでもいいんだが、マスカルのような聡明きわまりない青年が、おまえのけがらわしい罠にかかっているのは見るに忍びないんでね」

「あんたのような賢いマタープレイ人でも他人の性格を見誤まることがあると思うわ。でも、あたし気にしないわ。ディグルング、あんたの意見なんて、あたしには何でもありゃしないのよ。マスカル、この人の質問に答えてあげたらどう？　ディグルングのために答えてやるわけじゃないのよ——あんたの女友達はきっと、あんたが死体をかついでいたという話を詳しく知りたがるはずだから教えてやったほうがいいのよ」

マスカルは下唇を突き出した。「ディグルング、姉さんには何も言わないでくれ。ぼくの名前も口に出してはいけない。こうしてきみと会ったことを知られたくないんだ」

「どうして喋っちゃいけないんだね」

「知られたくないのさ——これでは理由にならないかい」

ディグルングは無表情だった。

「世界で現実に起っていることと合致しない考えや言葉は、マタープレイでは最も恥ずべきものとされているんだ」

「嘘をついてくれと頼んでいるんじゃない、黙っていてくれさえすればいいんだ」

「真実を隠すことだって嘘の一種なんだ、しかも特殊な嘘だと言っていい。きみの頼みには応じられない。知っていることは一切合財ジョイウインドに話さなくちゃならないんだ」

マスカルは立ちあがり、タイドミンもそれにならった。

タイドミンはディグルングの腕に手をかけ、妙な目つきで見た。「あれはあたしの夫の死体なのよ、マスカルが殺したの。あなたに口をつぐんでいてほしいわけがこれで分ったでしょ」

「やっぱりそうか。何か邪《よこしま》なことがあったんじゃないかとは思っていた」とディグルング。「いずれにしろ同じことだ――ぼくは事実を曲げるわけにはいかない。どうしてもこのことをジョイウインドに知らせなくちゃ気が済まないんだ」

「それを聞く姉さんの気持だって考えてあげたらどうなんだ」マスカルは青ざめて言った。

「幻影という基盤の上で栄え、現実の基盤の上では病み衰えて死んでしまうような感情など考慮に値しない。姉はそんな人間ではないんだ」

「ぼくの頼みどおりにしてくれる気がないんだったら、せめて、家へ帰っても姉さんには会わないでくれ。会ったって、きみの知らせを聞いたら姉さんはとうてい楽しい気持にはなれないだろう」

「姉ときみのこの奇妙な関係は一体どういうことなんだ」ディグルングは突然疑念が生じてマスカルを見すえながら尋ねた。

マスカルは当惑したような表情で見かえした。「何てことを言うんだ！　姉さんを疑ったりしちゃいけない。……あの純真な天使を疑うなんて！」

タイドミンはこまやかにマスカルをつかんだ。「わたしはジョイウインドという人を知らないけど、その人が誰であろうと、どんな人であろうと、あたしはこう思うの――ジョイウインドはいい弟をもっているからではなく、むしろいい友をもっているからこそ幸せなのだって。……ところで、マスカル、もし本当にジョイウインドの幸福を願っているんだったら、あんたは断乎たる処置をとらなきゃいけないのよ」

「そうしようと思っていたところだ。ディグルング、きみにはこのまま旅を続けてもらうわけにはいかない」

「もう一度人殺しをやるつもりでいるんなら、きみは図体が大きいから簡単にやれるな」

マスカルはタイドミンのほうを振り向いて笑った。「どうやらこの旅行ではぼくの通ったあとに死体が累々と並ぶことになりそうだ」

「死体だなんて、どうして？　この人を殺す必要などありはしないわ」

「それはありがたい！」ディグルングは別にありがたくもなさそうな当り前の口調で言った。「それでも、何かの犯罪が今にも起りそうだ。……そんな気がする」

「それじゃあ、どうしろと言うんだ」マスカルは言った。

「それはあたしの知ったことじゃないわ。それに、実を言うと殆ど関心がないの。……マスカル、もしあたしがあんたの立場だったら、いつまでもぐずぐずしたりしないわ。弱い頑固な意志であんたの意志にそむくこういう人たちを吸収する方法を、あんたは知らないの？」

「それはもっとひどい犯罪だ」とマスカル。

「どうかしら？……吸収してもこの人は生き続けるのよ、だけど人に話を聞かせることはできなくなるんだわ」

ディグルングは笑ったが、顔色を変えた。「それじゃあ、ぼくの言ったとおりじゃないか。やっぱり怪物が白昼堂々その姿を現したってわけだ」

マスカルはディグルングの肩に手を置いた。「きみには選ぶ権利がある。ぼくたちは冗談を言っているんじゃないんだ。……ぼくが頼んだとおりにしてくれ」

「マスカル、きみは堕落したな。だけど、きみは夢の中を歩いている、だからきみとは話し合えないんだ。……タイドミン、おまえはどうかと言えば、罪を犯すことが気持のいい風呂につかるのと同じようなものになっている女なんだ。……」

「マスカルとあたしは不思議な絆で結ばれているのよ。ところが、あんたは何よ、通りがかりの他所者じゃない。あんたのことなんかどうでもいいのよ」

「どんなにおどかされても、姉に会うという方針を変えるつもりはない。その方針は理にかなっているし正しいからだ」

「好きなようにしたらいいわ」とタイドミン。「あんただって不幸な目に遭ったら、それまであんたの抱いていた考えはこの世で現実に起っていることと一致していなかったことになるのよ、今は大きなことを言ってるけどね、……でも、そんなことあたしの知ったことじゃないわ」

「ぼくはこのまま行くぞ、引き返したりするものか」ディグルングは怒ったように語気を強めて叫んだ。

タイドミンは邪悪な笑顔をちらとマスカルに向けた。「あたしがこの若者の説得に努めたということを忘れないで、その証人になってね。……さあ、ディグルングの幸福とジョイウインドの幸福とではどちらが大切か、あんた自身の心の中で速く決断を下さなくちゃ。ディグルングは両方をとることをあんたに許そうとしないんだから」

「決断を下すにはそんなに時間はかからない。ディグルング、これが最後のチャンスだ。決心は変らないか」

「力の及ぶ限りぼくはこのまま行く、そして姉さんの友達は犯罪人なのだと姉に注意してやる」

マスカルは再びディグルングをつかんだ。が、今度は乱暴なつかみ方だった。新たに生じた何か恐ろしい本能によって、どう行動したらいいかがよく分るようになっていたマスカルは、三本の腕を全部使って若者をしっかりと自分の身体に押しつけた。すると、たちどころに、荒々しい甘美な喜びの感情がマスカルの体内を駈けめぐった。このとき初めてマスカルは「吸収」というものの勝利の歓喜を理解した。それは、食べ物が肉体の空腹を満たすのと全く同じように意志の飢えを満たしたのである。……ディグルングは弱い人間であることが分った——ろくに抵抗もしなかったからだ。ディグルングの人格がじわじわと一定の速さでマスカルの人格の中に入ってきた。……マスカルの人格は強くなり満腹した。被害者のほうは次第に青ざめ、だらんとして、ついにはマスカルの腕の中で死体となった。マスカルは死体から手を放して、震えながら立っていた。……二度目の犯罪を犯したのだ。すぐには心の中が変ったようには思えなかった。が、しかし……。

タイドミンは冬の日差しのような悲しげな笑みをマスカルに向けた。マスカルはタイドミンが何か言うものと半ば予想していたが、何も言わなかった。そのかわり、タイドミンはクリムタイフォンの死体を持ちあげるよう身振りで示した。言われたとおりにしながら、マスカルは、どうしてディグルングの死顔にあの恐ろしいクリスタルマンの仮面が現れないのだろうかといぶかった。

「どうして顔が変らないんだろう」マスカルはひとり言を呟いた。

それはタイドミンの耳にも入った。タイドミンは小さな足でディグルングを軽く蹴ると、「死んだわけじゃないから、それで変化がないのよ。あの表情、あの仮面は、あんたが死ぬのを待っているんだわ」

「じゃあ、それがぼくの本当の性格なのだろうか」

タイドミンはそっと笑った。「あんたは見知らぬ世界を刻んで何かに変えるためにここにやって来たというのに、この分ではどうやらあんたのほうが刻まれているみたい。そうなのよ、マスカル、そうに違いないわ。そんなところでぽかんと口をあけてつっ立っていなくってもいいのよ。あたしたちみんなと同じに、あんただってシェイピングの従僕なんだもの。王様でも神様でもないのよ」

「いつからぼくがシェイピングの従僕になったんだい」

「そんなことどうでもいいじゃないの。……ひょっとしたらあんたが初めてトーマンスの空気を吸ったときからかもしれないし、五分前からかもしれないわ」

マスカルの返答を待たずに、タイドミンは出発して雑木林を通りぬけ、歩いて次の島に渡った。マスカルは肉体的に苦しめられ、たいそう厳粛な顔つきでこれに従った。

それからさらに三十分間、旅は何事もなく続いた。景色の特徴はゆっくりと変っていった。山の頂はなおも高くなり、峰と峰との間隔もいっそう広くなっていった。山間《やまあい》はうねうね漂う白い雲で埋まり、雲は謎いた海のように峰々の岸辺を洗っていた。間隔がかなり広かったので、島から島へ渡るのはなかなか骨だった。——しかし、タイドミンは道を知っていた。白い蒸気の大海原からは強烈な光や青紫色の空や、切れ切れに見える鮮やかな風景が現れ、マスカルの心に深い印象を刻みつけた。アルプペインの輝きは、二人の眼前にそそり立つディススコーンの巨きな山塊によって隠されていた。

巨大な四角錐《ピラミッド》のてっぺんにあった緑色の雪は、この頃にはすっかり消えていた。その雄大な断崖の黒と金色と深紅色は、ぞっとするような輝きを帯びてひときわ目立っていた。二人は山嶽の本体のすぐ麓に立っていた。山までは一キロとなかった。登るのは危険だとは思えなかったが、山のどちら側に目的地があるのかマスカルには分らなかった。

この山には麓から頂上までまっすぐな亀裂がたくさん走っていた。薄緑色の滝があちこちに見られ、静止した細い糸のようだった。山肌は峨峨としていて草木は生えていなかった。丸石が点々と散在し、ぎざぎざした大岩が至るところに鉄の歯のように突き出ていた。タイドミンは麓の近くの小さな黒い穴を指さした。どうやら洞穴らしい。「あたしが住んでいるのはあそこなの」

「あんなところにひとりで住んでいるのかい」

「そうよ」

「女にしては妙な場所を選んだもんだな——不美人でもないのに」

「女の一生は二十五歳で終るのよ」タイドミンは溜息をつきながら答えた。「あたしはそれよりずっと年をとっているの。……十年前だったら、あそこに住んでいるのはあたしのほうで、オウシアックスじゃなかったでしょう。そうすれば、こういったことすべては起らなかったでしょう」

十五分後に二人は洞穴の入口に入っていた。洞窟の高さは三メートル前後で、内部は真っ暗で奥を見通すことはできなかった。

「死体を入口におろしておいて頂戴——日の当たらないところにね」タイドミンが命令した。マスカルは言われたとおりにした。

タイドミンは鋭く吟味するようにマスカルをちらと見た。「マスカル、決心はまだ変らないわね」

「変ったりするものか。ぼくの頭は羽みたいにふわふわじゃないんだぞ」

「それじゃあ、ついていらっしゃい」

二人は洞穴の奥に踏み入った。まさにその瞬間、頭の真上に大きな雷が落ちたような、吐き気を催すほどの大音響が聞こえ、弱っていたマスカルの心臓は激しく動悸を打った。丸石や砂利や砂埃が上のほうからなだれを打って入口を通り過ぎて行った。中へ入るのがほんの一分おそかったら、二人はきっと死んでいただろう。

タイドミンは見あげようともしなかった。タイドミンはマスカルの手をとると、一緒に暗闇の中へと歩き始めた。空気は氷のように冷たくなった。最初の曲がり角を曲がると外からの光はさしこまなくなり、真っ暗闇が二人の周囲を包んだ。マスカルはでこぼこした地面につまずいてばかりいたが、タイドミンはマスカルをしっかりとつかみ、速く進むよう促した。

トンネルは涯しなくどこまでも続いているようだったが、まもなく雰囲気が変った——少なくとも変ったという印象を受けた。どうやら大きな部屋に着いたらしいと察することができた。ここでタイドミンは立ちどまり、そっと押してマスカルを倒した。手探りしてみると石に触れたので、その全面を限なく触ってみると、石板か寝椅子のようなものであることが分った。それは地面より三十センチないし四十五センチ高くなっていた。タイドミンはマスカルに横になるように言った。

「いよいよ始まるのか」マスカルは尋ねた。

「そうよ」

マスカルはこれから何が起ろうとしているのか分らぬまま、暗闇の中に横たわって待っていた。やがて、タイドミンに手を握られるのが感じられた。徐々に起る変化に気づくことなくマスカルは肉体に対する意識をすべて失った。……もはや手足や内臓器官の存在を感じとることができなくなったのだ。心は相変らず活発で緊張していた。特別なことは何も起っていないらしかった。

と、そのとき、部屋の中が夜明けのように明るくなり始めた。が、マスカルには何も見えなかった。網膜がどうかしてしまったのだ。音楽が聞こえたような気がして、じっと耳を澄ましたが音はやんでしまった。光が一段と強くなり、空気もますます暖かくなっていった。……遠くのほうから人声ががやがやと聞こえてきた。

突然、タイドミンがマスカルの手を強く握った。誰かがかすかに悲鳴をあげるのがマスカルの耳に入り、ぱっと光がさしこんで、すべてのものがはっきりと見えた。

マスカルが寝ていたのは、煌々と輝く電燈に照らされている、奇妙な装飾のついた部屋の中にある木製の寝椅子の上だった。マスカルの手を握りしめているのはタイドミンではなく、文明の匂いのする服を身につけた男だった。マスカルはこの男の顔に見憶えがあったが、いつどこで会ったのかは思い出せなかった。ほかの人びとは後のほうに立っていた――この人たちもやはり何となく顔見知りであるような気がした。マスカルは特別な理由もなく身を起こし、にこにこし始め、まもなくまっすぐに立ちあがった。

誰も彼もが不安と感動の色をうかべながら自分を見まもっているらしかった。なぜ自分を注視しているのだろうかとマスカルは不思議に思ったが、この人たちはみな知り合いなのだという気がした。そのうちの二人は特によく知っていた。ひとりは部屋の向う端にいる男で、落ちつかなげに歩きまわっており、その顔は峻厳で神聖な壮大さを帯びて変貌していた。もうひとりはひげを生やした大男で……それはほかでもないマスカル自身だった。まさしくマスカルは自分の「分身」を見ていたのである。……だが、これは、数多くの犯罪を犯してきた中年の男が、真面目で理想的だった若い頃の写真に突然向かい合ったときのようだった。

マスカルの分身が話しかけてきた。その声は聞こえたが、意味は分らなかった。そのとき、突然ドアがさっと開き、野卑な顔つきの小男が跳びこんで来た。その男は周囲の人たちすべてに対してとっぴな振舞いをし始め、やがてまっすぐこちらへやって来た。男は何か喋ったが、意味はやはり分らなかった。男の顔に恐ろしい表情が現れ、毛深い両手で男はマスカルの首をつかんだ。首の骨が曲がって折れるのが感じられ、全身の神経に隈なく劇痛が走り、死が差し迫っている感覚に襲われたマスカルは、大声をあげ、どう仕様もなく床にうずくまった。部屋と人影は消え失せ――明かりも消えた。

気がついてみるとまた洞穴の暗闇の中にいた。今度は地面に横たわっていたが、まだタイドミンがついていてくれてマスカルの手を握っていた。マスカルは恐ろしい肉体的苦痛に襲われていたが、これは、心の中に大きくひろがる絶望の苦悶をいっそう引き立てる背景でしかなかった。

タイドミンは優しくとがめるような調子でマスカルに話しかけた。「どうしてこんなに早く帰って来たの。あれをやる時間はまだなのよ。向うに戻らなくちゃいけないわ」

マスカルはタイドミンの身体をつかむと、足を踏んばって立ちあがった。タイドミンは苦しげに低い悲鳴をあげた。「どういうことなの——何をしているの、マスカル」

「クラッグが……」とマスカルは言いかけたが、言葉を出そうとしても咽喉がつかえ、終りまで言えなかった。

「クラッグですって……クラッグがどうかしたの。何があったのか早く話して頂戴。この手を放して」

マスカルはタイドミンの腕をさらにきつくつかんだ。

「そうなんだ、クラッグに会ったんだ。ぼくは目がさめた」

「まあ!……あんたの目がさめた、さめた、さめた、ほんとにさめた」

「だからきみは死ななくてはならない」マスカルは恐ろしい声で言った。

「でも、どうして? 何があったの……」

「きみは死ななくてはならない、ぼくがきみを殺さなくてはならないんだ。……なぜって、ぼくは目ざめたからだ、それ以外に理由はない。……血まみれの踊り女め!」

タイドミンは暫く息づかいを荒くしていたが　そのうち急に冷静さをとり戻したようだった。

「よもやこんな暗い洞穴であたしに手荒なまねをしようっていうんじゃないでしょうね」

「こんなところではしない。太陽に見物して貰うんだ――これは殺人じゃないんだからな。だが殺しじゃなくてもきみが死ななくてはならないことに変りはないんだ――自分のやった恐ろしい罪悪をきみは償わなければならないんだ」

「前にもそのせりふは聞いたことがあるし、そうするだけの力があんたにあることも分っているわ。あんたはあたしの手から逃げてしまったのね。……全くおかしな話もあったものだわ。……それじゃあ、マスカル、一緒に外へ出ようじゃありませんか。こわくなんかないわ。……でも、失礼な殺し方はしないでね、あたしだってあんたには礼を失しない態度で接してきたんだから。是非ともお願いしたいのはそれだけよ」

11　ディスコーン高原で

洞穴の入口へ出ると、外はブロッドソンブルの真っ最中だった。正面の風景は下に向かって傾斜し、雲海の中に山々の島がどこまでも続いていた。二人の背後では、明るく輝くディスコーンの巨大な岩山が三百メートル以上も高くそびえ立っていた。マスカルの眼は赤く、顔つきは間がぬけていて、手は今でもタイドミンの腕をつかんでいた。タイドミンは話をしようとも逃げようともしなかった。しごく穏やかで落ちついているように見えた。

マスカルは黙ったまま長いあいだ周囲の景色を見つめたあと、タイドミンのほうを向いた。

「きみが言っていた火の湖はどのあたりなんだね」

「この山の向う側よ。でも、どうしてそんなことを訊くの」

「少し道程《みちのり》があるほうが却っていいんだ。歩いているうちにぼくの気持も冷静になるだろう。それこそぼくの望むところだ。これから行なわれるのは殺人ではなく処刑だということを分って貰いたいんだ」

「どっちにしてもあたしの身には同じことだわ」タイドミンは言った。

「この地方を出て行ってから、野放しの状態でうろつきまわる女の悪霊をあとに残してきたなんて思いたくないのさ。ほかの人に迷惑がかかるからな。……だから湖へ行くのさ、きみを楽に死なせてくれる湖へ」

タイドミンは肩をすくめた。「ブロッドソンブルが終るまで待たなくちゃいけないわ」

「贅沢を言っている場合かね。今はどんなに暑くても、夕方までには二人ともいやでも涼しく感じるようになるさ。……今すぐ出かけなくちゃいけないんだ」

「そうね、あんたが支配者なんだもの、マスカル。……クリムタイフォンをかついで行ってもいいかしら」

マスカルは怪訝そうにタイドミンを見た。

「相手がどんな人間でも、葬式だけは出させてやる」

タイドミンが重そうな死体を自分の細い肩にのせると、二人は太陽の光の中へ踏み出した。暑さが殴りかかるように二人の頭を襲った。マスカルはわきへ寄ってタイドミンを先に行かせたが、哀れみの情は少しも湧いてこなかった。マスカルはこの女から受けたひどい仕打ちのことをじっと考えていた。

二人は大きな四角錐の南側の麓を通る道を歩いて行った。それはでこぼこ道で、丸石で遮られていたり、割れ目や水の流れる峡谷が横ぎったりしていた。水は見えたが、そこまで近づくことはできなかった。日陰はなかった。皮膚には水ぶくれができ、血管の中の水分がみな干上がってしまったように思えた。……マスカルはタイドミンが苦しんでいるのを見て悪魔的な喜びを感じ、わが身の苦しみを忘れた。

「歌を唄ってくれ！」まもなくマスカルは大声で叫んだ。「きみらしい歌をな」

タイドミンはマスカルのほうを振り向き、長いあいだ妙な目つきで見ていたが、やがて、たしなめるようなことは何も言わずに歌い始めた。タイドミンの声は低く、この世のものとは思えなかった。全く異様な歌だったので、マスカルは目ざめているのか夢を見ているのか確かめるために眼をこすらねばならなかった。歌詞はグロテスクな旋律には人を驚かせる部分が随所にあって、次第にマスカルは恐ろしく興奮してきた。歌詞は全く無意味だった——さもなければ、その意味はあまりにも深遠でマスカルの理解を超えていた。

「この世にあるすべての聖ならざるものの名において訊くけど、一体どこでそんな歌を覚えて来たんだ」

タイドミンはうっすらと笑いを洩らし、左肩の上で屍が不気味に揺れ動いたので、左の二本の腕でそれを抑えつけた。

「マスカル、友達として会えなかったのが残念だわ。そうしていれば、あんたには見られそうもないトーマンスの一面を見せてあげることもできたんだけど。トーマンスの荒々しい狂気の側面、それを見せたかったわ。でも、もう遅すぎるわ、それに、こんなのはどうでもいいことなんだし」

二人は山の角を曲がり、西側の麓をつっきり始めた。

「この悲惨な土地からできるだけはやく抜け出すにはどの道を行けばいいんだね」マスカルが尋ねた。

「サントへ行くのが一番簡単だわ」

「そこはこのあたりから見えるのか」

「ええ、でも遠いのよ」

「きみはそこへ行ったことがあるのか」

「あたしは女だから入れて貰えないのよ」

「なるほど。そういう話なら前にも聞いたことがある」

「でも、もうこれ以上質問はしないで」タイドミンは気を失いかけていた。

マスカルは小さな泉のほとりで立ちどまって、水を飲んでから、片手に水をすくって女に飲ませてやった。そうすれば、肩の荷をおろさなくても済むからだった。グノール水は魔法のような効き目をあらわし、マスカルの体内のあらゆる細胞が、液体を吸いあげる乾いたスポンジの気孔のように再び水気をたっぷり含んだようだった。タイドミンは意識を取り戻した。

四十五分ほど歩いてから苦労して二つ目の角を曲ると、ディススコーンの北面がすっかり見えてきた。

二人が歩いている斜面を百メートル降ったあたりで、山が急に途切れて深い淵になっていた。淵の上空には緑色の靄のようなものが一面にかかり、溶鉱炉の真上の空気のように激しく震えていた。

「湖はあの下よ」タイドミンが言った。

マスカルはもの珍しそうにあたりを見まわした。噴火口の向う側の地面は絶えず下へ下へと傾斜して地平線にまで達し、二人の後方では、細い道が岩のあいだを通って、そびえ立つ四角錐の頂上に向かって伸びていた。北東に眼をやると、何キロも先に、平らな長い台地が周囲の土地よりも遥かに高く頭をもたげていた。それはサントだった。……マスカルは即座に、きょうの目的地はあそこにしようと心に決めた。

そのあいだにタイドミンはまっすぐ深い噴火口に向かって歩いて行き、クリムタイフォンの死体をそのふちにおろしていた。一、二分のうちにマスカルはタイドミンに追いつき、ふちまで行くとすぐに腹ばいになって、火の湖の中に何か見えないかと眼をこらした。窒息するような暑い空気が突風となって顔を打ち、マスカルは咳きこんだが、緑色の溶岩が大海原のように広がっているあたりをたっぷり眺めおえるまで立ちあがらなかった。溶岩はそれほど遠くない噴火口の底で生きている意志のように波だち、渦を巻いていた。

下からかすかに太鼓の音が響いてきた。マスカルは熱心に耳を傾けた。すると心臓の鼓動が速くなり、憂鬱な心配事がみるみるうちに心の中から消えていった。その瞬間、世界全体とその偶発事がすべて偽りであって何の意味ももたないように思えた……

マスカルはぼんやりしながら立ちあがった。見ると、タイドミンが死んだ夫に話しかけながら象牙色の醜怪な顔を覗きこんで菫色の髪を撫でまわしていた。タイドミンはマスカルに気がつくと急いで干からびた唇に接吻し、跪いていた身体を起こして立ちあがった。三本の腕全部を使って死体を持ちあげ、よろめきながら深い噴火口ぎりぎりのところまで行き、一瞬ためらったのち溶岩の中に落した。死体はたちまち音もなく消え、どぼんという金属的な音が返ってきた。……これがクリムタイフォンの葬式だった。

「マスカル、用意はいいわ」

マスカルはこれには答えず、タイドミンの向うをじっと見つめていた。タイドミンのうしろのあまり遠くないところに、別の人物が悲嘆に暮れた様子で身じろぎもせずに立っていたのである。それはジョイウインドだった。顔は青ざめ、眼にはなじるような表情があった。……それは幻で、本当のジョイウインドは何キロも離れたプーリングドレッドにいることをマスカルは知っていた。

「タイドミン、振り向いてみろ」マスカルは妙な声音で言った。「うしろに何が見える」

「何も見えないわ」あたりを見まわしながらタイドミンは答えた。

「ぼくにはジョイウインドの姿が見えるんだ」

こう言った丁度そのとき、幻は消えた。

「さあ、タイドミン、きみにきみの命をくれてやろう。あの女がそれを望んでいるのだ」

タイドミンは思案するように顎をこすった。

「まさかあたしと同性の人のおかげで命びろいできるなんて、あまり考えなかったわ。……でも、ま、いいでしょ……あたしの洞穴の中で何が起ったの」

「クラッグに会ったんだ」

「そうね、何か奇蹟が起ったにちがいないわ」タイドミンは突然身ぶるいした。「さ、この恐ろしい場所から離れましょう。ここへ二度と来ることはないのよ」

「全くそうだ。ここには死そのものと臨終の匂いがたちこめている。でも、これからどこへ行くんだね——何をするんだ。……サントへ案内してくれ。……この地獄のような土地からは去らなければならない」

タイドミンは相変らずぼんやりとうつろな眼をして立っていた。と、だしぬけに低い声で皮肉な笑い声をあげ——「旅は一緒にしましょう。ひとりきりになるよりはあんたと一緒に行きたいわ。……でも、さっきも言ったとおり、サントの土を踏んだらあたしは殺されるのよ」

「せめて途中までは一緒に行ってくれ。晩までには着きたいんだ。着けるだろうか」

「自然を相手に危険を冒すつもりならば行けるわ。きょうのあんたなら危険を冒したっていいんじゃないの？　今のところあんたはついていているんだもの。……でもいつかはつきもなくなるのよ」

「出かけよう」マスカルは言った。「これまでのつきは自慢にならない」

二人が出発したときにはブロッドソンブルは終っていた。正午を少しまわった時刻だったが、暑さは今まで以上に息を詰まらせるように思えた。二人はもはやお義理で交わす話をしようともせずに、それぞれ苦痛に満ちた考えにふけっていた。ディスコーンからはどの方向にも地面は下り傾斜になっていたが、サントの方角だけはゆるやかな上り坂が続いていた。その遥か彼方に見える台地がいつまでも風景を圧して黒々とそびえ立ち、一時間歩いても一向に近づいてこないように見えた。空気はむっとして澱んでいた。

やがて、どう見ても人工物であるらしい直立した物体がマスカルの注意を惹いた。それはまだ木の皮がついたままの細い木の幹で、石だらけの地面に埋められていた。上端からは三本の枝が出ていて、鋭い角度で天を指していた。小枝や葉っぱはむしり取られていて、近くに寄って見ると、三本の枝は等間隔で人為的にくくりつけられたものであることが分った。

その物体を見つめていると、自信たっぷりのうぬぼれと自足感が不思議な奔流となって急に体内を流れたような気がしたが、ほんの一瞬のことだったので、はっきりしたことは何も分らなかった。

「タイドミン、あれは何だい」

「ハトールの三叉《みつまた》よ」

「何のためにあるんだね」

「サントへの道しるべよ」

「ハトールというのは誰のことなんだ。人じゃないなら、何なんだ」

「ハトールはサントの創設者よ……何千年も昔の人だわ。ハトールは住民の人生のよりどころとなる主義を定めたの、あの三叉はハトールの象徴よ。あたしがまだほんの子供だったころ、父はいろんな伝説を話して聞かせてくれたけど、殆ど忘れてしまったわ」

マスカルは神経を集中して三叉を見つめた。

「きみの心や身体があの三叉から何か作用を受けるのかね」

「どうして作用を受けなくちゃならないって言うの」莫迦にするように唇を突き出して言う。「あたしはただの女なのよ。これは男性だけに許される秘儀なの」

「そう言えば、さっきぼくは歓喜の情みたいなものに包まれた。でも、これはぼくの思い違いかもしれないな」

二人はさらに先に進んで行った。風景は次第に特徴を変え、沼沢地ではない乾いた土地が続くようになり、どの亀裂や割れ目も前よりは狭くなり、その数も減っていった。土地の陥没や隆起はもはや起らなかった。

イフドーン・マーレストの独特な風土が、それとは異なる自然の秩序に道を譲っているようだった。

そのあと二人は空中に浮かんでいる一群の薄青いくらげのようなものと出会った。それは小さな動物だった。そのひとつをタイドミンが手でつかまえて、木からもぎとったおいしい梨をかじるように食べ始めた。マスカルは早朝から何も食べていなかったので、ただちにこれにならった。するとたちまち電流のような活力が手足と体内に流れこんで来て、筋肉は弾力性を取り戻し、心臓はしっかりした強い鼓動をゆっくり打ち始めた。

「この世界では食べものと肉体がよく調和しているようだな」マスカルは笑顔で言った。

タイドミンはマスカルのほうをちらっと見た。「その理由は食べものにあるのではなく、あんたの身体にあるんだと思うわ」

「この身体は地球からもってきたんだぞ」

「あんたは魂をもってきたのよ、でも、その魂もどんどん変ってきているんだわ」

雑木林の中で二人は、葉は一枚もないが烏賊《いか》の脚のようにしなやかな細枝を何本も出している太く短い木に出くわした。この枝のうちの何本かは目まぐるしく動いていた。山猫に似ていなくもない、柔毛で蔽われた動物が、突拍子もない跳び方で枝のあいだを跳びまわっていた。……だが、よく見ると、この動物は跳びまわっているのではなく、捕えられた鼠が猫の片方の足からほかの足へと投げられるように、木の意志によって枝から枝へと投げとばされているのだと知って、マスカルはぞっとした。

マスカルは病的な関心をもって暫くのあいだこの光景を見つめていた。

「タイドミン、あれは身の毛もよだつような役割の逆転だ」

「あんたがぞっとしているのは、見れば分るわ」タイドミンはあくびをかみ殺しながら返事をした。「でも、それはあんたが言葉の奴隷になっているからよ。あの植物を動物と呼べば、あんただってあの植物のやっていることは完全に自然で好ましいものだと思うようになるんじゃないかしら。あの植物を動物と呼んだらいいんじゃない?」

「イフドーン・マーレストにいるあいだはそういうおかしな言葉を絶えず聞くことになるんだろうな」

二人は一時間以上ひとことも口をきかずにとぼとぼと歩いた。空は一面雲に蔽われ、薄い霧が風景を包み始め、太陽は、じっと見つめても眼がくらむことのない巨大な赤い円盤となった。冷たい湿った風が二人に吹きつけた。やがて一段と暗くなり、太陽は没した。マスカルは最初に道づれを、次に自分自身の身体をちらっと見て、皮膚と服に緑色の霜のようなものがおりていることに気づいた。

地面はこのあたりではすっかり乾きあがっていて、八百メートルほど前方に、黒ぐろとした霧を背にして竜巻のような水柱が動く森のようにゆっくりと優美に回転していた。林立する水柱は緑色で、みずから光を発しており、見る者に恐怖を与えた。……タイドミンは、あれは水柱ではなく、自由に動く稲妻の円柱なのだと説明した。

「それじゃあ、危険なのか」

「あたしたちはそう思っているけど」タイドミンは稲妻のほうをじっと見つめながら答えた。「あそこをぶらついているあの人は、そうは思っていないらしいわ」

円柱のあいだを、すっかりそれにとり巻かれてひとりの男が静かな落ちついた足どりで、マスカルとタイドミンのほうに背を向けてゆっくり歩いていた。その風態には何かしら普通でないところがあり——身体の形が異常にはっきりしていて、いかにも固そうで、現実のものらしかった。

「危ないんだったら注意してやらなくちゃ」とマスカル。

「人に教えたがってばかりいる人は何も学べないのよ」女は冷淡にやり返した。そして、マスカルの腕に手を押しつけて、行くのをやめさせ、相変らず人影を眺め続けた。

一本の円柱の基部が男に触れた。男は何も被害を受けなかったが、死のワルツを踊っているような円柱がすぐ近くに立っていることに初めて気づいたみたいに、さっと後向きになると、背をいっぱいに伸ばし、ダイヴィングをする人のように両手を頭の上高く伸ばした。どうやら柱に話しかけているらしい。

二人が眺めていると、電気竜巻は放電し、大爆発音が相ついだ。見知らぬ男は怪我もせずにひとりで立っていた。やがて腕を下げた男は急に二人の姿を認め、そのまま佇んで二人が近づくのを待った。絵のようにくっきりした男の身体の鮮明さは、二人が近づくにつれますますはっきりし、その身体は、固体より重くて密度の高い物質で出来ているように見えた。

タイドミンは困った表情をうかべていた。

「サントの人にちがいないわ。今まであんな人に会ったことがないもの。……きょうはあたしにとって大変な日だわ」

「とても偉い人物にちがいない」マスカルは小声で言った。

二人は男の近くまで来た。男は背が高く強健で、ひげを生やし、動物の皮で作ったシャツとズボンを着けていた。背中を風上に向けてから、顔と手足にたまった緑色の垢のようなものが流れる液体と変り、それを通して男の地肌の色が見えた。薄い鉄色だった。三本目の腕はなく、顔立ちはとげとげしく、しかめ面のようで、突き出た顎のせいでひげまでが前に押しやられていた。額には眼の痕跡のような平べったい膜が二つあったが、ソーブはなかった。この膜は無表情だったが、なぜか不思議にも、その下にある厳しい眼に生き生きとした趣を添えているようだった。男のまなざしがマスカルに向けられると、まるで脳の中を隈なく調べられているような気がした。男は中年だった。

男の身体の鮮明さは自然を凌駕していた。見くらべて対比させると、近くにあるどの物体もはっきりせずぼやけて見えた。タイドミンの身体までが急にかすれて、スケッチ画のようになり、意味を失ったが、自分だって同じなのだとマスカルは気づいた。……と、活力を吹きこんでくれる奇妙な火がマスカルの血管を流れ始めた。

マスカルはタイドミンのほうを向いた。

「もしこの人がサントへ行くところなら、ぼくもついて行く。きみとはここで別れよう。きみだってもう潮時だと思っているはずだ」

「タイドミンにも来させなさい」

この言葉はがさつな異国語で言われたのだが、英語で話しかけられたときと同じようにマスカルにもよく分った。

「名前を知っているくらいだから、女だってことも分っているんでしょ」タイドミンは静かに言った。「サントに入ることはあたしにとって死を意味するのよ」

「それは昔の掟だ。わたしは新しい掟をもたらす者だ」

「へえ……でも、それはみんなに受け容れられるの？」

「古い皮膚にはひびがはいっており、その下で新しい皮膚が静かに形成されてきた。脱皮の時が来たのだ」

嵐が巻き起った。緑色の吹雪が、立って話している三人を激しく襲い、ひどい寒さになった。が、誰ひとりそれに気づかなかった。

「あんたの名前は?」心臓を激しく鼓動させてマスカルは尋ねた。

「マスカル、わたしの名前はスパデヴィルだ。暗い宇宙空間の海を越えてやって来たきみが、誰よりも先にわたしの証人となり、信者となるのだ。それから、おまえ、蔑《さげす》まれた性の娘であるタイドミンよ、おまえは二人目の信者となるのだ」

「新しい掟ですって? 一体どういう掟なの」

「眼がものを見るようになるまでは、耳が聞いたとて何の役に立つ……二人ともこちらへ来たまえ」

タイドミンは躊躇することなくスパデヴィルのところへ行った。スパデヴィルはタイドミンのソーブに手を押し当て、眼を閉じたまま数分間そのままの姿勢でいた。やがて手が離れると、いつのまにかソーブが、スパデヴィルの額についているのと同様の一対の膜に変っていることにマスカルは気づいた。

タイドミンは呆然として、ひとときのあいだ静かにあたりを見まわしていた。どうやら自分の新しい能力を験しているらしい。そのうち不意に涙が出始め、スパデヴィルの手をひっつかむとかがみこみ、急いで何度もそれにキスをした。

「あたしの過去はよくなかったわ」タイドミンは言った。「大勢の人があたしから害を受け、善を受けとった人はひとりもいない。あたしは人を殺した。……それどころか、もっと悪いこともした。……でも、今はもうそういったことをすべて投げ捨て、笑うことができる。これからはもうどんなものもあたしに害を与えることはできない。……マスカル、あんたとあたしは二人とも莫迦だったのよ！」

「犯した罪悪を悔まないのか」マスカルは尋ねた。

「過去は過去でそのままにしておきなさい」スパデヴィルが言った。「過去を造り直すことはできない。未来だけがわれわれのものだ。未来はまさにこの瞬間から新しく、きれいな形で始まる。……マスカル、どうしてためらっているんだ。……こわいのかね」

「その器官は何と言うんです。どういう働きをするのです？」

「これは《探り針《プローブ》》だ。新しい世界に向かって開いている門だ」

マスカルはこれ以上ぐずぐずせずに、スパデヴィルにソーブを手で蔽わせた。

鉄のような色をした手がまだ額に押し当てられている間に、今までは妨害する意志によって堰止められていたきれいな水がよどみなく流れ出すように、新しい掟が静かにマスカルの意識に流れこんできた。その掟とは義務であった。

12　スパデヴィル

新しくできた器官は独立した働きをもっているのではなく、ほかの感覚を強めたり変化させたりするだけだということをマスカルは知った。眼や耳や鼻孔を働かせているとき、示される対象は同じなのだが、対象についての判断は違ったものになった。以前は外界の事物はすべてマスカルのために存在していたのだが、今やマスカルが外界の事物のために存在しているのだった。これまでは、外界の事物は、マスカルの目的に役に立ったり、マスカルの性質と調和したりしているか、それともそうでないかによって、快となったり苦となったりしていたのだが、今ではこの「快」とか「苦」という言葉は何の意味もないものと化した。

ほかの二人はマスカルをじっと見つめていたが、マスカルはそのあいだ新しい心的風景をよく知ろうとしていた。マスカルは二人に微笑みかけた。

「タイドミン、きみの言ったとおりだったよ」マスカルは元気潑溂とした大胆な声で言った。「ぼくたちは莫迦だった。いつも光明のすぐ近くにいながら、光明が少しも分らなかったのだ。いつも過去か未来に埋没して、敢えて現在を無視してきたのさ。……でも、もう分った、現在以外には人生はないのだということが」

「そのことをスパデヴィルに感謝しなさい」タイドミンは常になく大きな声で答えた。

マスカルはスパデヴィルの黒っぽい固形の姿を見た。「スパデヴィル、ぼくはこれから最後まであなたについて行くつもりです。それ以下のことなどとてもできません」

スパデヴィルのいかめしい顔に満足のしるしは少しも現れず、ひとすじの筋肉さえゆるまなかった。

「授けられた能力を失わぬよう気をつけるがいい」スパデヴィルはしわがれた声で言った。

タイドミンが口を開いた。「あたしも一緒にサントに入れてくれるって、さっき約束して下さったわね」

「わたしではなく真理に自分を結びつけなさい。というのは、わたしはおまえより先に死ぬかもしれないが、真理はおまえが死ぬまでついていてくれるからだ。それより、三人揃って出かけようではないか」

言い終らないうちに、スパデヴィルは猛烈な吹雪の中で風上に顔を向け、目的地めざして突き進んで行った。スパデヴィルが大股で歩くので、タイドミンは、遅れないように速足で進まなければならなかった。三人は並んで歩んだ。スパデヴィルが真ん中だった。霧が深く百メートル先も見ることはできなかった。地面は緑色の雪で蔽われ、時折サント高原から突風が吹きつけた。風は刺すような冷たさだった。

「スパデヴィル、あなたは男なのですか、それとも男以上のものなのですか」マスカルは尋ねた。

「男以上のものでない人間は何ものでもない」

「どこからいらしたのですか」

「沈思黙考から来た。沈思黙考以外の母親からは真理は生まれないのだ。わたしは熟考し、卻《しりぞ》けた。そしてまた熟考した。サントを離れて何か月もたってから、真理がついに、裏返しになったダイヤモンドのように、その飾り気のない輝きをわたしに見せてくれたのだ」

「その輝きがぼくにも見えます」とマスカル。「ですが、それはどの程度まで太古のハトールのおかげなのでしょう」

「認識には季節がある。ハトールを花の季節にたとえればわたしは実の季節だ。ハトールもまた熟考家だ――しかし、今ではハトールの信者たちは考えることをしない。サントにあるのは氷のように冷たい利己主義だけで、生きていても死んでいるに等しい。サントの人びとは快楽を憎んでいるが、その憎悪がこの人びとにとって最大の快楽なのだ」

「しかし、その人たちはどういうふうにしてハトールの教義にそむいたのだろう」

「ハトールは気むずかしい純情家だったので、全世界が罠であって、鳥もちのついた小枝なのだと考えていた。快楽は至るところに存在する獰猛な敵で、人を嘲り、人生街道のあらゆる町角にうずくまって待ち伏せては、その甘いとげで赤裸な魂の壮大さを刺し殺そうとするものだということを知っていたハトールは、快楽の反対である苦痛を楯として、その背後に隠れて身を護ろうとした。ハトールの信者たちもこれと同じことをしているのだが、魂のためにそうしているのではなく、虚栄と自負《プライド》のためにしているのだ」

「あの三叉は何なのですか」

「マスカル、あの幹は快楽に対する憎悪なのだ。一本目の枝はこの世の甘美さからの絶縁であり二本目は、幻影に惑わされて相変らずのたうちまわっている者たちに対する支配力である。三本目の枝は、氷のように冷たい水に足を踏み入れる者の健康な輝きなのだ」

「ハトールはどこの国の出身なのですか」

「その話は伝わっていない。一時イフドーンに住んでいたことがあり、そのときの話は多くの伝説となって残っている」

「まだ道は長いわ」とタイドミンが言った。「スパデヴィル、その伝説を二つ三つ話して下さいな」

吹雪はやみ、あたりが明るくなって、ブランチスペルが幻の太陽さながらに再び輝き出たが、身を切るような突風は依然として平原を吹きまくっていた。

スパデヴィルが語り始めた。「当時のイフドーンには、広大な空間によって周囲の陸地から隔てられた島のような山があった。魔法を知っている器量のいい娘が、人びとがその島へ渡れるようにと橋を作った。娘は作り話でハトールを騙してこの岩の島へおびき寄せると橋を強く踏みつけて深みに突き落してしまった。〈ハトール、これであなたとわたしは一緒になったわ、もう離れる手だては何もないのよ。世上にその名を知られた霜男が、乙女の息づかいと微笑みと香りにどこまで耐えられるか拝見したいものだわ〉これに対してハトールは何も言わなかった。このときばかりか、一日じゅう黙っていた。日が暮れるまで木の幹のようにじっと立ちつくして、何かほかのことを考えていたのだ。そのうちに、娘は情熱を燃え立たせて巻き毛を振った。坐っていた場所から立ちあがると、ハトールを見て、その腕にさわったが、しかしハトールは少女のほうを見向きもしなかった。娘は全精魂を眼にこめてハトールを見つめたが、そのままばったり斃れてしまった。ハトールはもの思いからさめ、娘がまだぬくもりをのこす死体となって足下に横たわっているのを見た。このあと、ハトールは本土へ渡ったが、橋もないのにどのようにして渡ったのかは伝わっていない」

タイドミンは身ぶるいした。「スパデヴィル、あなたも邪な女に出会ったわけなのですけど、あなたのやり方のほうが高潔でしたわ」

スパデヴィルが言った。「ほかの女たちを憐れんだりしないで、正しき者を愛しなさい。ハトールもやはりシェイピングと話を交わしたことがあるのだ」

「〈世界を作った者〉と話をしたと言うのですか?」マスカルは考えこみながら言った。

「〈快楽を作った者〉とだ。シェイピングは自分の作った世界を護り、力づくでハトールに美と歓びを認めさせようとしたという話だ。ところが、ハトールは、シェイピングの素晴しい言葉に対して口数少なく簡潔な鉄の言葉で答え、この歓びと美は、贅沢三昧と怠惰にふけっている人たちの獣性の別名にすぎないことを示した。それを聞いたシェイピングはにっこりして言った。〈どうしてきみの知恵のほうが知恵の大家のそれより偉大だということになるのかね〉するとハトールは言った――〈わたしの知恵はあんたから来たものでも、あんたの世界から来たものでもなく、あの別の世界から出たものなのだ。シェイピング、その別の世界をあんたは模倣しようとしているのだが、それは空しい試みなのだ〉シェイピングは答えた。〈それなら、おまえはわたしの世界で一体何をしているのかね、おかしいではないか〉ハトールは言った――〈わたしは間違ってこの世界に来てしまったのだ。それゆえ、わたしはあんたの偽りの快楽に隷属しているのだが、それでも自分自身を苦痛で包んでいる――そうするのがいいことだからではなく、できるだけあんたから離れていたいからだ。というのは、苦痛はあんたのものでも別の世界に属しているものでもなく、あんたの偽りの快楽が投げかける影だからだ〉するとシェイピングは言った――〈おまえがああだこうだ言っているその遠く離れた別の世界とは一体何だ。わたしが作った人間たちすべてのうちでおまえだけがそれを知っているのはどうしてなのだ〉だが、ハトールは足元に唾を吐いて言った――シェイピング、あんたは嘘をついている。あの世界のことは誰もが知っている。あんたはきれいな玩具をちらつかせて、ただひとりでその世界をわれわれの眼から隠しているのだ〉シェイピングが尋ねた――〈では、わたしは一体何なのかね〉ハトールは答えた――〈あんたは不可能な夢を夢見ている人だ〉この言葉にシェイピングは機嫌を悪くして立ち去ったという話だ」

「ハトールの言ったその別世界というのは、どこのことなのでしょうか」マスカルは尋ねた。

「マスカル、それは偉大さが支配している世界だ、ここが快楽に支配されているのと同じようにな」

「偉大さも快楽も、いずれにしろ大した違いはないんです」マスカルは言った。「現に生き、これからも生きたいと願う個人は卑しくて性根が腐っているんだ」

「おのが自負心に気をつけるがいい」スパデヴィルがたしなめた。「宇宙やあらゆる時のために掟を作るなかれ。きみ自身のために、きみのこの小さな偽りの生のために掟を作るがいい」

「そんなに厳格で誰にも負けない人に一体どういう形で死が訪れたのかしら」タイドミンが尋ねた。

「ハトールは年はとったが、死ぬ間際まで背中も曲がらず、手足も不自由なく動かすことができた。もはやこれ以上、死期を先には延ばせないと見てとると、ハトールは自殺の決心を固め、友人を呼び集めた。それは虚栄心から出たことではなく、人間の魂が、官能的な肉体と絶えず交戦状態にありながら、どこまで頑張れるかということを友人たちに見せてやるためだった。ハトールは誰にも身体を支えて貰わず、直立の姿勢のまま、呼吸を止めて死んだ」

話が終ると三人は沈黙し、おそらく一時間は黙したままだった。三人の心は、氷のように冷たい風が吹きつけているのを認めることさえ拒んだが、思考の流れは凍りついてしまった。

だが、ブランチスペルが——その威力は衰えたにせよ——再び輝き始めると、マスカルの好奇心は再度頭をもたげた。

「スパデヴィル、それじゃあ、あなたの国の人たちは自己愛に冒されているのですか」

スパデヴィルは言った。「ほかの国の人たちは快楽と欲望の奴隷であり、自分でもそのことを知っている。ところが、わたしの国の人たちは、快楽と欲望の奴隷でありながら、そのことを知らないでいる」

「でも、自分を苦しめて喜ぶあの誇り高い快楽には、どこか高貴なところがあるじゃないですか」

「そもそも自分を見つめようとする人間は劣悪だ。肉体のみならず魂をも軽蔑することによってのみ、人は真の生活に入ることができる」

「人びとが女性を拒否するのは、なぜなのですか」

「女性は理想的な愛をもっていて、独力で生きることができないからだ。他人に対する愛は、愛される当人にとっては快楽であり、それゆえ、有害なのだ」

「偽りの観念という森があなたの斧で切られるのを待っているというわけなのですね」マスカルは言った。「ですけど、人はそれを許してくれるでしょうか」

タイドミンが言った。「マスカル、きょうはもちろん、あすになっても、ハトールの弟子たちでさえ国内から愛を追い払うことはできないのをスパデヴィルは知っているのよ」

「愛に気をつけるがいい——感情に気をつけるのだ」スパデヴィルが叫んだ。「愛は快楽と同類なのだ。他人を喜ばせることよりも、他人に奉仕することを考えよ」

「スパデヴィル、まだあたしが女性的だったら、そういうあたしを赦して下さいまし」

「正義には性はない。自分は女だという考えが頭にある限り——いいか、タイドミン——いつまでたっても神の如き霊的無感動の状態には入れないのだ」

「ですけど、女がいなければ子供も生まれません」マスカルは言った。「ハトールの信者たちが何世代も跡を断たなかったのはなぜなのですか」

「生は情熱を生み、情熱は苦しみを生む。そして苦しみは苦しみが和らぐことへの憧れを生む。人びとは魂の傷を癒して貰うために津々浦々からサントに詰めかけて来るのだ」

「快楽を憎めと言うのなら誰にでも理解できるけど、そのかわりにあなたが広めようとなさっている分り易い信条は、一体どういうものなのですか」

「義務に対する鉄のごとき服従だ」スパデヴィルは答えた。

「〈それは快楽を憎み嫌うこととどの程度両立するのか〉と人びとに訊かれたら、どう答えるおつもりですか」

「サントの人たちには答えないが、マスカル、質問したきみには答えよう。憎悪は情熱であり、あらゆる情熱はおのれ自身の暗い火から生じる。決して快楽を憎んではならない。よけて通ってそっとしておけばいいのだ」

「快楽の規準は何なのでしょうか。どうすれば快楽だということが分るのですか。快楽を見分けられなければ避けて通ることもできないわけでしょう?」

「あくまでも厳格に義務に従うがいい。そうすれば、そのような疑問は生じないはずだ」

その日の午後おそく、タイドミンはおずおずとスパデヴィルの腕に指を当てた。

「あたしの心に恐ろしい疑いが湧いているんです。サントへのこの旅行は悪い結果になるのではないかしら。スパデヴィル、あなたとあたしが血まみれになって死んでいるのを幻に見たんです。でも、マスカルはそこにはいなかった」

「われわれは松明を手から放すかもしれないが、それは消えることなく、ほかの人びとが高くかざしてくれるだろう」

「あなたがほかの人とは違うというしるしを見せて下さい——あたしたちの血が流されるとしても、それは犬死にではないのだということを確かめておきたいのです」

スパデヴィルは厳しい表情でタイドミンを見た。「わたしは魔術師ではない。わたしは感覚を納得させるのではなく、魂を納得させるのだ。タイドミン、おまえの義務がおまえをサントへ呼んでいるのか？　もしそうなら行きたまえ。それとも、義務がおまえをサントへ呼んでいるわけではないのか。もしそうならこれ以上先に進んではならぬ。どうだ、簡単ではないか。どんなしるしが必要だというのかね」

「さっきあたしはあなたがあの稲妻の柱を追い散らしてしまうのを見たんじゃなかったかしら。あんなこと、普通の人だったらとてもできませんわ」

「あるひとりの人間にどういうことができるかは誰にも分らないのだ。この人物にはこういうことができ、あの人物には別のことができる。だが、すべての人間にできることがある――それはその人自身の義務だ。このことに人びとの眼を開かせるためにわたしはサントへ行かねばならぬのだ。必要とあれば命をも投げ出さなくてはならない。それでもついて来たいと言うのかね？」

「ええ、そうなんです」タイドミンは言った。「どこまででもついて参ります。変なことを言ってあなたの気分を害してばかりいるから、なおさらそうするのが肝腎なのです――あなたの気分をそこなうのは、あたしがまだ教訓を正しく学びとっていないということなのですもの」

「謙遜してはいけない。謙遜は自己判断にすぎないからだ。おのれ自身について考えているときは、心の中で計画したり生み出したりすることのできる行為をないがしろにしているのだ」

タイドミンは相変らずそわそわとして、何か考えにとりつかれていた。

「どうしてマスカルはあの幻の場面にいなかったのかしら」タイドミンは尋ねた。

「おまえはその予感を悲劇的なものだと想像しているので、いつまでもそのことを考えているのだ。タイドミン、死には悲劇的なところは全くない。生にしても然りだ。あるのは正と邪だけであって、正しい行為や邪悪な行為から生じる結果などはどうでもよいのだ。われわれ人間は世界を作った神ではなく、目前の義務を遂行する一介の男であり女であるにすぎない。わたしとおまえはサントで死ぬかもしれない――おまえが幻に見たようにな。しかし、真理は生き続けるだろう」

「スパデヴィル、仕事を始める場所としてどうしてサントを選んだのですか」マスカルが尋ねた。「固定観念をもったサントの人たちは、新しい光明には誰よりも従いそうにない人たちのように思えるのですけど」

「悪い木が生い茂っているところには良い木も茂るのだ。ところが、一本も木がないところには何も育ちはしない」

「それなら分ります」とマスカル。「ここではぼくたちは殉教者の運命を辿ることになるとしても、ここ以外のところでは、牛に説教する人たちに似てしまうだろうということなのですね」

日没の少し前に三人は高原のはずれに着いた。高原からはサント段地の黒い崖がそそり立ち、奥行きのまちまちな段を一千個以上もつらねた人工の階段が絶壁の角度に応じて曲がりくねったり二手に分れたりしながら、頭上の世界にまで達していた。それは見るからに眼がくらみそうな階段だった。三人が立っている場所には身を切るような寒風は吹きつけてこず、やっと燦然と輝き始めた日没寸前のブランチスペルが燃えたつような妖しい極彩色で曇り空を満たした。その色彩の中には、マスカルが見たこともない配合の色もあった。弧を描く地平線はあまりにも巨大だったので、もしこのまま いきなり地球に連れ戻されたら、自分は今、狭苦しい小聖堂の丸天井《ドーム》の下を歩いているのだと考えただろう。マスカルはよその惑星に来ていることをはっきりと理解した。しかし、そうと分っても感動することも気分が高揚することもなかった。頭の中にあるのは道徳観念のことだけだった。振り向くと、これまでの十キロほどの道程のあいだ草一本生えていなかった平原が彼方のディススコーンまで広がっているのが見えた。これまでの登り坂は傾斜がすこぶる一定していて、その間の距離が非常に長かったので、前面に立ちはだかる巨大ピラミッドですら、大地の表面がこんもり盛りあがったものとしか見えなかった。

スパデヴィルは立ちどまり、黙々と風景を見つめていた。夕日の光のもとで、スパデヴィルの姿は前にもまして濃く暗く、現実のものらしく見えた。顔の表情は険しく、にこりともしなかった。スパデヴィルは仲間たちのほうを振り向いた。

「この驚異の景色全体のうちで最大の驚異は何か」スパデヴィルは問うた。

「教えて下さい」マスカルが言った。

「ここに見えるものはすべて快楽から生まれたものであり、快楽から快楽へと動き続けている。正義はどこにも見出せない。これがシェイピングの世界なのだ」

「驚くべきことがもうひとつあるわ」タイドミンはこう言って、頭の上の空を指さした。

あまり低いので百五十メートルたらずの低空に浮かんでいるとしか思えない小さな雲が暗い絶壁面の前を漂っているところだった。指を下に向けて開いた人間の手そっくりで、光で真っ赤に染まり、その指先の下に見える二つほどの小さな雲は血のしたたりのようだった。

「あたしたちの死が迫っていることはもう疑う余地がないわ」タイドミンが言った。「あたしはきょうこれで二度死に近づいたことになるわけだわ。最初のときも覚悟はできていたけれど、今はもっと覚悟ができている。なぜって、わたしに初めての幸せを与えてくれた人と並んで死ねるんですもの」

「死についてではなく正しい執念について考えたまえ」スパデヴィルが答えた。「わたしがここへ来たのは、シェイピングの前兆を目のあたりに見てふるえおののくためではなく、シェイピングの手から人びとを奪い去るためなのだ」

スパデヴィルはすぐに先頭に立って階段を登り始めた。タイドミンは崇《うやま》うような妙な輝きを眼にうかべて、ひとときのあいだスパデヴィルの後ろ姿を見つめていた。が、やがて一行のうちの二番手としてスパデヴィルのあとを追った。マスカルはしんがりをつとめた。長旅で身体がよごれ、髪もぼさぼさになり、ひどく疲れていたが、心は安らかだった。殆ど垂直な階段を一歩一歩登るにつれ、太陽は次第に高くなっていった。その光は三人の身体を赤みがかった金色に染めた。

一行は頂上に着いた。見渡すかぎり白い砂の不毛の砂漠が起伏し、鋸の歯のような大きな黒い岩のかたまりがあちこちに突き出ていた。砂地は沈みかけた夕日で赤く映え、広大な空は、邪悪の形をした雲と荒々しい色彩で満たされていた。凍りつくような突風が砂漠を越えて吹きつけ、三人は細かい砂粒を顔に受けて激しい痛みを感じた。

「これからぼくたちをどこへ連れて行くつもりなのです」マスカルが尋ねた。

「サントの旧き知恵を守っている者は、わたしがそれを変えることができるように、その知恵をわたしに引き渡さなければならぬ。あの男の言うことなら、ほかの者たちも口ぐちに言うはずだ。これからそのモールガーを捜しに行く」

「草一本生えていないこんな土地のどこでその人を捜そうと言うのです」

スパデヴィルは迷うことなく一路、北をめざした。

「そんなに遠くはない」スパデヴィルは言った。「サントがウームフラッシュ森の上に張り出しているあのあたりにあの男はいつもいるのだ。今もそこにいるはずだが、断言はできない」

マスカルはタイドミンのほうをちらっと見た。落ちくぼんだ頰と眼の下の隈は、極度の疲労を物語っていた。

「あの女《ひと》、疲れているんです、スパデヴィル」マスカルは言った。

タイドミンはにっこりした。「死の国へもう一歩足を運ぶだけのことでしょ。なんとかやれるわ。マスカル、腕につかまらせて」

マスカルはタイドミンの腰に腕をまわし、身体を支えてやりながら進んだ。

「陽はもう沈みかけている」マスカルは言った。「暗くならないうちに着けるんでしょうか」

「マスカル、タイドミン、なにも恐れることはない。この苦痛はきみたちの本性に巣食う悪を食いつくしているところなのだ。きみたちが歩いているこの道は最後まで歩き通せる道なのだ。目的地には暗くならないうちに着ける」

そのとき太陽は、イフドーン・マーレストの西の境界となっている遥か彼方の尾根の蔭に隠れた。空は燃えあがり、いっそう鮮やかな色に染まった。風も冷たさを増した。

三人は色のないグノール水の池をいくつか渡った。池の土手のまわりには果樹が植えられていた。マスカルはその果物をいくつか食べた。固くて苦くしぶい味だった。舌からその味を消すことはできなかったが、体内を流れ降りていく果汁のせいで、心がひき緊まり、元気が出てくるのを感じた。ほかには木や灌木はどこにもなく、動物の姿も見えず、鳥や昆虫も見かけなかった。全く荒涼とした土地だった。

二、三キロ進むと一行は再び台地のはずれに近づいた。遥か下方に、ウームフラッシュの大森林のはずれが見えた。だが、そこではすでに日中の光は消えていたので、マスカルの眼に見えたのは、ぼんやりとした暗がりだけだった。無数の木の梢が遠くで溜息をついているような音がかすかに聞こえた。

急速に暗くなっていくたそがれの中で、三人は突如ひとりの男と出くわした。男は池の中に片足で立っていた。玉石が積みかさなっていたので、その陰になっていた男の姿が今まで見えなかったのだ。男はふくらはぎのあたりまで水の中につかっていて、マスカルがディススコーンで見たのと似ているが、あれよりは小さな三叉が、男の手のすぐそばの泥の中に突き刺さっていた。

三人は池のふちに立ちどまり、暫く様子を窺った。するとすぐに男は三人に気づき、もちあげていたほうの足を下におろすと、水の中を歩いて途中で三叉を引きぬくと、池から出て来た。

「あれはモールガーではなく、キャティスだ」スパデヴィルが言った。

「モールガーは死んだよ」キャティスが言った。スパデヴィルが喋っているのと同じ国の言葉だったが、スパデヴィルよりもなお耳障りな訛りがひどかったので、鼓膜が痛くなるほどだった。

マスカルの眼の前に立っているキャティスは、腰の曲がった老人だったが、逞しい男で小さな腰布しか身につけていなかった。胴体は長く、でっぷりしていたが、脚はやや短か目で、顔にはひげがなく、レモン色のその顔は何やら心配そうだった。深さ五ミリほどの太い縦皺が何本も寄っていて、そのせいで醜く見えた。皺の中には垢が溜っているらしい。頭髪は黒くて薄かった。スパデヴィルの額には一対の膜状の器官がついていたが、キャティスにはこれがひとつしかなかった。それは眉間についていた。

スパデヴィルの黒っぽい固形的な姿は、夢にかこまれた現実のように周囲から際立っていた。

「その三叉はきみの手に渡ったのか」スパデヴィルは尋ねた。

「そうだ。なぜその女をサントに連れて来たのかね」

「この女のほかにも持ってきたものがある。新しい信仰をもってきたのさ」

キャティスはじっと動かずに、迷惑そうな面持ちで立っていた。「それを聞かせてくれ」

「詳しく説明したほうがいいかね、それともかいつまんで話そうか」

「この世にないことを話したいんだったら、いくら言葉をつらねても充分ではない。あることを話したいんなら、言葉は少しで充分だ」

スパデヴィルはいやな顔をした。

「快楽を憎むと誇りが生じる。誇りはひとつの快楽である。快楽を消滅させるには義務に心を密着させなくてはならない。心が正しい行為を計画しているときには、快楽について考える暇はない」

「それが全部なのか」キャティスが尋ねた。

「真理は単純なものだ、どんなに単純な人間にとってもそうなのだよ」

「きみはただの一語《ひとこと》でハトールとその子孫全員を滅ぼそうというのか」

「わたしは自然を滅ぼし、掟を定める」

ここで長い沈黙が続いた。

「わたしの探り針は二本ある」スパデヴィルが言った。「きみのを二本にさせてくれ、そうすればきみもわたしが見ているように見ることができるようになる」

「そこの大男、こっちへ来たまえ」キャティスがマスカルに向かって言った。マスカルは一歩進み出た。

「きみはスパデヴィルの新しい信仰に従うつもりなのか」

「死ぬまで従う！」マスカルは叫んだ。

キャティスは火打ち石を拾いあげた。「この石できみの二つの探り針のうち一本をこわすことにする。一本だけになったらきみはわたしと同じようにものを見、これまでスパデヴィルと同じように見ていたときのことを思い出すだろう。そうすれば比較ができるわけだから、いずれの信仰がすぐれているか決めることができる。いずれかひとつを選ぶのだ。そうしたらわたしはきみの選択に従おう」

「マスカル、これから生まれてくる人たちのためにその小さな苦痛に耐えてくれ」スパデヴィルが言った。

「苦痛など何でもないが、その結果が恐ろしい」マスカルは答えた。

「キャティス、あたしはただの女だけれど、マスカルのかわりをさせて下さい」タイドミンは手を差し出しながら言った。

キャティスは火打ち石でその手を激しく叩き、手首から親指にかけて深い傷を負わせた。薄い真っ赤な血が噴き出した。キャティスは言った。「どうしてこの接吻好きの女をサントへ連れて来たんだ。ハトールの息子たちのために人生の掟を設けるなどというおこがましいことが一体どうしてこの女にできるのか」

タイドミンは唇を噛んで一歩うしろへさがった。「マスカル、それじゃあ、あんたが引き受けて！あたしはスパデヴィルを裏切ったりしてはいけなかったんだけど、あんたなら大丈夫だわ、そんなことをするはずがないもの」

「スパデヴィルがぼくに命令するなら、どうしてもやらなくちゃならない」とマスカル。「でも、その結果がどうなるか分らないんだ」

スパデヴィルが口を開いた。「ハトールの子孫全員のうちで、キャティスは誰よりも誠意のある真摯な人だ。

キャティスはわたしのことを、この国の仕組を破壊するためにシェイピングから遣わされた悪魔だとみなし、わたしの真理を足で踏みにじるだろう。だが、一粒の種だけは難を逃れ、わたしの血と、それから――タイドミン――おまえの血とがそれを洗い清めるだろう。そうすれば人びとは、わたしが悪を打ち滅ぼしたことが自分たちにとって何より善いことであったと悟るはずだ。だが、そのときには、今ここにいる四人は誰ひとりとして生きてはおるまい」

マスカルはキャティスのすぐそばに行って、頭を差し出した。キャティスは手を上げ、ひとときのあいだ火打ち石を眼の前に持ちあげたままにしてから、器用な手つきで力をこめて左側の探り針めがけて打ちおろした。マスカルは苦痛のあまり叫び声をあげた。血が流れ、その器官の機能は破壊された。

暫く沈黙が続き、その間マスカルは行ったり来たりして血を止めようとした。

「マスカル、どんな感じ？　何が見える？」心配そうにタイドミンが尋ねた。

マスカルは立ちどまって、じっとタイドミンを見つめた。「まっすぐ見ることができるようになった」ゆっくりとマスカルは言った。

「それはどういうことなの」

マスカルは相変らず額の血を拭いていたが、顔には困惑の色がうかんでいた。「これからは、命ある限り、ぼくはぼくの性《さが》と闘い、快楽を感じることを拒否するだろう。きみもそうするようにしてほしい」

スパデヴィルはきびしい顔でマスカルを見つめた。「きみはわたしの教えを捨てるのか」

だが、マスカルはうろたえることなく見つめ返した。これまで彫像のようにくっきりしていたスパデヴィルの姿の鮮明さはマスカルの眼から消え、いつも眉をひそめているスパデヴィルのしかめつらが実は混乱した弱々しい知性を隠蔽する仮面であることが分った。

「あんたの教えは偽りだ」

「ほかの人のために自分を犠牲にすることが偽りなの?」タイドミンが尋ねた。

「今のところはまだぼくには議論ができない」マスカルは言った。「今のぼくには、この甘美な世界が納骨堂のように見える。ぼく自身も含めて、この世界にあるものは何もかも吐き気を催すほどいやだ。それ以上のことは分らない」

「義務というものはないのかね」スパデヴィルがとげとげしい声で尋ねた。

「義務は、ぼくたちが他人の快楽の分け前にあずかるための隠し蓑でしかないように思える」

タイドミンはスパデヴィルの腕を引っぱった。「マスカルはあなたを裏切ったんです——今までにも多くの人を裏切ってきたのと同じにね。さ、行きましょう」

スパデヴィルは踏みとどまった。「マスカル、ずいぶん早く変ってしまったな」

マスカルはこれには答えずキャティスのほうを向いた。「人間は自殺することもできるのに、どうしてこの軟弱な恥ずべき世界に生き続けるのか」

「苦痛はサーターの子らが生まれたときから吸っている空気だ。きみはほかのどんな空気のもとへ逃げ出したいと言うのか」

「サーターの子らだって?　サーターはシェイピングじゃないのか」

「それは嘘の中でも最大の真っ赤な嘘だ。シェイピングの傑作さ」

「マスカル、わたしの質問に答えたまえ!」スパデヴィルが言った。「きみは正義の行いを拒否するのか」

「ほっといて下さい。帰るがいい！　ぼくはあんたのことも、あんたの思想のことも考えてはいない。あんたの身に危害が加わることを望んでなどいないんだ」

みるみるうちに暗闇がたれこめてきた。また沈黙が続いた。

キャティスは火打ち石を投げ捨て、三叉を拾いあげると、こう言った――

「その女は家へ帰らなくてはいけない。説得されてここへ来たのであって、自分の意志で来たわけではないのだからな。スパデヴィル、きみは死ななくてはならない――ずるずると堕落を続ける退行者なのだからな、きみは！」

タイドミンが静かに言った。「キャティスにはあなたに無理強いする力はないわ。スパデヴィル、真理が地に落ちるのを黙って見ているつもり？」

「真理はわたしが死んでも滅びない。却って、わたしが死から逃れようとすれば滅びるだろう。キャティス、きみの判断を受け容れることにする」

タイドミンがにっこり笑った。「あたしのことを言わせて貰えば、とっても疲れているので、きょうはもうこれ以上歩けないの。だから、あたしもスパデヴィルと一緒に死ぬわ」

キャティスはマスカルに言った。「きみの誠実さを証明したまえ。ハトールの掟に従い、この男とその情婦を殺すのだ」

「そんなことはできない。ぼくはこの二人と仲よく旅をしてきたんだ」

「きみは義務を否定した。だが、今度は自分の義務を果たさなければならないのだ」静かにひげをなでながらスパデヴィルは言った。「どのような掟を受け容れるにせよ、右顧左眄することなくそれに従わなければならぬ。きみの掟はこう命令している、われら二人に石を投げて殺すべしと。さあ、ぐずぐずしていると暗くなるぞ」

「あんたにはこの程度の男らしさもないと言うの？」タイドミンが叫んだ。

マスカルは重そうに身体を動かした。「キャティス、ぼくの証人になって下さい、これは無理強いされてやったことなのだと――」

「ハトールもこれをごらんになっていて、うなずいておられる」キャティスが答えた。

そこでマスカルは三人から離れ、池のほとりに散らばっている丸石のところまで行くと、あたりを見まわし、運べそうな石のうちで一番重い大きな岩石を二つ選んだ。そして、これを腕にかかえてよろよろと戻って来た。

岩を地面に落すと呼吸を整えながらその場に立ちつくし、再び口がきけるようになると、こう言った。

「こんな仕事は気乗りがしない。ほかにいい方法はないのだろうか。スパデヴィル、今夜はここで眠りたまえ。そして、朝になったら元のところへ帰りなさい。あんたには誰も危害を加えたりしないから」

スパデヴィルは皮肉な笑みを洩らしたが、それは夕闇にまぎれて見えなかった。

「マスカル、もう一年間黙考し直して、それから別の真理をひっさげてサントに帰って来いと言うのか。さあ、時間を無駄にしないでわたしには重いほうの石を選びたまえ。わたしのほうがタイドミンより強いからな」

マスカルは二つの岩のうちのひとつを持ちあげ、大股で四歩進み出た。スパデヴィルはまっすぐ立ってマスカルと向き合い、泰然と待った。

大きな石が音を立てて飛んで行った。あたかも暗い影が飛んで行くようだった。石はスパデヴィルの顔にまともに当たり、顔面をつぶし、首の骨を折った。スパデヴィルは即死した。

タイドミンは倒れた男から顔をそむけた。

「マスカル、早くして。スパデヴィルを待たせたくないの」

マスカルは息切れがしたが、二つ目の石を持ちあげた。タイドミンはスパデヴィルの死体の前に行き、にこりともせず冷ややかな表情でそこに立った。

石の一撃がタイドミンの胸と顎のあいだをとらえ、タイドミンは倒れた。マスカルはタイドミンのところへ行き、地面に膝をつくと両腕で抱き起こした。タイドミンはマスカルの腕の中で最後の吐息を洩らした。

そのあとマスカルはまたタイドミンを横たえ、両手で重そうに自分の身体を支えながら死に顔を見つめた。英雄的で精神的な表情からクリスタルマンのにたにた笑う下品な仮面への変化は電光石火の速さで起ったが、マスカルはそれを見逃さなかった。

マスカルは暗闇の中に立ち、キャティスを引き寄せた。

「あの顔は本当にシェイピングそっくりなのでしょうか」

「あれは幻影をとり払ったシェイピングのありのままの面貌だ」

「どうしてこんな恐ろしい世界が存在するようになったのですか」

キャティスは答えなかった。

「サーターというのは誰なのです」

「きみはあすサーターにもっと近づくことになるだろう。しかし、ここではない」

「ぼくはあまりにも多くの人の血を流し続けている」とマスカルは言った。「いい結果が生まれるはずはない」

「変化と破壊を恐れるな。むしろ、笑いと歓びを恐れよ」

マスカルはじっと考えた。

「キャティス、教えて下さい。もしぼくがスパデヴィルに従うほうを選んでいたら、あなたは本当にあの男の信仰を受け容れていただろうか」

「スパデヴィルは高潔な人物だった」キャティスは答えた。「われわれサントの人間の誇りもやはり快楽という種から出た芽にすぎないことがわたしにも分った。明日はわたしもサントを去って、こういったことすべてについてよく考えてみるつもりだ」

マスカルは身ぶるいした。「それならこの二人の死はどうしても必要だったのではなくて犯罪だったのか!」

「あの男は自分の役割を果たし終えていたのだし、女のほうは、もし生き続けたなら、優しい愛と忠義だての心でスパデヴィルの思想を引きずり落していたろう。見知らぬ人よ、何も後悔せずにすぐこの土地を離れなさい」

「今夜立ち去れと言うのですか?　どこへ行けばいいのです」

「ウームフラッシュへ行くがいい。そうすれば誰よりも深い心をもった人たちに会える。途中まで送ろう」

キャティスはマスカルと腕を組み、二人は夜の闇の中を歩いて行った。二キロほど歩くと、崖のふちを通った。風は膚を刺すようで、二人の顔に砂を吹きつけた。雲の切れ間から、かすかにきらめく星が現れた。その中に見慣れた星座はなかった。地球の太陽は見えるだろうか、もし見えるならそれはどれだろうかとマスカルは思った。

二人は崖の下まで通じている荒削りの階段の降り口に来た。この階段はさっき登った階段と似ていたが、こちらのほうはウームフラッシュの森に通じているのだ。

キャティスが言った。「きみはこの道を行きたまえ。わたしはこれ以上先へは行かない」

マスカルはキャティスを引きとめた。「別れる前にこれだけは教えて下さい――快楽がぼくらの眼にあれほどまでに恥ずべきものに見えるのはなぜなのです」

「快楽を感じているときには故郷を忘れるからだ」

「故郷というのは?――」

「マスペルだ」キャティスは答えた。

そう答えるとキャティスは腕をふりほどき、くるりと背を向けて暗闇の中に姿を消した。

マスカルはよろめきながらもできるだけの努力をして階段を降りた。疲れてはいたが、自分の苦痛を軽蔑していた。傷を受けなかったほうの探り針が膿を出し始めた。一段ずつ踏みしめながら降りて行ったが、そのあいだ、時間は無限に続くかと思われた。底に近づくにつれ、木々のざわめきや溜息に似た葉音が大きくなっていった。風はやみ、暖かくなった。あたり一面真っ暗闇だった。

マスカルはついに平坦地に着いた。もっと先へ進もうとしたが、根につまずいたり木の幹にぶつかったりし始めた。何回かこういうことがあったあと、今夜はもうこれ以上進まないことに決めた。マスカルは枯葉を積み重ねて枕を作り、すぐさま身を投げ出して眠りについた。と、たちまち深く重い無意識がマスカルを包んだ。

13　ウームフラッシュの森

マスカルは目をさまし、トーマンスでの三日目の朝を迎えた。手足がずきずき痛んだ。横向きに寝ながら、きょとんとして、周囲を眺めると、森は夜のようだったが、夜は夜でも、まもなく灰色の夜明けが訪れて、物影が見えるというよりは何となく推測されるあの刻限だった。家と同じくらい幅のある、何かどきりとするような影みたいなものが、二つ三つ薄明りの中にぼんやり現れた。寝返りを打って仰向けになり、視線をずっと上のほうに向けて初めてそれが木であることが分った。遥か頭上を見ると、高さを目測してみる気にもなれないほど高いところで木々の梢が、小さな青空を背景に日の光を受けてきらきら輝いているのが見えた。

霧状の雲が森の地面を這うように漂って、絶えず視野を遮っていた。音もなく通ってゆくその姿は、木立のあいだにちらちらする幻のようだった。下に敷いた木の葉はぐっしょりしていて、時折重い滴《しずく》が頭まではねた。

横になったままで、マスカルは昨日の出来事を心の中に再現してみようとした。頭はぼんやりしていて混乱していた。何か恐ろしいことが起ったのだが、それが何であったか長いあいだ思い出せなかった。……と、突然、たそがれのサント高原でのあの身の毛もよだつような幕切れが眼前に現れた――スパデヴィルのぺしゃんこになった血まみれの顔、タイドミンの死ぬ間際のあの溜息……マスカルは痙攣するように身ぶるいし、吐き気を催した。

この残忍な殺人を命じたあの特異な道徳観は、夜のあいだにマスカルの頭を離れ、今やっと自分が何をしでかしたのかが分った！　きのう一日中、おれは次つぎに強力な魔法にかかって四苦八苦したようだったな。最初はオウシアックスの奴隷となり、次はタイドミン、それからはスパデヴィル、そして最後はキャティスの奴隷だった。あの連中はみんなおれに殺人と掟を破ることを強要した。……何がどうなっているのか、おれには全く見当もつかなかったが、とにかく自分は啓蒙思想の洗礼を受けた自由な他所者《よそもの》として旅を続けているのだと勝手に考えて一日を送ったのだった。……この悪夢の旅は一体何のためなのか。……これからも今までと同じように続いていくのだろうか……

　森はたいそう静かだったので、動脈を通る血液の音以外は何も聞こえなかった。

　顔に手をやってみると、一本だけ残っていた探り針もなくなっていて、眼が三つになっていることが分った。第三の眼は額――前にソーブがあった位置――についていた。それをどのようにして使ったらいいのかマスカルには分らなかった。三本目の腕はまだついていたが、その神経はもうなかった。

　マスカルは長いあいだ頭をしぼって、キャティスが口にした最後の言葉であるあの名前を思い出そうとしたが、どうしても思い出せなかった。

　マスカルは旅を続けようと起きあがった。身支度する必要も、食事を作る必要もなかった。森は途方もなく大きかった。一番近くにある木でさえ、幹の円周が少なくとも三十メートルはあるように思われた。ぼんやりかすんで見えるそれ以外の幹も同じ大きさに見えた。しかし、この風景が広大であるのは、木と木を隔てている広い空間のせいだった。この風景は死後の生に入ってゆく何か超自然的な超大広間のようだった。一番低い枝でさえも地面から五十メートルかそれ以上もあった。下生えはなく、地面を蔽っているのは湿った枯葉だけだった。マスカルはあたりを見まわして進むべき方向を見定めようとしたが、昨晩おりてきたサントの崖はどこにも見当たらなかった——どの道もみな同じように見え、その部分から攻めていってよいものやら分らなかった。マスカルはこわくなってきて、ぶつぶつひとり言を呟いた。首をうしろに伸ばして上のほうを見つめ、太陽光線のさしこむ方角から方位を知ろうとしたが、できなかった。

不安な気持で迷いながらそこに立っていると、太鼓の音が聞こえてきた。そのリズミカルな音は少し離れたところから響いていた。眼に見えぬ鼓手は森を行進し、マスカルから遠ざかりつつあるようだった。

「サーターだ！」マスカルは声をひそめて言った。次の瞬間、その名前を口にしたことに対し、自分で自分にびっくりした。あの謎めいた人物のことが頭の中にあったわけでもなく、あの人物と太鼓の音とのあいだにも表面上何のつながりもなかったのだ。

マスカルはじっと考え始めた。……が、そうしているうちに太鼓の音は遠くへ去り、そのあとを追うように同じ方角へマスカルはひとりでに歩き始めていた。太鼓の音にはこういう特性があった——奇妙で神秘的な音であるが、畏敬の念を起こさせるようなところは何もなく、むしろ反対に、マスカルが非常によく知っているある場所とある生活を思い出させた。この音のせいで、これ以外の感覚印象は悉く偽りなのだと思えてきた。

太鼓の音は断続的だった。一分間か五分間ほど続いたかと思うと、次には、十五分ものあいだ何も聞こえないという具合だった。マスカルは精一杯頑張って太鼓のあとを追った。ぼんやり見える巨大な木のあいだを懸命に歩いて音の源に追いつこうとしたが、いつまでたっても音源までの距離が変らないようだった。森はそこから先は下り坂になり、勾配は大むねゆるやか——約十分の一——だったが、ところによってはずっと急な個所もあり、また、非常に長い距離にわたって殆ど平坦になっているところもあった。大きな湿地がいくつもあり、マスカルははねを上げながらそこを通って行かなくてはならなかった。……どんなにぬれようがそんなことはどうでもよかった――あの太鼓を叩いている人物を見つけることができさえすれば……。何キロも歩いたが、依然として距離は縮まらなかった。

森の陰鬱さに気が滅入った。――すっかり気落ちし、くたびれて、荒くれた心持だった。暫くのあいだ太鼓の音が途絶えたので、マスカルは追うのをやめようかという気になりかけた。

円柱のように太い木の幹を巻くようにして進んでいると、幹の向う側に立っている男とあぶなくぶつかりそうになった。男は片手を幹に当ててよりかかり、休息の姿勢をとっていた。別の手は杖の上にのっていた。マスカルは急に立ちどまり、じっと見つめた。

男は殆ど全裸で、おそろしく大きな体軀をしていた。背はマスカルより頭ひとつ高く、顔と胴体はかすかに燐光を放っていた。眼は――全部で三個あったが――薄緑色で光を発しており、その輝きはランプのようだった。皮膚には毛はなかったが、頭髪は黒く、厚い渦巻状に高く盛りあがり、女性の髪のように留められていた。顔つきはこの上なく穏やかだったが、そのすぐ下には恐ろしい静かなエネルギーがひそんでいるように思われた。

マスカルは男に声をかけた。「あの太鼓はあんたが叩いていたのか」

男はかぶりを振った。

「名前は何というんだね」

男はひきつったような妙な声で答えた。マスカルは、男が口にした名前は〝ドリームシンター〟だと推量した。

「あの太鼓の音は何だろう」

「サーターだ」ドリームシンターは言った。

「ぼくはあのあとを追うべきなのだろうか」

「なぜだね」

「たぶんサーターはぼくにそうさせるつもりなのだ。サーターは地球からぼくをここへ連れて来たのだ」

ドリームシンターはマスカルの身体をつかんでかがみこみ、じっと顔を見つめた。「連れて来られたのはきみじゃない、ナイトスポーのほうだ」

この惑星に着いて以来、ナイトスポーの名前を耳にしたのはこれが初めてだった。マスカルは非常にびっくりしたので、それ以上質問を考え出すことができなくなった。

「これを食べたまえ」ドリームシンターが言った。「そうしてから一緒に太鼓の音を追いかけよう」ドリームシンターは地面から何かを拾い上げ、マスカルに渡した。はっきりとは見えなかったが、拳ほどの大きさの、堅い木の実のような手ざわりがした。

「割れないいんだけど」

ドリームシンターは木の実を両手ではさんで砕いた。そこでマスカルは果肉状の中身をいくらか食べてみたが、何ともいやな味だった。

「だとすると、ぼくはこのトーマンスで何をしているのだろうか」マスカルは尋ねた。

「きみがここへ来たのは、マスペルの火を盗んで、人びとにより深い生を与えるためだ——きみは自分の魂があの燃えさかる炎に耐えられるかどうか片時も疑わずにここへ来たのだ」

マスカルは咽喉を絞められた人の発するような相手の言葉をほとんど聞きとることができなかった。

「マスペルか……それこそ、けさ起きてから思い出そうとしていた名前だ」

突然、ドリームシンターは頭を横に向け、暫く何かに耳を澄ましている様子だったが、やがてマスカルに静かにしているようにと手で合図した。

「太鼓の音がするのか」

「しいっ！　こっちへやって来る」

ドリームシンターは森の上のほうを見あげていた。今では聞き慣れた太鼓のリズムが聞こえてきた――今度は行進している重い足音も一緒に響いてきた。

一メートルたらずの間隔で一列に縦隊を組んだ三人の男が、木のあいだをこちらへ行進して来るのが見えた。三人とも足早に坂を下っており、右も左も見ようとしなかった。どの男も裸で、その姿は暗い森を背景にして、淡い超自然的な光で輝いていた。光の色は緑で、亡霊のようだった。マスカルの横まで来ると、まだ五メートルあまり離れてはいたが、誰であるかが見分けられた。先頭の男は自分だった――マスカルなのだ。二人目はクラッグ、そして三番目はナイトスポーだった。三人の顔は厳しく、きつかった。

太鼓の音の源は依然として見えなかった。その音は前方の一地点から聞こえて来るように思えた。マスカルとドリームシンターは、足早に進む行進者たちにおくれないように歩き始めた。と同時に、低いかすかな音楽が聞こえ始めた。

そのリズムは太鼓の音に拍子を合わせていたが、太鼓の音とは違って、森の中の特定の地域から聞こえてくるようには思えなかった。それは夢の中で聞く主観的な音楽に似ていた。夢を見ている当人の経験すべてを情緒的なものと化せしめるいわば自然な雰囲気としてどこまでも夢につきまとうあの音楽そっくりだったのだ。それはこの世のものとは思えぬオーケストラが奏でている音楽のようで、ひどく悩ましげで、痛ましく悲劇的だった。マスカルは行進し、耳を傾けた。すると、それはますます大きく荒々しくなった。だが、太鼓のリズムは、実在の静かな鼓動のように他のすべての音の中に浸透した。

マスカルの感情は深まった。今、過ぎ去りつつある時間が数分間なのか数時間なのか、自分にも分らなかった。亡霊の行列のように三人の男は進み続けたが、まもなく、マスカルとドリームシンターは三人に追いつき、並んで歩いた。音楽が激しく鼓動し、クラッグは片方の腕を上げ、人を殺すためのものと思われる長いナイフを見せると、前方に躍り出て、幻のマスカルの背中にナイフをかざし、二度突き刺し、二度目は背中に突き立てたままにした。マスカルは両腕を上げて倒れ、死んだ。クラッグは森の中に跳びこんで逃げ、見えなくなった。ナイトスポーは少しも心を乱されることなく、厳しい表情でひとり行進を続けていった。

音楽は次第に高まっていった。薄暗く巨大な森全体が轟々とこだました。音楽は、上のほうからも、足元の地面からも、ありとあらゆる方向から鳴り響いていた。そのあまりにも壮大な情熱の調べに、マスカルは魂が肉体の器から離れて行こうとするのを感じたほどだった。

マスカルはナイトスポーのあとを追い続けた。二人の前方に不思議な光が輝き始めた。それは太陽の光ではなく、今まで見たこともないような輝きであり、この世にありうるとは想像もできないような光だった。ナイトスポーはまっすぐその方向に進んで行った。マスカルは胸がはり裂けそうになった。光は一段と強くきらめいた。音曲の恐ろしいまでの和音《ハーモニー》が荒れ狂う魔法の海のように次つぎに押し寄せて来た。……マスカルの肉体はこのような衝撃に耐えることができず、突然ころんで、死んだように気を失った。

14 ポールクラップ

朝はゆっくりと過ぎていった。マスカルは痙攣するように身動きしてから眼をあけ、まばたきをしながら起きあがった。森の中は全く夜のようでしいんとしていた。不思議な光はもはやなく、音楽もやみ、ドリームシンターの姿も見えなかった。マスカルはタイドミンの血がこびりついているひげをいじりながら、深い瞑想にふけった。

「パンオウとキャティスの話では、この森には賢い人たちがいるということだ。きっとドリームシンターもそのひとりなのだろう。さっき見たあの幻は、ドリームシンターの知恵の見本だったのかもしれない。あれはおれの質問への答えだったような気がする。……おれは、おれ自身についてではなく、サーターについて尋ねるべきだった。そうすればまたちがった答えが得られただろう。サーターについて何か知ることができたかもしれない。……あの人物を見ることさえできたかもしれないのだ」

マスカルはひとときのあいだ平静な無感動状態にあった。

「しかし、おれはぎらぎら輝くあの荘厳な光を真っ向から見つめることができなかった」マスカルは記憶をたぐり続けた。「あの光はおれの身体をはち切れさせていた。ドリームシンターはおれに警告もしてくれたっけな……そうか、やっぱりサーターは実在し、おれの旅は何か意味をもっているのだ……だけど、なぜおれはこうしてここに来ているのだろう。おれに何ができるのだろう。サーターは一体何者なのだろうか。どこへ行ったら会えるのか」

マスカルの眼に荒々しいものが浮かんだ。

「ドリームシンターは《連れて来られたのはきみじゃなくてナイトスポーだ》と言ったが、あれはどういうことなのだろう。おれはあまり重要ではない脇役なのだろうか。……ナイトスポーは重要で、おれは重要でないとみなされているのだろうか。ナイトスポーはどこにいるのか、何をしているのか。おれは奴の番が回ってくるまで待たなくてはならないのだろうか……おれには何かを生み出し、何かを始めることができないのか」

マスカルは相変らず脚をまっすぐ伸ばし、上半身を起こしたままの姿勢を保っていた。

「これは不思議な旅で、世にも不思議なことが旅のあいだに起るだろうと覚悟を決めなければなるまい。計画を立てても何にもならない。なにしろ二歩先も見えないのだから——何もかもが未知なのだ。しかし、ひとつだけはっきりしていることがある。……何よりも荒っぽい大胆さを押し通さない限り、おれはこの難関を乗り越えることができないのだ、それ以外のものはすべて犠牲にしなければならない。……だから、もしサーターが再び姿を現したら、こちらから進み出て会うとしよう——たとえそれが死を意味しようとも」

暗く静かな森の木々のあいだから再び太鼓の音が聞こえてきた。それは遠く、ごくかすかな音で、大嵐のあとの雷の最後の呟きに似ていた。マスカルは立ちあがらないで耳を傾けた。太鼓の音は次第に遠のいて沈黙し、もはや二度と聞こえなかった。

マスカルは奇妙な微笑をうかべて大声で言った。「サーター、ありがとう！　この兆《きざ》しをぼくはしっかと受けとめます」

立ちあがろうとすると、先程まで三本目の腕だったしなびた皮膚が、身体を動かすたびに迷惑にもひらひら揺れるのに気づいた。マスカルは両手の爪で、その腕の、胸に一番近い部分にぐるりと穴をあけ、ぱたぱた揺れ動く皮膚を慎重な手つきでねじりとった。万物の生成と消滅が急速に起るこの世界では、ねじりとられたあとの根はすぐに消えるだろうと判断したのである。とりおえると立ちあがって、闇の中をじっと見つめた。

この地点では森はかなり急勾配になっていたので、マスカルは一度考えただけで、この方向に行けばどこかに行き着けるだろうと信じきって、斜面を下《くだ》って行った。歩き始めるとすぐ、むすっとした重苦しい気分になった――心が動揺し、疲れきって汚れに汚れた身体は、空腹のせいでだるかった。そのうえ、これからの道程は短くてすみそうにないことも分った。が、どんなに長い道中になろうとも、この陰鬱な森全体を通りぬけるまでは二度と腰をおろすまいと決心した。

家に似た影のような木を一本ずつ見分け、ぶつからぬようにそれを避けて、横を通りぬけた。遥か頭上に、ほの輝く空が梢のあいまからちらちらと見えていたが、それ以外には時刻を知る手がかりは何もなかった。マスカルはところどころ沼地になっているじめじめしたすべりやすい斜面を何キロもむすっとした気分で下り続け、ほどなく前方がうっすらと明るくなると、開けた世界はもうそう遠くはないのだなと察した。森は今までよりもはっきりしてきて、灰色を帯び、その雄大な荘重さがいっそうよく分った。木の幹は円筒形の塔のようであり、間隔が非常に広いので森全体が天然の円形劇場のように見えた。木の皮は何色か見分けられなかった。眼に映るものすべてがマスカルをびっくりさせたが、その賛嘆ぶりは手放しのものではなく、不平の入り混じった、いやいやながらの驚嘆だった。……背後の森と前方の森の明るさの違いがたいそうはっきりしてきたので、もうすぐ森を抜け出ようとしているところだということは、もはや疑う余地がなかった。

紛れもない明るい光が前方からさしこみ、振り返ると、自分の影が見え、木の幹も赤味がかってきた。マスカルは歩調を早めた。何分間かが過ぎると、前方の明るい空間が燦然と輝いて鮮やかになり、青味を帯びてきた。寄せては砕ける波の音も聞こえるような気がした。

マスカルが進んで行く森のその部分全体が色どり豊かになった。木の幹はどこまでも濃い赤に染まり、遥か上のほうの木の葉はウルファイアー色を呈し、地面に落ちている枯葉は名づけようのない色だった。それと同時に、マスカルは第三の眼の使い方を発見した。視覚に第三の角度が付け加えられたことにより、目につくものすべてが前よりも深味を帯びてくっきりと際立ち、世界はさほど平板には見えなくなった——前よりも現実らしく、意味ありげに見えてきたのだ。マスカルは周囲の事物に以前にもまして強く惹かれた。……なぜか自己中心癖が消え、思慮深く、自由になったようだった。

最後の木々のあいだから白昼の日の光が見えた。森のはずれまでもう八百メートルと離れていない。森の向うはどうなっているのか知りたいという熱烈な思いに駆られてマスカルは急に走りだした。波の音が一段と大きくなった。それは水だけが出す独特なしぶきの音だったが、海の音とも違っていた。あっというまにマスカルは踊るように波がうねっている巨大な地平線が見えるところまで来た。これは《沈む海》にちがいないとマスカルは思った。走るのをやめて速歩に戻り、絶えずじっと前方を見つめた。吹きよせる風は暑くて新鮮で甘かった。

標高はそのまま同じで岸の砂浜に続いている森の本当のはずれに着くと、大きな木に背をもたせかけて、前方に広がる光景を身じろぎもせずに心ゆくまで眺めわたした。砂浜は東西に一直線に伸び、ところどころに小川があるだけだった。砂浜はきらめくオレンジ色だったが、菫色のところもあった。森は岸の全域にわたって歩哨に立っているように見えた。それ以外は海と空だけだった——これほど多くの水をマスカルはかって見たことがなかった。半円を描く地平線はあまりにも巨きかったので、自分が立っている世界はまっ平らで、自分の眼の力だけで視野が決められているのではないかとさえ思われた。この海は地球上のどんな海とも異なり、巨大な液体オパールに似ていた。壮麗なエメラルドグリーンの本体から、赤や黄や青の鮮やかな輝きが至るところできらめいては消えていた。波の動きも異様で、水がゆっくり盛りあがって尖塔のようになり、その高さが三メートルか六メートルほどに達すると、突如、広がりながら沈み始め、周囲一面に広い範囲にわたって同心円の環が幾重にも出来た。海中を流れる川のような、動きの速い水流も見え、それは互いに速さを競い合って陸から離れて行くようだった。水流は周囲よりも濃い緑色で、尖塔のように盛りあがることはなかった。海が岸辺と接しているところでは、打ちよせる波が不気味なほどの速さで砂地の奥深くまで洗い、唾を吐くときのような妖しいしぶきの音を伴っていた。さっきマスカルが聞いたのはこの音だったのだ。緑色の舌のようなその波は泡だつことなくうねっていた。

真っ正面を見ると、三十キロほど離れていると目測されるあたりに、低く長い島影が海面に浮かんでいた。黒い色の島で、輪郭ははっきりしなかった。スウェイロウンの島なのだ。マスカルは、この島よりは、むしろ島の先のほうでほの輝いている青い日没の光に関心があった。アルプペインはすでに沈んでいたが、その残光を受けて北の空全体が短調の色彩にとっぷりつかっていた。天頂にあるブランチスペルはあくまでも白く、猛威をふるい、空には雲ひとつなく、おそろしく暑かった。が、青い太陽が沈んだあたりは、陰鬱な影が世界の上に張り出しているようだった。マスカルは身体が分解してゆくような気分になった——喩えて言えば、化学的に異なる二つの力が同時にマスカルの体内細胞に作用しているようなものだった。アルプペインの残照からでさえこのような影響を受ける以上、あの太陽の本体そのものに面と向かって生き続けることはとてもできないだろうとマスカルは思った。……それでも、それを可能にしてくれるような変異が何かおれの身に起るかもしれないのだ……。

海はマスカルを誘惑した。水浴びをしようと心に決め、すぐさま海岸めざして歩きだしたが、森の木々の影の線から一歩外に踏み出すと、たちまち眼のくらむような太陽光線が猛烈に襲いかかり、数分のあいだ気分が悪くなり、目まいがしたので、急いで砂浜を横ぎった。砂地のオレンジ色の部分は――マスカルの判断では――食べ物を焼くのに充分なくらいの熱さだったが、菫色の部分は火そのもののようだった。マスカルは知らずにその菫色の部分に足を踏み入れ、たちまち驚きの叫び声をあげて高く跳びあがった。

海水は肉感的なほど快い温かさだった。身体は浮かなかったので、泳いでみることにした。まず動物の皮でできた服を脱ぎ、これを砂と水で充分に洗ってから陽にあてて乾かした。それからできるだけていねいに身体をごしごし洗い、ひげと髪もきれいにした。そうしてから海に入り、水が胸のあたりに来るまで歩いてから、泳ぎ始めた。尖塔のように盛りあがったところにはできるだけ近づかないようにしながら泳いだのだが、いくら泳いでも、とても気晴しにはならなかった。水は至るところで濃度が違っていた。泳げる場所もあったが、溺れないようにするのが精一杯というところもあり、逆に、浮きすぎて水の中にどうしても入れないところもあった。前方の水はどういう状態になっているかを前もって知る手がかりはなかった。……とにかく、この海で泳ぐのは全く危険なことだった。

さっぱりした気分でまた元気になって水から出ると、暫くのあいだ、暑い日光で甲羅干しをしながら砂浜を行ったり来たりして、あたりを見まわしていた。マスカルは巨大で神秘的な異界に来ている裸の他所者であり、どちらを向いても、心を脅かす未知の力ににらみつけられているのだ。体内の水分を吸いとりつくす白くて巨大なブランチスペル、畏怖の念をかきたて、肉体に変化を生じさせるアルプペイン、油断をしていると死んでしまうほど当てにならない美しい海、暗く不気味なスウェイロウンの島、さっき抜け出て来たばかりの心を押しつぶすような森――四方八方からおれをとりかこむこれらすべての強い力に対して、宇宙の向う側のちっぽけな惑星から来た何も知らぬ柔弱な旅行者であるこのおれは、これに対抗し、完全に滅ぼされないようにするためにどんな手段をもっているというのか。……こう考えてからマスカルはひとり微笑んだ。「ここへ来てからもう二日たったが、おれはまだ生きている。おれはついている――つきがあれば、宇宙とだって互角に釣り合いをとることができる……だが、つきとは何だろう――ただの言葉なのか、それとも実体をもった何かなのか」

もう乾いている動物の皮を身につけていると、答えが頭にうかんだ。今度はマスカルも厳粛な気分だった。「サーターはおれをここへ連れて来た、そしておれを見守ってくれている。それがおれの《つき》なのだ。……しかし、この世界ではサーターは何者なのか。……人間の手では支配できない大自然の盲目的な力から、おれをどのようにして守ることができるのだろうか。サーターは大自然より強いのだろうか……」

マスカルは食べものに飢えていたが、人との接触にもっと飢えていた。こういったことすべてを誰かに訊いてみたかったからだ。これからどちらの方角に足を向けたらいいかマスカルは自問した。道は二つしかなかった。海岸沿いに東へ行くか西へ行くかである。一番近い小川は東の方角にあり、二キロばかり先で砂浜を分断していた。マスカルはそちらに足を向けた。

外側から見る森は人を寄せつけぬ威容を呈し、途方もなく高かった。海に面している側が鉋《かんな》で削られたように四角く切り立っているのだ。マスカルは木陰を大股に歩いて行ったが、絶えず顔を木からそむけ、海のほうを見ながら歩いた——そのほうが気分が晴れ晴れするからだった。小川に着いてみると、それは幅が広く、平らな土手に挟まれていることが分った。それは川ではなく入江だった。その静かな暗緑色の水面は曲がって森の中に見えなくなっていた。両側の土手に生えている木の枝が張り出していて、水面はすっかり影になっていた。

マスカルは入江が曲がっているところまで行った。その先には別の短い入江があった。ひとりの男が足を水につけて土手の狭い出っぱりに坐っていた。男は目の粗いごわごわした動物の皮を身につけ、手足はむきだしていた。背が低く、ずんぐりしていて、頑丈そうな身体つきに、短い脚と長くて強い腕。その先についている手は途方もなく大きかった。年頃は初老といったところで、眼鼻立ちはのっぺりしていた。石板を思わせるその顔は、無表情で、皺だらけなうえに茶褐色をしている。顔に毛が生えていないばかりか頭も禿げていて、皮膚はかたくて革のようだった。農夫か漁師らしい。顔には他人への思いやりとか感情のこまやかさといったものは片鱗も現れておらず、眼が三つついていた。眼の色はそれぞれ異なっていて、翡翠色と青とウルファイアー色だった。

男の前には原始的な筏が土手につながれて水に浮いていた。それは木の枝を無器用に縛って作ったものだった。

マスカルは男に話しかけた。「あなたもウームフラッシュの森の賢者なのですか」

男はむすっとしたしゃがれ声で答えながら眼を上げた。「わしは漁師だ。知恵のことなど何も知らない」

「どういう名前で呼ばれているんです」

「ポールクラップだ。きみは?」

「マスカル。漁師なら魚があるはずでしょう。ぼくは腹が空いてたまらないんです」

ポールクラッブは唸り声をあげ、一分ほど間をおいてから答えた。

「魚ならたっぷりあるさ。わしの食う分は今砂浜で焼いているところだ。きみのためにもう少し獲ってくることなど朝飯前だ」

マスカルはこの話し方が快く感じられた。

「でも、どのくらい時間がかかるんですか」マスカルは尋ねた。

男は両手をすり合わせて、軋るような鋭い音をたてると、水の中から出て、土手によじ登った。一、二分すると奇妙な小動物が男の足元に這い寄り、犬のように愛情をこめて見あげた。長さは約六十センチで、小さなあざらしに少し似ているが、脚は六本あって、その先端に強い鉤爪が生えていた。

「アーグ、魚をとりに行け！」ポールクラッブはしゃがれ声で言った。

動物はすぐに土手をころがり落ちるようにして水に跳びこんだ。優美な身のこなしで入江の中ほどまで泳いで行くと、錐揉《きりも》みするように身体をぐるぐる回して水に潜り、長いあいだ出て来なかった。

「あれなら魚獲りも簡単だな」マスカルは言った。「だけど、筏は何に使うんです」

「沖に出るためだ。一番うまい魚は沖にいるのさ。食べられる魚なんだ」

「あのアーグはとても利口そうですね」

ポールクラッブは唸り声をあげた。「百匹ばかり手なづけて訓練したんだよ。大きな頭をしたやつが覚えは一番速いが、泳ぎはおそい。細長い頭をしたやつは鰻のように泳ぐが、てんで言うことをきかない。そこでこの二つの雑種を作る仕事に取りかかったのさ——あいつはそのうちの一匹だ」

「ここにひとりで住んでいるのですか」

「いや、女房と男の子が三人いる。女房はどこかで眠っている、だが、息子たちがどこにいるかはシェイピングのみぞ知りたもうってわけだ」

マスカルはこの素朴な男と一緒にいて、たいそうくつろいだ気分になり始めた。

「あの筏はひどいな」マスカルはじっと見つめながら言った。「あれに乗って沖に出るんだったら、あんたはぼくより勇気がある」

「あれに乗ってマタープレイへ行ったこともある」ポールクラッブは言った。

アーグが再び海面に姿を現し、岸へ向かって泳ぎ始めた。しかし、今度は、水面下に重い荷物を引きずっているらしく、ぎごちない泳ぎ方だった。主人の足元にやって来たアーグを見ると、どの鉤爪にも魚が一匹ずつ――全部で六匹――しっかりつかまれていた。ポールクラッブはアーグから魚を取ると、刃のような石を拾って、魚の頭としっぽを切り離しにかかった。切りとった頭としっぽはアーグに投げ与えられ、犬は少しも騒がずにむさぼり食った。

ポールクラッブは自分について来るようにとマスカルを手招くと、魚を手にもって、マスカルがさっき通って来た道を歩いて広びろとした海岸のほうに向かった。砂浜に着くと、ポールクラッブは魚を薄く切ってはらわたを出し、菫色の砂地に浅い穴を掘って魚の身の部分を入れ、再びその上に砂をかけた。そのあと自分の食べる分を掘り出した。おいしそうな匂いがしてマスカルの鼻はぴくぴく動いたが、まだマスカルの食べる番ではなかった。

ポールクラッブは焼けた魚を両手にもって向うへ行こうとしながら言った。「これはわしので、きみの分ではない。きみの魚が焼けたら、ひとりで食べるのがつまらなければわしのところへ来てもいい」

「どのくらいで焼けるんですか」

「二十分ほどだ」漁師は肩越しに答えた。

マスカルは日ざしを避けるために森の影に入り、しばらく待った。およそ二十分たった頃、魚を掘り出したが、その際に指が焦げてしまった。しかし、それほど猛烈に熱いのは砂地の表面だけだった。それからポールクラッブのところに戻った。

暖かく静かな入江の空気と心地よい蔭の中で、二人は食べものから眼を移してゆるやかに流れる水を眺めたりしながら、黙ってむしゃむしゃ食べた。一口食べるごとにマスカルは体力がまた湧いてくるのを感じた。マスカルはポールクラッブより先に食べ終った。ポールクラッブは、時間など何の価値もありはしないと思っている人らしく、のんびりと食べ続け、やっと食べ終ると立ちあがった。

「さあ、飲みに行こう」ポールクラッブはしゃがれ声で言った。

マスカルは怪訝そうにポールクラッブを見た。

ポールクラッブはマスカルの先に立って森の中に少し入り、一本の木に向かってまっすぐ歩いて行った。その幹のちょうど手頃な高さのところに穴があけられていて、栓がしてあった。ポールクラッブは栓を抜いて穴に口をあて、かなり長いあいだ、母親の乳房を吸う子供のように吸っていた。それをじっと見ていたマスカルは、ポールクラッブの眼が次第にきらきら輝いてきたような気がした。

やがてマスカルの番になり、樹液を飲んでみると、味はココナッツ・ミルクに多少似ているが、人を酔わせる液であることが分った。だが、酔いとはいっても、普通の酒とは違う新しい種類の酔いで、いくら飲んでも意志や感性は興奮せず、知能だけが酔い、しかもそれは全面的ではなく、限られた特殊な酔い方だった。思考や心像が自由に解き放たれるのではなくて、逆に四苦八苦して膨張し続け、ついには洞察の状態だけがもつ満開の美にまで達し、すると洞察が意識の中で炎のようにひらめき、はち切れて消え去るのだった。それが終るとまた同じことが初めから繰り返された。しかし、マスカルが完全に冷静を保って五感を掌握していないときは一瞬もなかった。二人がそれぞれ二度ずつ飲むと、ポールクラッブは穴に栓をし、マスカルと連れだって土手に戻った。

「もうブロッドソンブルの時間かな」マスカルはすっかり堪能して地面に寝そべりながら尋ねた。

ポールクラッブは今度も足を水につけ、上半身はまっすぐ伸ばして坐りこんだ。

「始まったばかりだ」しゃがれ声で返事が返ってきた。

「それなら終るまでぼくはここでじっとしていなくちゃ。……話でもしないか」

「してもいいよ」気のなさそうな返事だった。

マスカルは、この男は外見どおりの人物なのだろうかと思いながら、半ば閉じたまぶたのあいだからちらっと見た。相手の眼の中に賢者の光を見たようにマスカルは思った。

「ポールクラッブ、あちこち旅行したことがあるの？」

「きみが言う意味での旅行はしたことがない」

「さっきマタープレイへ行ったことがあると言ったけど——どういう国なんです」

「わしは知らないね。火打ち石を拾いに行っただけだから」

「マタープレイの向うにはどういう国があるんだろう」

「マタープレイの北にはスリールがある。神秘家たちの住んでいる国だという話だ……よくは分らないが」

「神秘家ですって？」

「わしはそう聞いている。……それよりさらに北にはリッチストームがある」

「ずいぶん遠くの話なんですね。迷ってしまいそうだ」

「そこには山脈がある。……とにかく、えらく危険なところなんだ。特に、きみのように血の気の多い人にとってはな。……気をつけたまえよ」

「ポールクラップ、ずいぶん気が早いな。ぼくがそこへ行くってことがどうして分ったんです」

「きみは南のほうからやって来たから、北へ行くのだろうと思ったのさ」

「なるほど、そのとおりだな」マスカルはポールクラップをじっと見つめながら言った。「でも、南から来たってことがよく分りましたね」

「そりゃあ、南から来たわけじゃないのかもしれない。……けど、きみにはどことなくイフドーンの面影があるんでね」

「イフドーンの面影って、それはどういうものなんです」

「悲劇的な面影だ」ポールクラップはこう言って、ちらりともマスカルを見ず、まばたきもせずに水面上の一点を見つめていた。

「リッチストームの向うはどうなっているんだろう」一、二分してからマスカルは尋ねた。

「ベアリーという国がある。そこには太陽が一つではなく二つある——しかし、それ以上のことはわしも知らない。……ベアリーの先には海がある……」

「その海の向うはどうなっているんだろう」

「それは自分で探り出すより仕方がないのさ。その海を渡って再び帰って来た者がひとりでもいるかどうか疑わしいからだ」

マスカルは暫くのあいだ無言のままだった。

「この世界の人びとはどうしてそんなに冒険心がないんだろう。好奇心から旅行しているのはぼくだけみたいだ」

「《この世界の人びと》というのがよく分らないが」

「無理もないことです——ぼくがこの惑星の人間ではないってことはまだ話してませんからね。ポールクラップ、ぼくは別の世界から来たんです」

「何を捜しに?」

「クラッグやナイトスポーと一緒にここへ来たんです……サーターのあとを追って。この惑星に着いたとたんにぼくは気を失ってしまったらしく、起きあがったときは夜で、ほかの二人の姿はなかった。それからというもの、何のあてもなく旅を続けているというわけ」

ポールクラップは鼻をかいた。「まだサーターには出くわさないのかね」

「サーターが叩いている太鼓は今まで何度も聞いてます。けさも森の中でサーターにずいぶん近づきました。……それに、二日前にもリュージョン高原で幻を見ました——人間の恰好をしているもので、サーターと名乗っていました」

「たぶんそれはサーターだったんだろう」

「ちがう、そんなはずはありっこないですよ」マスカルはじっと考えながら答えた。「あれはクリスタルマンだ。……クリスタルマンなのだろうと考えているんじゃなくて――絶対にそうだと分っているんだ」

「どうして分るんだね」

「ここはクリスタルマンの世界だからだ。サーターの世界はここことは全く違うところなんです」

「それはどうも変だな」とポールクラップ。

マスカルは半ば自分自身に向かって話しかけるように語り続けた。「あの森を抜けてからぼくの内部で変化が起り、ものが今までとは違って見えるようになった。ここにあるものはすべて、ほかの所にあるものよりずっとどっしりしていて現実のものらしく見える。……そう見える度合があまりにも強いので、そのものの存在を多少なりとも疑うことさえできないほどだ。ものが現実らしく見えるだけではない、紛れもなく現実なのだ――この点については命を賭けてもいい。……だが、現実であると同時にそれは偽りでもある……」

「夢のようにかね?」

「ちがいますよ――夢とは似ても似つかないんです。そうだ、ぼくが説明したいのはまさしくこのことなんです。あなたたちのこの世界は――この点ではぼくの世界も同じだと思うけど――夢とか幻影とかそういった種類のものでしかないのだとはとても思えない。この世界は今のこの瞬間も実際にここにあることをぼくは知っているし、この世界はまさしくあなたとぼくがこうして見ているとおりのものなのだけど、それでいて、やっぱり偽りなんです。ポールクラップ、偽りだというのはこういうことなんですよ。この世界と並んで別の世界が存在し、その別の世界は真実なのだけど、この世界は徹底的に偽りなのだ。……だから、真実と虚偽は同じ事柄を別の言葉で言い表したものなのだという考えが、ふと心にうかんだんですよ」

「たぶんそういう別の世界も存在するのだろう」ポールクラッブはしゃがれ声で言った。「だけど、きみが見たと言うあの幻も現実であると同時に偽りに見えたのかね」

「あのときはとても現実らしく見えたけど、偽りには見えませんでした。なぜって、あのときはこういったことが何も分っていなかったからです。でも、あの幻は、現実だったからと言って、サーターだったはずはない。サーターは現実と何のつながりもないんですからね」

「あの太鼓の音は現実のものと思えなかったかね」

「ぼくは自分の耳であの音を聞かなければならなかったから、現実のものと思えたんですけど……でも、どことなく違っていました。それは確かにサーターから聞こえて来たのです。あの音をぼくが正しく聞きとらなかったとすれば、それはぼくの落度であってサーターのせいじゃないんです」

ポールクラッブは少し唸った。「もしサーターがそういう方法できみに話しかけることにしたんだったら、サーターは何かを言おうとしていると考えられるな」

「そうとしか考えられません。でも、ポールクラッブ、あなたはどう思います――サーターはぼくを死後の世界に呼び寄せているんでしょうか」

老人はそわそわと身動きした。

「わしは漁師だ」一、二分してから、こう言った。「殺すことによって生きている。ほかの連中もそうだ。この生は全く間違っているとわしには思える。だから、おそらくどんな種類の生も間違っているのではないだろうか。いいかね、サーターの世界は生ではなく、何かほかのものなのだ」

「そうなんです。でも、それが何であるにしろ、死ねばそこに入れるんでしょうか」

「死んだ者に訊いてくれ。生きている者に訊いても無駄だ」ポールクラッブは言った。

マスカルはさらに話し続けた。「森の中でぼくは音楽を聞き、光を見たんです。どちらもこの世界のものではありえなかった。音楽も光もぼくの耳や眼に強すぎて、ぼくは長いあいだ気絶していたらしいんです。幻覚も見ました。その中でぼくは殺され、そのあいだナイトスポーはひとりで光のほうにどんどん歩いて行ったんです」

ポールクラッブは唸り声を出した。「じっくり考えなくてはならないことがきみにはたっぷりあるんだな」

このあと短い沈黙が続いた。それを破ったのはマスカルだった。

「この現在の生は真実ではないという感じがあんまり強いので、ぼくは自分で自分の人生にけりをつけることになるかもしれません」漁師は相変らず黙ったままで、身動きひとつしなかった。

マスカルは腹ばいになり、両手で頬杖をついてポールクラッブをじっと見つめた。

「どう思います、ポールクラッブ？　肉体の中に入っていたままであの別の世界を、ぼくが見たよりも目近に眺めることが人間に可能なんでしょうか」

「見知らぬお方、わしは無知な男だからどう答えていいか分からない。きみのように知りたがっている人はほかにも大勢いるだろう」

「どこにいるんです。そういう人たちに会ってみたい」

「きみは自分ひとりだけある素材で出来ていて、ほかの人はみんな別の素材で出来ているとでも思っているのかね」

「ぼくはいくらなんでも、そんなにおこがましいことは考えられませんよ。……すべての人間がやっぱりマスペルのほうに向かって進んでいるんじゃないでしょうか――たいがいはそのことを意識しないでね」

「人はみな間違った方向に進んでいる」とポールクラップ。

マスカルは妙な目つきでポールクラップを見た。「どうしてです」

「わしは自分の知恵でしゃべっているわけではない。知恵などというものはもち合せていないのさ。しかし、昔ブルードヴィオルから聞いた話をちょうど今、思い出したところだ。あの当時わしは青年で、ブルードヴィオルは老人だった。奴の話では、クリスタルマンは万物をひとつのものに変えようとしていて、クリスタルマンに作られたものは、クリスタルマンから逃れようとしてどの方向に進もうとしても、いつのまにか再びクリスタルマンに面と向かい合って、新しい水晶《クリスタル》に変えられてしまうというのだ。しかし、ブルードヴィオルはこうも言っていた。クリスタルマンに作られたものどものこの行進（それは《フォーキング》と呼ばれているんだが）それは、サーターを見つけたいという無意識の欲求から生じたものなのだけれど、正しい方向とは反対の方向に進んでいる。それというのも、サーターの世界は、生の始まりであるひとつのもののこちら側にあるのではなく、向う側にあるからだ。サーターの世界に行き着くためにはそのひとつのものの中を通って逆戻りしなければならないからだ。ところが、この逆戻りは、われわれ自身の生命を投げ捨て、クリスタルマンの世界全体と再び結びつくことによってのみ可能となる。しかも、これができたとしても、旅の第一段階が終っただけのことなのだ。もっとも、それで旅が全部終ったと思いこんでいる善人も多いがね。……わしが憶えているかぎりでは、ブルードヴィオルが話してくれたのはそういうことだった。ところが、あの頃のわしは若くて無知だったので、ブルードヴィオルが言おうとしていたことをもっとうまく説明してくれる言葉をうっかり抜かしてしまったかもしれない」

この話を拝聴していたマスカルは、最後にはじっと考えこんでしまった。

マスカルは言った。「とってもはっきりした話です。でも、クリスタルマンの世界と再び結びつくというのはどういうことなんです。クリスタルマンの世界が虚偽であるなら、ぼくらも自分を虚偽のものにしなくちゃいけないのではないですか」

「そのことは別に訊かなかった。その問いに答える資格はきみにだってわしと同じくらいあるのさ」

「ブルードヴィオルが言おうとしていたのはこういうことではなかったんでしょうか。実を言うと、人はみな各自の偽りの個人的世界——夢と欲望と歪んだ知覚の世界——に住んでいる。……クリスタルマンの世界という大きな世界を抱きしめても、いささかも真実が失われるわけではない——そういう意味じゃないんでしょうか」

ポールクラッブは水につけていた足を引っこめ、立ちあがってあくびをし、手足を伸ばした。

「知っていることはこれでもう全部話した」ポールクラッブは不機嫌な声で言った。「さあ、寝させてくれてもよかろう」

マスカルはじっと相手を見つめていたが、返事はしなかった。老人はぎごちなく地面に身を横たえ、眠る用意をした。

ポールクラッブがまだ寝る姿勢をいろいろ験してごそごそ身動きしているうちに、二人の背後で、森の方角から足音がした。マスカルが首を曲げて振り向くと、ひとりの女が近づいて来るのが見えた。ポールクラッブの妻だなとすぐにマスカルは察して、起きあがったが、漁師は動かなかった。女はこちらにやって来て二人の前に立ち、見おろした。坐っているマスカルの眼には、ずいぶん高いところから眺められているように見えた。

女の着ている服は夫のに似ていたが、手足は夫ほどむきだしではなかった。女自身は若くて背が高くほっそりしており、やけに胸を張ってまっすぐに立っていた。皮膚がいくらか日焼けしていて、身体つきは頑健そうだったが、農民らしいところは少しもなく、洗練された女だというしるしが全身ににじみ出ていた。顔は、女にしては強すぎるほどの表情に富んでいたが、美人とはいえなかった。三つの大きな眼は絶えずきらめいたり、ほの輝いたりしていて、細い黄色の髪が房々と生え、渦巻状に盛りあがって、リボンのようなもので留められていたが、その結い方がぞんざいなため、何本かが背中に垂れていた。

口を開くと、女の声はやや弱々しかったが、光と陰影に満ちていて、なぜか強烈な情熱が感じられた。

「お二人の話を盗み聞きしたことをどうかお赦し下さい」女はマスカルに話しかけた。「わたしはあの木のかげで休んでいて、お話はみんな聞きました」

マスカルはゆっくりと立ちあがった。「ポールクラップの奥さんですか」

「妻だよ」ポールクラップが言った。「名前はグリーミールだ。見知らぬお方、もう一度坐りたまえ。グリーミール、おまえもだ——そんなところにつっ立ってないで坐りなさい」

二人は言われたとおりにした。

「お話は何もかも聞きました」グリーミールはさっきの言葉を繰り返した。「でも、まだ聞いていないことがあります。マスカル、あなたはわたしたちと別れたらどこへ行くつもりなの」

「あなたと同じでぼくにも分らないんです」

「それならこれから話すことを聞いて下さい。あなたが行くべきところはひとつしかありません。それはスウェイロウンの島です。日が沈むまでに筏に乗せてあそこへ渡してあげましょう」

「そこに行ったら何が見つかるんです」

「グリーミール、この人はあの島へ行ってもいい」老人がしゃがれ声で口をはさんだ。「だけど、おまえを行かせるわけにはいかない。わしが自分でこの人を連れて行く」

「駄目よ、あなたはいつだってわたしを行かせまいとするんだから」グリーミールは少々感情的になって言った。「今度こそわたしは行くわ。夜、ティアゲルドが輝き、海の向うからかすかに伝わって来るアースリッドの音楽に耳を傾けながら海岸に坐っていると、わたしは拷問にかけられたようにじっとしていられなくなり、とても耐えられないの。だから、もうずっと前からスウェイロウンの島へ行って、あの音楽は一体何なのか探り出そうと心に決めているのよ。もしそれがたちの悪い音楽で、それに殺されても……」

「グリーミール、アースリッドとかいうその男やそいつが奏でる音楽とぼくは何の関係があるって言うんですか」マスカルは尋ねた。

「あの音楽は、さっきのポールクラップの説明より上手に、あなたの疑問に答えてくれると思うの。……それにその答え方は、上手なばかりか、あなたがびっくりするような形をとるかもしれませんわ」

「海を何キロも渡って聞こえてくるなんて、どういう種類の音楽なんだろう」

「特別な種類の音楽だという話ですわ。快い音楽ではなくて苦痛に満ちた音楽なの。そして、アースリッドの楽器を弾くことのできる人は、幻ではなく現実である摩訶不思議なものの姿を喚び起こすことができるんですって」

「それはそうかもしれない」ポールクラップはぶつぶつ唸った。「だけど、あの島に昼間行ったことがあるんだが、そのときあそこで何を見つけたと思う？　人間の骨だ、新しいのも、古いのもあった。あれはアースリッドの餌食になったんだ。……だから、グリーミール、おまえを行かせるわけにはいかない」

「でも、その音楽は今夜も奏でられるのですか」マスカルが尋ねた。

「ええ」グリーミールは熱心にマスカルを見つめながら答えた。「この世界の月であるティアゲルドが昇ると聞こえてきます」

「もしアースリッドが音楽で人を殺しているのなら、アースリッド自身だって死ぬ定めにあるんじゃないでしょうか。いずれにしろ、ぼくもこの耳でその音楽を聞いてみたいものだ。しかし、グリーミール、あなたを連れて行くというのは……。なにしろトーマンスでは女の人があんまり簡単に死んでしまうんで……今だって女の人を殺して浴びた返り血をきれいに洗いおとしたばかりなんですからね」

グリーミールは笑ったが、何も言わなかった。

「マスカル、きみも寝たまえ」ポールクラップが言った。「時間が来たらわしがあの島に渡してやろう」

ポールクラップはもう一度横になって眼を閉じた。マスカルもそれにならったが、グリーミールは背をすっくと伸ばして正座したままだった。

「マスカル、その女というのは誰なの」ややあってから、グリーミールは尋ねた。

マスカルは答えず、眠っているふりをした。

15　スウェイロウンの島

目がさめるとあたりはあまり明るくなかったので、午後もだいぶ遅い時刻になっているのだろうとマスカルは思った。ポールクラッブとその妻は二人とももう起きていて魚も焼きあがり、いつでも食べられるようになっていた。

「どっちがぼくと一緒に行くことになったのですか」腰をおろす前にマスカルは尋ねた。

「わたしが行くわ」グリーミールが言った。

「ポールクラッブ、それでいいのですか」

漁師は咽喉をごろごろいわせて何か呟き、席につくようにと二人に身振りで示した。ポールクラッブは一口食べてから答えた。

「グリーミールは何か強力なものに惹きつけられていて、わしには引きとめることができないのだよ。グリーミール、もうこれっきり会えないような気がするが、子供たちもそろそろ自分でやってゆける年頃だしな」

「そんな悲観的なことは言わないで頂戴」厳しくいましめるようにこう答えたグリーミールは一口も魚を食べていなかった。「わたしは戻って来ます。そして必ずこの償いはするわ。たったの一晩だけじゃありませんか」

マスカルは当惑して二人の顔をじっと見くらべた。「ぼくひとりで行かせてくれませんか。何か起きたら申し訳ないですから」

グリーミールはかぶりを振った。

「これを女の気まぐれだと思わないで。あなたがいらっしゃらなくても、どのみちわたしはじきにあの音楽を聞きに出かけていたはずです。あの音楽にわたしは憧れているんです」

「ポールクラップ、あなたはそういう気持になったことはないのですか」

「ないね。女というものは高貴で感受性が豊かなのだ。そこへもってきて、男には微妙すぎてつかめないものが自然界にはあるときている。グリーミールを連れて行ってくれ、妻はすっかりその気になっているんだからな。ひょっとしたら妻の言っていることは正しいかもしれない。アースリッドの音楽は、たぶんきみの疑問に答えてくれるだろう、妻の疑問にもそれは答えてくれるかもしれない」

「グリーミール、あなたはどんな疑問を抱いているのですか」

女は不思議な笑みを洩らした。「答えとして音楽を必要としているような疑問は言葉では言い表せないものだってことは確かでしょ」

「明日の朝になっても帰って来なかったらおまえは死んだものと思うことにするよ」夫は言った。

気まずい沈黙のうちに食事は終った。ポールクラップは口を拭いて、ポケットのようなところから貝殻をとり出した。

「子供たちにお別れを言いたいか。三人を呼んでやろうか」

グリーミールは暫く思案した。

「ええ、そうして……そう、あの子たちとは会っておかなくちゃ」

ポールクラップは貝殻を口にあてて吹いた。大きな音が悲しげに鳴り響いた。

二、三分するとあわただしく走ってくる足音がして、男の子たちが森の中から出てくるのが見えた。マスカルはトーマンスで目にする初めての子供たちを好奇のまなこで眺めた。最年長の男の子は末っ子を背中に背負い、もうひとりは少しあとから小走りにやって来た。末っ子が背中からおろされると、三人はマスカルを半ばとりまくようにして、眼を大きく見開いてじっとこちらを見あげた。ポールクラッブはぼんやりと眺めていたが、グリーミールは誇らしげに頭をもたげ、不可解な表情をうかべて子供たちから眼をそらした。

この子たちの年齢はそれぞれ九歳と七歳と五歳くらいだろうとマスカルは察した。が、これは地球人の年齢に換算した数字だった。長男は背が高く、ほっそりしていたが、頑丈そうな身体つきだった。この子は、弟たちと同じように裸で、皮膚は頭のてっぺんから足の先までウルファイアー色だった。顔の筋肉はこの子が荒々しい大胆な性格であることを示していて、眼は緑色の火のようだった。次男は、肩幅の広い逞しい男になりそうな子で、頭は大きくて重く、うつむき加減で、顔と皮膚は赤味がかり、目つきは子供にしては陰鬱で鋭すぎるくらいだった。

ポールクラッブはこの次男の耳をつねりながら言った。「こいつは大きくなったら第二のブルードヴィオルになるかもしれん」

「その人はどういう人だったの」答えを聞くために頭を前に曲げながら少年が尋ねた。

「すばらしい知恵のある大きなお爺さんさ。人にものを訊いたりしないで自分の力で物事を探り出そうと決心したので賢い人になったんだ」

「もしこの質問をしなかったら、ぼくはそのお爺さんのことが何も分らなかったじゃないか」

「そんなことはどうでもいいんだ」父親は答えた。

末っ子は二人の兄よりも青白くほっそりしていた。顔は大よそ穏やかで無表情だったが、二、三分ごとに、はっきりした原因もなく皺が寄って怪訝そうな表情になるという変った癖があった。そういうときには、黄褐色に近い金色の眼は、この年頃の子供には珍しい秘密を宿しているように見えた。

「この子はどうもよく分らない」ポールクラップが言った。「こいつの心は樹液みたいで、どんなことにも関心を抱かないんだ。三人兄弟のうちで一番見どころのある人物になるかもしれないな」

マスカルはその子を片手で抱き、頭の高さまで持ちあげ、つくづく眺めてからまた下へおろした。子供は顔色ひとつ変えなかった。

「その子をどう思う」漁師ポールクラップが尋ねた。

「口まで出かかっているんですけど、どうもうまく言えません。もう一遍あれを飲ませて下さい、そうすれば言えます」

「それなら飲みに行きたまえ」

マスカルはつかつかと歩いて例の木のところへ行き、樹液を飲んで戻って来た。

マスカルはじっくり言葉を選びながら話した。「この子は人に畏れられる偉大な人物となって、死んでからも崇められるでしょう……ひょっとしたら予言者か、神にさえなるかもしれません。……大事に守ってやるんですね」

すると長男が軽蔑するような顔をした。「ぼくはそんなものになりたくない。あの大きな伯父さんみたいになりたいんだ」こう言ってマスカルを指さした。

マスカルは笑って、ひげのあいだから白い歯を覗かせた。

「ちびっ子の強者《つわもの》さんよ、お褒めにあずかって恐縮です！」

少年は続けて言った。「この伯父さんは身体がでかいし、強くて、どんな人にも負けない。……さっき弟にしたみたいに片手でぼくを抱きあげられる？」

マスカルは片手で抱きあげてやった。

「それでこそ男だ！」少年は叫んだ。

「いい加減にしなさい！」ポールクラッブが苛々して言った。「おまえたちをここへ呼んだのはお母さんにさよならを言わせるためだ。お母さんはこの伯父さんと遠いところに行く。もう帰ってこないかもしれないんだ。はっきりしたことは分らないけどな」

次男坊の顔がぱっと赤くなった。

「お母さんは自分が好きで行くの？」少年は尋ねた。

「そうだよ」父親が答えた。

「それならお母さんは悪い」少年はたいそう力をこめてこの言葉を口に出したので、ぴしっと鳴る鞭の音のように聞こえた。

老人は少年を二度なぐりつけた。「おまえが言っているのはおまえのお母さんのことか」

少年は顔色ひとつ変えずにじっとこらえたが、何も言わなかった。

ここで初めて末っ子が口を開いた。「お母さんは帰って来ない。踊りながら死ぬんだ」

ポールクラッブとその妻は互いに顔を見合せた。

「お母さん、どこへ行くの」長男が尋ねた。

グリーミールは腰をかがめて少年にキスをした。

「スウェイロウンの島へ行くのよ」

「それなら、明日の朝までに帰って来なかったらぼくが捜しに行くよ」

マスカルは内心ますます不安になってきた。

「この旅は男のやる仕事だと思うんですけど」マスカルは言った。「グリーミール、あなたはついて来ないほうがいいと思いますね」

「何と言われてもやめないわ」グリーミールは答えた。

マスカルは戸惑った様子でひげを撫でた。

「もう出発する時間になりましたか」

「日没まであと四時間あります。あの島に行くにはそれくらい見ておかなくては」

マスカルはふっと溜息をついた。「それじゃあ、入江の入口まで先に行ってあなたが筏に乗って来るのを待つことにしましょう。あなたはここでいとまごいをしたいんでしょ」

こう言ってポールクラップの手を握りしめた。「さようなら、漁師さん」

「きみはわしがいろいろ答えてやったことに大変なお返しをしてくれたな」老人はしゃがれ声で言った。「だが、それはきみの責任ではない。第一、シェイピングの世界では最悪のことが起るものなんだ」

長男がマスカルへ近よって、顔をしかめてみせた。

「大男さん、さようなら。でも、母をしっかり守って下さい、伯父さんにはそれがちゃんとできるんですから。守ってくれなかったら、あとからついて行って伯父さんを殺します」

マスカルはゆっくり入江の土手を歩き、その曲がり角まで来た。壮麗な太陽の輝きと、きらめく海が再び眼に入り、憂鬱な気分が一掃された。マスカルはそのまま海岸まで歩き続け、森の影から抜け出て砂浜に向かってそぞろ歩き、陽の光をいっぱいに浴びながら腰をおろした。アルプペインの光輝はとっくに消えていた。マスカルは暑い爽快な風を吸いこみ、しぶく波音に耳を傾け、尖塔のように盛りあがったり、水流を形づくったりしている色鮮やかな海の彼方に浮かぶスウェイロウンの島をじっと見つめた。

「妻にして母親であるひとりの女を、最も愛する者たちすべてから無理やり引き離すとは、一体どんな音楽なのだろう」マスカルは黙想にふけった。「どうやら神聖な音楽ではないらしいな。おれが知りたいと思っていることを教えてくれるだろうか。そんなことが音楽にできるだろうか」

暫くするとうしろのほうで何かが動いている気配がした。振り返ってみると、広々とした海に向かって入江を漂い流れて来る筏が見えた。ポールクラッブはまっすぐ立って、粗末な作りの棹を操って筏を進ませていた。筏はマスカルのそばを通ったが、ポールクラッブはマスカルに目もくれず、会釈もしないでそのまま海へ出て行った。

この不可解な行動にマスカルが首をかしげていると、グリーミールとその子供たちが入江の土手を歩いて来るのが見えた。長男は母親の手を握って何やら話しかけ、弟たちはそのあとからついて来た。グリーミールは落ちついた態度でにこにこ笑っていたが、何かに心を奪われているようだった。

「ご主人は筏をどうするつもりなんだろう」マスカルは尋ねた。

「手頃な場所まで移動させているのよ。わたしたちは水の中を歩いて行って、筏に乗るというわけ」グリーミールはいつもの低い調子の声で答えた。

「でも、オールも帆もないのにどうやってあの島まで行けるのですか」

「あの潮が陸から沖へ向かって流れているのが見えない？　ほら、ちょっと見て——ポールクラップがあの潮の流れのそばまで行ったわ。あれに乗ればまっすぐスウェイロウンの島まで行けるのよ」

「でも、帰りはどうするんです」

「ひとつ方法があるの。でも、きょうはそこまで考える必要などありません」

「どうしてぼくも一緒に行っちゃいけないの」一番年上の少年が尋ねた。

「筏には三人は乗れないんですよ。マスカルは体重が重いのよ」

「そんなの、理由にならないな」少年は言った。「もう一艘筏を作るための木がどこにあるか、ぼく知っているんだ。お母さんたちが出発したらぼくはすぐに筏作りにとりかかるよ」

この頃にはポールクラップは貧弱な乗り物である筏を潮の流れまであと数メートルというお誂え向きの位置にまで移動させていた。潮の流れはその地点で東から急に曲がっていた。ポールクラップは妻とマスカルに大声で何か言った。グリーミールは発作的に激しく子供たちにキスし、ひととき泣きくずれた。長男は血が出るほどきつく唇を噛み、眼は涙できらきら光っていたが、弟たちは眼を大きく見開いてじっと見つめているだけで、少しも感情を表さなかった。

やがてグリーミールは海の中に入り、マスカルもそのあとに従った。水はまず二人の足首を、次には膝を蔽ったが、腰のあたりまで水につかったときにはもう筏の近くまで来ていた。ポールクラップが水の中に入り、妻が横から筏に乗るのを手伝った。グリーミールは筏の上にあがると、かがみこんで夫にキスをした。二人はひとことも言葉をかわさなかった。マスカルが前から筏によじ登ると、艫であぐらをかいていたグリーミールが棹をつかんだ。

ポールクラップが筏を潮の流れのほうに押しやり、グリーミールは棹を操って潮の流れに乗ろうとした。流れに乗ると忽ち筏はゆるやかに揺れながらどんどん陸から離れて行った。

子供たちは海岸で手を振っていた。グリーミールはこれに応えたが、マスカルはきっぱりと陸に背中を向け、前方を凝視していた。ポールクラップは水の中を歩いて海岸へ戻ろうとしているところだった。

一時間以上のあいだマスカルは一寸たりとも姿勢を変えなかった。周囲で奇妙な波のはねる音や、荒海の中をなめらかに縫って進む潮の流れが立てる小川の水音のようなごぼごぼという音しか聞こえなかった。こうして安全な道を進んでいると、二人をとりまく美しい危険も気分をうき立たせる環境となった。空気は新鮮で澄んでいて、はや西の空に傾いたブランチスペルから来る暑さもやっと耐えられるものとなり、海の多彩な色どりが、すべての悲しみと不安をマスカルの心から追い払ってくれていた。が、自分にとっていとしい存在であったはずの人たちを自分のわがままで見捨てたグリーミールを恨めしく思っていたマスカルは、どうしても口をきく気になれなかった。

しかし、今では大きくなった黒い島影の彼方に夕日を受けてサーモンピンク色に輝く山脈が遥かにそびえ立っているのを認めると、さすがに、あれは何という山なのかと訊きたくなって、とうとう長い沈黙を破ってしまった。

「リッチストームよ」グリーミールは答えた。

マスカルはそれについては何も尋ねなかった。が、グリーミールに話しかけるために振り向いたとき、急速に遠ざかって行くウームフラッシュの森にまなざしを向け、そのままじっと眼をこらした。二人はすでに十キロほど沖へ出ており、ここから見るとウームフラッシュの森の木が途方もない高さであることがよく分った。森の上にそびえるように、遥か彼方にサントが見えた。ディスコーンも見えたような気がしたが、確認はできなかった。

「妙なところでこうして二人っきりになっているのですから、ポールクラップのことをどう思ったか教えて下さらない?」顔をそむけ、筏の側面から水の中を覗きこむようにしてグリーミールが言った。

マスカルはちょっと間をおいてから答えた。

「ご主人はすっぽり雲に包まれた山のようで、下のほうの出っ張りだけを見て、それで全部だと思うと大間違い。雲よりも遥か上の高いところに突然、山肌が見えてくるというわけです。ところが、それさえ頂上ではないんですよ」

「あなたは性格を読みとるのがお上手ね、眼力が鋭いんだわ」グリーミールが静かに言った。「それでは、わたしはどんな人間だと思う?」

「あなたは人間の心のかわりに荒々しい竪琴をもっている。それしかぼくには分らない」

「二つの世界について主人と話していらしたでしょう、あれは何なの」

「聞いていたんですか」

「ええ、聞いたわ。わたしも二つの世界に気づいていたの。夫と子供たちはわたしにとって現実のもので、わたしは心から愛しているわ。でも、マスカル、あなたにとって別の世界が存在するように、わたしにとっても別の世界が存在し、そのために、わたしの現実世界が全く偽りで下劣なものに見えるの」

「きっとあなたもぼくも同じものを追い求めているんでしょうね。だけど、他人を犠牲にしてまでも自分の性《さが》を満足させるのは果たして正しいことなのだろうか」

「いいえ、正しくないわ。間違っているし、卑劣だわ。……でも、その別の世界では今言ったような言葉は何の意味ももたないんです」

しばらく沈黙が続いた。

「こんな話をし合っていても始まらない」マスカルは言った。「骰子《さい》は投げられたんだ。おのずから行き着くところへ行くより仕方がない。むしろ話題にしたいのは、何があの島でぼくらを待ち受けているかということだ」

「わたしにも分らないわ――アースリッドと出会うということだけは確かですけれど」

「アースリッドというのは何者なんですか。それになぜあの島はスウェイロウンの島と呼ばれているんです」

「アースリッドはスリールの出身だという話ですけど、それ以外のことは知りません。スウェイロウンというのは人の名ですわ。もしよかったらそのスウェイロウンにまつわる伝説をお話しするわ」

「聞かせてくれませんか」

「海は熱く、雲は重く地面に垂れ、生物がめまぐるしく変化していた大昔、スウェイロウンは、人間がまだ一度も上陸したことのないあの島にやって来て、音楽を奏で始めました――トーマンスで最初の音楽です。月の照っている晩はいつも、人びとはさっきのあの海岸に集まり、海の彼方から流れて来るかすかな甘い旋律に耳を傾けました。ある晩、シェイピング(あなたがクリスタルマンと呼んでいる人物)がクラッグと一緒にそのあたりを通りかかりました。二人で暫くのあいだ音楽に聴き入ってから、シェイピングはこう言いました。《きみはこれより美しい音楽を聞いたことがあるか。これはわたしの世界であり、わたしの音楽だ》クラッグは足を踏み鳴らして笑いました。《おれを感心させるにはもっと美しい音楽を聞かせてくれなくては。海を渡ってへっぽこ音楽家の演奏ぶりを拝見しようじゃないか》シェイピングはこれに同意し、二人は島に渡りました。スウェイロウンの眼には二人の姿は見えませんでした。シェイピングはスウェイロウンのうしろに立って、スウェイロウンの魂に考えを吹き込みました。するとスウェイロウンの音楽は十倍も美しくなり、海岸で音楽を聞いていた人びとは異常な喜びで気が狂ってしまいました。《これより高貴な旋律がこの世にあるかね》シェイピングが尋ねました。クラッグはにやりと笑って言いました。《きみは生まれつき女っぽいからな。今度はおれにやらせてくれ》クラッグはスウェイロウンのうしろに立ち、不愉快な不協和音をスウェイロウンの頭の中に投射しました。するとスウェイロウンの楽器にひどいひびが入ってしまい、それ以来ちゃんとした音が出なくなりました。それからというもの、スウェイロウンは歪んだ音楽しか演奏できなくなったのです。でも、この音楽はほかの音楽以上に人びとに訴えかけるところがありました。スウェイロウンが生きているあいだに大勢の人がこの島に渡り、驚くべき音楽を聞きましたが、誰ひとりとしてそれに耐えることはできず、みんな死んでしまいました。スウェイロウンが死んだあとは、別の演奏家がこの伝説の主人公となりこうして伝説の灯《ともしび》が松明から松明へと受けつがれ、今ではアースリッドが松明を掲げているのです」

「なかなかおもしろい伝説だな」マスカルは感想を述べた。「でも、クラッグというのは何者なのです」

「世界が誕生したとき、それと一緒にクラッグも生まれたという話です。——どのように変形させたらいいのかシェイピングには分らなかったマスペルの痕跡で作られていたのがクラッグだったんです。それからというもの、世界はうまく行かなくなりました。というのは、クラッグはどこまでもシェイピングのあとをつけ、シェイピングがしたことを何もかも帳消しにして回ったからです。愛には死を結びつけ、セックスには恥ずかしさを、知性には狂気を、徳には残酷さを、そして美しい容姿には血まみれの内臓を結びつけたのです。これはどれもみなクラッグの仕業なので、世界を愛する人たちはクラッグを《悪魔》と呼んでいます。でも、マスカル、クラッグがいなかったら世界の美しさもなくなってしまうということがその人たちには分らないんです」

「クラッグとこの世の美しさだって！」マスカルは皮肉な笑みをうかべて叫んだ。

「だって、そうなのですもの。あなたとわたしが今こうして海を渡って見つけ出そうとしているのと、まさに同じ美なの。夫と子供と幸せを捨ててまでわたしが捜し求めている美。……あなたは美を快いものだと思っていらしたの？」

「当たり前じゃないですか」

「快い美というのはシェイピングが作った無粋な合成物なんです。美というものの恐るべき純粋さを見るには、美から快さをちぎりとらなくてはならないわ」

「グリーミール、あなたはぼくが美を捜そうとしているとでもいうんですか。そんな考えはぼくにはないんですよ。思ってもみなかった」

グリーミールはこの言葉に対して何とも答えなかった。マスカルはグリーミールがまた話しだしたら聞こうと待っていたが、一、二分たっても喋りださなかったので、再びグリーミールに背を向けた。それ以後はひとことも交わされないまま、二人はスウェイロウンの島に着いた。

二人が岸に近づく頃には空気は冷たく湿っぽくなっていた。ブランチスペルはちょうど海に沈もうとしているところだった。長さが五、六キロほどのこの島には、まず広い砂浜があり、次に低くて暗い崖、そのうしろには草木一本生えていない起伏の多い丘が殺風景に続いている荒野があった。潮の流れは二人を海岸まであと百メートルというところまで運び、そこで急角度に曲がって島沿いに流れ始めた。

グリーミールは水の中に飛びこみ、岸に向かって泳ぎ始めた。マスカルもこれにならった。捨てられた筏は潮の流れのまにまに漂って行った。二人はすぐに水底に足がつき、それ以後は歩いて渡ることができた。岸に着く頃にはもう日は沈んでいた。

グリーミールはまっすぐ丘のほうに向かった。マスカルはぼんやり浮かびあがっているウームフラッシュの森の低い遠景にちらと眼をやってから、グリーミールのあとを追った。崖はすぐによじ登ることができた。それからは上り坂はゆるやかで楽に登れるようになり、乾燥した褐色の沃土は歩きやすかった。

左手の少し先のほうで何か白いものが光っていた。

「見に行く必要はないわ」女は言った。「どうせポールクラッグが話していたあの骸骨でしょう。……見て――あそこにもあるわ」

「身につまされるな！」マルカルはにっこり笑って言った。

「美のために死んだことがそんなにおかしいの？」マスカルに向かって眉をひそめながらグリーミールが言った。

道の途中で、輝く白からよごれた黄色に至るまでの数えきれないほどの人骨が、丘の上に露出した墓地のようにあたり一面に散らばっているのを目にすると、マスカルはグリーミールの考えに同意し、憂鬱な気分におちいった。

一番高い所へ着いたときにはあたりはまだ明るく、島の向う側を見ることさえできた。島の北側の海は、二人がさっき渡って来た海と少しも違わなかったが、鮮やかな色彩が急速に薄れていった。

「あれがマタープレイよ」水平線上に浮かぶ低い陸地を指さして女は言った。それはウームフラッシュよりも遠方にあるらしかった。

「ディグルングはどうやってあそこまで渡ったのだろう」マスカルはじっと考えた。

さほど遠くないところに、小さな丘でぐるりとかこまれた窪地があり、直径が一キロ半ほどしかない小さな丸い湖が見えた。夕空の色がその水面に反射していた。

「あれがきっとアイアンティックだわ」グリーミールが言った。

「何のことだね、それは」

「アースリッドが弾く楽器だという話よ」

「近くまで来たんだから、調べに行こうじゃないか」マスカルは答えた。

湖にもっと近づくと、ひとりの男が眠っている格好で向う岸に寝ているのが見えた。

「あれがアースリッドにちがいない——そうとしか考えられないもの。歩いても沈まないんだったら渡ろうじゃないか。そのほうが時間の節約にもなるし」マスカルは言った。

今度はマスカルが先頭に立ち、湖のこちら側をくだっている斜面を大股で駈けおりた。グリーミールは魅せられたように、横たわっている男に目を向けたまま、前にもまして威厳のある態度でマスカルのあとを追った。水際まで来ると、マスカルは沈まないかどうかを知るために片足をのせてみた。外から見るとどことなく普通でなかったので、疑いが生じたのだ。それは静かな暗い、美しく映し出す水面で、溶けた金属でこしらえた鏡に似ていた。足は沈まず、何も異常はないことが分ると、マスカルはもう一方の足も水面にのせた。するとたちどころに、強い電流に触れたときのように全身に激しい衝撃を感じ、もんどりうって土手に投げ飛ばされた。

マスカルは立ちあがり、泥を払い落すと、湖のまわりを歩き始めた。グリーミールもついて来て、二人は一緒に湖を半周した。寝ている男のそばまで来るとマスカルは足でつついた。男は目をさまし、二人のほうを向いてまばたきした。

男の顔は青白く弱々しげで、ぼんやりとしたその表情は見るからに厭わしく顎と頭にはところどころに黒い髪が生えかかっていた。額には第三の眼のかわりに、微妙に入り組んだ渦巻状になっている耳のようなまん丸い器官がついていた。身体からはいやな匂いが発散し、年のころは中年になったばかりといったところだった。

「起きるんだ」マスカルはきつく言った。「おまえはアースリッドなのかどうか、答えるんだ」

「今何時だい」男は逆に質問してきた。「月が出るまでにはまだだいぶ間があるのかね」

男は答えなどどうでもいいといった様子で起きあがり、二人から顔をそむけると、手でぼろぼろの土をすくって、気乗りしない様子で食べ始めた。

「どうしてそんなきたないものを食べるんだ」胸がむかつくような嫌悪感をおぼえてマスカルは尋ねた。

「マスカル、怒らないで」マスカルの手を取り、こころもち顔を赤らめながらグリーミールが言った。「この人はアースリッドよ——わたしたちの手助けをしてくれるんだわ」

「この男はそうは言ってないけど」

「おれはアースリッドだ」男は弱い不明瞭な声で言った。が、この声を聞いたとたん、マスカルはこれは暴君の声だと思った。「ここに何の用があるんだ。……こんなところでうろついていないで、できるだけ早く立ち去ったほうがいい。ティアゲルドが昇るのはもっとおそくなってからだからな」

「何も説明してくれる必要はない」マスカルは大声で言った。「おまえの評判は聞いて知っている。おれたちはおまえの音楽を聞きに来たのだ。それはそうと、額についているその器官は何のためにあるのかね」

アースリッドはこちらをにらみつけ、にこっとし、それからまたにらみつけた。

「これはリズムのためにある。リズムこそただの音を音楽に変えるものなのだ。……さ、そんなところにつっ立って議論を吹っかけたりしないで立ち去るんだな。この島を死体で埋めるのはおれとしても愉快なことではない。死体は空気を汚すだけで何の得にもならないからな」

暗闇が急速に忍び寄って風景を包み隠していた。

「なかなか大口を叩くじゃないか」マスカルは平然としてやり返した。「だけどな、おれはおまえの演奏を聞いたあと、思いきって自分で曲を弾いてみることになるだろう」

「あんたが？　じゃあ、あんたは音楽家なのかい。音楽とはどういうものか分っているとでも言うのか」

グリーミールの眼に炎がちらついた。

「マスカルは楽器の中に音楽があると思っているのよ」グリーミール独特の激しい言い方だった。「でも、音楽は名人の魂の中にあるんだわ」

「そうだ」アースリッドが言った。「しかし、それでもまだ言いつくされてはいない。音楽とはどういうものか教えてやろう。おれが生まれ育ったスリールでは、人は自然界に存在する《三》の神秘を学ぶ。眼の前に広がっているこの世界には三つの方向がある。《長さ》は、存在するものを存在しないものから切り離す線だ。《幅》は、ひとつの存在物がどのように別の存在物と共存しているかを示してくれる面だ。《深さ》は、存在するものからわれわれ自身の肉体へ通じる路《みち》だ。音楽の場合もこれと同じで、《音》は存在であり、これがなければ何もありえない。《均斉》と《数》は、さまざまな音が共存し合う仕方である。《感情》は、創造されつつあるすばらしい世界へと向かう人間の魂の動きである。さて、音楽を作ったり奏でたりする場合、人は美しい調べを積みかさねる習慣がある。そうすれば聞く人の心が楽しくなるからだ。したがって、そういう人たちの音楽の世界は快楽に基礎を置いている。そういう音楽の均斉は規則的で魅惑的であり、感情は甘くて美しい……ところが、おれの音楽は苦痛にみちた音に基礎を置いており、そのためその均斉は荒々しく、見つけ出すのが容易ではなく、感情は苦くて恐ろしい」

「おまえの音楽が独創的なものであることを予想しなかったら、おれだってここへは来なかっただろう」とマスカル。「今の話は分ったが、ひとつ説明してくれ――なぜ耳ざわりな音はすっきりした形式上の均斉をもつことができないのか。それにもうひとつ、甘美な音よりも耳ざわりな音のほうが聞く者の心に必ず深い感動を惹き起こすというのは、なぜなのか」

「快楽は調和《ハーモナイズ》することができる。これに対し、苦痛はぶつかり合わなければならず、そのぶつかり合いの秩序の中に均斉が存在するのだ。感情は、荒削りで真剣なこの音楽に従って生じる」

「おまえはそれを音楽と呼ぶかもしれないが、おれの眼から見るとそれはむしろ実生活によく似ているな」

マスカルは考えにふけりながら言った。

「もしシェイピングの計画がうまく行っていたならば、生は美しいほうの音楽のようになっていただろう。

その気になって捜せば、そういう意図の痕跡を自然界に見出すこともできるのだ。ところが実際には計画どおりに行かないで、現実の生活がわたしの音楽に似るものとなって、わたしの音楽こそまことの音楽だということになったのだ」

「おれたちは生きている幻を見ることになるのかね」

「おれの気分がどういうふうになるかは分らないが、弾き終ったらあんたにも弾かせてやろう、その際に自分の好きな幻を何なりと現れさせるがいい——と言っても、あんたのその莫迦でかい図体から曲が出てくるんだったら無理だけどな」アースリッドは答えた。

「あなたが用意している衝撃はわたしたちを殺すことになるかもしれない」グリーミールはぴんと張りつめた低い声で言った。「でも、わたしたちは美を見ながら死ぬんだわ」

アースリッドは厳かな表情でグリーミールを見つめた。

「あんたたちだけでなくほかのどんな人間も、わたしが音楽に盛りこむ思想に耐えることはできないのだ。しかし、とにかくあんたたちは自分の流儀でこの音楽を受けとめる必要がある。……おれの音楽を《美》と呼んでくれるのは女性《にょしょう》だけなんだが、これが美だと言うのなら、醜とは一体何だね」

「それならわたしにも答えられるわ」グリーミールは相手に笑顔を向けて答えた。「醜というのは、古くなって新鮮さを失った生命だけれど、あなたの音楽は毎晩大自然の子宮から新たに生まれるんだわ」

アースリッドは返事をせずにグリーミールをじっと見つめた。

「ティアゲルドが昇り始めた」やっとアースリッドが口をきいた。「さあ、それではひとつ聞かせてやろうか——そういつまでも続けるわけにはいかないがね」

この言葉が発せられたちょうどそのとき、暗い東の空に、満月が丘から顔を覗かせた。三人が無言のまま見つめていると、月はすぐにぽっかりと現れた。それは地球の月よりも大きく、近く見えた。その薄ぼんやりした部分は深い浮彫りのように際立っていたが、なぜかマスカルはこの月が死んだ世界だという印象を受けなかった。ブランチスペルは月全体を照らしていたが、アルプペインの光は一部にしか当っていなかった。ブランチスペルの光線だけを反射している広い三日月形の部分は白くきらきらと光っていたが、二つの太陽に照らされている部分は、緑がかった輝きを放っていて、この輝きは太陽にも劣らぬほどの強さであるにもかかわらず冷たく陰気だった。この二重の光を見つめていると、マスカルは、アルプペインの残照がいつも心の中に惹き起こすのと同じ崩壊感覚をおぼえたが、今度の場合この感覚は肉体的なものではなく、単なる美感だった。マスカルにとってこの月はロマンティックには見えず、妖しく神秘的なものと見えた。

アースリッドは立ちあがり、暫く静かに佇んでいた。明るい月の光を受けてその顔はまるで別人に変ってしまったように見えた。しまりのない弱々しげな厭わしい表情が消え、いわば狡猾そうな壮大さを帯びていた。アースリッドは瞑想にふけって二、三度手を叩き、行ったり来たりした。マスカルとグリーミールはアースリッドを見つめながら一緒に立っていた。

やがてアースリッドは湖のほとりに腰をおろし、横向きに寝ると、掌《たなごころ》を下にして右手を地面につけ、同時に右足を伸ばして足が水面に触れるようにした。

マスカルは、アースリッドと湖面を見つめているうちに、剣で心臓をもろに突き刺されたような感じに襲われ、あやうく倒れそうになったが、かろうじて踏みこらえた。と、そのとき、湖面上に噴水のような水柱が立ち昇っているのに気づいたが、それはすでに崩れているところだった。次の瞬間、マスカルは眼に見えない手によって口のあたりに激しい一撃をくらい、どうと倒れた。身を起こして立ちあがると、また水柱が立っているのが見えた。立ちあがるや否や、悪性腫瘍で生じるようなものすごい苦痛が脳を激しく襲い、それに耐えかねてマスカルはよろめき——今度はクラッグに傷つけられたほうの腕を下にして——再び倒れた。気絶してしまいそうなほどのこの災難で、これまでに出会った多くの災難がすべて忘れられてしまった。この状態はほんの一瞬しか続かず、すぐに楽になって、マスカルは、アースリッドの荒削りな音楽が自分に対する支配力を失ったことを知った。

見ると、アースリッドが先刻と同じ姿勢で横になっていた。湖面上では太い水柱が次つぎに立ち、水面は生き物のように活気づいていた。だが、グリーミールは立っていなかった。身を丸めて地面に横たわり、じっとしているのだった。その姿勢は見苦しく、てっきり死んでいるのだなとマスカルは思った。そばまで行ってみると、やはり死んでいることが分った。その死に顔にはクリスタルマンの卑しいににたにた笑いがうかんでいたので、どういう心理状態で死んでいったのかはマスカルには分らなかった。この悲劇が始まってから終るまで僅か五分たらずの時間しかたっていなかった。

マスカルはアースリッドにあゆみより力づくで演奏をやめさせた。

「音楽家よ、おまえの言ったことは嘘じゃなかったんだな」マスカルは言った。「グリーミールは死んだ」

アースリッドは千々に乱れた感覚と意識を整えようとした。

「おれはグリーミールに注意したはずだ」アースリッドは身を起こしながら答えた。「ここから立ち去ってくれと頼みさえしたじゃないか……だが、あの女はいともたやすく死んでしまった。あんなに憧れていた美を待たずに死んだ。わたしが説明してやったあの感情、あの情熱を何ひとつ聞くことなく、リズムそのものさえ聞きはしなかったのだ。あんただってそうなんだぞ」

マスカルは憤然としてアースリッドを見おろしたが、何も言わなかった。

「あんたはおれの演奏の邪魔をしちゃいけなかったんだ」アースリッドは喋り続けた。「演奏中は、ほかのことは何もかも重要じゃないんだ。普通の人間ならば、思考の糸筋を見失っていたかもしれないところなんだ。が、幸いにもおれは決して忘れない。……もういっぺん最初からやり直そう」

「死者の前で音楽を続けようというのなら、今度はおれが弾く」

アースリッドはさっと眼をあげてマスカルを見た。

「それは駄目だ」

「どうしてもやらなくちゃならないんだ」マスカルは断乎として言った。「おれは聞いているよりも弾くほうが好きなんだ。それに、おまえは毎晩弾くことができるだろうが、おれは今夜しか弾けない」

アースリッドは手を握ったり開いたりした。顔が青ざめてきた。

「あんたの向う見ずで、あんたもおれも殺されてしまいそうだ。………アイアンティックはおれのものだ。演奏の仕方を知らないうちは、楽器をこわしてしまうのが関の山さ」

「それならこわしてやる。だが、とにかくおれはやってみるぞ」

音楽家はぱっとはね起きて、マスカルの前に立ちはだかった。「腕ずくで奪いとろうというのか」

「まあ、落ちつけ！　おまえはさっきおれたちにつきつけたのと同じ選択にいま迫られているのだ。どこかへ立ち去るだけの時間的余裕は与えてやろう」

「おれの湖を台なしにして何の役に立つと言うんだ——あんたには自分が何をしようとしているのか分って

いない」

「ここを立ち去れ、それがいやならここにいろ！」マスカルはやり返した。「水面がもう一度静かになるまで待ってやろう。そのあとで演奏を始める」

唾を呑みこみ続けていたアースリッドは湖を一瞥し、それからマスカルのほうを振り向いた。

「誓うか」

「どのくらいしたら水面が静かになるかはおまえのほうがよく知っているはずだ。それまでに逃げるなりなんなり好きなようにしろ」

アースリッドは憎々しげなまなざしをマスカルに向け、ちょっとためらってからその場を離れ、最寄りの丘に登り始めた。中腹まで登ったとき、様子を窺おうとするようなそぶりで心配そうに肩越しにちらっと見やった。一分ほどのちにはアースリッドの姿は頂上の向うに消えていた。マタープレイに面している海岸に向かって歩き去ったのだ。

しばらくして、水面がもう一度静かになると、マスカルはアースリッドの姿勢をまねて湖のほとりに腰をおろした。

どのようにすれば演奏ができるのかも、その結果がどうなるかもマスカルには分からなかった。しかし、ふと、大胆で不遜なもくろみが頭にうかび、肉体をもつ幻を創り出そうと決意した——幻の中でもとりわけあるひとつの幻、サーターの幻を創るのだ！

湖面に足をのせる前に、マスカルはちょっと思案をめぐらした。

心の中でこう呟いた。「普通の音楽にテーマがあるように、この音楽には幻がある。作曲家はひとつひとつの音を選び出すことによってテーマを見つけるわけではない。霊感《インスピレーション》によってテーマ全体が頭の中に閃くのだ。幻の場合もこれと同じであるはずだ。もしおれが多少なりと甲斐性のある男ならば、演奏を始めたら、完全な形をした思想《アイディア》がおれの無意識からこの湖に流れこみ、それが現実の次元に反映してくるのを見て、初めておれは完全無欠な思想と知り合いになれるのだ。どうしてもそうなるようにしなくてはならぬ」

足が水面に触れると忽ち、思念が自分の内部から流れ出すのをマスカルは感じた。その思念がどんなものであるかは分らなかったが、ただ流れ出すということ自体が思いのままに素材を支配する名工になったような気持を心に生じさせた。と同時に、流れ出たこの思念が最後にはどのようになるか知りたいという好奇心も湧いてきた。湖には水柱が何本も立ち、次第に数を増していった。しかし、マスカルは苦痛を感じなかった。それが音楽であることがマスカル自身に分っている思念は、途切れることのない一定した流れとなって出て来るのではなく、止まったかと思うとまた噴き出す、大きな荒っぽいほとばしりとなって出て来るのだった。このほとばしりが生じたとき、湖面全体にどっと水柱が立ち昇った。

マスカルは、自分の中から流れ出す思想は知性から生じるのではなく、意志の測り知れない深みにその源をもつものであることを知った。その思想がどういう性格のものであるのかは判定しかねたが、意志の働きによってそれを無理に流れ出させたり流れをおそくしたりすることはできた。

初めのうち、マスカルのまわりでは何の変化も生じなかったが、そのうち月が薄暗くなり、不思議な新しい輝きが風景を照らし始めた。その輝きは殆ど気がつかないくらい徐々に増していったので、暫くしてからやっとそれがウームフラッシュの森で見たマスペルの光であることが分った。マスカルにはそれが何色であるかということも、そもそも何と名づければいいのかということすら分らなかったが、それを見ていると厳粛で神聖な畏敬の念で心がいっぱいになった。マスカルはおのれの強大な意志力の源泉に呼びかけ、それをふるい起こした。水柱は森のように密集し、高さが六メートルにも達するものも多かった。ティアゲルドはぼんやりとして青白く見えた。あの輝きは強烈になったが、影はできなかった。風が吹き起ったが、マスカルの坐っているところは凪いでいた。暫くすると、風は嵐のようにびゅうびゅう吹きすさび始めた。幻はまだ見えず、マスカルは努力を倍加した

マスカルの思想《アイディア》は今や激流となって猛烈な勢いで湖に流れ出ていたので、魂全体が浮き浮きした気分と何ものをも恐れぬ反抗心にひたされていた。しかし、依然としてその思想の内容は分らなかった。巨大な水柱が立ち昇り、それと同時に丘陵がひび割れ、崩れ始めた。その内部からぼろぼろした土が大量に噴き出し、再びあたりが一時静かになったとき、ふと見まわすと、風景は一変していた。謎めかしい光は依然として強烈さを増しつつあった。月は完全に姿を消していた。眼に見えない大嵐の音はすさまじかったが、それでもマスカルは英雄さながら勇敢に演奏を続け、幻となって見えてくるはずの思想を次つぎに送り出した。丘の斜面が裂け、深い割れ目ができた。水柱のてっぺんから飛び散る水で陸は水びたしとなったが、マスカルのいるところは乾いていた。

輝きはすさまじいものとなった。至るところが光り輝いていたが、とりわけ強くきらめいているらしいところも一個所あった。その場所が次第にせばまってきているように見えるのは、それがやがて収縮して固形の幻になる前段階なのだろうとマスカルは思い、いっそう力をふりしぼった。……

その直後、湖の底が沈んだ。湖水は地底に吸いこまれ、マスカルの楽器はこわれた。

マスペルの光も消えた。月は再び輝き始めたが、マスカルにはそれが見えなかった。この世のものとはと

ても思えぬあの輝きを目にしたあとでは、真っ暗闇の中にいるのも同然だったからだ。びゅうびゅうと吹き荒れていた風もやみ、死んだような静けさが訪れた。マスカルの思想の流出は終り、足はもはや水面に触れておらず、宙ぶらりんになっていた。

マスカルは変化が急激に訪れたことに肝をつぶし、考えることも感じることもできなかった。ぼうっとした状態で相変らず横たわったままでいると、湖底の遥か下にできたばかりの陥没穴で途方もない大爆発が起った。吸い込まれて行った湖水が火と出くわしたのだ。マスカルの身体は何十メートルもの高さにまで放りあげられ、どすんと地面に落ちた。そのままマスカルは意識を失った。……

意識を取り戻すと、一切が見えた。ティアゲルドはきらきらと輝いていた。マスカルはもとの湖のふちに横たわっていたが、それは今では噴火口となっていて、その底を見通すことはできなかった。湖をとりまいていた丘陵は、猛烈な砲火を浴びたかのように引き裂かれていた。さほど高くないところに雷雲がいくつか浮かび、稲妻が次つぎに枝分れしながら大地に降り注ぎ、それに伴ってぎくりとするような異様な雷鳴が轟いた。

マスカルは立ちあがり、手足が自由に動くかどうか調べた。どこにも怪我はないことが分ると、まず噴火口をもっと近くから眺めてから、重い足を引きずるようにして北の海岸に向かって歩き始めた。

噴火口となった湖を見おろす峰に辿りつくと、丘はなだらかな下り坂となって、三キロほど先の海に続いていた。至るところでマスカルは自分のやった荒っぽい演奏の爪跡を目にした。地面に急傾斜や溝や水路や噴火口ができていたのだ。海岸を見おろす低い崖っぷちに着くと、この断崖も地すべりのために一部くずれていることが分った。マスカルは砂浜に降り、月光に映える波立つ海を眺めながら、この挫折の島からどうして脱け出そうかと思案した。

このとき、アースリッドの死体がすぐ近くに横たわっているのに気づいた。それは仰向けになっていて、脚は両方とも無残にもぎとられ、どこにも見あたらなかった。歯は右の前腕の肉にくいこんでいて、狂おしいほど激しい肉体的苦悶のうちに死んだことを示していた。皮膚は月の光を受けて緑色に輝いていたが、もっと濃く変色したしみのような部分があちこちにあった。それは傷痕だった。死体のまわりの砂は、だいぶ前にしみこんだ血で染まっていた。

マスカルはびっくりして死体から離れ、佳い香りのする海岸をどんどん歩いて行った。そして、岩に腰かけ、夜明けを待った。

16　リーホールフィー

ティアゲルドが南の空にあって、マスカルの影をまっすぐ海のほうに投げかけ、すべてのものをまるで昼間のように明るくしていた真夜中、一本の大きな木が海岸からあまり遠くないところに浮かんでいるのが目にとまった。その木は水面から上は九メートルあり、まっすぐに立っていて生命を有していた。根は途方もなく深く広く張っているらしかった。荒海にもまれながら海岸沿いに漂い流れているその木をマスカルはさしたる関心もなく何分間かじろじろ眺めていた。そのうち、この木の正体を探ってみるのも悪くはないという考えが頭にひらめいた。それがいかに危険なことかを慎重に考慮してみようともせずに、マスカルはただちに沖に向かって泳ぎだし、垂れさがっている一番下の枝をつかむと、懸垂の要領で木に登った。

マスカルは上を見て、幹そのものはてっぺんまで太く、先端には人間の頭に少し似たこぶがついていることを知った。マスカルはたくさんの大枝のあいだを通ってこのこぶのほうに登って行った。大枝は、すべすべした堅い海草のような葉で蔽われていた。てっぺんに着くと、実はそれが一種の頭であることが分った。というのは、そのまわりに未発達の眼のような皮膜があり、低次の知能があるらしいことを示していたからである。

その瞬間、海岸からかなり離れているのにその木は海底に触れ、どしんどしんとぶつかり始めた。マスカルは振り落されないように手を伸ばしたが、その拍子に皮膜に触れてしまった。すると木は、まるで意志を働かしてでもいるように沖のほうに向きを変えた。再び木がぐらつかなくなると、マスカルは手を離した。

……すると忽ち木はまた岸に向かって漂い始めた。マスカルはちょっと考えてから、眼のような皮膜を相手に実験を始めた。……その結果は思った通りだった――これらの眼は月の光で刺戟され、月の光がどちらの方向から来ても木は進むのだ。

この巨大な植動物を操ってマタープレイまで行くことができるかもしれないということにはっと気づくと、思わず不敵な笑みがうかんだ。ただちにマスカルはこの考えを実行に移した。長くて堅い葉を何枚かむしりとると、北に向いている皮膜のほかは全部それで目隠しした。木は即座に島を離れ、迷わずまっすぐ沖へ出て、針路を真北にとった。……だが、時速二キロを越えることはなく、めざすマタープレイまでの距離は六十キロをくだらないはずだった。

大きな水柱のような波がざぶんと重い音をたてて幹にあたり、砕け散る波が低い枝のあいだでしぶいた――高いところに登っていたマスカルは、水しぶきを浴びることはなかったが、進行速度がのろいのが気になって仕方なかった。まもなく、すごい速さで北西に流れている潮の流れが目にとまり、ある考えが頭にひらめいた。再び皮膜をいじくって舵をとると、ほどなく木を動きの速い潮流に乗せることができた。うまく流れに乗るとすぐマスカルは木のてっぺんをすっかり目隠しした。これでそれからは潮の流れが路ともなり、乗り物ともなった。マスカルは枝のあいだを安全な寝場所として明け方までの時間を眠ってすごした。

再び眼があいたときは、スウェイロウンの島はもう見えず、ティアゲルドは西の海に沈もうとしていた。東の空は近づきつつある朝の光で明るく色づいていた。空気は涼しくさわやかで、海面の光は美しくきらめきわたり、謎めいて見えた。陸が二キロほど前方にうかびあがってきた。マタープレイにちがいない。黒ぐろとした低い崖が延々と続いていた。潮の流れはもはや岸のほうをめざしておらず、これ以上陸には近づかないで海岸にそって流れ始めた。このことを知るとすぐマスカルは巧みに木を操って水路から脱け出し、海岸に向かって漂うように舵をとった。突然東の空が極彩色に燃えあがり、ブランチスペルが水平線上にその外縁を覗かせた。月はとっくに沈んでいた。

海岸はますます近くに見えてきた。外から見た特徴は、スウェイロウンの島とよく似ていた——広漠とした砂浜、小さな崖、内陸のほうに見える草木一本生えていない丸味がかった、名もないちっぽけな丘など、どれもみな同じだった。しかしながら、早朝の日の光を受けたその姿はロマンティックだった。落ちくぼんだ眼をした気むずかしい表情のマスカルは、それらすべてに少しも興味を示さなかったが、木が浅瀬に乗り上げると、待っていましたとばかりに枝のあいだを通ってすばやく下り、海の中に飛びこんだ。岸へ泳ぎ着いたころには、驚くべき白色の太陽は水平線の遥か上に昇っていた。

マスカルは東に向かって砂浜を歩き始め、これといった考えもなしにかなりの距離を進んだ。入江か谷のようなところまで行ったら、それを遡るつもりだった。太陽の光線は明るく朗らかで、息もつまりそうだった夜のあいだの圧迫感を心から追い払ってくれた。ぶらぶら歩きながら海岸を二キロほど進むと、崖に自然にできた出水口のようなところから海に流れこんでいる幅の広い水流によって道を阻まれた。その流れは美しい澄んだ緑色で、どこもかしこもぶくぶくと泡立ち、水は氷のようにひんやりして炭酸を含み、いかにもおいしそうだったので、マスカルはぱっと腹ばいになり、時間をかけて幾口も飲んだ。再び立ちあがると、眼がいたずらし始めた——ぼやけたかと思うとはっきりし、はっきりしたかと思うとまたぼやける、そういう状態が続いたのだ。……ただ気のせいだったのかもしれないが、ディグルングが自分の中で動いているような気さえした。

マスカルはその流れの土手を歩いて崖の割れ目に入り、そこで初めて現実のマタープレイを見た。……むきだしの岩ですっぽり包まれた宝石のように、谷が眼前に現れたのだ。どの丘も禿げ山で草一本生えていなかったが、丘陵地帯のどまん中にあるこの谷は、今まで見たこともないほど肥沃だった。谷はうねうね蛇行しながら丘の上まで続いており、マスカルが今見ているのは、その下流にあたる幅の広い部分にすぎなかった。谷底は幅が八百メートルほどあり、その中央を流れている川の幅は三十メートル近かったが、底はごく浅く、五、六センチしかないところが殆どだった。谷の両側の高さは二十メートルほどだったが、傾斜は急で、てっぺんから谷底まで一面に鮮やかな色の葉をつけた小さな木で蔽われていた。鮮やかな色といっても、地球の木の場合のように一色が濃淡さまざまな色合いに分れているのではなく、鮮明な原色を主体とする多種多様な色だった。谷底そのものは魔術師の庭さながらで、濃密にからみ合っている木や灌木や寄生する蔦類が至るところで地所の争奪戦を演じていた。植物の格好はすこぶる怪異で、ひとつひとつが違っているように見えた。葉や花や生殖器や茎の色もやはり独特で、トーマンス特有のあの五原色を種々さまざまに配合した混合色がすべてこの植物についているように見え、そのためマスカルの眼が映像の混乱をきたしたほどだった。植物は伸びほうだいになっていたので、マスカルはどんなに苦心しても道を切り開くことができず、河床のほうに進路を変えざるを得なかった。水に触れると、体中に軽い電気ショックのような妙にひりひりする感覚が走った。鳥は一羽もいなかった。見るからに奇怪な、翼のある小型の爬虫類が数匹、谷を渡って丘から丘へと絶えず行き来していた。飛んでいる虫の群がマスカルのまわりにむらがって危害を加える気配を示したが、結局はマスカルの血はこの虫たちの好みに合わないということが分ったらしく、おかげで一度も刺されなかった。百足虫や蠍や蛇などに似た胸の悪くなるような這う動物が川のふちにうようよしていたが、これらの動物もまた、そのあいだを通り抜けて水に入るマスカルの裸の脚にその武器を向けようとしなかった。……ところが、やがて流れの真ん中あたりで、大きさは小馬ほどだが形は――もし何かに似ているとすれば――海棲甲殻類に似ているぞっとするような怪物に出くわし、思わず足をとめた。その動物は邪悪な眼で、マスカルは落ちつき払った油断のない眼で、両者は互いににらみあった。じっと見つめていると、マスカルに奇妙な現象が起った。

マスカルの眼が再びぼやけた。が、一、二分してこの状態が過ぎ去り、もう一度はっきり見ることができるようになると、マスカルの視覚は今までとは違う性格のものになっていた。マスカルは怪獣の内部をすっかり見とおし、内臓器官をひとつのこらず見分けることができた。が、外側の甲殻を始めとする堅い組織はどれもかすんで半透明に見え、それを通して、血のように赤い静脈と動脈の光り輝く網の目が驚くべき鮮明さで浮き出ていた。怪獣の身体の堅い部分はぼやけて無と化し、血管だけがあとにのこった。肉づきのよい導管すらものこっていなかった。むきだしになった血だけが見え、それが怪獣の外形を保ったまま、火と水で出来ている骸骨のように四方八方に流れていた。そのうちこの血液も変化し始めた。それは液体の連続する流れではなく、独立した無数の点で出来ているものだということにマスカルは気づいた。赤い色は、これらの点の速い動きによって生じた眼の錯覚だったのだ。今やマスカルは、きらきら輝くこれらの点が微小な太陽に似ていることをはっきり知った。点々は宇宙空間内を流れとおる星の二偏流のようで、一つの偏流は中心の定点に向かって流れており、第二の偏流は中心点から遠ざかりつつあった。マスカルは、前者はこの動物の静脈であり、後者は動脈、そして定点は心臓であることを知った。

驚きのあまり我を忘れて見つめていると、星座さながらの血点綱は炎が消えるように忽然と消え失せ、今まで甲殻怪獣が立っていたところに、もはや何ものも存在しなくなったのだ。が、この《無》を透かして向う側の風景を見ることはできなかった。光を遮る何ものかがそこに立ちはだかっているのだ。それは形も色も実体もない何かであった。……もはや視覚では捉えられないその物体は、今度は感情で感じとることができるようになってきた。湧き起ってくるみずみずしい生気と高まる鼓動——愛と冒険と神秘と美と女らしさ——の喜ばしい春のような感動がマスカルの全心全霊を包み、奇妙なことに、この物体の正体はあの怪物なのだとマスカルは思った。どうしてあのような眼に見えぬ怪獣のせいでなぜこれほどまでに若々しく大胆な性的感情が生じたのか、マスカルは考えてみようとしなかった。完全にその影響下にあったのでそこまで考える余裕などなかったのだ。……が、いずれにしろ、肉と骨と血がかなぐり捨てられて、マスカルは赤裸々な「生命」そのものに面と向かい、「生命」がゆっくりとこちらの体内に流れこんでくるかのようだった。

こういった感覚が消え去って暫くしてから、流れる星のような骸骨が再び虚空から姿を現した。この骸骨は赤い網の目状の血管に変った。身体の堅い部分が再び現れ、それが次第にはっきりするにつれて網の目状の血管は徐々に薄れていった。やがて内部がすっぽり甲殻で包まれ——もとの醜く恐ろしい形相をした怪獣がマスカルの正面に立ち現れ、固くて色のついた具体的な姿になった。

マスカルのどこかが気にくわなかったらしく、甲殻怪獣は脇にそれ、六本脚でぶざまによろよろと歩き去った。その動きはいかにも辛そうで、薄気味の悪いものだった。怪獣は川の対岸へと去って行った。

この冒険のあとマスカルは無感動状態から脱け出して、不安になり、思案にふけり始めた。ディグルングの眼を通して物が見えてくるようになった感じで、何か不思議な危険が間近に迫っているような予感がした。……また眼がぼやけてきたが、今度は意志の力で懸命に鎮めたところ、何も異常は起らなかった。

谷はうねうねと曲がりながら丘陵地帯へと登っていた。幅がかなりせばまり、樹木で蔽われた両側の斜面は次第にけわしく高くなり、流れも幅六メートルにまで縮まったが、深さは徐々に増し、川全体が動きと音楽と泡で活気に満ち満ちていた。その水が惹き起こす電気のような感覚はなおもはっきりとしてきて、不快なほどにまでなったが、ほかに歩くところはなかった。あまたの生物が発する耳を聾するような混乱した音のため、この小さな谷は広大な天然の談話室さながらにざわめいていた。生物の繁殖がここではとりわけ盛んで、寸土の余地もなく動植物の生存競争への意志が十重二十重にからみ合っていた。博物学者にとっては、この地は楽園だったろう。草木でも虫でも鳥獣でも同じ恰好をしている生物はなく、悉くが独自性を帯び、奇想天外なまでに特異な存在だったからである。

自然の手であまりにも速く生命体が創られたため、全部の生命体を収容する余地が文字どおりなかったのではないかとさえ思われた。それにもかかわらず、一粒の種を地に根づかせるのに百粒もの種をばらまく地球の場合とは事情がちがっていた。ここでは若い生命体はそのまま生存を続けるのに対して、古い生命体は若い生命体の便宜を図って場所を譲ってやるために滅びていくらしかった。いずこを見まわしても古い生命体は衰弱死してゆくところだった。なぜそうなのか、おもてだった原因は何もなく、古い生命形態が新しい生命によって殺されているだけのことだった。

それ以外の生き物はまさしくマスカルの眼の前でものすごく自由奔放に変異したので、全く別の「界《キングダム》」ないしは王国に属している異種生物となった。一例を挙げれば——大きさも形もレモンに似ているが、皮はもっと堅い果物が地面に落ちていたので、その果肉を食べようと思って拾いあげると、その中には、今にも殻を打ち破ろうとしている成育しきった若い木が入っていた。マスカルがこの果物を上流に向かってぽいと投げ捨てると、果物はこちらのほうに流れて来たが、マスカルの横まで来た頃には、下流へ向かって流れるのをやめ、流れにさからって泳いでいた。果物を水の中から拾いあげて調べてみると、六本の未発達の脚が生えていた。

マスカルは、栄光に満ちたと言ってもいいほど産めよ殖やせよで〝人口〟過剰となっているこの谷を褒めたたえる賛歌は歌わなかった。むしろ、痛烈な皮肉を感じ、ひどく憂鬱な気分になった。気が狂ったように殺到して俗悪で卑しむべきこの小さな世界を占領しようと躍起になっている見えざる力は――自然、生命、意志、神のいずれの名で呼んでもよいが――あまり高邁な目標をもつことはできず、さほど価値のあるものではないはずだとマスカルは思った。たかが一時間か二時間しか続かぬ物質的存在を求めての、このあさましい生存闘争を、厳粛きわまる重要な営みだとみなすことができるとは、とても考えられなかった。……あたりの雰囲気は息苦しくなり、マスカルは空気の新鮮な広びろとした空間に出たくて矢も楯もたまらなくなった。峡谷の斜面めざしてがむしゃらに突き進むと、枝にぶらさがって木から木へと伝わりながら崖を登った。

頂上に着くと、ブランチスペルは残忍な白い強烈光線に見舞われたので、とてもここにはいられないと思ったマスカルは、あたりを見まわし、ここがどういうところであるのか確かめようとした。現在位置は海岸から一直線に約十六キロ入ったところだった。カラスが飛ぶように、ここまで歩いて来たのだ。草一本生えていない高原が起伏しながらまっすぐ海に向かって傾斜し、彼方では海がきらめき、水平線上にはスウェイロウンの島を認めることができた。北を見ると、地面は眼の届くかぎり上のほうに傾斜していた。マスカルが立っているこの峰の向う側――と言うのは数キロ先ということだが――そのあたりには、全く異質な、奇想天外な形の黒い岩が一列にずらりと並んでいた。きっとあれがスリールなのだろう。この岩のさらに向うには——おそらく八十キロか、ことによったら百六十キロ先に——リッチストームの峰々が空を背にしてそびえ、その殆どは、日の光を受けてきらきら輝く緑がかった雪をかぶっていた。その山脈は途方もなく高く、気味の悪い輪郭をしていて、峰は殆どがてっぺんまで円錐形だったが、どの頂上からも、物理学的にはとうてい不可能と思われる角度で巨大な山塊が張り出し、平均台に乗った人のように危なっかしく平衡を保っていた。これといった支えなしで山が山に蔽いかぶさっているというわけだ。これを見たマスカルは、ああいう国土ならば何か新しいものにめぐり会えるのではないかと思った。……尋常ならざる人びとが住んでいるかもしれないのだ。あそこへ行こう、それもできるだけ速く行こうという考えがマスカルの心の中ではっきりした形をとった。日没までに着くことさえできるかもしれない。マスカルが心惹かれたのは山並みそのものよりはむしろその向うにある国であった——そこへ行けば、青い太陽にお目にかかることができるはずなのだ、トーマンスの数多くの驚異のうちでも最たる驚異だとマスカルが思っているあの青い太陽に……

目的地までまっすぐ行くには丘陵地帯を越えて行かねばならなかったが、殺人的な暑さと、木蔭がどこにもないということとを考えれば、それはとうてい不可能だった。だが、マスカルは谷を通って行けば針路から大きくはずれることはあるまいと考え、そうすることに大変な嫌悪と恐怖を感じながらも、さしあたり谷沿いのルートを辿ってみることに決め、こうして再び生命の温床の中へ枝づたいにおりて行った。

下に着くと、マスカルは日の光の影の中を交互に通りぬけながら、曲がりくねった谷を何キロも進んで行った。道は次第に歩くのが困難となり、両側の崖が徐々に接近し合って、間隔が百メートルたらずにもなり峡谷の底は大小さまざまの丸石で足の踏み場もないほど埋まり、そのため、今では小川なみの規模にまで縮小した水流は、どこでもよいからとにかく流れくだることのできるところを通って流れるより仕方がなく、あたりに棲息する生命体もますます怪奇さを増していった。純粋な動植物は徐々に姿を消し、それにかわって、植物と動物の両方の性質を兼ね備えているように見える奇異な生物が現れた。その生物は手足と顔と意志と知能を有していたが、殆ど四六時中、自分の好みで地中に根をおろしたまま生活し、土の養分と空気呼吸のみで生きていた。生殖器官は見あたらず、子孫がどのようにして生まれるのか分らなかった。

まもなくマスカルは驚くべき光景を目撃した。完全に発育した大きな植動物が突如、虚空の中からぬっと現れた。マスカルは自分の眼が信じられなかったが、びっくりして長いあいだその生き物を凝視した。怪しい生き物は、生まれてからずっとそこにいたかのように、マスカルの眼の前で静かに動いたり地中にもぐったりし続けた。マスカルはこの謎を解くことをあきらめて、再び岩から岩へと大股で渡り歩いて峡谷を登り始めた。そうするうちに何の前ぶれもなく静かに同じ現象がまた起った。これは奇蹟だということはもはや疑いの余地がなかった。大自然がみずからの幻を世界に産みおとしているのだ――それも、親を媒体とせずに直接に！　この謎を解く鍵はどこからも出てこなかった。

小川も今までとは性格が異なってきて、封じこめられていた力が空中に洩れるときのように、ゆらめく輝きがその緑色の水から発していた。マスカルは暫く前から水の中を歩いていなかったが、水の性質を調べるために足を踏み入れてみた。すると、新しい生命が足先から体内にしみ入って来るのが感じられた。それは単なる熱というよりはむしろゆっくり動く強壮飲料に似ていた。その感覚は今まで経験したことのない全く新しいものだったが、それが何であるか本能的に分った。小川から発するエネルギーはマスカルを友か敵としての体内を登っているのではなく、どこかほかの場所にある目的地への一本道としてマスカルの身体を利用しているにすぎないのだ。しかし、このエネルギーは、敵意こそ抱いていないにせよ、乱暴な旅行者であるらしかった。……これを阻止する手段を何か講じないかぎり、このエネルギーが身体の中を通過することによって肉体に何か変化が生じるおそれがあることをはっきり意識したマスカルは、すばやく水の中から跳び出ると、岩にもたれかかって筋肉を引き締め、今にも起ろうとしている変化に備えてぐっと踏んばった。まさにその瞬間、またもや眼がぼやけ始め、そのかすみを振り払おうとしていると額に新しい眼がきら星の如く群れを成して現れた。手をあててみると、今までの眼のほかに六つついていることが分った。

危険は過ぎ去り、マスカルはこれほどたやすく危機を脱し得たことを喜んで、笑った。そうして、この新しい器官は何のためにあるのだろう——良いものなのか、それとも悪いものなのか——といぶかったが、峡谷を十歩も進まないうちに答えが見つかった。ある丸石のてっぺんから跳びおりようとした丁度そのとき、視覚が変化し、ひとりでに足がとまった。マスカルは同時に二つの世界を見ていたのである。自分の本来の眼では、峡谷が岩も小川も植動物も日の光も影も今までどおりに見えた。が、新たに獲得した眼では全景が異なって見えた。谷は細かいところまで見えたが、光は弱まったように思われ、すべてのものがぼんやりしていて固く、色がついていないように見えた。太陽は、空一面に広がっているあまたの雲塊のせいでかすみ、雲塊を形づくっている水蒸気は生き物にも似た激しい動きをしていた。雲の層は厚かったが、肌目は薄かった。だが、その動きによって粒子が密集したり分離したりするために、ほかの部分より遥かに濃くなっている個所もあった。小川から発する緑色の火花は、近づいてよく見るとひとつひとつ見分けることができ、そのおのおのは雲に向かってゆらゆらと立ち昇っていたが、雲の中に入ると忽ち恐ろしい闘争が始まるように見えた。火花は雲を通りぬけてその上空へ逃れようとするのだが、雲は、火花がどの方向に向かおうとしてもそのまわりに集まり、濃密な牢獄を作ってそれ以上動けなくさせてしまうのだった。マスカルが肉眼で観察することができた限りでは、殆どの火花は狂おしいほど激しい奮戦をした末にやっと出口を見つけることに成功するのだったが、マスカルが眺めているうちにも、ひとつの火花が雲の中に閉じこめられた。そのあとどうなったかは以下の通りである。完全な環の形をした雲がその火花をとりかこみ、網に捕えられた生き身の獰猛な動物のように火花は四方八方に激しく跳んだり閃いたりするのだが、どこにも間隙《かんげき》を見つけることができず、どちらへ動くにしても、まといついて離れない雲を引きずって行くのだった。火花のまわりの水蒸気は次第に濃くなって、しまいには、激しい雷雨の前に見られる黒く圧縮された入道雲のようになった。そのうち、まだ雲の中に見えていた緑色の火花は抵抗をやめ、暫くのあいだ全く動かなくなった。雲の形をした水蒸気は次第に凝縮して、球のようにさえなった。ますます重くなって動きも少なくなるにつれ、それはゆっくりと谷底に向かって降り始め、マスカルの真っ正面まで来て、底部が地面から僅か数十センチのところに達すると、その動きは全くとまり、少なくとも二分間は完全な静止状態にあった。突然、叉状雷光の閃きのようにその大きな雲は一個所に集中し、小さくなって、でこぼこができ、色もついて、植動物となって脚で歩きまわり始め、餌を求めて地面を掘り起こし始めた。マスカルはこの現象の最後の段階を通常の視覚で見ていたので、この怪しい生き物が奇蹟的にも虚空の中から現れるように見えた。

マスカルはふるえあがった。皮肉な気分は消え、かわりに好奇心と畏敬の念が生じた。「あれはまるで思考が生まれてくるのに似ている」マスカルは心の中で考えた。「が、一体、思考を行なっている主《ぬし》は誰なのか。……何か大いなる〝生ける心〟がこの地点で作用しているのだ。その〝心〟がとる形態はすべて異なっているところをみると、それは知能を有しており、すべての形態が同じタイプに属しているところをみると、性格を有している。……もしおれの考え違いでなければ、そしてもしそれがシェイピングとかクリスタルマンとか呼ばれる力であるなら、おれはその謎の人物についてもっといろいろなことを探り出したいと思いたくなるものを今この眼で見たわけなのだ。……この謎を解くまではほかの謎に取り組むのは莫迦げている」

うしろから大声で呼ぶ声がし、振り向くと、人影らしいものがやや下流のほうから急いでこちらへ近づいて来るのが見えた。それは女というよりはむしろ男に見えた。背はかなり高かったが、動作は敏捷で、首から膝の下まである黒っぽい僧服のような衣装を着ており、頭にはターバンを巻いていた。マスカルはその男がやって来るのを待ち、近くまで来ると、こちらからも少し歩を進めて男を出迎えた。

と、またもやマスカルは驚きを味わった。この人物は明らかに人間ではあったが、男でも女でも、またその中間でもなくまごうかたなく第三の性をもつ人であり、こういう第三の性を眺めるのはまさしく瞠目に値し、それを理解するのは容易な業ではなかった。マスカルがその見知らぬ人物の肉体的外観から受けた性的印象を言葉で表現するには、新しい代名詞を作る必要がある。地球で使われているどの代名詞でも適当ではないからである。従って、'he'（彼）や'she'（彼女）や'it'（それ）のかわりにこれから'ae'（彼人）という言葉を用いることにする。

この人物の肉体的特徴が人種の違いによるものではなく、性の違いによって生じているのだと今しがた思ったのはなぜなのか、マスカル自身にも初めは分らなかったが、この事実そのものは疑うべくもなかった。身体つきも顔も眼も断じて男でも女でもなく、全く異なったものだった。身体の輪郭は全く度外視しても表情や雰囲気の言うに言われぬ相違によって一目見ただけで男と女の区別ができるのと同様に、この見知らぬ人は見たところそのどちらでもなかった。男でも女でもそうだが、この人物の場合も内にひそむセックス本能が全身ににじみ出ていて、それが身体つきと容貌のいずれにも独自の性格を与えているのだった。……それは愛なのだとマスカルは断定した。……しかし、どういう愛だろうか。……誰に対する愛なのか。それは恥辱にまみれた男性の情熱でも、自分の運命に従おうとする女性の深く根ざした本能でもなかった。それは男や女の愛と同じくらい真実で抗しがたい力をもつものだったが、男女の愛とは全く異なっていた。……この人物の古代人じみた不思議な眼をじっと見つめ続けていると、彼人が愛する相手というのはシェイピングにほかならないことをマスカルは本能的に感じとった。この愛の目的は種族の存続にあるのではなく、地上での本人の不死にあるのだ、とマスカルは思い当った。愛の営みで子供が生まれるのではない。愛する人そのものが永遠の子供なのである。さらに、この人物は男のように求めるが、女のように受けとりもする。以上すべては、創造の仕方が今とは異なっていた別の時代から脱け出て来たようなこの無類の人物がぼんやりと混乱した形で表現していることだった。……マスカルが今までトーマンスで出会ったすべての超自然的な人間の中で、この人物はとびぬけて最も異質なものに――つまり、精神構造の点でマスカルとは最も縁の薄い人間であるように――思えた。たとえ百年間を共に暮らしたところで、決して友達にはなれまいとマスカルは思った。

マスカルは入神状態のような瞑想の中からなんとか抜け出し、この相手をもっと詳しく見て、直感的に分った驚くべき事柄を今度は理解力を使って解き明かそうとした。彼人は肩幅が広く、大きな骨格を備え、女性のような豊かな乳房はなく、これだけで判断すると男に似ていた。しかし、骨はたいそう平べったくて角ばっていたので、身体つきにも丸みがなく、多面体のようで、言うなれば水晶のような趣を呈していた。胴体は、何十万年もの長い進化の星霜によって鍛えぬかれた結果、丸みのあるなめらかな整った形になったようには見えず、何かあるひとつのアイディアによって無数の角度と小平面が一挙に結合して出来たもののようだった。顔もでこぼこがあり、整っていなかった。人種的偏見をもつマスカルの眼では、この顔に美しさなど殆ど認められなかったが、男性的な美、女性的な美のどちらでもないにしろ、ともかく美しさはあった。というのは、その顔には美しさの三つの条件である人柄と知性と落ちつきがにじみ出ていたからだ。皮膚は赤銅色で、内側から照らされてでもいるように奇妙に光り輝いていた。ひげは生やしていなかったが、髪は女のように長く、一本に束ねられて、くるぶしまで届いていた。彼人には眼は二つしかなかった。頭に巻いているターバンの額の部分がぐんと前に突き出ていたので、その裏側には何か器官が隠されているらしかった。

マスカルには彼人の年齢は見当もつかなかった。体軀は絶えず活発に動き、精力的で、健康そう、皮膚はしみひとつなく、ほの輝くよう、眼は強い力を秘めて鋭く——ひょっとすると青年になったばかりの年頃なのかもしれなかった。それにもかかわらず、見つめれば見つめるほど、信じられないほど遠い太古の人間なのだという印象が強まり、この人物の本当の青年時代は、望遠鏡をさかさにして見る風景のように遥か彼方にあるように思われた。

とうとうマスカルは見知らぬ人に話しかけた——が、夢を相手に話をしているような心地だった。「あんたは男なのかね、女なのかね」

返事をする相手の声は男のようでも女のようでもなく、なぜか奇妙にも、遥か彼方から聞こえてくる神秘的な森の角笛を思わせた。

「このごろは男と女しかいないが、昔は世界中にフィーンたちがいた。当時、フェイスニーの心の中を通り抜けていたあの大勢の人たちの中で、今でも生き残っているのはわたしだけだと思う」

「フェイスニーだって？」

「今は誤ってシェイピングとかクリスタルマンと呼ばれている。これは浅薄な種族がつけた浅薄な名前だ」

「あんたの名前は？」

「リーホールフィー」

「何だって？」

「リーホールフィーだよ。そして、きみの名前はマスカルだ。きみは驚くべき冒険をいくつか体験してきたばかりだということがきみの心から読みとれる。きみはたぐいまれな幸運に恵まれているようだ。もしその幸運がこれからもずっと続くなら、わたしとしてはそれを利用することができるかもしれない」

「ぼくの幸運がきみのためにあると思っているのか。……まあ、今はそんなことどうでもいい。ぼくが知りたいのはあんたのセックスのことだ。どうやって欲望を満たしているのかね」

　リーホールフィーは眉のところについている隠された器官を指さした。

「これでもってわたしは、マタープレイのすべての谷を流れている川から生命を集める。どの川も直接フェイスニーから発しているんだ。わたしは一生を費してフェイスニーそのものを見つけようとしてきた。とても長いあいだ捜し続けてきたので、その年を教えてやったら、きみはわたしが嘘をついていると思うだろう」

　マスカルはこのフィーン人をゆっくり見やった。

「イフドーンでぼくは、やはりマタープレイから来た人物と出会った――ディグルングという若者だ。……

わたしはそいつを吸収した」

「自慢するためにそんな話をしているはずはないな」

「恐ろしい犯罪だ。その結果、どういうことになるのだろう」

リーホールフィーは皺を寄せて妙なふうに笑った。「マタープレイに行けばその若者がきみの体内で動きだすことになる。というのは、その若者はマタープレイの空気の匂いをかぎとるからだ。すでにきみはあの若者の眼をもっている。……わたしはディグルングを知っていたことがある……注意するんだな、さもないと、これまで以上に驚くべきことが起るかもしれない。水の中には入らないようにしたまえ」

「この谷は、どんなことでも起りかねない恐ろしい場所のような気がするな」

「ディグルングのことで悩むのはやめたまえ。このあたりの谷は元来フィーン人のものだ――今ここにいる人間どもは不法侵入者なのさ。奴らを片づけるのはいいことなのだよ」

マスカルは相変らず考えをふけっていた。

「これ以上何も言わないけど、これから先気をつけなくてはいけないということは分った。……ぼくがぼくの幸運であんたの手助けをするというあの話はどういう意味なのかね」

「きみの幸運は急速に弱まりつつあるが、わたしの役に立つくらいの強さはまだ残っているようだ。どうだ、一緒にスリールを捜さないか」

「スリールを捜すだって？……へえ、見つけ出すのがそんなに難しいところなのか」

「さっきも言ったように、わたしはこの探求に一生を捧げてきたんだ」

「リーホールフィー、あんたはさっきはフェイスニーを捜しているんだと言ったじゃないか」

フィーン人は古代人めいた奇妙な眼でマスカルを見つめ、また微笑んだ。

「マスカル、この流れは、マタープレイにあるほかのすべての生命の流れと同様、フェイスニーをその源としている。しかし、どの流れもみなスリールから流れ出ているので、フェイスニー捜しはスリールでやるより仕方ないのだ」

「だけど、なぜスリールが見つからないんだ。よく知られた国なんだろう？」

「スリールは地下にあるのさ。地上の世界との通信連絡は殆どなく、たとえあったとしても、わたしが話しかけた人で知っている者はひとりもいなかった。わたしは谷や丘を捜しまわった。……リッチストームの門の前まで行ったこともある。わたしは年をとっており、きみたちの種族の老人などわたしに較べれば生まれたての赤子も同然だ。しかし、わたしは未だにスリールに近づくことができずにおり、仲間のフィーンたちにまじって暮していた青二才だった頃とたいして変っていないのだ」

「じゃあ、ぼくが幸運に恵まれていたのに、あんたのほうはとても運が悪かったんだ。……しかし、フェイスニーを見つけると、どういう得があるのかね」

リーホールフィーは黙ってマスカルを見つめた。顔から微笑が消え、そのかわりにこの世のものとは思えぬ苦痛と悲しみの表情が現れたので、マスカルはこれ以上問い詰める必要がなかった。リーホールフィーは、いつまでも面影と香りの消えない愛する人と永遠に別離している者だけに見られる悲しみと渇仰の情に身も心も焼きつくされているのだ。その情熱が今この瞬間、女や男に見られるいかなる美をも遥かに凌駕する激しく厳しい精神的な美を彼人の顔に刻みこんだ。

しかし、その表情は突然消え、急激な変化がもたらした対照《コントラスト》のおかげでマスカルはリーホールフィーの本当の姿を見ることができた。……彼人の肉欲は孤高なものではあったが、下卑ていた――それは、飽くことのない執拗深さで動物的目標を追求する孤独な野人のヒロイズムそっくりだった。……マスカルはリーホールフィーを横目で見て、指で拍子をとりながら自分の腿を叩いた。

「よし、一緒に行こう。何か見つけ出せるかもしれないし、いずれにしろ、あんたのような珍しい人と話をして後悔するなんてはずはないしな」

「しかし、マスカル、きみに警告しておかなくてはならないことがある。きみとわたしは生まれがちがう。フィーンの肉体にはひとつの生命がそっくり含まれているのにたいし、男性の肉体にはそれが半分しか含まれていない――あとの半分は女性の中にあるのだ。フェイスニーは、きみの肉体にはとても耐えられないほど強い飲み物であるかもしれない。……そう思わないかね」

「ぼくはあんたとは違うこの自分の感性のせいで鈍いんだ。できるだけ用心するに越したことはない、あとは天運次第だ」

マスカルはかがみこみ、フィーン人の薄いぼろぼろの服をつかむと、びりびりと引き裂いてその一片をむしりとり、それを額に幾重にも巻きつけ始めた。

「リーホールフィー、ぼくはあんたの忠告を忘れてはいない。わたしはこれからの旅をマスカルとして始め、ディグルングとして終えたくはないんだ」

フィーン人は顔を歪めてにやりと笑い、二人は上流に向かって歩き始めた。道は歩きにくく、丸石から丸石へと大股で渡って進まなければならず、なかなか骨の折れる連中だった。もっと厄介な障害物が現れて、それを乗り越えるにはよじ登るしかないようなときも何度かあった。長いあいだ二人は話を交わさなかった。マスカルは、水を避けるようにという相棒の忠告をできるだけ守ったが、やむをえず水の中に足を踏み入れなくてはならぬところも各所にあった。二度目か三度目に水に入ったとき、腕の一部に突然激しい痛みをおぼえた。それはクラッグに傷を負わされた個所だった。……マスカルの眼は喜びに満ちあふれ、恐怖も消え、そのままマスカルはわざと流れの中を歩き始めた。

リーホールフィーはあごを撫でながら、眼を細めてマスカルを見つめ、何が起ったかを理解しようとした。

「マスカル、きみの幸運がきみに話しかけているのか。一体どうしたんだ」

「まあ聞いてくれ。あんたは大昔のことも経験している人なのだから、知っている者がこの世にひとりでもいるなら、当然あんたが知っているはずだ。マスペルというのは何なのかね」

フィーンはぽかんとした表情をした。「そんな名前は知らない」

「どういうものかは分らないけど、とにかく別の世界だ」

「そんなはずはない。世界はこれひとつしかない――フェイスニーの世界しかないのだ」

マスカルはフィーン人に近づいて腕を組み、語り始めた。

「リーホールフィー、あんたとたまたま知り合いになれて嬉しい。というのも、この谷とそれに関連することは何もかも説明して貰わなければ分らないからだ。たとえば、この場所には有機体がもはやひとつもいなくなっている――どうしてみんな姿を消してしまったのか。あんたはこの小川を《生命の流れ》と呼んでいるが、その源に近づけば近づくほどこの谷の生み出す生命体は少なくなってくる。二、三キロ下流では虚空の中から姿を現す自然発生的植動物がいろいろいたし、海のすぐ近くには植物と動物が折りかさなるようにして犇きあっていた。そこでなんだけど、もしこういうことがすべてフェイスニーと何か謎めいたつながりをもっているのなら、フェイスニーというのはものすごく矛盾した性格の人にちがいないようにぼくには思えるんだ。フェイスニーの本質が、形をもつものを創り始めるのは、その本質がすっかり弱められ薄められてからのことなのだというわけだ……だけど、ひょっとするときみの話もぼくの言っていることもナンセンスなのかもしれないな」

リーホールフィーはかぶりを振った。「すべてつじつまが合っているんだよ。あの流れは生命であり、いつも生命の火花を放っている。その火花が物質によって捕えられ、その中に閉じこめられると、生物になる。流れがその源に近づけば近づくほど、その生命はますます恐ろしい、活力にあふれたものとなるのだ。谷の奥に着いたら、そこには生き物はひとつもいないということがきみにも分るだろう。というのはつまり、谷の奥で見られる恐ろしい火花をとらまえて、いつまでもとりこにしておくことができるほど強靭な物質は存在しないということだ。それより下流では、たいがいの火花は上空へ逃げ出せるだけの活力を有しているのだが、中には少し上に昇ったところで捕まったままになってしまうものもあり、そういう火花は突然爆発して形になるのだ。わたし自身もこれと同じ性質のものなんだ。さらに下流の、海の近くでは流れはその生命力の大半を失ってしまっており、火花は無精で動きがのろのろしている。そのあたりの火花は空中に昇るというよりは拡散するのだ。いかにこわれやすい物質であっても、こういった弱い火花をとりこにすることができない物質は殆どなく、おびただしい数の火花がとりこにされる——海の近くで数えきれないほどたくさんの生き物が見られるのはそのためだ。が、それだけではない——そのあたりの火花は生殖作用によってひとつの身体から別の身体へ受けつがれ、種全体が衰亡するまではそれをやめたくてもやめることができないのだ。それから、最も下流——というより河口の外——には《沈む海》そのものがある。そこでは、マタープレイの流れがもつ退化し弱められた生命が、海全体をその身体としている。《沈む海》全体がいわばマタープレイの生命の〝肉体〟なのだよ。その生命の力はあまりにも弱まっているので、形を創り出すことが全くできないのだが、形を創り出そうとする絶え間ない無駄なあがきが、きみも見たあの海の水柱なのさ」

「とすると、男や女の発育がのろいのは、生命の胚種が弱いためなのかね」

「そのとおりだ。男や女の生命の胚種は、みずからの欲望をすぐに満たすことができないのだ。さあ、これでもうフィーン人がいかに優れた〝人種〟であるかがきみにも分ったろう――なにしろ、フィーン人は、普通よりもたっぷり電気と活力を帯びている火花から直接生まれてくるんだからな」

「しかし、そういった火花を閉じ込める物質はどこから来るのだろう」

「生命が死ぬと物質になる。物質そのものも死ぬが、その代りをする新しい物質が絶えず生まれてくる」

「しかし、もし生命がフェイスニーを生まれ故郷としているのなら、そもそも死ぬなんてことがどうしてありうるのか」

「生命はフェイスニーの想念であり、その想念は、少しでもフェイスニーの頭を離れれば無に等しい――消えかけた残り火になってしまうのだ」

「それはどうも気のめいるような哲学だな」マスカルは言った。「ところで、そのフェイスニーというのは何者なのかね。そもそもなぜそいつは考えるんだい」

リーホールフィーはまた額に皺を寄せてにっこりした。「そのことも説明してやろう。フェイスニーはこういう性質をもっている。フェイスニーは四方八方の《無》と相対《あいたい》していて、背中も脇腹もなく、全身が顔であり、この顔がこの人物の形である。必要上そうなのであって、それはフェイスニーと《無》のあいだにはほかのものは何も存在することができないからだ。フェイスニーは顔全面に眼がついている。それはこの人物が永遠に《無》を凝視しているからだ。フェイスニーは《無》から霊感を引き出す。それ以外の方法では自分自身を感じることができないのだ。……これと同じ理由でフィーン人、さらには人間さえもが、何もない場所や広漠とした寂しい場所にいるのを好むわけだ。それというのも、誰もがそれぞれ小さなフェイスニーだからなんだよ。……」

「なるほど、本当のような気がする」とマスカル。

「想念、つまり考えは絶えずフェイスニーの顔からうしろのほうへ流れている。けれども、フェイスニーの顔は四方八方についているので、想念はフェイスニーの内部に流れこむことになる。したがって、想念は絶えず《無》から、世界であるフェイスニーの内部へ流れこんでいるわけだ。想念は形となり、人びとは世界となる。それゆえ、われわれの周囲にあるこの外界は、外側ではなくて内側だということになる。眼に見える宇宙は巨大な胃のようなもので、世界の本当の外側はわれわれには決して見えないのだ」

マスカルは暫くのあいだじっと考えこんだ。

「リーホールフィー、個人としてのあんたに何の希望がありうるのか、ぼくには分らない。あんたは捨てられて死にかかっている想念でしかないんだからね」

「きみは女を愛したことがないのか」マスカルをじっと見つめながらフィーン人は尋ねた。

「ないこともないけど」

「女を愛したとき、魂が高揚する瞬間があったんじゃないか」

「それは同じ質問を別の言葉でしているだけじゃないか」

「そういう瞬間、きみはフェイスニーに近づいていたのだ。もしもっと近くまで行くことが可能だったら、きみはもっと近くへ行っていたんじゃないか」

「そうしていただろうな、結果のことなど考えずに」

「個人としての希望が何ひとつないとしてもかい?」

「いや、そうすること自体がぼくの希望となっていたろう」

リーホールフィーは黙々と歩き続けた。

「男は生命の半分だ」だしぬけにフィーン人はこう切り出した。「女はあとの半分だ。しかし、フィーンは生命全体だ。そのうえ、生命が二つに割れたとき、ほかの何かがそこから落ちた——それは生命全体のみに属している何かだ。……きみの愛とわたしの愛は、とても比較にならない。活気のないきみの血でさえ、結果がどうなるかを立ちどまって考えもせずにフェイスニーに惹かれているくらいなのだから、ましてやこのわたしの場合はどうなのか——それをきみは考えてみないのか」

「あんたの情熱の純粋さに疑問を抱いているわけじゃないが、その情熱を死後の世界にもちこむことがあんたにはできないのが惜しいな」マスカルは答えた。

リーホールフィーは歪んだ笑みをうかべたが、それによってどういう気持を表そうとしたのか、それは天のみぞ知る。「人は自分の好きなように物事を考えるが、フィーン人は、世界のあるがままの姿だけを見ることができるように作られているのだ」

これで二人の会話は打ち切られた。

太陽は空高く昇り、二人は峡谷の奥に近づいているらしかった。両側の絶壁はさらにせばまり、ブランチスペルが二人の真うしろから照りつける瞬間を除けば、二人はいつも深い陰の中を大股で歩いていた。だが、不愉快なほど暑くて全身がだるくなるような天候で、生物はすっかり影をひそめていた。崖の表面や岩だらけの地面や、峡谷をいっぱいにふさいでいる丸石などのせいでこの世のものとは思えぬ美しい景観が眼の前に繰り広げられた。どの丸石も雪のように白い透明な石灰岩で、きらきら光る鮮やかな青色の縞模様がたっぷり刻みこまれていた。小川はもはや緑色ではなく、一個の水晶のように透明に澄んでいた。せせらぎは音楽さながらで、こよなくロマンティックな魅惑をたたえていたが、リーホールフィーは何か別のものをそこに認めたらしく——顔がますますこわばり苦痛に歪んでいった。

ほかの生命体がすべて消え失せてしまってからおよそ三十分後、別の植動物が虚空から二人の眼前に落ちて来た。それはマスカルと同じくらいの背の高さで、光り輝く活力的なその外観は、大自然の工場から産み出されたばかりの生物にふさわしかった。この植動物は歩きまわり始めたが、そうし始めたかしないかのうちに静かに爆発してばらばらになり、あとには何も残らなかった——全身が、出て来たのと同じあの眼に見えない霧の中に一瞬のうちに消えてしまったのだ。

「あんたの言ったとおりだ」少々青ざめた顔でマスカルは言った。

「そうだ」リーホールフィーが答えた。「とうとう恐ろしい生命の領域にやって来たのだ」

「とにかく、このことに関してあんたの話が事実だった以上、ぼくとしても、今まであんたが言ったことを全部信じなくてはならないわけだ」

マスカルがこう言っているとき、二人はちょうど峡谷の屈曲部を曲がろうとしているところだった。そこには、ちょうど真ん前に、大理石模様の白い岩でできた高さ百メートルほどの崖が垂直に切り立っていた。それは谷のどんづまりであり、それより先には進むことができなかった。

フィーン人が言った。「わたしがいろいろ知恵を授けてやったかわりに、今度はきみがわたしにきみの幸運を貸してくれる番だ」

二人は崖の下まで歩いて行き、マスカルはじっと考えこみながら崖を見た。登ることは可能だったが、楽ではなさそうだった。今ではごく小さくなった小川は、地面からほんの七、八十センチほどのところにある岩の穴から流れ出ていた。音楽のようなせせらぎのほかには、何ひとつ聞こえなかった。谷底は影になっていたが、崖を半分ほど登ったあたりには太陽が照りつけていた。

「何をしてほしいと言うのかね」マスカルは尋ねた。

「今やすべてはきみの掌中にあり、わたしとしては別にこれといった提案はない。ほかならぬきみの幸運がこれからわれわれを助けてくれるにちがいない」

マスカルはもう暫くのあいだ崖を見つめ続けた。

「リーホールフィー、午後になるまで待ったほうがよくはないかね。たぶんぼくはてっぺんまで登らなくてはならなくなるだろうが、今は暑すぎるし……疲れてもいるんだ。とりあえず数時間睡眠をとることにするよ。そのあとで、どうするか決めよう」

リーホールフィーは困ったような顔をしたが、別に反対はしなかった。

17　コーパング

マスカルは、ブロッドソンブルをかなり過ぎてからやっと目ざめた。リーホールフィーはマスカルのそばに立ってこちらを覗きこんでいた。彼人が少しでも眠ったのかどうかは分らなかった。

「今何時だね」マスカルは眼をこすりながら起きあがり、フィーン人に尋ねた。

「昼が終ろうとしているところだ」漠然とした答えが返って来た。

マスカルは立ちあがり、崖を見あげた。

「これからあれに登ることにする。何もきみとぼくの両方が危険を冒すことはあるまい。きみはここで待っていてくれ。てっぺんで何か見つけることができたら大声できみを呼ぼう」

フィーン人は妙な顔をしてマスカルを一瞥した。「あそこには草一本生えていない山腹のほかには何もない。わたしは何度も行ったことがあるんだよ。それとも、何か特別な考えでもあるのかね」

「高い所に登るとぼくはよく霊感が湧くんだ。坐って待っていてくれ」

睡眠をとったおかげで元気を回復したマスカルは、ただちに断崖を登り始め、最初の六メートルは一気によじ登った。それからはとても険しくなったので、より一層の慎重さと知力が必要となった。つかまる所や足がかりとなるものは殆どなく、次の一歩を踏み出す前に充分に考えなくてはならなかった。観点を変えて見れば、これは頑丈な岩であり、そういう岩を登ることにかけてはマスカルは玄人はだしだった。ブランチスペルが絶壁にまともに照りつけ、そのぎらぎら輝く白光のためマスカルは半ば眼が見えない状態になった。

何度も自信を失いかけたり手足を休めたりしながら、マスカルは頂上に近づいて行った。身体がほてり、汗がだらだら流れ、少しめまいがした。岩棚にたどり着くために、マスカルは突き出た二つの岩に左右の手でつかまり、同時に二つの岩のあいだに足をかけてよじ登った。二つの岩のうち大きなほうの左側の岩がマスカルの重みを支えきれずにぐらついたかと思うと、大きな黒い影のようにマスカルの頭の横を通って、恐ろしい音をあげて崖を落下し、続けて、小さな岩石が雪崩のように落ちていった。マスカルはできるだけ心を落ちつけようとしたが、下を見ようという気になるまでには暫く時間がかかった。

下を覗いても最初はリーホールフィーの姿が見えなかった。そのうち、地面から七、八十センチほど上の崖のところに、脚と尻が見えた。あのフィーン人は穴の中に首をつっこんで何かを調べているところだと分ると、マスカルは、フィーン人が再び姿を現すのを待った。

フィーン人は穴から出て来てマスカルを見あげ、角笛のような声で呼びかけた。「入口はここだ」

「すぐおりて行く」マスカルは大声で言った。「待っていてくれ」

入口が見つかったということで自分のつきが証明されたと思ったマスカルは、あまり注意も払わずにすばやく絶壁を降り二十分もしないうちにフィーン人のそばに立っていた。

「どうしたんだ」

「きみが動かしたあの岩が、水源の真上にあったこの岩にぶつかったのさ。それでこの岩が剝がれたんだ。見たまえ――二人が入れるような隙間が出来た」

「そう興奮するなよ」マスカルは言った。「これは驚くべき偶然だが、時間は充分にある。……ちょっと見せてくれ」

マスカルは穴の中をじっと見た。それは、大きな男が身をかがめないでも入れるくらいの広さで、外の日光と較べると中は暗かったが、それでも、奇妙な輝きが広がっていたので、中の様子は充分わかった。岩で出来た地下道がまっすぐ丘の中心部に向かって伸びていたが、奥のほうはよく見えなかった。谷の小川は予想とはちがってこのトンネルの中を流れてはおらず、入口のすぐ内側で泉のように湧き出ていた。

「この分だと、あまり考える必要はないみたいだな、リーホールフィー。でも、とにかくあれを見てくれ、おなつかしい小川がここでぼくらと別れてしまうんだ」

マスカルが返事を聞こうとして振り返ると、フィーン人は頭のてっぺんから足の先まで震えているではないか。

「一体どうしたんだ」

リーホールフィーは手を胸にあてた。

「流れはここで終っているが、流れを流れたらしめているものは今でもまだわたしたちと一緒なのだ。フェイスニーはそこにいる」

「しかし、きみはじかにフェイスニーに会うつもりじゃなかったのか。……どうして震えているんだ」

「結局のところ、フェイスニーと顔を合わせることなど、わたしにはとても無理だ」

「どうしてだ。顔を合わせると、どうなってしまうと言うんだね」

フィーン人はマスカルの肩をつかみ、腕をいっぱいに伸ばしてそのままの姿勢を保ち、独特の落ちつかない眼でこちらを窺った。

「フェイスニーの想念は、はっきりしていないのだ。わたしはフェイスニーを愛しており、きみは女性を愛している。だが、フェイスニーは、わたしには許可しないことをきみには認める」

「フェイスニーがぼくに何を許可すると言うのかね」

「フェイスニーに会い、ずっと生き続けることを許可してくれるのさ。わたしは死ぬだろう。しかし、それはどうでもいいことだ。あすにはきみもわたしも死んでしまうのだ」

マスカルはもどかしそうにフィーン人の手を振りほどいた。「あんたの予感は、あんた自身のことに関しては信頼できるものであるかもしれないが、ぼくが死ぬということがどうしてあんたに分るんだ」

「きみの体内では生命が燃えあがっている」首を横に振りながらリーホールフィーは答えた。「しかし、その燃焼が頂点に達したら——きっと今夜あたりにそうなると思うが——生命の火は急速に弱まり、きみはあすには死ぬだろう。わたしはどうかと言えば、もしスリールに入ったら、二度とそこから出ることはあるまい。死の臭いがこの穴から漂ってくる」

「あんたの言っていることときたら、まるで怯えている人の話みたいだ。ぼくには何も臭いなんかしないぞ」

「わたしは怯えてなどいない」リーホールフィーは静かに言った——暫く前から彼人は徐々に平静をとり戻していたのだ。「だが、わたしくらいすごく長生きしていると、死ぬということは重大な問題なのだ。毎年、大地の中に新しい根を生やしているんだからな」

「これからどうするのか決めたらどうなんだ」軽蔑の調子をこめてマスカルは言った。「ぼくはすぐ中に入るつもりなんだから」

フィーン人は瞑想にふけるような奇妙な目つきで峡谷を見つめてから、ひとことも言わずに洞穴の中へ入った。マスカルは頭をかきながらフィーン人のすぐあとについて行った。

泡立つ泉をまたいで越えると、忽ち空気が変化した。むっとする不快さを帯びることなく冷たく澄んで純化されたその空気は、なぜか冷厳な、墓のような想念を暗示していた。地下道の最初の曲がり角を曲がると外からの日光は消えた。それ以後は、地下道の内部の光がどこから来るのかマスカルには分らなかった。空気そのものが光を発しているらしく、地球の満月の夜のような明るさだというのに、マスカルにもリーホールフィーにも影ができなかった。この光のもうひとつの特徴は、地下道の内壁も二人の姿も無色に見えるということだった。月面上の風景さながらに、すべてのものが黒と白の二色で、そのため、空気が生み出す厳粛な葬儀の気分がなおも強められた。

十分ほど進むと、トンネルはぐっと大きくなり始めた。天井は頭上高くにあり、幅も、六人の人間が並んで歩けるくらいになった。リーホールフィーは傍目にも分るほど衰弱していって、頭を垂れ、足を引きずりながらゆっくりと苦しそうに歩いていた。マスカルは彼人の身体をつかんだ。

「そんな調子じゃ歩き続けられないぞ。引き返したほうがいい」

フィーン人は微笑し、よろめいた。「わたしはもうすぐ死ぬ」

「そんなことを言ってはいけない。一時的に気分が悪くなっただけだろう。日なたへ連れて帰ってやろう」

「いや、それには及ばない。手を貸して先へ進ませてくれ。フェイスニーに会いたいのだ」

「病人には思いどおりにやらせなくちゃな」彼人の身体を抱きあげると、マスカルは急ぎ足でさらに百メートルばかり進んだ。やがて地下道から脱け出した二人の面前に、いまだかつて見たこともないような世界が現出した。

「おろしてくれ」リーホールフィーは弱々しげな声で指図した。「ここでわたしは死ぬ」

マスカルは言われたとおりに、フィーン人の身体を岩だらけの地面に長々と横たえた。フィーン人は片肘ついてやっとの思いで身を起こし、死期が近づいて忽ちのうちにどんよりしてきた眼で神秘的な風景をじっと見た。

マスカルもそれを見た。マスカルの眼に映ったのは、月光を浴びているかのように明るんだ起伏の多い広大な平原だった——しかしながら、言うまでもなく月は存在せず、影もなかった。遠方に川の流れが認められ、その岸辺には特種な木が立っていた。木は、地面に根をおろしてはいたが、枝さえも気根になっていて、葉はついていなかった。それ以外には植物は見あたらなかった。土は軽石に似た柔らかい多孔質の岩だった。どの方向を見ても、二、三キロ以上先は光が薄れて暗くなっていた。二人の背後には、大きな岩壁が左右に延びていたが、それは壁のように四角ではなく、リアス式海岸の断崖のように、入り込んだ湾と突き出た岬とが随所にあった。この巨大な地下の世界の天井は見えなかった。ここかしこに、風化して奇想天外な形になっているがっしりしたむきだしの岩柱が暗闇の中へそそり立っていた。これは疑いもなく屋根を支えるのに役立っているにちがいない。どこを見ても、色はついていなかった——風景はどんな細かい部分も黒か白か灰色だった。この景色は見るからに静かで厳粛で宗教的だったので、マスカルはすっかり気分が鎮まり、この上なく平静になった。

突然、リーホールフィーがうしろに倒れた。マスカルは膝をつき、彼人の精神の最後のゆらめきが、酸素の足りない空気の中の蠟燭の火のように消えるのを、なす術もなく見守っていた。死が訪れた。……マスカルは彼人の眼を閉じてやった。忽ちクリスタルマンの恐ろしいにたにた笑いがフィーン人の死に顔にべったりと現れた。

マスカルがまだ跪いたままでいると、何者かがそばに立っている気配がした。すばやく見あげると、ひとりの男がいることが分ったが、マスカルはすぐに立ちあがらなかった。

「またひとりフィーン人が死んだ」男は抑揚のない重苦しい知的な声で言った。

マスカルは立ちあがった。

その男は背が低く、ずんぐりしていたが、やつれていた。額には器官がついていないので、醜くはなかった。年頃は中年といったところで、精力的な顔つきはやや無骨な感じだったが、純粋な辛い人生を経て来たためにいくらか洗練された趣がそこはかとなく漂っているようだった。快活そうな眼には当惑したような歪んだ表情があった。どう見ても、何か解くことのできない問題が頭にこびりついて離れないといったふうだった。顔にはひげはなく、頭髪は短く、男性的で、眉は太かった。袖のない長い黒衣を着ており、手には長い杖を握っていた。全身に清純と質実剛健の気が漂い、それがこの人物を魅力的な男にしていた。

男はマスカルに向かって冷静に話を続け、そうしているあいだ中、思案にふけっているのか、しきりに頬と顎を撫でていた。

「フィーン人はみなここへ死にに来る。彼らはマタープレイからやって来る。その国で彼らは信じられないほど年をとるまで生きるのだ。ひとつにはそのために、またひとつには親がないのにひとりでに生まれてくるために、彼らは自分をフェイスニーの秘蔵っ子だと思っている。だが、フェイスニーを見つけにここへやって来ると、すぐに死んでしまうのだ」

「このフィーン人は一族の最後のひとりだったらしい。ところで、こうして話をしているあんたはそもそも何者なのかね」

「わたしはコーパングだ。あんたは誰だ。どこから来たんだ。何をしにここへ来たのかね」

「ぼくはマスカルだ。故郷は宇宙の向う側にある。何をしに来たかということなら——リーホールフィーという あのフィーン人のお供をしてマタープレイから来たのさ」

「しかし、友情でフィーン人のお供をするような者はいない。このスリールで何をするつもりなんだ」

「というと、ここはスリールなのかい」

「そうだ」

マスカルは黙ったままだった。コーパングはぶしつけな好奇心に満ちた眼でマスカルの顔をしげしげと眺めた。

「マスカル、きみは何も知らないのか、それとも無口なだけなのか」

「ぼくは質問するためにここへ来たのであって、答えるために来たのではない」

この場所は静かすぎて、息がつまりそうなほどだった。風はそよとも吹かず、物音ひとつしなかった。大聖堂の中にでもいるかのように二人は声を低くした。

「それならきみはわたしと親しくなりたいと言うのか、それとも……」コーパングが尋ねた。

「親しくなりたい。ただし、二人の気心が合えばの話だがね。というのは、ぼくのことは何も訊かないって約束してほしいんだ」

「しかし、せめてどこへ行きたいかくらいは教えてくれなくては」

「ここで見ることができるものをすべて見たいんだ、そのあとは足を延ばしてリッチストームまで行きたい」

「それだけがお望みなら、最後まで案内してあげられる。さあ、出発だ」

「その前に、できることなら義務を果たしておこうじゃないか、死者の埋葬という義務だ」

「うしろを見たまえ」

コーパングの指示に従ってマスカルはすばやく振り向いた。リーホールフィーの死体があとかたもなく消えているではないか。

「これはどういうことなんだ。……何が起ったんだ」

「肉体が生まれ出たところへ戻ったのさ。ここにあの死体のいる場所はない、だから消えたんだ。埋葬など必要ないのさ」

「とすると、フィーン人は幻だったのか」

「とんでもない」

「それじゃあ、何が起ったのか早く説明してくれ。気が狂いそうだ」

「静かに聞いてくれさえすれば、理解できないことは何もない。フィーン人は肉体も魂も、眼に見える外の世界であるフェイスニーに属していたのだ。この地下の世界はフェイスニーの世界ではなく、サールの世界であり、フェイスニーによって作られたものたちはこの世界の空気を呼吸することはできない。このことは肉体の全体に当て嵌まるだけでなく、肉体の最小単位である粒子にまで当て嵌まるので、それであのフィーン人は分解して無化してしまったのだ」

「しかし、きみもわたしも外の世界に属しているんじゃないのか」

「われわれは三つの世界全部に属しているのだ」

「三つの世界だなんて……一体、何の話をしているんだ」

「次のような三つの世界がある」コーパングは泰然自若として答えた。「第一の世界はフェイスニーの世界であり、第二はアムフューズの、第三はサールの世界だ。スリールという名前はこのサールから来ている」

「でも、それはただどういう名前かという だけの話じゃないか。どういうわけで三つの世界があるのかね」

コーパングは手で額を撫でた。「それについては歩きながら話し合おう。こうしてじっと立っているのは苦痛なんだ」

マスカルは、普通では考えられないような仕方でリーホールフィーの死体が消えたことにすっかり面くらって、死体があった場所をもう一度じっと見つめた。何か後ろ髪を引かれる思いで、この場所からなかなか立ち去ることができなかった。それほど謎めいた場所だったのだ。コーパングからもう一度声をかけられて初めてマスカルは、あとについて行く決心がついた。

二人は岩壁から出発し、空気の輝きで明るくなっている平原をまっすぐ突っきって、最寄りの林に向かった。柔らかな光、影がないこと、石炭のような黒い地面からそそり立っている灰白色のどっしりした岩柱、風変りな木、空がないこと、死のような静けさ、自分は地下にいるのだという意識――そのすべてが組み合わさって、マスカルの心は神秘思想に傾き、不安ながらも、この土地とその驚異についてのコーパングの説明を聞こうという気になった。外の世界の現実とこの世界の現実は全く別ものであることをすでにマスカルは理解し始めていたのだ。

「どういうわけで三つの世界があるのかね」マスカルはさっきの質問をもう一度繰り返した。

コーパングは杖の先で地面を強く叩いた。

「マスカル、まず最初に訊いておきたいんだが、そういう質問をする動機は一体何なのかね。もし単なる知的好奇心であるならそう言ってくれ。恐ろしい事柄を遊び半分で論じ合ったりしてはならないからな」

「知的好奇心などではない」マスカルはゆっくり言った。「ぼくは学者じゃないんだ。ぼくのこの旅は物見遊山とはわけが違う」

「きみの魂には血がついていないかね」マスカルを見やりながらコーパングは尋ねた。

マスカルは血がじわじわと顔に昇ってきたが、この土地の光のもとでは顔は黒く見えた。

「不幸なことに血がついている、しかも少しじゃないんだ」

コーパングは満面皺だらけになったが、何も言わなかった。

「だから、ぼくは今、あんたの教えを受けるのに丁度いい状態にあるってわけだ」短い笑い声をあげマスカルは続けた。

コーパングはまだ黙っていた。

「きみの犯罪の蔭に紛れもなく男がいるのがわたしには見える」数分後にやっとコーパングは口を開いた。いくら犯罪を犯してもマスカルは男だという意味だ。「それだから、それにもうひとつ、われわれはお互いに助け合えという教えを受けているのだから、今さらきみを見棄てるわけにはゆかない。もっとも、まさか殺人者と肩を並べて歩くことになろうとは夢にも思わなかったがね。……ところで、さっきのきみの質問だが……マスカル、人は自分の眼で何を見るにも、三つの方法で見る。三つの方法とは、長さと幅と深さだ。長さは存在であり、幅は関係であり、深さは感情なのだ」

「スリールから来たアースリッドという音楽家からそういう話を聞いたことがある」

「わたしはその男を知らない。ほかにどんなことを言っていた?」

「アースリッドは次にその理論を音楽に当て嵌めて論じていたな。さ、先を続けてくれ、話の腰を折ってすまなかった」

「この三つの知覚の状態は三つの世界である。存在はフェイスニーの世界であり、関係はアムフューズの、感情はサールの世界である」

「具体的な事実に話を移せないものかね」マスカルは顔をしかめて言った。「三つの世界というのは何のことであるか、さっきから少しも分らないんだ」

「これからきみに話してやる事実ほど具体的な事実はない。第一の世界は見たり触れたりすることのできる《自然》だ。それはフェイスニーによって無から創造されたものであり、それゆえわれわれはそれを《存在》と呼ぶ」

「なるほど、分った」

「第二の世界は《愛》だ――愛とはいっても性的欲望を言っているのではない。愛がなければ、どんな人間も全く自己中心的になり、意識的に他人に働きかけることもできなくなる。愛がなければ共感もないだろう――憎しみや怒りや復讐さえもありえないのだ。これらはみな、純粋な愛の不完全な歪められた形態である。それゆえ、フェイスニーの自然の世界に深くしみこんでいるものとして、アムフューズの愛の世界、すなわち《関係》があるのだ」

「そのいわゆる第二の世界は第一の世界に含まれていないとあんたは決めてかかっているけど、それはなぜなのかね」

「この二つの世界は互いに相容れないのだ。自然のままの人間は自分のために生きるが、愛する人は他人のために生きる」

「なるほど、そうかもしれないな。なかなか神秘的だ。とにかく、先を続けてくれ――サールというのは何者なのか」

「深さがないまま、長さと幅が合わさると平面ができる。感情がないまま生命と愛が合わさると、薄っぺらな底の浅い人間が出来る。感情とは、自分たちを創ってくれた創造者のほうへ向かおうとする人間の欲求なのだからな」

「きみが言っているのは祈りとか崇拝のことなのか」

「わたしが言っているのは、サールと親密になることだ。この感情は第一の世界、第二の世界のいずれにも見出されないものであり、したがって第三の世界なのだ。ちょうど深さが客体と主体を区別する線であるのと同じように、感情はサールと人間を区別する線なのだ」

「だけど、そのサールというのは何者なんだ」

「サールは来世だ」

「どうもまだよく分らない」とマスカル。「あんたはそれぞれ別個の三つの神を信じているのか、それとも、これは唯一神を見る三つの方法にすぎないのか」

「三つの神がある。というのは、三者がそれぞれ敵対し合っているからだ。……にもかかわらず、それらはなぜか一体となっている」

マスカルは暫くのあいだじっと考えた。

「どのようにしてそういう結論に達したんだね」

「マスカル、スリールではこれ以外の結論は出てこないのだ」

「なぜスリールに限ってそうなのかね……ここには何か特別なものでもあるのか」

「それはこれからお見せしよう」

二人は黙ったまま二キロ以上歩き続け、そのあいだずっとマスカルは、さっきコーパングが言ったことを噛みしめるようにして考えていた。透きとおった水が流れている小川の土手に生えている木のところまで来ると、コーパングは立ちどまった。それはスリールで初めて見る木だった。

「きみの額のその巻き布だが、もうずっと前から何の役にも立っていない」コーパングは言った。

マスカルは布をはずした。すると、トーマンスへ着いてから初めて額がすべすべして平らになっていることが分かった。

「どうしてこういうことになったのだろう。……どうしてこのことがあんたに分ったのかね」

「あれはフェイスニーの器官だったのだ。フィーン人の死体が消えたように、あれも消えたのだ」

マスカルは額をこすり続けていた。「あの器官がないほうが人間らしい気がするな。でも、身体のほかの部分はどうして変化しないのだろうか」

「肉体の生きている意志の中にサールの元素が含まれているからだ」

「どうしてこんなところで立ちどまっているんだね」

コーパングは一本の木の気根の先端をもぎとり、マスカルに差し出した。「マスカル、食べてみないか」

「飢えを凌ぐためなのか、それとも何かほかに目的があるのか」

「肉体と魂のための食べ物だ」

マスカルは気根を食べ始めた。それは白くて固く、白い樹液がにじみ出ていた。味はしなかったが、食べ終ると知覚が変化していることが分った。風景は、光や輪郭には変化のないまま、今までより数段も厳しく神聖になった。コーパングに眼を向けると、そのゴシック的な荘厳な顔だちからマスカルは強い印象を受けたが、コーパングの眼には依然としてあの当惑したような表情があった。

「コーパング、あんたはいつもここにいるのか」

「時どき上のほうへ行くこともあるが、そんなに頻繁に行くわけではない」

「なぜこんな陰鬱な世界に踏みとどまっているんだね」

「サールを捜すという目的があるからだ」

「それじゃあ、まだ捜している段階だったのか」

「さあ、行こう」

ゆるやかな上り勾配になっているかすんだ平原を再び縦断し始めると、二人の会話は以前よりずっと真剣味を帯びてきた。

コーパングは話を続けた。「わたしはここで生まれたわけではないが、二十五年前からここに住み、その間、望みどおり次第にサールに近づいて来た。だが、この探究にはこういう特性がある――最初の段階のほうが、あとの段階よりも稔り豊かで見とおしも明るいのだ。サールを探す期間が長くなればなるほど、サールはますます遠のいていくように思われる。最初、サールは、あるときは形として、あるときは声として、また時には圧倒的な感情として感じられ、これがサールだと分る。それが、のちになると、魂の中がすっかり干あがり、真っ暗闇になって、ざらざらしてくるのだ。そうなると、サールは百万キロも遠くにいるような気がしてくる。……」

「どうしてそういうことになるのだろう」

「マスカル、何もかもが真っ暗闇になったときこそサールに一番近づいているかもしれないのだよ」

「でも、それだからこそあんたは困っているんだろう?」

「責め苦の連続だ」

「それでもあんたは粘り続けているというわけか。その干からびた真っ暗闇は究極の状態ではないのだろう?」

「わたしの疑問はそのうち答えられるだろう」

このあと沈黙が訪れた。

「何をぼくに見せるつもりなのかね」マスカルは尋ねた。

「風土はもうすぐ荒涼としてくる。わたしはきみを《三体の像》のもとに案内するつもりだ。それはかなり古い種族の人間が彫刻して建てたものだ。その前でわれわれは祈ることになる」

「それからどうなるんだ」

「もしきみが誠実な人間なら、そう簡単には忘れられないようなものを目にすることになるだろう」

ゆるやかに傾斜している二つの平行した砂丘のあいだの窪地を二人は歩いて来たのだが、今ではその細長い谷間は深くなり、両側の丘もいっそう険しさを増した。二人は上り坂になっている谷を進んで行った。谷はあちらこちらへと曲がっているので、風景は見えなかった。二人は、地面から湧き出ている小さな泉のところへ来た。泉からは小川がちょろちょろ流れていたが、その小川は、谷を下るかわりに上るという点で他のすべての小川と違っていた。やがてほかの小川がそれに合流し、最後にはかなり大きな流れとなった。マスカルは額に皺を寄せたまま、その流れをじっと見つめていた。

「ここでは自然は別の法則で動いているみたいだな」

「三つの世界の複合体でないものはここでは存在できないのさ」

「しかし、水はどこかに流れている」

「わたしにはその説明はできないが、この水には三つの意志がある」

「まじりっ気なしの純粋なサール物質といったものは存在しないのかね」

「サールはアムフューズなしに存在しえないし、アムフューズはフェイスニーなしには存在しえない」

マスカルは暫くのあいだこのことをじっくり思案した。

「うん、そうでなくちゃならないわけだ」やっとマスカルは口を開いた。「生命なしには愛もありえないし、愛なしには宗教的感情もありえない」

砂丘地帯の薄明に包まれて、谷の周囲の丘がやがてきわめて高くなったため、頂上は見えなかった。丘の斜面は険しく、岩がごつごつしていて、一方、谷底は一歩進むごとに狭くなっていった。生き物と名のつくものは何ひとつ見えなかった。すべては自然に反しており、まるで墓のようだった。

マスカルは言った。「死んで別世界を歩いているような気がするな」

「きみがここで何をするつもりなのかわたしにはまだ分らない」コーパングが言った。

「それを秘密にしておく必要はなさそうだ。……ぼくはここへサーターを探しに来たのだ」

「その名前は聞いたことがある――しかし、いつどこで聞いたものやら……」

「忘れてしまったのか」

歩きながら地面を見つめているコーパングの様子は心痛にさいなまれているようだった。

「サーターというのは何者なのかね」

マスカルはかぶりを振っただけで何も言わなかった。

まもなく谷はぐんとせばまり、指と指が触れ合うほど接して中央を歩いていた二人は、それぞれあいているほうの手を片側の岩壁に押しつけることもできるほどだった。谷は行きどまりになってしまいそうな気配だったが、このまま進める見こみが最も薄くなって二人が四方に切りたつ絶壁でかこまれてしまった丁度そのとき、それまでは見えなかった曲がり角のところまで来て、二人は急に開けた土地に出た。つらなる断崖の中に小さな隙間があったので、そこを通って出たのである。

二人のやって来た道に対して直角に延びている巨きな天然の廊下があり、数百メートル先までは見えたが、廊下の両端はぼんやりとかすんでいた。この天然廊下の中央に、側面が垂直に切り立っている深い裂け目が続き、その幅は十メートルと三十メートルのあいだで個所によってまちまちだったが、底は見えなかった。この裂け目の両側に、七メートルあまりの幅がある台が向き合うようにしてついていて、岩棚のようなこの台も両方向に延びて、先のほうは見えなくなっていた。マスカルとコーパングが出て来たのはこの台の上だったのである。反対側の岩棚は、二人が立っている岩棚より一、二メートル高かった。岩棚のうしろはとても登れそうもない高い絶壁で、そのてっぺんは見えなかった。

二人につき従うようにして断崖の隙間を通りぬけた小川は、まっすぐ前方へ流れていたが、滝となって裂け目の岩壁を流れ落ちるかわりに、液体の橋のようにこちら側から向う側へ渡り、そこで絶壁の裂け目の中へと消えていた。

だが、マスカルにとって、自然に反するこの現象よりも遥かに不思議だったのは、影がないということで、あの広々とした平原でも影はなかったが、そこよりもここのほうが影の不在が著しかった。そのため、この場所は幻の棲む大広間のように見えた。

コーパングはぐずぐずせずにすぐ、先に立って岩棚を左へ向かった。二キロほど進むと、裂け目は幅六十メートルに広がり、三つの大岩が向う側の岩棚にぼんやり現れた。それは裂け目のふちに直立不動の姿勢で並んでいる三名の巨人のようだった。さらに近づくと、それが彫像であることがマスカルにも分った。高さはいずれも十メートルほどで、細工の仕方はきわめてぞんざいだった。いずれも裸の人間を表している像なのだが、手足と胴体はかろうじてそれと分る程度にしか彫られてなく、顔だけが念入りに彫り刻まれていたが、これとても特徴的な部分よりも一般性が強調されているにすぎなかった。明らかにそれは原始人的な芸術家の手になるものだった。三体の彫像は直立していて、膝を合わせ、腕は両脇にまっすぐ垂らしていた。三体とも互いに酷似していた。

彫像の真っ正面に来ると、コーパングはぴたりと歩をとめた。

「あれはさっきあんたが言った三つの《神》を表しているのかね」生まれつき大胆な気性であるにもかかわらず、さすがにこの光景には畏怖の念をおぼえながらマスカルは尋ねた。

「質問などしないで跪きたまえ」コーパングは答えた。コーパングは跪いたが、マスカルは立ったままだった。

コーパングは片手で両眼を蔽い、黙々と祈った。二、三分すると、あたりの光が目だって薄れてきた。マスカルもやっと跪いたが、眼は彫像に向けたままだった。

あたりはますます暗くなり、ついには一寸先も見えない闇となった。もはや何も見えず何も聞こえなかった。……共にいるのは、おのれの魂だけだった。

と、このとき、三体の巨像のうち一つがおもむろに再び姿を現した。しかし、それはもはや彫像ではなく、生き身の人間となっていた。暗黒の空間の中から巨大な頭と胸が現れ、日の出の光にひたされた峰のように神秘的な薔薇色の輝きに包まれた。光が強まるにつれ、その肉体は半透明で、輝きは肉体の内部から出ていることが分った。幻のようなこの人物の手足は霧に蔽われていた。

やがて顔かたちがはっきりしてきた。それはひげのない二十歳の若者の顔で、少女の美しさと男性の勇敢な強さとを兼ね備え、嘲けるような謎の微笑をうかべていた。マスカルは、真冬に深い眠りからさめ、まだ明けやらぬ暁の、ほの輝く黒ぐろとした精妙な空の色を目にした人のように、苦痛と恍惚の入り混じった爽快で玄妙な戦慄をおぼえた。幻の人物は微笑し、じっとしたままでマスカルのうしろのほうを見ていた。マスカルは喜びやその他もろもろの感情で全身が打ちふるえ始めた。……じっと見つめているうちに、マスカルの詩的感受性が極度に研ぎすまされて、えも言われぬ不思議な状態となり、もはやこれ以上耐えられなくなった彼は、わっと泣き出した。

再び顔を上げると、像は殆ど消えかかっていて、数秒後には、再び完全な暗黒がマスカルを包んだ。

まもなく第二の彫像が姿を現した。この像も変身して生き身の人物となっていたが、その顔や身体から発する光が明るすぎて細部を見ることはできなかった。この光は、初めは薄い金色だったが、最後には炎を上げて燃える金色の火となった。この光は地下の風景全体を照らし、岩棚も崖も、跪いているマスカルもコーパングも、光を放っていないほかの二つの彫像も、すべてが日の光の中にあるかのように見え、長く延びる影は黒く、輪郭がはっきりしていた。その光は熱を帯びてもいたが、それは不思議な熱で、気温が上昇したことには少しも気づかなかったマスカルも、心が溶けて女のように柔和になったように感じた。マスカルの男性的な尊大さと自己中心癖はいつのまにか薄れて、人格そのものすら消えていくようだった。あとに残ったのは精神の自由でも気軽さでもなく、野蛮なまでに激しい憐憫と悲嘆の情だった。マスカルは奉仕したいという欲求を身をさいなまれるほど強く感じた。この精神状態は悉く彫像の発する熱で生じたものであり、何を憐れみ、何に奉仕するのか、その対象が何もなかった。心配そうにあたりを見まわしてコーパングに眼を釘づけにしたマスカルは相手の肩に手をのせ、祈っているところを揺り起こした。

「コーパング、ぼくがいま何を感じているか、是非知ってほしい」

コーパングは優しく微笑んだが何も言わなかった。

「もう自分のことなど少しも気にならないんだ。あんたの手助けをするにはどうしたらいいのか」

「マスカル、きみが眼に見えない三つの世界にこれほどまでにすばやく反応できるのは、きみにとっていいことなのだ」

コーパングが口を開くや否や、像は消え始め、風景を照らしていた光も薄らいでいった。マスカルの感情はゆっくりと静まっていったが、再び自分をとり戻すことができたのはあたりが真っ暗闇に包まれてからだった。自分が示した子供のような熱狂ぶりを恥ずかしく思い、自分の性格には何かが欠けているにちがいないと沈んだ気持で考えながら、マスカルは立ちあがった。

と、このとき一メートルと離れていないうしろのところで男の声がした。それはほんの囁き声にすぎなかったが、コーパングの声ではないことは分った。耳を傾けていると、全身がおののくのを抑えることができできなかった。

「マスカル、おまえは死なねばならぬ」眼に見えぬ人物が言った。

「そういう貴様は誰だ」

「おまえはあと数時間しか生きられない。時間をおそろかにするな」

マスカルは何も言えなかった。

「おまえは人生を軽蔑してきた」低い調子の声が語り続けた。「この雄大な世界は無意味であり、生は冗談事なのだとおまえは本当に思っているのか」

「どうしろと言うのだ」

「犯した殺人を悔いるのだ。新たに殺人を犯してはならない。崇めるのだ……」

声は消えていった。マスカルは再び声が聞こえてくるのを黙って待っていた。だが、依然あたりは静まり返っていて、謎の人物は立ち去ったらしかった。マスカルは超自然的な恐怖にとらえられ、筋肉が硬直した。

その瞬間、ほのかな白い輝きを放っていた一体の像が徐々に輝きを失って、暗闇の中へ吸いこまれるように消えていくのが見えた。その像が輝いているところをマスカルが見たのはこれが初めてだった。

何分かが過ぎると、この地の普段の光が戻って来た。コーパングが立ちあがり、入神状態のマスカルを揺り起こした。マスカルはあたりを見まわしたが、自分たち二人以外には人影は見えなかった。

「最後に現れたのは誰の像だったのだろう」

「サールの像だ」

「ぼくが人と話をするのが聞こえたか」

「きみの声は聞こえたが、ほかの人の声は聞こえなかった」

「たった今ぼくは死を予告された。だから、もう先は短いと思う。リーホールフィーも同じことを予言していたし」

コーパングはかぶりを振った。「きみは生に執着しているのか」

「執着は殆どない。だが、やはり恐ろしい」

「死が恐ろしいと言うのか」

「ちがう、恐ろしいのはあの予告だ」

二人は話すのをやめた。深い沈黙があたりを圧した。これからどうしたらいいか、どこへ行けばよいものやら二人とも分らないらしかった。とそのとき、太鼓の音が聞こえてきた。それはゆっくりと力をこめて打ち鳴らされる堂々としたリズムで、遥か彼方から響いてくるので、さほど大きな音ではなかったが、しじまの中ではたいそう際立って、はっきり聞こえた。二人が立っている岩棚の左のほうにある見えない地点から響いてくるらしかったが、その地点はやはり同じ岩棚のうえにあるようだった。マスカルの心臓が早鐘を打った。

「あの音は一体何だろう」暗闇をじっと見つめながらコーパングが尋ねた。

「サーターだ」

「もう一度訊くが、サーターというのは何者なんだ」

マスカルはコーパングの腕をぐいとつかんで黙らせた。太鼓の音が鳴っているほうの空に不思議な輝きが現れたのだ。輝きは強烈さを増し、次第に全景に広がっていった。周囲のものはもはやサールの光によって見られるのではなく、この新しい光によって見られることになった。この光は影を作らなかった。

コーパングは鼻孔をふくらませ、いっそう誇らしげに胸を張った。

「あれは何の火だ」

「マスペルの光だ」

二人は本能的に三体の彫像を見やった。不思議な輝きに包まれてそれは変貌をとげていた。三体とも顔が卑しく恐ろしいクリスタルマンの仮面に変っていたのである。

コーパングは叫び声を上げ、手で眼を蔽った。

「これは一体どういうことなんだ」ややあってコーパングは言った。

「生は間違っていて、生を創った者も、それが一人であれ三人であれ、やはり間違っているのだということを意味しているにちがいない」

コーパングは、ぞっとするような光景に慣れようとしている人のように、あらためて像を見やった。

「こんなことが信じられるか」

「信じなくてはならない」マスカルは答えた。「あんたはこれまでずっと最高のものに仕えてきたが、これからもそうし続けなくてはならない。……ただ、サールが最高のものではないということが明らかになっただけだ」

コーパングの顔が粗暴な怒りでふくれあがった。「生は明らかにまやかしだ。……一生をかけてサールを捜してきた挙句にやっと分ったのが——これだとは！」

「何も自分を責めることはない。クリスタルマンは永遠に狡猾ぶりを発揮しているのだから、たとえどんなに善意の人でもまともにものを見ることができないのは無理もないことなんだ。さあ、これからどうするつもりなんだ、決心はついたのか」

「太鼓の音が遠くへ去って行くようだ。マスカル、きみはあのあとを追って行くのか」

「うん」

「しかし、あれについて行ったらどこへ行き着くのだろう」

「スリールの外に出ることになるんじゃないかな」

「あの音、現実よりももっと現実らしく聞こえる」とコーパング。「教えてくれ、サーターとは何者なのか」

「サーターの世界、つまりマスペルはこの世界の原型であり、この世界はサーターの世界を歪めて写しとったものにすぎないと言われている。クリスタルマンは生だ、だが、サーターは生とは違うものなのだ」

「そんなことがどうして分ったんだ」

「なぜかいっぺんに心の中にうかびあがってきたのだ……霊感から、経験から、そしてこの惑星の賢者たちとの語らいから、それは湧き起ってきた。この考えは刻一刻とぼくにとって真実のものとなり、ますますはっきりした形をとりつつあるのだ」

コーパングはすっくと立ちあがり、力のみなぎった険しい顔つきで三体の巨像に面と向かい合った。その顔には断乎とした決意の色が一面ににじみ出ていた。

「マスカル、わたしはきみの言うことを信じる。あれ以上に確かな証拠は要らぬ。サールは最高のものではないのだ。……ある意味では最低でさえある。あのような手を使って人を欺くところまで身を落すことができるのは、全く偽りの卑しいものだけなのだ。……わたしもきみと一緒に行く――しかし、裏切るようなまねはしないでくれ。今までの前兆はきみのためのものであって、わたしの前兆ではなかったようだ。もしきみがわたしを見棄てるようなことがあったら……」

「約束はできない。一緒に来てくれと頼むつもりもない。もしあんたがあんたのこの小さな世界にとどまるほうがいいと思うなら、あるいは、行ってよいものかどうか迷っているのなら、来ないほうがいい」

「そんなふうに言わないでくれ。わたしを助けてくれたら一生恩に着る。……さあ、急ごう、ぐずぐずしていると太鼓の音の行方が分らなくなってしまうぞ」

コーパングはマスカルよりも乗り気充分に歩きだした。二人は急ぎ足で太鼓の音のするほうへ向かった。三キロあまりのあいだ、道は標高を変えずに岩棚の表面を通った。謎の輝きは徐々に遠のき、かわってスリールの普段の光が現れた。太鼓の音は相変らずリズミカルに響いていたが、その位置は遥か彼方で、追っても追っても距離は縮まらなかった。

「きみは一体どういう人間なのかね」だしぬけにコーパングが尋ねた。

「もっと具体的に訊いてほしいな」

「《眼に見えない存在》とそんなに親しい間柄になった訳を訊きたいのだ。わたしは今まで祈りと苦行を片時もやめたことはなかったのに、きみに会うまではどうしてこういう体験をしなかったのだろう。どういう点できみはわたしより優れているのだろう」

「幻の声を聞くことができてもそれだけでは職業とは言えないんじゃないかな」マスカルは答えた。「ぼくの心は素朴で、ものにとらわれないんだ――今まであんたには聞こえなかったものが時どきぼくの耳に聞こえるのはそのためかもしれない」

コーパングは暗い表情になり、おし黙った。これでこの男の誇り《プライド》の高さをマスカルは見ぬいた。そこで急角度に右に曲がり、二人はまるで橋を渡るような具合に淵と向う側の岩棚の上を通り、絶壁のてっぺんに出た。すると忽ち別の断崖が眼前に立ちはだかったので二人はそれに沿って崖下を歩き、太鼓の音を追い続けたが、とある大きな洞穴の入口の前を通りかかると、太鼓の音はその奥から聞こえてきた。そこで二人は中に踏み入った。

「これは外の世界へ通じている」コーパングが言った。「わたしは何度かこの道を通って外の世界へ行ったことがある」

「それなら、太鼓の音がぼくたちを連れて行こうとしているのは紛れもなく外の世界なんだ。正直に言うと、もう一度太陽の光を見るのも悪くはないな」

「太陽の光のことを考えるゆとりがあるのかい」微苦笑しながらコーパングが尋ねた。

「ぼくは太陽を愛しているのさ。それに、狂信家の精神がぼくにはいささか欠けているんだろう」

「だが、それでもきみのほうが一足先にあそこに着きそうだな」

「そうむくれるなよ」とマスカル。「ついでにもうひとつ言っておこう。マスペルは意志の力でどうこうできるものではない。理由は簡単だ。マスペルは意志とは無関係なのさ。意志するのはこの世界でのことなんだ」

「それならきみの旅は何が目的なんだ」

「目的地まで徒歩で、しかものろのろ進んで行くのと、最高の速さでつっぱしるのとでは全く別のことなのさ」

「いくらわたしだって、きみが思っているほど簡単にはごまかされないかもしれないんだぞ」コーパングはまたにっこりして言った。

洞穴の奥深くまで入っても光はまださしていた。道は狭くなり、険しい上り坂にさしかかった。やがて坂は四十五度の急勾配となり、よじ登らなければ進めなくなった。地下道があまり狭いので、マスカルは子供の頃に見た悪夢を思い出したほどだった。

まもなく日の光が見えてきた。二人は最後の難関を切りぬけるべく急いだ。色彩のある世界に一足先に飛び出したのはマスカルのほうで、あちこちのすり傷から血を流し、全身泥にまみれ、眼をしばたたきながら彼は、きらめく陽光にひたされた丘の中腹に立った。マスカルのすぐあとから出て来たコーパングは数分のあいだ手で眼を蔽わずにはいられなかった。それほどこの男は、眼のくらむようなブランチスペルの光線に慣れていなかったのである。

「太鼓の音がやんだ」突然コーパングが叫んだ。

「いつも音楽が聞こえてくるとは限らないのさ」マスカルはそっけなく答えた。「贅沢を言っちゃいけないね」

「だけど、これから先は道案内人《ガイド》がないんだ。今までのようなわけにはいかないぞ」

「ま、たしかにトーマンスは広いところだよ。だけど、ぼくには絶対確実な指針があるのさ、コーパング。ぼくは南からやって来たのだから絶えず北へ行く」

「北へ進めばリッチストームへ行くことになる」

奇想天外な形に積みかさなった岩にマスカルは目を見張った。岩はあたり一面にそそり立っていた。

「この岩ならマタープレイから見えたよ。ここから見ても、リッチストームの山脈はあのとき見たのと同じくらい遠くにあるようだな。それに、まもなく夜になることだし。リッチストームまでどれくらいあるんだろうか」

コーパングは眼をそらして遠い山脈を見た。「分らんね。だけど、奇跡でも起らない限り、とても今夜中には着けそうもないな」

「こんな気がするんだ」マスカルは言った。「今夜のうちにリッチストームに着けるだけじゃなく、今夜こそ生涯で最も大切な時になりそうな——そんな予感だ」

こう言うとマスカルは休息をとるためにゆったりと腰をおろした。

18

ホーント

マスカルが坐っているあいだ、コーパングは腕を振りまわしながら落ちつかなげに行ったり来たりしていた。杖をなくしていた。コーパングは苛立つ心を抑えているせいか、顔が真っ赤で、もともと粗野な顔つきがいっそう野卑に見えた。やっとコーパングはマスカルの前で急に立ちどまり、じっと見おろした。

「これからどうするつもりなんだ」

マスカルはちょっと眼を上げ、遠い山脈のほうに何となく手を振った。「歩くことができないんだから、待つしかない」

「待つって、何をだ」

「ぼくにも分らない。……それより、あれはどうしたわけなんだ。あの山は赤から緑に色が変ったじゃないか」

「うん、リッチ風がこっちに吹いているのさ」

「リッチ風だって?」

「リッチストームの大気だ。いつもは山脈にへばりついているが、北風が吹くとスリールまでやって来る」

「それじゃあ、霧みたいなものか」

「特種な霧だ。なにしろ、性欲を刺戟すると言われているんだからな」

「それじゃあ、ひとつ抱き合うとするか」マスカルは笑いながら言った。

「そんなに楽しいものじゃないってことがそのうち分るぞ」コーパングはいくらか厳しい表情で答えた。

「それにしても、あの山、一体どうやって釣り合いを保っているんだろう――説明してくれないか」

コーパングは遥か彼方で空中に張り出している山頂を見つめた。それはみるみるうちに薄れて、おぼろになっていった。

「情熱が支えているのさ」

マスカルはまた笑った。心が妖しく立ち騒ぐのを感じていた。「へえ、岩が岩に愛情を抱くのか」

「滑稽だが本当なんだ」

「そのうちもっと近くで眺められるだろう。あの山脈の向うはベアリーだったな」

「うん」

「その先には大きな海がある。その海の名前は何ていうんだ」

「その岸辺で死ぬ人しか教えて貰えないのだ」

「コーパング、その秘密はそんなに貴重なのか」

ブランチスペルは西の地平線に近づきつつあった。あと二時間たらずで日が暮れるのだ。周囲の空気がかすんで、薄い霧が出てきた。湿っぽくも冷たくもない霧だった。リッチストームの山脈は今では空にぼんやりと見えるだけとなり、空気は電気を帯びてちくちくし、神経を刺戟し興奮させる効果があった。マスカルは感情が激しく燃えあがるのを感じた。ほんのちょっとした刺戟でも受ければ忽ち自制が崩れてしまいそうだった。コーパングは口を鉄のように硬くして、黙々と立っていた。

マスカルはあたり一面に高く積みかさなっている岩にしきりに目をやっていた。

「これなら手頃な展望台になってくれそうだ。てっぺんまで登れば何か見えるかもしれない」

コーパングの意見も聞かずにマスカルは岩山をよじ登り始め、数分後にはてっぺんにたどり着いた。コーパングもマスカルにならった。

岩山のてっぺんから見ると、あたり一帯の地面が海に向かって傾斜しているのが分った。海は、遥か彼方で輝く水のきらめきとしか見えなかった。だが、マスカルはそういった光景はすべて無視して、ただちに、三キロほど向うの、小舟の形をした小さな物体にじっと目をこらした。それは地面からほんの数メートルの空中に浮かんだまま、かなりの速度で二人のほうへ進んでいた。

「あれは何だと思う」びっくりした口調でマスカルは尋ねた。

コーパングはかぶりを振ったきりで何も言わなかった。

二分とたたぬうちに謎の飛行物体は二人との距離を半分に縮めていた。それはますます小舟に似てきたが、飛び方は平滑《スムース》というよりは不規則で舳《へさき》が絶えず上下左右にがくんがくんと揺れ動いていた。この時分には、艫《とも》に坐っているひとりの男と、中央部に横たわっている大きな死んだ動物のようなものの姿が見分けられ、文字どおりの飛行船が近づくにつれ、その下にも後方にも青色の濃い靄が見えてきたが、こちらを向いている正面は澄みきっていた。

「コーパング、あれこそ、ぼくらが待っていたものにちがいない。しかし、あれは一体何の力で動いているのか」

マスカルは考えこみながらひげを撫で、それから、飛行船の人物からは自分たちの姿が見えないのではないかと思って一番高い岩に登り、大声でどなりながら腕を激しく振った。ほんの二、三百メートルのところまで接近していた飛行船は、僅かに向きを変え、まっすぐこちらをめざした。舵手が二人の姿を認めたらしい。

小舟は次第に速度を落とし、歩行者なみの速さになったが、がくんがくんという不規則な揺れはまだ続いていた。小舟の形はいささか奇妙だった。全長がおよそ六メートル、平らな舳は幅が一メートルあまりで、そこから両側面が先ぼそりになりながら先のとがった艫までまっすぐに延びていた。平らな底は地面から三メートルと離れておらず、甲板はなくて、乗っている人はひとりだけだった。先ほど見分けることのできたもうひとつの物体は、実は大きな羊ほどの寸法の動物の死体だった。小舟のうしろにたなびく青い靄は、船尾に固定された短い垂直な棒の、きらきら輝く先端から発しているらしく、小舟が一、二メートルのところまで近づき、うえから二人があっけに取られて見おろしていると、男はこの棒をとりはずし、きらきら輝く先端に蓋をした。すると小舟は前進することを全くやめ、あちらこちらに漂い始めたが、依然として空中に浮かんだままで、舟の下の靄もそのままだった。とうとう小舟の舷側が、二人の立っている積みかさなった岩にそっとぶつかった。こうして舟が横づけされると、操舵者は岩に跳び移り、二人に会うためにただちによじ登り始めた。

マスカルは手を差し出したが、男は軽蔑するようにそれを振り払った。男は若く、中背で、ぴったりした毛皮の服を着ていた。手足はごく普通だったが、胴体は不釣合いに長く、見たこともないほど大きくて厚い胸をしていた。ひげのない顔は角ばり、尖っていて、突き出た歯が醜く、にたにた笑う意地悪そうな表情をうかべていた。眼と眉はつりあがっていて、額には、切りとられたあとのように見える器官があったが、それは見るからに厭わしい切り株のような肉塊だった。頭髪は短く、薄くて、皮膚の色は、何色と言っていいのかマスカルには分からなかったが、緑と赤の関係と同じ関係をジェール色に対してもっていると言えるような色だった。

岩のてっぺんに着くと、見知らぬ男は一、二分間そこに立ち、半ば閉じた瞼のあいだから二人の旅行者を薄眼でじろじろ見つめ、その間ずっと傲慢な微笑をうかべていた。マスカルは言葉を交わしたくてたまらなかったが、自分のほうから口を切る気にはなれなかった。コーパングはむっつりして少しうしろに立っていた。

「きみたちは何者だ」とうとう小舟の操舵者が尋ねた。その声はきわめて大きく、たいそう不愉快な響きを帯びていた。それは大量の空気が狭い穴を無理やり通ろうとするときに生じる音のようにマスカルには思えた。

「ぼくはマスカル、この仲間はコーパングだ。コーパングはスリールから来たが、ぼくがどこから来たかは訊かないでくれ」

「おれはホーントだ。サークラッシュから来た」

「それはどこなんだね」

「半時間ほど前だったら見せてあげられたんだが、今はもう暗くなりすぎている。サークラッシュというのはリッチストームにある山だ」

「これからそこへ帰るところなのか」

「そうだ」

「その小舟だとどのくらいの時間で行けるだろうか」

「二時間か三時間ってとこだ」

「われわれも乗れるだろうか」

「ええっ？　きみたちもリッチストームに行くのか。リッチストームで何をするつもりなんだ」

「景色を見たいのさ」マスカルは眼を輝かせて答えた。「しかし、まず第一に食事をしたい。ぼくはきょう一日、何か食べた憶えがないんだ。きみは狩猟に行って獲物があったようだな。これで食べるものには困らない」

ホーントは小馬鹿にしたようにマスカルをじろじろ見た。「きみはたしかに図々しい男だけど、おれ自身もそういう人間だから、図々しい奴のほうが好きだね。ところで、きみのお仲間さんは、赤の他人に食べものを乞うよりは餓死したほうがましだと思っているんじゃないのか。まるで暗い穴から引きずり出されて面くらっている蟇蛙そっくりの顔つきをしているからな」

マスカルは、気色ばんで何か言いかけたコーパングの腕をつかんで、無理やり黙らせた。

「ホーント、きみはどこで猟をしていたのかね」

「マタープレイでだ。きょうは全くついていなかったよ――野生の馬を一頭、槍で刺しただけだ。ほら、あそこにころがっている」

「リッチストームってどんなところなのかね」

「男がいるし、女もいるが、きみたちの国とは違って男女《おとこおんな》はいない」

「おとこおんなだって？　何のことだ一体」

「きみと同じに性が混じり合っている人間のことだ。リッチストームでは性は純粋なんだ」

「これでもぼくずっと自分を男だと思ってきたんだが」

「そりゃ、まあ、そうだろうさ。しかし、ひとつテストしてみよう。きみは女を憎み、恐ろしいと思うか」

「どうしてそんなことを訊くんだ。きみは女が嫌いで、こわいのか」

ホーントはにたにた笑い、歯を覗かせた。「リッチストームでは何もかも違っているんだ。……ところで、さっきの口ぶりだと見物をしたいみたいだったけど？」

「正直に打ち明ければ今のような話を聞くと、たとえばリッチストームの女が見たくなったね」

「それならサレンボウドに紹介してあげよう」

そう言ったあと見知らぬ男はちょっと間《ま》をおいた。そしてそのあと急に、胸が打ちふるえるほど大きな低い笑い声をあげた。

「ひとりで笑っていないで、何がおかしいのか教えてくれ」マスカルが言った。

「ま、あとになったらきみにも分るだろう」

「ぼくをからかっているのなら、こっちも他人行儀はよしにしてざっくばらんに行くぞ」

ホーントはまた笑った。「おれは人をからかうような柄じゃない。……それはそうとサレンボウドはきっと喜んでくれるだろう。あの女が望んでいるほど頻繁におれは訪ねて行かないんだから、せめて、別のことであの女の役に立てれば結構だ。……さあ、きみたちをおれの小舟に乗せてあげよう」

マスカルは疑わしげに鼻をこすった。

「きみの国では男と女が憎み合っているのなら、それは情熱が比較的弱いからだろうか、それとも強いからだろうか」

「ほかの国々では情熱は柔らかいものだが、リッチストームでは情熱は固いのさ」

「だけど、固い情熱だなんて、一体どういう情熱なんだい」

「快楽ではなくて苦痛が男を女に惹きつける情熱さ」

「ぼくは一巻のおしまいになっちまう前に分りたいんだ」

「そうだとも」ホーントは嘲るような顔をして答えた。「この好機を逃す手はない、リッチストームに行けるんだからな」

今度はコーパングがマスカルの腕をつかむ番だった。

「リッチストーム行《ゆき》は悲惨な結果に終るだろう」

「どうしてだ」

「ちょっと前まではきみの目的地はマスペルだったのに、今ではそれが女になっている」

「ぼくのことはかまわないでくれ」マスカルは言った。「運を天に任せよう。この小舟は一体どうやってここまで飛んで来たんだね」

「今マスペルがどうのこうのと話していたが、それはどういうことなんだ」ホーントが尋ねた。

コーパングはホーントの肩を乱暴につかみ、まっすぐ相手の眼を見つめた。「マスペルについて何か知っているのか」

「よくは知らないが、ちっとは知っていることもある。夕食のときにでもあらためて訊いてくれ。さあ、そろそろ出かけなくちゃ。断わっておくが、山のあいだを夜間飛行するのは子供のお遊びとはわけが違うんだからな」

「肝に銘じておくよ」とコーパング。

マスカルは小舟をきっと見つめた。

「乗っていいのか」

「そっと乗ってくれ。籐と動物の皮だけで出来ているんだからな」

「まず第一にお訊きしたいのは、重力の法則をどうやって突き破ったのかということだ」

ホーントは皮肉をこめて笑った。「マスカル、ひとつ秘密を教えて進ぜよう。すべての法則は女性的である。まことの男性は無法者であり……法則の外にいる」

「どうもよく分らんな」

「大地から絶えず女性的な粒子が発散していて、岩石や生き身の動物や人間の男性的部分は、やっぱり絶え間なくその粒子に行き着こうとしている。それが重力だ」

「それならこの小舟はどうして浮くんだね」

「おれのもっている二つの男石がその仕事をしてくれる。小舟の下にある石は小舟が地面に落ちるのを防いでくれるし、艫の石は、小舟が後方の固い物体に惹きつけられないように物体の引力を遮断している。小舟全体の中で大地のどの地点にも惹きつけられる唯一の部分が舳なのさ。なぜって、舳には、男石の光があたらないからだよ。だから、前に小舟は進むのだ」

「その不思議な男石ってのは一体何なのかね」

「紛れもなく男石なんだ。女性的なところは全くなく、いつも男性の火花をふんだんにまきちらしている。この火花は、大地から昇ってくる女性粒子を片っ端からむさぼり食ってしまうんだ。小舟の男性部分を惹きつける女性粒子はひとつも残らず、それで小舟の男性部分はその方向には少しも惹きつけられないというわけだ」

マスカルは暫く思案した。

「ホーント、狩猟の腕前にしろ、小舟を作る技術にしろ、物理学の知識にしろ、きみはとても器用で達人の域に達している。……だけど、陽はもう沈みかけているぞ。出発したほうがいいんじゃないか」

「では、まず下におりて、あの動物の死体をもっと前のほうに移してくれ。そうすればきみと陰気な顔のお仲間さんは船の真ん中に坐ることができる」

マスカルはすぐに岩山をおり、小舟に乗った。が、そのとき思いがけないことが起った。依然として岩につかまりながらマスカルが軟弱な舟底の上に立つや否や、塩水のような重い媒体の中に浮いているときのように、体重が全くなくなってしまったのである。それればかりではない、まるで弱い電流に吸い寄せられるようにマスカルはつかまっていた岩に引っぱられ、さんざん苦労してやっと手をひっこめることができたのだった。

衝撃の瞬間がひとまず過ぎると、マスカルは落ちついて万物の新しい秩序を受け容れ、死体を移す仕事にとりかかった。小舟の中では重量感はなかったので、たいした労力は要らなかった。そのうちコーパングがおりてきた。驚くべき物理的変化が感じられても、肚の坐っているコーパングはびくともしなかった。この男の平静さは道徳観念に基づいているのだ。最後におりてきたホーントは上部に男石がついている棒をつかむと、蓋をはずしてまっすぐに立て始めた。このとき初めてマスカルは謎めいた光を近くで見ることができた。その光は、自然の力にさからうことによって、間接的に、昇降機の役割だけでなく推進力の役割を果たしていた。巨大な太陽の最後の赤い輝きのもとでは、この光線はあまり目立たず、きわめて鮮烈にきらめく青白い宝石ほどの印象しか与えなかったが、その力の強さは、それが眼に見える色づいた霧を周囲何メートルにもまきちらすさまから推測することができた。

棒のてっぺんにはシャッターが紐でゆわえられ、これで舵を操る仕組になっていた。このシャッターを操作すると、男石の放つ光線の量を自由に調節して、一定量だけ遮断したり、全部遮断したり、全く遮断しなかったりすることができるのだ。棒が立てられると忽ち、飛行船は今まで惹きつけられていた岩から静かに離れ、山脈のほうへゆっくり進み始めた。ブランチスペルは地平線の下に沈み、次第に濃くなる霧が、小舟から数キロ以上離れたところにあるものすべてを包み隠した。空気は涼しく、すがすがしくなった。

やがて上り傾斜を成している大平原には岩塊がどこにも見られなくなり、ホーントがシャッターを全開にすると小舟は全速力で進み出した。

「山脈のあいだを夜間飛行するのは難しいという話だったな」マスカルは大声で言った。「ぼくだったら、とても無理だと思ってあきらめちまうがね」

ホーントが唸り声で言った。「きみだって危険を冒さなくちゃならないんだぞ、頭蓋骨が割れる程度ですめば運がよかったと思わなくちゃな。それより、ひとつ注意しておくが――いつまでも無駄話をしておれの邪魔をしていると、あの山脈には着けないぞ」

さすがのマスカルもそれからは黙ってしまった。

たそがれは深まり、あたりはますます暗くなっていった。眼に見えるものは殆どなかったが、感じることはたくさんあった。男石と重力とのあいだのやむことなき闘いによって起る飛行船の動揺は、大げさに言えば小舟が荒海の中で激しく波にもまれているのに似ていた。乗せてもらった二人はみじめな気持になってきた。ホーントは艫の席に坐って、片目で二人をせせら笑うように見つめていた。今や急速に暗闇が迫ってきた。

空の旅が始まってから一時間半後、リッチストームの麓にある小さな丘のところまで来た一行は今度は上昇し始めた。遠くの様子を見たくても日の光がなくてはどう仕様もなかった。それでも舟の下、両側、そして後方でも、かなりの距離にわたって、二個の男石が放つ鮮やかな青色光線で風景が照らし出されていた。この光線が照らしていない前方に向かって、岩や草や木など、みずから光を発する自然物を道しるべにしてホーントは舟を操った。草木や岩石はかすかに燐光を発しているのだ。植物のほうが土よりも強い光を放っていた。

月は照っておらず、星も出ていなかった。そこでマスカルは、上空は霧が濃くたちこめているのだろうと察した。一度か二度だったが、息が詰まるような感じがしたことから、これは濃霧層の中を通っているところだと思ったことがあったが、それは何とも不思議な霧で、一行の行く手に輝くすべての光の強度を二倍に高める作用があった。こうして前方の光が倍も明るくなるたびに悪夢にうなされているような気分に襲われたマスカルは、一時的だったが、いわれのない恐怖と戦慄をおぼえた。

一行は山麓の丘と山脈そのものとを隔てている谷の遥か上空を通った。小舟は何千メートルも上昇し始めた。断崖のすぐ近くを飛んでいるため、ホーントとしては断崖に接触しないよう艫の光で慎重に舟を操らなければならなかった。マスカルはホーントの手さばきの巧みさを見て、賛嘆の念を禁じえなかった。長い時間が過ぎた。寒さが一段と厳しくなり、空気は湿り気を帯び、風が出てきた。霧は三人の身体に雪のようなものを降らせ始めた。マスカルは恐ろしさのあまり冷汗が止まらなかったが、それは自分たちが直面している危険のせいではなく、さきほどから自分たちを包んでいた濃霧のせいだった。

一行は最初の断崖を飛び越えた。男石が照らし出す周囲のガスの動きから分ったことだが——今度は前進もしながらさらに上昇を続けるうちに、まもなく地表の全く見えないところまで来た。そのとき突然、全く思いがけなく月が現れた。上空で濃い霧のかたまりがあちらこちらへと這いまわっていたが、随所に切れ間ができて、そこから空が覗いていた。そういう切れ間のひとつから、今ティアゲルドが顔を出したのだった。一行の下の左手に、緑色の氷がきらきら輝いている巨大な峰が数秒間現れたが、すぐにまた霧に包まれた。それ以外のすべては霧に隠れていた。月は再び翳った。……もう充分見物しつくしたマスカルはこの飛行旅行が早く終ればよいのだがと思うようになっていた。

やがて男石から発する光が別の断崖の側面を照らし出した。ごつごつしたその絶壁は雄大で、垂直に切り立っていた。その上方も下方も両側もおぼろにかすんで夜の闇に消えていた。暫く絶壁の前を横に向かって進むと、岩棚が突き出ているのが見えた。一辺が約三メートルの正方形を成している。その岩棚には緑色の雪が数センチ積もっていて、そのすぐうしろの岩に暗い隙間があった。洞窟の入口らしかった。

ホーントは岩棚の上に巧みに小舟を着陸させると、立ちあがって、竜骨から光を出させるほうの棒を持ち上げ、別の棒を下げてから男石を二つともとりはずして手に持った。ホーントの顔は、きらきらと輝く青白い光線でくっきりと浮かびあがった。その顔つきはどちらかというとむっつりしているようだった。

「おりるのか」マスカルが尋ねた。

「そうだ。おれはここに住んでいる」

「危険な旅が無事に終ったことを感謝する」

「うん、まあ危ないところだった」

コーパングは岩棚の上に跳び移った。顔には野卑な微笑がうかんでいた。

「危険などなかったんだ。わたしたちの運命はもっと別のところにあるんだからな。ホーント、きみは渡し守にすぎないんだ」

「そうかね？」えらく不愉快そうな笑い声を上げてホーントが答えた。「おれはてっきり人間を運んでいるものとばかり思っていた――お客様が神様だったとは知らなかったよ」

「ここはどこなんだろう」

こう訊きながらマスカルは小舟からおりたが、ホーントは暫く小舟の中に立ったままだった。

「ここはサークラッシュだ――この国で二番目に高い山だ」

「とすると、一番高いのは？」

「アディッジ山だ。サークラッシュとアディッジのあいだには長い尾根があるんだが、歩いて通るのがひどく難しい個所がところどころにある。尾根の中ほどあたりの一番低いところが、ベアリーにまで通じているモーンスタッブ山道の峠だ。これで地形が分っただろう」

「サレンボウドという女はこの近くに住んでいるのか」

「うん、すぐ近くだ」ホーントはにやにや笑いながら答えた。

小舟から跳びおりたホーントは失礼とも言わずに二人を押しのけてすたすたと洞窟の中へ入って行った。マスカルはそのあとを追い、コーパングもすぐあとについて入って来た。石段を登ると、大きな動物の皮がカーテンがわりにぶらさがっている戸口の前まで来た。主《あるじ》であるホーントは、二人のために皮をわきへ寄せようともせずに中へどんどん入って行った。マスカルは何も言わずに、垂れ皮をひっつかみ、ぐいと引っぱって留め金からはずし、地面に落した。ホーントは落ちた皮を見てから気味の悪い微笑をうかべてマスカルをじっと見つめたが、二人とも口はきかなかった。

三人が入った場所は大きな長方形の洞窟で、壁も床も天井も自然のままの岩だった。戸口は二つあり、ひとつは今入って来た玄関で、もうひとつはちょうど真向いにあるもっと小さな裏口だった。洞窟の中は冷たくて陰気で、湿った隙間風が戸口から戸口へ吹きぬけていた。床面には野生の動物の皮がたっぷり敷かれ、日にあてて乾かした肉のかたまりが、壁の前に張ってある紐から鈴なりにぶらさがり、隅には酒でふくらんだ革袋がいくつか置いてあった。牙や角《つの》や骨が至るところに散らばっていて、壁には美しい水晶の穂先がついた短い狩猟用の槍が二本立てかけてあった。

ホーントは向うの裏口の近くの床面に二個の男石を置いた。その光が洞窟全体を明々と照らした。ホーントは肉のところへ行って一切れの大きな肉をひっつかみ、がつがつとかじり始めた。

ホーントはぶらさがっている肉と革袋を指さしたが、噛むのはやめなかった。

「御馳走にあずかっていいかね」マスカルが尋ねた。

「コップはどこにある」革袋を持ちあげながらマスカルが尋ねた。

ホーントは床にころがっている粘土で出来た酒杯を指さした。マスカルはそれを拾いあげ、革袋を腕にかかえてその口をゆるめ、中身を杯になみなみと注いだ。味わってみると、この酒は生《き》のままであることが分った。マスカルは一気に飲み干し、今までよりずっと気分がよくなった。

二杯目はコーパングにすすめた。コーパングは一口だけ啜ってぐいと飲みこみ、何も言わずに酒杯を戻した。洞窟にいるあいだ、コーパングは二度と酒を飲もうとしなかった。マスカルは杯に残っていた酒を飲み干し、心配事を心の中から追い出しにかかった。

肉がぶらさがっているところへ行くと、マスカルは両手を使わなくては持ちきれないほど大きな肉をおろし、積みかさねてある動物の皮の上に腰をおろして、くつろいだ気分で食べ始めた。肉は固くて、ざらざらしていたが、こんなにうまいものは初めてだと思われるほどおいしかった。ただし、嚙みしめると、何とも言えない不思議な味がしたが、動物の珍種が棲んでいるこの異界ではそれも別に驚くにあたらないことだった。食事は無言のうちに続けられた。コーパングは立ったままほんの少しだけ食べ、そのあと毛皮の束の上に横になると、もの怖じしない眼で二人の動きを細大漏らさず眺めた。ホーントはまだ酒を飲んでいなかった。

やっとマスカルは食事を終え、酒杯をもう一度空《から》にし、気持よさそうに溜息をついて、少し話をしてみる気になった。

「どうだい、きみの国の女たちのことをもっと話してくれないか、ホーント」

ホーントは別の革袋と酒杯を持って来た。革袋の口を縛ってある紐を歯でかみ切ると酒を杯にそそぎ、一杯また一杯と矢継早に飲んでから腰をおろして膝を組み、マスカルのほうを向いた。

「どう言ったらよいものやら……」

「すると、サークラッシュの女はいやらしいって言うわけなのかい」

「いやらしいどころか、おっそろしいね」

「おっそろしい？　どういうふうにおっそろしいんだね」

「そのうち分るさ。マスカル、おれは小舟の中できみを観察していたんだが、きみは気分が悪かったんじゃないのか」

「有り体に言えばそうだ。まるで悪夢と闘っているような気がしたことが何度もあった。どうしてだったのだろう」

「リッチストームの女性的な雰囲気、つまり性的情熱が原因だったのさ」

「性的情熱など感じなかったけどな」

「あれは性的情熱だったのさ――と言っても、ほんの序の口だけどね。きみの国では自然は人びとに快い刺激を与えて結婚させるが、ここの自然はわれわれを苦しめるのだ。外へ出るまで待ちたまえ。外へ出たらまたあの感じが戻って来るはずだ――今度は十倍もひどいものになってな。きみが飲んだ酒にはそういう効果があるのだ。……こういったことが最後にはどういう結末になると思う?」

「知っていたら、こうしてきみに質問したりしないさ」

ホーントは大きな声で笑った。

「サレンボウドだよ」

「ええっ?　こういったことの結末は、ぼくがサレンボウドを口説くことになると言うのかい」

「だけど、そうなったところで、どうなるものやら。なあ、マスカル、サレンボウドはきみに何を与えてくれるのだろうか。甘い、卒倒するような、白い腕をした女性の愛欲だろうか。……」

マスカルは平然としてもう一杯酒を飲んだ。「サレンボウドがそういったものまで行きずりの人に与えなくちゃならない理由がどこにあると言うんだ」

「実を言うと、サレンボウドが与えるのはそんなものじゃないのさ。サレンボウドがきみに与え、きみがサレンボウドから受けとる――と言うより受けとらざるをえないもの……それは苦悩、狂気、あるいはことによったら死でさえあるかもしれない」

「きみは道理にかなったことを言っているのかもしれないが、ぼくの耳にはたわごとのように聞こえる。どうして狂気と死を受け容れなくちゃならないんだ」

「きみの情熱がそうさせるのさ」

「きみ自身はどうなんだ」マスカルは爪を噛みながら尋ねた。

「おれには男石がある。免疫ができているのさ」

「男石がなかったら、きみもほかの男たちと同じようになってしまうのか」

「そうだ。しかし、そういう弱点につけこんで計略にかけたりしないでくれよ、マスカル」

マスカルは落ちついて酒を飲み続け、しばらくのあいだ何も言わなかった。

「それでこの国の男と女は互いに敵対していて、愛などというものは誰にも知られていないというわけなのか」

ややあってからやっとマスカルは言葉を続けた。

「ああ、愛というその魔術的な言葉よ……マスカル、愛とは何であるかを教えてやろうか。男女の愛はありえない。マスカル、きみがひとりの女を愛するとき、その女を愛しているのは、きみの御先祖様だった女性たちなのだ。ところが、この国の男は混じりっ気のない純粋な男性なのだよ。どの男も女系の先祖の血を一滴も受けつていでいないんだ」

「男石はどこから生じるんだね」

「突然変異で生じた変種じゃないんだよ。どこかに男石が生じている温床みたいなものがあるにちがいない。いずれにしろ、世界が純女性化してしまうのを防いでいるのが男石なのさ。男石なかりせば、世界は個体の存在しない甘ったるい蜜みたいなでかいひとつのかたまりになっちまうってわけ」

「しかし、まさしくその甘美さが男たちにとっては苦しみのもとなんだろう?」

「純粋な男性の生はすさまじいものなんだ。生命の過剰は肉体にとって危険だ。それが苦しくないはずはないじゃないか」

ここでコーパングが突然起きあがり、ホーントに向かって言った。「きみはマスペルについて話してくれると言っていたが、その約束、まさか忘れたわけではあるまい」

ホーントは意地悪い笑みをうかべてコーパングを見つめた。

「おやおや、地下の住人が生き返ったぞ」

「そうそう、マスペルについて話してくれ」マスカルはぞんざいに言葉をさしはさんだ。

ホーントは酒を飲み、あははと笑った。

「話といっても簡単で、話す値打ちなど殆どありゃしないんだが、きみたちが知りたいって言うんなら……。五年前、見たこともない男がマスペルの光のことを調べにここへ来た。その男は名前をロッドといい、東のほうからやって来た。ロッドは夏のある日、ちょうどこの洞窟の外でおれに近づいて来た。よく晴れあがった朝のことだったな、あれは……ロッドがどういう人物だったか説明してくれと言われても、ああいう男をほかに思いうかべることはできない。とても気位が高く、高貴で、すぐれた人物のように見えたので、ロッドに較べたらおれの血など泥と同じだという気がしたくらいだ。……どんな人間に対しても見境いなくこんな気持を抱くおれじゃないってことは分って貰えるだろうな。……今こうしてロッドのことを思い出していると、あの男は優れているというよりはむしろ違っていたんだと思う。とにかく、ものすごく強い印象を受けたので、おれは立ちあがり、直立不動の姿勢でロッドと話をした。相手はアディッジ山はどの方向かと尋ね、続けて、《アディッジ山では時どきマスペルの光が見られるという話を聞いた。そのことについて何か知らないか》と言ったので、おれはありのままを答えた――つまり、何も知りませんと言ったんだ。するとロッドは、《それでは、これからアディッジへ行くとしよう。わたしのあとから同じ目的でやって来る人がいたらこう言ってくれ、わたしと同じようにするがいいとな》ロッドと話し合ったことはそれだけだ。ロッドはアディッジに向けて出発し、それ以後一度も会ったことがないし、消息も聞かない」

「そうすると、きみはその男のあとについて行ってみようという気にはならなかったのかい」

「そんな気にはならなかったね。なぜって、ロッドが背を向けるや否や、ロッドに対する関心がどうしたわけかすっかり消えちまったみたいだったからだよ」

「それはきっと、その男がきみの役には立たない人物だったからだろう」

コーパングがちらっとマスカルを見た。「わたしたちの行くべき道がこれで決まった。道はしるされているのだ」

「どうもそうらしいな」マスカルは気のない返事をした。

ひとときのあいだ話が途切れた。マスカルはその沈黙を耐えがたいものに感じ、そわそわしてきた。

「ホーント、日の光のもとで見たときのきみの皮膚の色は何という色なんだい。変った色に見えたんだが」

「ドルムだ」ホーントが言った。

「ウルファイアーと青のまざった色さ」コーパングが説明した。

「そうか、それで分った。ドルムにしろウルファイアーにしろ、異星から来た者にとっては不可解な色だ」

「きみの世界にはどういう色があるんだね」コーパングが尋ねた。

「原色は三つしかない。ところが、ここには五つあるようだな。どうしてそうなっているのか、ぼくには想像もつかない」

「ここでは二組《ふた》の三原色があるが、そのうち青は両方の組に共通しているから、原色は全部で五つということになる」コーパングが言った。

「なぜ二組なんだ」

「二つの太陽が色を作り出しているからだ。ブランチスペルは青と黄と赤と、アルプペインはウルファイアーと青とジェールを作り出す」

「そういう説明が今までぼくの心に思いうかばなかったのはおかしなことだな。それくらいのことは思いついてもよかったんだ」

「したがって、自然に欠かせない三位一体の一例がこれなのだ。青は存在である。それは光を通して見た闇であり、存在と無の対比なのだ。黄色は関係である。黄色の光に照らすと、ものとものとの関係が一番はっきり見える。赤は感情である。赤を見るとわれわれは自分の個人的感情の中に投げ戻される。……以上はブランチスペルの色の説明だが、アルプペインの色について言うと、青は真ん中に位置しているから存在ではなく関係である。ウルファイアーが存在なのだ。したがって、これは異なった種類の存在であるにちがいない」

ホーントはあくびをした。「きみが住んでいる地下の穴にはすばらしい哲学者がわんさかいるとみえるな」

マスカルは立ちあがり、あたりを見まわした。

「あのもうひとつの戸口はどこへ通じているのだろう」

「調べてみたらいい」ホーントが言った。

マスカルはホーントの言葉をそのまま受けとり、ぶらぶら歩いて奥へ行き、皮のカーテンをさっと開くと、夜の闇の中に消えて行った。ホーントはがばと立ちあがり、急いでマスカルのあとを追った。

コーパングも立ちあがった。コーパングはまだ手をつけてない革袋のところへ行ってその口をゆるめ、中身をどくどくと床の上にまき散らした。そのあと狩猟用の槍をとり、両手で先端をぽきんと折った。コーパングがまだもとの席に戻らないうちにホーントとマスカルが再び姿を現した。主のすばやいずるそうな眼は、何が起ったかをすぐに見てとった。ホーントはにゅっと笑ったが、顔は蒼ざめた。

「こまめにいろいろとやってくれたようだな」

コーパングは不敵な目つきでぎょろっとホーントを見すえた。「きみの牙を抜いておくのはいいことだと思ったんでね」

マスカルは大きな声で笑い出した。

「蟇蛙殿が冬眠からさめて地下から出て来たのも、何かお目あてあってのことだったというわけだ。まさかこんなことをするとは東洋の仏さんでも知らなかったろう」

ホーントは二、三分間コーパングをじっとにらみつけてから、突然悪霊のような妙な叫び声をあげて、ぱっとコーパングにとびかかった。二人は山猫のように取っ組み合いを始めた。しっかと四つに組んでいたかと思うと、床に倒れ、床に倒れたかと思うとまた起きあがるので、どちらが勝っているのか、とんと分らなかった。マスカルは二人を引き離そうとはしなかった。ある考えが頭にひらめいたマスカルは、二つの男石をひっつかむと、それを持って笑いながら奥の戸口を走りぬけ、外に出た。

その戸口からは山の反対側にある深い淵が見おろせた。緑色の雪が点々とまぶされている狭い岩棚が淵の断崖から張り出して、曲がりくねりながら右のほうに延びていた。通れる道はそれしかなかった。マスカルは持っていた小さな男石を淵の中に投げた。手に持っていると固くて重かった石も、石というよりはむしろ羽毛のようにふわふわと落ちて行き、うしろに蒸気《ガス》の長い航跡を残した。男石が消えてゆくのをマスカルがまだ見守っていると、ホーントとコーパングが殆ど同時に洞窟から飛び出して来た。ホーントは興奮してマスカルの腕を握りしめた。

「クラッグの名において訊くが、きみは一体何をやらかしたんだ！」

「男石が舟の外へ落ちちゃったのさ」マスカルは新たにこみあげてくる笑いをこらえきれずにこう答えた。

「いまいましい気ちがいめ！」

光り輝くホーントの色は、体内の光が呼吸でもしているかのように、現れたり消えたりした。が、すぐに意志力を最大限に発揮してホーントは急に平静をとり戻した。

「きみがやったことはおれを殺すことになるということを知っているのか」

「ここ一時間というもの、きみはぼくをサレンボウドに会わせようとして何やかやと手をつくしてきたんじゃなかったのか。さあ、元気を出して快楽の宴に加わりたまえ」

「きみは冗談のつもりで言っているが、それは悲しむべき事実なんだ」

人を莫迦にしたような意地の悪い表情はすっかり消え失せ、ホーントは見たところ病人のようになった。

……だが、なぜかその顔は一段と高貴になっていた。

「ホーント、そのためにぼくだって自分のことを気の毒な奴だと思わなかったとしたら、きみのことをぼくはとても気の毒に思って、申し訳ない気持にさえなっていたろうよ。今じゃ、ぼくたちは三人とも同じ用向きがあるんだ――きみにはまだそれが分っていないようだけど」

「だが、そもそもなぜそんな用を足さなきゃならんと言うのかね」コーパングが静かに尋ねた。「きみらときたら、危険を脱するまでのあいだに自制力を働かせることができないのか」

ホーントは気ちがいじみた目つきでコーパングを見すえた。「それができないんだ。早くも幻どもがおれのまわりにむらがっている」

ホーントは不機嫌な表情で腰をおろしたが、次の瞬間、再び立ちあがった。

「とても待ちきれない。……ゲームはもう始まったんだ」

このあとすぐ、暗黙の同意のもとに、三人はホーントを先頭にして岩棚を歩き始めた。岩棚は狭い登り坂で、すべりやすく、極度の注意が必要だった。道は、自然に光を発する雪と岩で明るく照らされていた。八百メートルばかり進んだとき、二番目を歩いていたマスカルはよろめいて崖につかまり、ついに腰をおろした。

「酒がきいてきたようだ。またあの感じがしてきたが、今度はもっとひどい」

ホーントが振り向いて言った。「とすると、きみは運のつきた男だ」

マスカルは、二人の仲間とこの場の状況とを完全に意識してはいたが、黒い、形のない、超自然の存在が重くのしかかってきて、自分を抱きしめようとしているように感じられた。心が恐怖の念でいっぱいになったマスカルは、激しく震えたが、指一本動かせなかった。汗が大きなしずくとなって顔をころがり落ちた。目ざめたままで見るこの悪夢は長いあいだ続いたが、その間ずっとそれは現れては消えていた。ある瞬間にはこの幻は今にも消えようとしているようだったが、次の瞬間にはあと少しで血肉化して実物となりそうな気配を示した――本当にそうなったらおれは死ぬのだ、とマスカルは悟った。と、だしぬけに幻は完全に消えた。……マスカルは自由になった。さわやかな春のようなそよ風が顔を撫で、かわいい小鳥がゆっくりとひとりぼっちで唄う声が聞こえ、魂の中で詩が芽生えておのずから一篇にまとまるかのように思われた。ぱっとひらめく、胸の張り裂けんばかりのこういう喜びを、マスカルはいまだかつて経験したことがなかった。……が、この歓喜も殆ど一瞬のうちに消え失せた。

身を起こすとマスカルは眼の前で手を動かして、夢を見ているのではないことを確かめた。天使の訪問を受けたばかりの人のように静かに身体が揺れていた。

「色が白に変ったぞ。一体どうしたんだ」コーパングが言った。

「責め苦を通り越して愛に辿りついたのだ」マスカルはあっさり答えた。

立ちあがったマスカルをホーントが陰気な顔で見つめた。「その経験を説明してくれないか」

マスカルはよく考えながらゆっくりと答えた。「マタープレイにいたとき、重い雲が放電し、色のついた生きた動物に変るのを見た。それと同じように、どす黒くて混沌としていたぼくの苦しみがたった今かたまって、これまでに経験したことのない種類の喜びとなって、ひとつにまとまったのだ。この喜びは、それに先立つ悪夢がなかったら存在できなかったろう。これは偶然そうなったのではない。自然が仕組んだのだ。今ぼくの頭にこういう真理が閃いた。……きみたちリッチストームの男はあまり先まで進んでいない。きみたちは、それが誕生の苦しみであることも知らずに、苦しみの状態にとどまっているのだ」

「もしそれが本当なら、きみは偉大な先駆者だ」ホーントが呟いた。

「その感覚は普通の愛とはどう違うのかね」コーパングが問うた。

「あれこそ愛のすべてだったのだ——激しさによって増幅された愛の姿」

コーパングは暫くのあいだ顎をこすった。「だが、リッチストームの男たちはあまりにも男性的だから、決してそういう段階にまでは到達しないだろう」

ホーントは青ざめた。「なぜおれたちだけが苦しまなくてはならないんだ」

「自然は気まぐれで残忍であり、正義に従って動くわけではない。……ホーント、われわれについて来たまえ、そして、そういう状態からすっかり脱け出すんだ」

「それはあとで決める」ホーントは呟いた。「ついてゆくことになるかもしれん」

「サレンボウドのところまではまだまだ遠いのか」マスカルが尋ねた。

「いや、そんなに遠くではない。サレンボウドの住処《すみか》はサークラッシュ山の張り出した頂上の下にある」

「今晩何が起るのだろう」マスカルはひとり言を呟いたのだが、ホーントがこれに答えた。

「さっきはああいうことが起ったけれども、今度も楽しいことが起るなどと期待してはいけない。サレンボウドは女ではなくて、純粋な性《セックス》そのもののかたまりなのだ。きみの情熱がサレンボウドをほだして人間の形に変えるだろうが、それはちょっとのあいだだけだ。もしその変化が永続的なものであるなら、きみはサレンボウドに魂を与えたことになる」

「その変化を永続的なものにすることができるかもしれない」

「そうするにはきみがサレンボウドを求めるだけでは充分でない。サレンボウドのほうもきみを求めなければならないのだ。しかし、サレンボウドがきみを欲しなければならない理由がどこにあると言うんだ」

「なにごとも予想したような結果にはならないものさ」マスカルはかぶりを振りながら言った。「さあ、先を急いだほうがいい」

一行は旅を続けた。岩棚は依然として登り坂だったが、崖の角を曲がるとホーントは岩棚から離れ、直接頂上へ通じている険しい峡谷を登り始めた。ここで三人は四つん這いになるより仕方がなかった。マスカルは登っているあいだずっと、さっき経験した圧倒的な甘美さのことばかり考えていた。

頂上の平らな地面は乾いていて弾力性があった。もはや雪はなく、あざやかな色の植物が見えてきた。ホーントは急に左のほうに曲がった。

「ここは張り出した山の下だな」マスカルは言った。

「そうだ、五分もしないうちにサレンボウドに会えるだろう」

マスカルは言葉を口にしたとき、唇が柔らかく敏感になっているのに気づいて、はっとした。上下の唇が互いに触れ合う感触の微妙さにマスカルは全身に戦慄をおぼえた。

草がぼんやり輝いていた。光り輝く枝のついた一本の巨樹が見えてきた。その木には、ぶらさがっている角燈のような赤い実がたわわについていたが、葉は一枚もなかった。この木の下にサレンボウドが坐っていた。サレンボウドの美しい光——ジェールと白のまざりあった色——が暗闇を通して柔らかく輝いていた。サレンボウドは膝を組み、背筋を伸ばして坐ったまま、眠っていた。着ているのは、動物の皮でできた奇妙な服で、それは、上端は片ほうの肩にかけられたマントだったが、下の部分は、膝の上あたりまであるゆったりした半ズボンになっていた。サレンボウドは前腕を軽く組み、片ほうの手には食べかけの果実が握られていた。

マスカルは深く興味をそそられて、サレンボウドの上にかぶさるように身をのり出し、見おろした。このサレンボウドの半分ほども女らしいものをいまだかつて見たことがないとマスカルは思った。肉体があまりの柔らかさで今にも溶けてしまいそうに見えたのだった。顔の器官は眼も鼻も口もすべて未発達で、人間の顔らしくなかった。唇だけがふっくらして突き出ており、表情に富んでいた。そのあまりのふくよかさに、あたかもそれはうたた寝している原形質《プロトプラズム》の画布に殴りつけるように描かれた生ける意志そのもののようだった。髪は手入れされてなく、その色は判別できなかった。もつれた長い髪で、邪魔にならぬよう背中のところで服の内側にたくしこまれていた。

コーパングはむっつりした平静な顔つきだったが、ほかの二人は傍目にも分るほど興奮していた。マスカルの心臓は早鐘を打った。ホーントがマスカルを引き寄せて言った。「なんだか肩から頭がもぎとられているような感じだ」

「それは一体どういうことなんだ」

「だが、この感じには、恐ろしい喜びもあるんだ」うっすらと微笑んでホーントが言い添えた。

ホーントがサレンボウドの肩に手を置くと、サレンボウドは静かに目をさまし、二人をちらっと見あげて微笑み、また果物を食べ始めた。人と話を交わすだけの知能がこの女にあるようには思えなかった。突然、ホーントは跪いてサレンボウドの唇にキスをした。

サレンボウドはホーントをはねつけなかった。キスが続いているあいだ、マスカルはサレンボウドの顔が変っていくのに気づいて、どきりとした。不明瞭だった顔かたちが次第にはっきりしてきて人間らしくなり、強剛な感じをすら帯びた。微笑みは消え、笑顔が渋面に変った。ホーントを押しのけて立ちあがったサレンボウドは眉をひそめて三人の男を順ぐりに見つめた。マスカルは最後だった。サレンボウドはマスカルの顔をかなり長いあいだしげしげと眺めていたが、内心どう思ったかは表情に現れなかった。

そうしているあいだに、ホーントはにたにた笑いをうかべ、よろめきながら再びサレンボウドに近づいた。

サレンボウドは静かにホーントを受け容れた。しかしながら、もう一度唇と唇が触れ合うや、忽ち、電線にでも触れたようにホーントは驚きの叫び声をあげてうしろに倒れ、後頭部を打ってそのまま動かなくなった。

コーパングはホーントを助けようと思って前へ跳び出したが、何が起ったかを見てとると、ホーントをそのままにしておいた。

「マスカル、早く来てくれ」

マスカルがかがみこんだときには、ホーントの皮膚から光が失われてゆくのがはっきり分った。ホーントは息絶えて、もはや誰なのか見分けのつかない顔になっていた。頭はてっぺんから下に真っ二つに割れ、斧で激しい一撃を受けた直後のように妙な色の血が流れていた。

「倒れたためにこうなったのではない」マスカルが言った。

「そうだ。サレンボウドの仕業だ」

マスカルはすばやく振り向いてサレンボウドを見た。サレンボウドはまたもとの姿勢で地面に坐っていた。さきほど一瞬現れた知能の面影は消え、またにこにこ笑っていた。

19 サレンボウド

サレンボウドの素肌は暗闇を通して柔らかな光を放っていたが、服に蔽われているところは見えなかった。マスカルはそのにこにこ笑う他愛ない寝顔を見つめて、思わずぞっとした。奇妙な感覚が体内を駆けぬけた。

コーパングの声が夜の闇の中から聞こえてきた。「その女の顔つき、死のような恐ろしさをはらんだ悪霊みたいだ」

「こんな女に口づけするなんて、わざわざ稲妻にキスするようなものだ」

「ホーントは燃えさかる情熱で気が狂っていたのだ」

「ぼくだって同じだ」マスカルは静かに言った。「まるで互いにこすり合っている岩で全身がいっぱいになっているような気持だ」

「わたしが心配していたのはそれだ」

「ぼくまでサレンボウドに接吻しなくてはならなくなりそうだ」

コーパングはマスカルの腕を引っぱった。「きみは男らしさをみんな失ってしまったのか」

しかし、マスカルはもどかしそうにその手を振り払うと、落ちつきなくひげを引っぱり、サレンボウドをじっと見つめた。マスカルの唇はぴくぴく動き続けていた。この状態が二、三分続いたあと、マスカルは前に進み出てサレンボウドの上にかがみこみ、身体ごと抱きあげ、ざらざらした木の幹にサレンボウドを寄りかからせてまっすぐ坐らせると、口づけをした。

冷たい、ナイフのような衝撃が体内を貫き通った。マスカルは死が襲って来たのだと思い、意識を失った。

マスカルが意識を取り戻したとき、サレンボウドは片ほうの手をいっぱいに伸ばしてマスカルの肩をつかみ、陰気な眼でこちらの顔をじっと見つめた。初めマスカルはそれがサレンボウドであることが分らなかった。自分がさっき口づけをした女ではなく、別の女のように思えたのだ。やがて、その顔はホーントに挑まれたときの顔と同じになっていることが徐々に分ってきた。マスカルは大きな静けさに包まれ、いやな感じは消え去っていた。

サレンボウドは魂をもつ生きた人間に変っていた。皮膚はひきしまり、顔だちは逞しく、眼は自分の力を意識してきらきら輝いていた。サレンボウドは背が高く、ほっそりしていたが、身振りと動作は万事ゆったりしていた。顔は美しくはなかった。その細おもては青白く輝き、口は火と燃える赤い裂け目のように顔の下半分を横に切っていた。唇は以前と同じように肉感的で、眉は太かった。この女には卑俗なところは微塵もなかった――サレンボウドはすべての女の中で最も王者らしく見えた。年はせいぜい二十五ぐらいにしか見えなかった。

どうやらマスカルにじろじろ見られるのがいやになったらしく、サレンボウドはマスカルを少し押しやって腕をおろし、同時に口を曲げて、長い、弓のような笑みをたたえた。

「生命を与えて下さったことを誰に感謝したらいいのかしら」

サレンボウドの声は豊かで、ゆっくりしていて奇妙だった。マスカルは夢の中にいるような気がした。

「ぼくの名前はマスカルだ」

サレンボウドは自分のほうへ一歩近づくようにと身振りで示した。

「マスカル、あたしの話を聞いて頂戴。男の人が次から次へとやって来てはあたしを世界へ引き入れるんだけど、あたしにその気がないため、いつまでもあたしを世界に引きとめておくことはできなかったの。でも今度はあんたのせいでこのままずっと世界にとどまるようになったのよ、それが善いことか悪いことなのかは分らないけど」

マスカルは今では見えなくなった死体のほうに手を伸ばし、静かに言った。「あの男について何か言うことはないのか」

「誰なの」

「ホーントだ」

「まあ、あの人がホーントだったの。あの人が死んだという知らせは津々浦々に伝わるでしょう。有名な人だったんですもの」

「恐ろしいことだ。きみがわざとホーントを殺したとはとても考えられない」

「あたしたち女性は恐ろしい力を与えられているのよ。でもそれは女性に許されたたったひとつの自衛手段なのだわ。あたしたちは別にこうして男の人に来て貰いたいとは思っていないのよ。男の人なんて大きらいなの」

「ぼくだって死んでいたかもしれないんだ」

「あなたがたは一緒にいらしたの？」

「三人で来た。もうひとりコーパングという男がまだあそこに立っている」

「かすかにちらちら光っている姿が見えるわ。コーパング、あたしに何の用があるの」

「別に何も」

「それならあっちへ行って。マスカルと二人だけにさせて頂戴」

「コーパング、それには及ばないよ。ぼくもきみと一緒に行く」

「それじゃあ、これはあの快楽とは違うのかい」暗闇の中からコーパングの低い真剣な声が聞こえてきた。

「そうだ、あの快楽は戻ってこなかったんだ」

サレンボウドはマスカルの腕をきつく握りしめた。「どういう快楽のことを言っているの」

「愛の予感だ、ちょっと前に感じたんだ」

「でも今はどんな感じがするの」

「穏やかで自由な感じがする」

サレンボウドの顔は、ゆるやかにうねる海のような根源的な情熱を蔽い隠している青白い仮面のように見えた。

「マスカル、どういう結末になるかは分らないけれど、もう暫く一緒にいましょう。これからどこへ行くの」

「アディッジだ」コーパングが前へ進み出て行った。

「でもどうしてそんなところへ?」

「われわれはロッドがあゆんだ道を辿っている。その男は何年か前にマスペルの光を見つけるためアディッジへ行ったのだ」

「それはどういう光なの」

「別の世界の光だ」

「それはまた雄大な探求だこと。でも、その光、女には見えないの?」

「ある条件のもとでなら見える」とコーパング。「自分が女であることを忘れなくてはならないんだ。女の性《さが》と愛は生に属しているが、マスペルは生を超えたものなのだ」

「ほかの男の人はみんなあなたにあげる」サレンボウドが言った。「でも、マスカルはあたしのものよ」

「そうはいかない。わたしがここに来たのは、マスカルに女をとりもつためじゃなく、もっと高貴なものがあることを思い出させるためだ」

「あなたはいい人ね。でもあなたがた二人だけではアディッジへの道を見つけることはとうていできないでしょう」

「きみは知っているのか」

サレンボウドはまたマスカルの腕をつかんだ。「コーパングは軽蔑しているけど、愛ってどういうものかしら」

マスカルはサレンボウドを熱心に見つめた。サレンボウドは話し続けた。「愛というのは、愛する人のためなら心の底から喜んで姿を消し、無になるものなんだわ」

コーパングは額に皺を寄せた。「高潔な心をもった恋する女に会ったのはこれが初めてだ」

マスカルはコーパングを脇へ押しやり、サレンボウドに向かって言った。「きみは犠牲のことを考えているのか」

サレンボウドは足元を見つめ、にっこりした。

「あたしがどういうことを考えていようとたいした問題じゃないでしょ。……教えて頂戴、すぐに出発するの、それともまず休むつもり？　アディッジへの道はでこぼこ道よ」

「きみはどうするつもりなんだね」マスカルが尋ねた。

「途中まで道案内するわ。サークラッシュとアディッジをつなぐ尾根まで行ったら、たぶんあたしは引き返すことになるでしょう」

「そのあとは？」

「それからは、もし月が照っていれば、夜明けまでにはアディッジに着くことができるでしょう。でも、もし月が照っていなくて暗かったら、とても無理だわ」

「そんなことを聞いているんじゃない。ぼくらと別れたあと、きみはどうなるんだい」

「どこかへ帰ることになるでしょう。……たぶんここへ」

マスカルはサレンボウドの顔をもっとよく見ようと近よった。

「きみは……もとの状態に戻るのか」

「いいえ、そうはならないわ――ありがたいことに」

「それじゃあ、この先どうやって生きて行くのかね」

マスカルがサレンボウドの腕にのせていた手をサレンボウドはそっとどけた。サレンボウドの眼には炎が渦巻いているようだった。

「あたしがこの先も生き続けて行くと誰が言ったの」

マスカルは訳が分らず眼をぱちくりさせながらサレンボウドを見たが、暫く間《ま》をおいてから再び口を開いた。

「きみたち女性は自己犠牲をする人たちだ。分るだろう、きみをこのまま放って行くなんて、そんなことはぼくにはできない」

二人の眼が合った。どちらも眼をそらさず、どちらもまごつかなかった。

「マスカル、あなたはこれからもずっとあらゆる男の中で誰よりも寛大な人であり続けるでしょう。さあ行きましょ。……コーパングはひとつの目的に向かってひたむきに進むタイプの人だわ。それほどひたむきじゃないあなたとあたしにできる最小限のことは、コーパングが目的地に着くことができるよう手を貸してやることだわ。ひたむきな人たちの目的地が、普通の人たちにとっても出かけて行くだけの値打ちがあるところなのかどうかは訊いてはならないことなのよ」

「マスカルにとっていいことなら、わたしにとってもいいことだろう」

「どんな容器《うつわ》にも一定量しか入れることはできないのよ」

コーパングは苦笑した。「長らく眠っているあいだにきみは知恵を学びとったようだな」

「そうよ、コーパング。あたしはたくさんの人と会い、たくさんの人の心を探ったの」

一行が出発しようとしたとき、マスカルはホーントのことを思い出した。

「あのかわいそうな男を埋めてやるわけにはいかないだろうか」

「あしたの今頃にあたしたちのほうが埋葬を必要とする状態になっているでしょう。でも、コーパングはそうじゃないけど」

「ぼくたちには何も道具がない、だから、きみは思いどおりにしなくてはならないんだ。きみはホーントを殺したが、あの男を殺したのは実はぼくなのだ。あの男を護っていた光をぼくが盗んだのだ」

「きっとあの人の死は、あなたがあたしに生命を与えて下さったことで帳消しになるでしょう」三人はその場を去り、来た方向とは反対の方向に向かった。何歩か進むとまた緑色の雪のあるところに来た。そのあたりで平らな地面は終り、一行は険しい、道のない斜面を横ぎり始めた。雪と岩はちらちら光り、三人の身体も光っていたが、それ以外はすべて闇だった。周囲で霧が渦巻いていたが、マスカルはもはや悪夢を見なかった。微風《そよかぜ》は冷たく清らかで間断なく吹いていた。一行は、サレンボウドを先頭にして一列になって歩いた。サレンボウドの動作はゆっくりしていて魅惑的だった。しんがりをつとめているコーパングの厳しい眼は、男を誘惑する女と半ばのぼせあがった男以外は、前方の何ものも見ていなかった。

長いあいだ、一行は岩だらけの歩きにくい山麓を斜めにつっきるようにしながら少しずつ登って行った。斜面は急だったので、一歩踏みはずせば命とりになったにちがいない。山は向かって右側にあった。暫くすると斜面の左側が平らな地面に変り、一行は別の山脚に達したらしかった。右側の登り斜面はさらに二、三百メートル続いていた。ここでサレンボウドは急に左へ折れ、一行はあたり一面平らなところへ出た。

「さあ尾根に来たわ」サレンボウドが立ちどまって言った。

マスカルとコーパングはサレンボウドに近づいた。その瞬間、月が急に雲間から現れ、あたり一帯を照らし出した。

マスカルは叫び声をあげた。そのながめの高貴で孤独な荒々しい美しさは全く思いもよらないものだった。ティアゲルドは三人の左手の空高くにあり、うしろから三人を照らしていた。まっすぐ前方には、アディッジそのものは見えなかったが、アディッジまでつながっている大きな尾根が途方もなく広い、なだらかな下り道のように延びていた。この尾根は幅が二百メートルをくだることはなく、ところによってはすっかり緑色の雪で蔽われていたが、露出した岩が黒い歯のように突き出ているところもあった。三人が立っている地点からは尾根の側面は見ることができず、下がどうなっているかも分らなかった。北にあたる右側の景色はぼやけていて、はっきりしなかった。その方向には峰はなく、ぼやけて見えたのは遥か彼方にあるベアリーの低地だった。しかし、左手には、近くにはもちろんのこと、月明かりの中で見ることができる限りの遠方にも、おびただしい数の巨大な高峰が姿を見せていた。どの峰も緑色に輝き、リッチストームの山脈の特徴となっているあの風変りな張り出した頂上がかぶさっていた。張り出した頂上は奇想天外で、それぞれ違っていた。三人の真っ正面の谷は、うねっている雲海で埋まっていた。

サークラッシュは馬蹄形をした巨大な山塊で、その両端は西を向いており、そのあいだには何もない空間が二キロ以上にわたって広がっていた。北の端は三人が立っている尾根になっていた。南端は、ホーントの洞窟があるあたりの山に長く延びる断崖となっていて、南北の両端を結ぶ曲線の部分が、たった今三人が横切った険しい斜面だった。サークラッシュの山頂は見えなかった。

南西の方向にはあまたの山々が頭をもたげ、さらに、途方もない高さにそびえているように見える山頂が二つ三つ、馬蹄形地の南側に蔽いかぶさるように張り出していた。

マスカルはサレンボウドに質問しようと思って振り向いたが、初めて月明かりの中でサレンボウドの姿を見て、喋ろうとしていた言葉を忘れてしまった。あの、裂けたような口はもはや顔全体の中で目立つことはなく、とびぬけて女らしい形をした、象牙のように青白い顔《かんばせ》は、突然、美しいとさえ言えるまでになった。唇は長い女性的な薔薇色の曲線を描き、髪は黒っぽい栗色だった。マスカルはたいそう心をかき乱された。サレンボウドは女というよりはむしろ妖精に似ているとマスカルは思った。

「どうして怪訝な顔をしているの」サレンボウドが微笑しながら尋ねた。

「なんでもないさ。それより、太陽の光のもとできみを見てみたいな」

「たぶんそれはできないでしょう」

「きみの生活はとっても孤独なんだろうな」

サレンボウドは、ゆっくりとほの輝く黒い瞳でマスカルの顔を探るように見た。

「マスカル、どうして感じたままを喋るのがこわいの」

「いろいろなことがまるで日の出のように明るく眼の前に次から次へとうかびあがってくるようなんだけど、それが何を意味するのか分らないんだ」

サレンボウドは無遠慮に笑った。「夜が近づいているという意味でないことは確かだわ」

じっと尾根の先を見つめていたコーパングがここで突然話に割りこんできた。

「マスカル、もう道はなだらかになった。きみが望むなら、わたしはひとりで先へ進むことにする」

「それはいけない。一緒に行こう。サレンボウドがついて来てくれるはずだ」

「少しだけならいいわ。でも、アディッジまで行って、眼に見えないものの力と勝負するなんて、あたしはご免だわ。あの光はあたしの味方じゃないんだもの。あたしは愛を捨てる方法は知っているけれど、愛を裏切るようなことはしたくないのよ」

「アディッジで何が見つかるだろうとか何が起るだろうとか、そんなことが誰に分る。コーパングもぼくと同様、何も知らないんだ」

コーパングはマスカルの顔をまともに見すえた。「マスカル、きみも自覚しているはずだが、美しい女と一緒だと、いくらきみでも、あの恐ろしい光に近づく勇気がなくなるんだぞ」

マスカルは落ちつかなげに笑った。

「サレンボウド、コーパングが話さないことを教えてあげよう――ぼくはマスペルの光のことをコーパングよりもずっとよく知っているし、それにコーパングはぼくと会わなかったら、今頃はスリールで相変らずお祈りをしていることだろう」

「それでも、コーパングが言っていることはきっと正しいんじゃないかしら」サレンボウドは二人を見くらべながら答えた。

「やっぱりぼくは行っては駄目だと……」

「マスカル、あなたと一緒にいる限り、あたしはあなたをせき立てて進ませ、決して引き返させたりしないわ」

「まだ喧嘩をするには及ばないよ」マスカルは無理に笑顔をこしらえて言った。「万事うまく行くに決まっている」

サレンボウドは足で雪を蹴ちらし始めた。

「コーパング、あたしは眠っているあいだにもうひとつ知恵を手に入れたわ」

「それを話してくれ」

「法律や規則に従って生きている人は寄生虫のようなものだわ。それ以外の人たちは、そういう法則を無の中から生じさせ、日の目を見せてやろうと力をふりしぼっているのよ。でも、法則を守る人たちは気楽に生きているわ――自分では何も征服しないんだもの」

「発見する力を授かった人もいれば、保存して完成させる力を授かった人もいる。わたしがマスカルの幸福を願っているからといってきみはわたしを非難することはできないはずだ」

「それはそうよ、でも子供が大嵐を導くのは無理というものだわ」マスカルが大嵐にされたのだ。

三人は再び尾根の真ん中を歩き始めた。三人は横に並んで進んで行った。サレンボウドが真ん中だった。道はゆるやかな下り坂で、比較的平坦な道がずっと続いていた。氷点は地球よりも高いように思われた。というのは、何センチか積もった雪の上を歩いていると、素足にはむしろ暖かく感じられたからである。マスカルの足の裏は今では堅い皮のようになっていた。月に照らされた雪は緑色で眼もくらむばかりだった。斜めに延びる三人の影は今では縮まって、輪郭がくっきりとし、赤黒い色を呈していた。サレンボウドの右側を歩いていたマスカルは、左手の、遠くにきら星の如く見える壮麗な峰々をしきりに見つめた。

「あなたはきっとこの世界の人じゃないんでしょう」サレンボウドが言った。「あなたのような人はここには誰もいないわ」

「きみの言うとおりなんだよ。ぼくは地球から来た」

「その地球というところはあたしたちの世界より大きいの?」

「いや、小さいと思うな。小さいうえに、人間がうようよいる。そんなにたくさんの人がいるので、きちんとした法律がなかったら混乱が起るだろう。だから法律は鉄のように強い。こういった法律を犯さない限り冒険は不可能だから、地球人にはもはや冒険精神はなくなった。何もかもが安全で卑俗で完成しているんだ」

「あなたの世界では男の人は女の人を憎み、女の人は男の人を憎むの?」

「ちがう。男と女の出会いは気恥ずかしいけれど甘美なものだ。あまり甘美なので、それに伴う恥ずかしさなどは眼を開いていても無視できるくらいだ。憎しみなどありはしない。あるとしても、ごく少数の変り者だけにしか見られない」

「その恥ずかしさがきっとリッチストーム人であるあたしたちの情熱の素《もと》なのでしょう。それより、訊きたいことがあるの——なぜここへ来たの」

「たぶん、新しい経験をするためだろう。古い経験にはもう興味がないんだ」

「この世界に来てどのくらいになるの」

「今、四日目が終るところだ」

「じゃあ、その四日間に何を見、何をしたのか教えて。あなたが何もしないでぼんやり過ごしたなんてはずはないでしょうから」

「大変な災難が何度もふりかかってきたよ」

マスカルは、緋色の砂漠で初めて目をさましたとき以来起ったことをすべて手短に物語り始めた。サレンボウドは半ば眼を閉じ、時どきうなずきながら耳を傾けていたが、二度だけ相手の話を遮って口を差しはさんだ。タイドミンが死んだときの模様を話すと、サレンボウドは低い声でこう言った——「あたしたち女性は誰であろうとわが身を犠牲にするという点でタイドミンにひけをとるようなことがあってはいけないのだわ。女というのはそういうものなのですもの。タイドミンがやったその犠牲行為ひとつだけで、あたしはタイドミンという人を愛したいくらいだわ——あなたに災難をもたらした人ではあってもね」さらにグリーミールについてもこう言った。「太っ肚で偉大な魂をもったその女の人をあたしは誰よりも崇拝するわ。その人は自分の内なる声に耳を傾け、それ以外のものには一切、耳を傾けなかったのよ。そんなふうにできるくらい強い人間がひとりでもほかにいるかしら」

マスカルの話が全部終ると、サレンボウドはこう言った。「マスカル、あなたが会った女の人たちは、あなたが会った男の人たちより遥かに気高かったと思わない？」

「たしかにそうだ。われわれ男性はしばしば自己犠牲をするが、充分な理由がなければ、やらない。きみたち女性にとっては、どんな理由でも歴とした理由になると言ってもいいくらいなんだ。きみたちは犠牲そのもののために犠牲を愛している。それはきみたちが生まれつき気高いからだ」

サレンボウドは頭をこころもちマスカルのほうに向け、とても誇らしげな、だが、とても甘い微笑みを洩らしたので、マスカルはものも言えなくなるほど強く心を打たれた。

三人は暫くのあいだ静かに歩き続けた。やがてマスカルがこう言った。「ぼくがどんな人間であるかもう分っただろう。ずいぶん野蛮で、それ以上に弱い人間ときているうえに、誰に対してもあまり哀れみをかけない。……ああ、いまわしい旅だった！」

サレンボウドはマスカルの腕に手を置いた。

「ほかの女はいざ知らず、あたしとしては、そのくらい荒っぽい言い方で話して貰ったほうがありがたいわ」

「ぼくが犯した罪悪は良く言うことなどできないのだ」

「あたしにはあなたという人が何かを探し求めている孤独な巨人のように見えるの。その何かが何であるかをあなたは知らないのだけれど……それは生が宿している最も偉大なものなんだわ。……あなたには少なくとも女性を尊敬する理由《いわれ》などないのよ」

「サレンボウド、ありがとう」困ったような微笑をうかべてマスカルは答えた。

「マスカルがそばを通るときには、世間の人たちはよろしく気をつけるべし、だわ。誰も彼もあなたの道からほうり出されてしまうのですもの。あなたは右も左も見ずにまっすぐ突き進む」

「きみもほうり出されないように気をつけたまえ」コーパングが重々しい声で言った。

「脳たりんのおいぼれさん！　マスカルには、あたしに対してやりたいことは何でもさせてあげるわ。どんなことをされても、あたしはマスカルに感謝するわ。……あなたには心のかわりに、塵と埃のぎっしり詰まった袋があるだけなのよ。誰かがあなたに愛とは何であるかを教えた。あなたが教えてほしいと言ったからだわ。すると、愛とは取るに足らない恐ろしい、利己的な喜びだとあなたは聞かされた。本当は違うのよ。……愛は気ちがいじみていて、人を嘲り、たわむれるもので、おまけに血なまぐさいときているんだわ。あなたなんかに分るものですか！」

「利己心というやつはやたらに変装をするものなのさ」

「女の人が身も心もすべて捧げようという気持になったとき、そこには一体どんな利己心があるというの」

「自己欺瞞だけはするな。決意を固めたうえで断乎とした行動をとりたまえ。さもないと宿命があっと言うまにやって来て、命脈がつきてしまうだろう、きみたち二人ともな」

サレンボウドは睫《まつげ》のあいだからコーパングを見すえた。

「あなたは死のことを言っているの？　あたしの死だけでなくマスカルの死のことも……」

「コーパング、それは言い過ぎだぞ」マスカルはこころもち表情を曇らせて言った。「きみがぼくたちの運命を牛耳る支配者だとはこっちは認めない」

「正直な忠告がお気に召さないんだったら、わたしは先に行かせて貰うよ」

サレンボウドはゆっくりと軽やかに指を動かしてコーパングを引きとめた。

「あたしたちと一緒にいてほしいの」

「なぜだ」

「あなただって自分の喋っていることがどういう意味をもっているのかぐらい分っているはずでしょ。あたしはマスカルに災難をもたらしたくないの。……一緒にいても、どうせすぐにお別れすることになるのよ」

「それに越したことはないさ」コーパングが言った。

マスカルは怒った表情になった。

「サレンボウド、きみがこのまま進もうと引き返そうと、ぼくはきみと一緒に行くことにする。決めたぞ」

うれしそうな表情が——いくら隠そうとしても——サレンボウドの顔に広がった。

「マスカル、どうしてあたしをにらむの」

返事はせずに、眉をひそめてマスカルは歩き続けたが、十歩ほど進むと突然立ちどまった。

「待て、サレンボウド」

サレンボウドとコーパングも立ちどまった。コーパングは怪訝そうな表情だったが、サレンボウドはにこにこしていた。マスカルは何も言わずにかがみこんでサレンボウドの唇にキスをした。それからサレンボウドの身体を放し、コーパングのほうを振り向いた。

「きみはきみの偉大な知恵でもって今の口づけをどう説明する」

「マスカル、たかが接吻を説明するのに偉大な知恵は要らない」

「これからはわれわれの仲を裂くようなまねはしないでくれ。サレンボウドはぼくのものだ」

「では、これ以上何も言うまい。それにしても、きみは宿命を背負った男だな」

それきりコーパングは二人のどちらにもひとことも口をきかなかった。

サレンボウドの眼がぎらりと輝いた。

「マスカル、前とは事情が変ったわ。あなたはあたしをどこへ連れて行くつもり?」

「それはきみが決めたまえ」

「あたしの愛する人はおしまいまで旅を続けなくてはならないのよ。そうして貰うしかありません。コーパングなんかの下に立っていいと思うの? まっぴらだわ、そんなの」

「ぼくはきみの行くところへ行く」

「あたしもよ。あなたがあたしを愛して下さる限り、どこへでもついて行くわ——たとえアディッジまででも」

「きみはぼくの愛が長続きしないのではないかと思っているのか」

「そうは思いたくないわ……ところで、いつかあなたに教えてあげるのを断わったことを教えてあげましょう。あなたの言う愛という言葉は、あたしの言う生という言葉と同じなのよ。あなたがもうあたしを愛さなくなったら、あたしは死ななくてはならないの」

「どうしてだ」マスカルはゆっくりと尋ねた。

「だって、そうなんですもの。それはね、あなたが初めてあたしにキスしたとき背負った責任なのよ。今まではこんなこと言うつもりはなかったんだけど」

「もしぼくひとりで先へ進んでいたらきみは死んでいた、と言うのか」

「あたしにはあなたから戴いた命しかないのよ」

マスカルは返事をしようともせずに悲しそうにサレンボウドを見つめ、それからゆっくりと相手の身体に腕を巻きつけた。こうしてサレンボウドを抱きしめているあいだ、マスカルは真っ青になったが、女のほうは白堊のように白くなった。

数分後に三人は再びアディッジへの旅路に就いた。

一行はそれまでに二時間歩いていた。ティアゲルドはさらに空高く昇り、南にいっそう近づいていた。一行はすでに何百メートルも下におりていたが、尾根の状態は前よりもひどくなってきた。薄い雪は消え、かわりに沼地のような湿った地面が現れた。どこもかしこも草深い小さな丘と沼地ばかりで、一行は足をすべらせ、泥まみれになって歩行を続けるようになった。誰も話をしなくなり、サレンボウドが先頭に立って進み、二人の男がそのあとを追った。あたりの風土の南半分がいっそう雄大になり、雪で緑色になったあたの峰々を照らしている月の緑がかった光のせいで、その山容が妖怪の世界のように見えた。一行に最も近い山は、峡谷の反対側である真南の方向の八キロあまり離れたところでそそり立っていた。それは尖塔のように細長くて近づきがたい、眼もくらむような黒い岩山で、勾配があまりにも急だったので雪も積もらぬほどだった。上向きに曲がった大きな岩の角《つの》がそのてっぺんから出ていた。長いあいだ、これが一行の主な目じるしとなった。

湿気が次第に尾根全体にしみこんできた。表面の土はスポンジのようで、その下には水の通らない岩があった。この土は夜には湿った霧を吸いこみ、昼になると、ブランチスペルの日光を浴びてまたそれを吐き出すのだった。歩行はまず不愉快なものとなり、次には困難に、そして最後には危険になった。一行のうち誰ひとりとして固い地面と湿地を見分けられる者はいなかった。サレンボウドはぬるぬるした泥の穴の中で腰まで沈んだ。マスカルがそれを救い出してやったが、こういった出来事があってからはマスカル自身が先頭に立った。次に困難に出くわしたのはコーパングだった。ひとりで新しい道を調べていたとき、コーパングはどろどろしたぬかるみの中にころんで肩まで沈み、あやうくきたない泥の中で一命を落すところだった。マスカルが——自分までもが大変な危険を冒して——コーパングを泥の中から助け出したあと、一行は再び前進し始めた。しかし、今や、進むのはこれまで以上に骨の折れる仕事となり、一歩踏み出すごとに、前の足に体重をかける前に充分足元を確かめなければならなかったが、それでも失敗することがよくあった。三人ともあまりしょっちゅう泥につかったので、ついにはもはや人間の姿には見えず、頭のてっぺんから足の先まで黒い汚物をかぶった歩く柱のようになった。一番困難な仕事を背負わされたのはマスカルだった。先頭に立って道を踏み固めるというひどく疲れる仕事をしていたばかりでなく、困難に陥った仲間から絶えず助けを求められたからだ。マスカルがいなかったなら、あとの二人は目的地に達することができなかったろう。

とりわけひどい地域を通りぬけると、三人は体力を回復するために休んだ。コーパングは苦しそうに呼吸し、サレンボウドはじっとしていて大儀そうで元気がなかった。マスカルはあれでもつのかなと疑う目つきで二人を見つめた。

「こういった道がまだまだ続くのかい」マスカルは尋ねた。

「そんなことはないと思うわ」サレンボウドは答えた。「モーンスタッブ峠はもうそう遠くないはずよ。そこを過ぎたらまた登り坂になるわ。そうなれば道もよくなるでしょう」

「きみは前にもここへ来たことがあるのか」

「一度モーンスタッブ峠まで行ったことがあるの。でも、そのときはこんなに辛くはなかったわ」

「サレンボウド、きみはへとへとに疲れている」

「それがどうしたというの」サレンボウドはかすかに笑って答えた。「大変な恋人をもったら、当然その代償を支払わなくてはならない道理じゃない?」

「今夜中にはとても向うまで着けそうもないから、最初に辿り着いた避難所に泊まろう」

「あなたに任せるわ」

マスカルはゆっくりと行ったり来たりし、ほかの二人は坐っていた。

「後悔しているのかい」だしぬけにマスカルは尋ねた。

「いいえ、マスカル、少しも。後悔なんかしていないわ」

「気持は変らないのか」

「愛はあと戻りできないものなのよ——前に進むことができるだけだわ」

「そのとおりだ、永遠に前進するんだ。そうなんだ」

「そうじゃないのよ、あたしが言っているのはそういう意味じゃないの。絶頂というものはあるんだけれど、絶頂に達したら、愛は、もしそのまま上昇を続けたいのなら、犠牲に変らなくちゃならないんだわ」

「それは恐ろしい信条だ」マスカルは顔一面にくっついた泥の内側で青ざめながら低い声で言った。

「きっとあたしの本性がこの風土とは合わないのね。……疲れたわ。どういう気持なのか自分でも分らないくらい」

数分後に三人は再び立ちあがり、また徒歩旅行が始まった。三十分もしないうちにモーンスタップ峠に着いた。

ここの地面は今までの土地より乾いていた。北のほうにある起伏の多い地面が土の中の湿気を吸いとる役目をしていた。サレンボウドは二人を尾根の北の端まで連れて行き、周囲の地域がどうなっているかを見せた。

この峠は、尾根の両側で起った巨大な地すべりの跡でしかなく、この地点で尾根は下方に広がる台地を見おろす最も低い場所となっていた。そこからベアリーのほうへ土と岩の巨大な段状地がところどころで切れながらくだっていた。段状地には、厳しい風土で生長の止まった矮小な植物が一面に繁茂していた。その方向の低地におりることはもちろん可能だったが、かなり難しそうだった。地すべり地域の両側である東と西の方角では、尾根は恐ろしく切り立つ長い絶壁となっていた。靄が低くかかっているためベアリーは見えず、完全な静寂が三人を包み、それを破るものは、彼方から聞こえる、眼に見えない滝の遠雷のような音だけだった。

マスカルとサレンボウドは丸石に腰をおろし、広びろとした低地のほうを向いていた。月は二人の真後ろにあって空高く昇っていた。地球の昼と殆ど変らないほどの明るさだった。

「今夜は人生のようだわ」サレンボウドが言った。

「なぜだい」

「あたしたちの上とまわりはとってもきれいで、足元はとってもきたないんだもの」

マスカルは溜息をついた。「かわいそうに、きみは不仕合せなんだな」

「あなたはどうなの――仕合せ?」

マスカルはしばらく考えてから答えた。「ちがう、ちがう。仕合せなもんか。愛は幸福じゃないんだ」

「じゃあ何なの、マスカル」

「じっとしていられない状態……流れ出ない涙……ぼくら人間の魂が考えるには雄大すぎる思想……」

「そうね」とサレンボウド。

しばらくしてからサレンボウドが尋ねた。「何年か生きて、そのあとは消えて行くだけなのに、どうしてあたしたちは生み出されたのかしら」

「また生まれ変るという話だ」

「それ、本当?」

「たぶんマスペルではな」マスカルは思案にふけりながら言い添えた。

「次の人生って、どういうものなのかしら」

「きみとぼくはきっともう一度そこで会うだろう。愛はあまりにも不思議で謎めいたものなので、未完成のままでいることはできないのだ」

サレンボウドはかすかに身をふるわせ、マスカルから顔をそむけた。「その夢は正夢ではないわ。愛はここで完成されるのよ」

「どうしてそんなことがありえよう、遅かれ早かれ愛は宿命の手で無残に断ち切られるのだ」

「愛は苦悩の手で完成されるのよ。……どうして愛はいつもあたしたちにとって楽しみでなくてはならないのかしら。あたしたちはいつまでも苦しむことが――いつまでもいつまでも苦しみ続けることができないのかしら。マスカル、愛があたしたちの精神をとことんまで押しつぶして立ち直れなくしてしまわないうちは、いつまでたってもあたしたちは本来の自分というものを感じられないのだわ」

マスカルは心痛を面《おもて》に表してサレンボウドを見つめた。

「愛の思い出のほうが現に存在する愛より価値があるのだろうか」

「分っていないのね。……あの心の痛みはほかのどんなものよりも貴重なのよ」サレンボウドはマスカルの身体をむずとつかんだ。「ああ、マスカル、あなたがあたしの心の中を見ることができさえしたら! きっと不思議なものが見えるでしょう。……あたしには説明できないわ。それはあたし自身にさえもすっかり混乱したものなのだもの。……この愛はあたしが今まで思っていたものとは全くちがう」

マスカルはまた溜息をついた。「愛は強い酒だ。人間には強すぎるのだろう。それはぼくらの理性を種々さまざまなやり方で狂わせるのではなかろうか」

二人は何ひとつ眼にとめずにじっと前方を見つめながら、並んで坐っていた。

「そんなこと、どうでもいいわ」とうとうサレンボウドはにっこり笑って立ちあがりながら言った。「どうせ、もうすぐ終ることなのだもの。さあ、出発しましょう」

マスカルも立ちあがった。

「コーパングはどこにいる?」ものうげにマスカルは尋ねた。

二人はともに尾根の向うのアディッジの方角を見た。二人が立っているところは幅が二キロ近くあった。尾根はその南はずれに向かって眼にそれと分るほどの傾斜でくだっていたので、大地全体が大きく傾いているようだった。西のほうは一キロにわたって地面は平坦だったが、その先には尾根をふさぐ格好で草深い斜面のある高い丘が立っていた。今にも崩れそうな大波を思わせるこの丘に遮られてそれより先の景色は見えなかった。丘の頂には、端から端まで、巨大な石の柱がずらりと一列に立ち並び、暗い空を背にして、月の光を浴びて明るく輝いていた。石の柱は全部で三十本ほどあり、ほぼ等間隔で並んでいたので、人間の手によって据えられたものであることは殆ど疑う余地がなかった。垂直に立っている柱もあったが、それ以外はひどく傾いていたので、石柱の列全体がきわめて古代に建てられたものであるような観を呈していた。見ると、コーパングがその丘の頂上まであと僅かというところを登っていた。

「コーパングは目的地に辿り着きたいんだな」マスカルは、コーパングが元気よく登っている姿を、やや皮肉な笑いをうかべて見つめながら、そう言った。

「コーパングのために天が門を開いてくれるはずはないのに」サレンボウドが言った。「なぜあんなに急ぐ必要があるのかしら。……あなたにはあの柱は何に見える?」

「すごい神殿の入口のようだ。一体、誰があんなところに柱を建てたんだろう」

サレンボウドは返事をしなかった。二人はコーパングが丘の頂上に辿り着き、柱の列の中に姿を消すのをじっと見守った。やがてマスカルは再びサレンボウドのほうを向いた。

「これで孤独な世界にわれわれ二人っきりになったわけだ」

サレンボウドはじっとマスカルを見つめた。「この地上でのあたしたちの最後の夜はきっと壮大なものになるでしょう。あたしは喜んで先へ進むわ」

「いや、今のきみはとても先へ進めるような状態じゃないと思うな。峠を少しくだって避難所を探したほうがよさそうだ」

サレンボウドは中途半端な微笑をうかべた。「今夜はお互いに相手の儚い身体を調べるのはよしにしましょ。アディッジに行ってほしいのよ、マスカル」

「それなら、いずれにせよまず休もう。長くて骨の折れる登山になるにちがいないからな。それに、どんな辛い目に遭うかも分らないし」

サレンボウドは一、二歩手前へ進むと半ば振り返り、手をマスカルに差し出した。「いらっしゃい、マスカル!」

＊　＊　＊　＊　＊

丘の麓までの道程の半分を歩いたとき、マスカルの耳に太鼓の音が聞こえてきた。太鼓の音は丘のうしろで鳴っており、大きくて鋭く、殆ど爆発音に近かった。マスカルはサレンボウドをちらっと見たが、サレンボウドには何も聞こえないらしかった。一瞬後、丘の頂上の石柱の長い列のうしろと上の空全体が奇妙な輝きで明るみ始め、その一部だけ月の光が薄れ、石柱は火を背景として黒ぐろと浮き出た。火はマスペルの光だった。時がたつにつれ、それはますます強烈に輝き、ますます異様な恐ろしい光となった。この光は色がなく、この世にあるいかなるものにも似ていなかった——全く超自然的な、名状しがたい光なのだ。マスカルの精神は拡大した。鼻孔をふくらませ、恐ろしい眼をしてマスカルはしっかりと踏んばって立ちつくした。

サレンボウドはマスカルにそっと触れた。

「何が見えるの、マスカル」

「マスペルの光だ」

「わたしには何も見えないわ」

光がぱっと燃えあがり、ついにはマスカルは自分がどこに立っているのかも分らなくなった。光は一段と激しい不思議な輝きで燃え立ち始めた。マスカルはサレンボウドの存在を忘れた。太鼓の音は耳をつんざくほど大きくなった。ひとつひとつの音が、轟然と空を貫いて空気をふるわせる驚くべき落雷の音のようだった。ばりばりと響く轟音はやがてつながり、ひとつの連続音となった雷鳴が世界をゆるがせた。しかし、リズムは続いていた——三つ目が強く打たれる四拍子のリズム、それが依然として大気の中を脈打ちながら伝わって来たが、今やその背景《バック》となっているのは静寂ではなく雷鳴だった……。心臓が狂ったように激しく鼓動した。マスカルの肉体、それは牢獄さながらだった。それをかなぐり棄てて跳躍し、今やヴェールを脱ぎ始めた崇高な宇宙と合体したい、そうマスカルは希求した……。

突然サレンボウドがマスカルを抱きしめ、激しい情熱をこめて幾度《いくたび》も接吻した。だが、マスカルは少しも反応しなかった。……サレンボウドが何をしているのか分らなかったのだ。サレンボウドは手を放すと、頭を垂れ、涙を流しながら音もなくその場を離れ、モーンスタップ峠のほうに引き返して行った。

数分後に輝きは薄れ始めた。雷鳴も静まった。月の光が再び現れ、石柱と丘の斜面がまた明るくなった。……短時間のうちに超自然的な光はすっかり消え失せていたが、依然として太鼓の音は——今ではこもったリズムとなって——丘のうしろからかすかに聞こえていた。マスカルは突然眠りから叩き起こされた人のようにがばと起きあがり、眼をこらしてあたりを見まわした。

サレンボウドが二、三百メートル向うをゆっくり遠ざかって行くのが見えた。それを見たとき、マスカルの心に死が思いうかんだ。大声で叫びながらあとを追ったが、サレンボウドは振り返らなかった。二人のあいだの距離が半分にまで縮まったとき、サレンボウドが突然つまずいて倒れるのが見えた。サレンボウドは二度と立ちあがらず、倒れた場所にじっと横たわっていた。

マスカルはその場所まで飛んで行き、サレンボウドの身体の上にかがみこんだ。……最も恐れていたことが現実となった。生命が離れ去ったのだ。

サレンボウドの泥まみれの顔に、ぞっとするようなクリスタルマンの下卑たにたにた笑いがうかんでいたが、泥のせいでマスカルにはそれが全く見えなかった。それどころか、このときほどサレンボウドが美しく見えたことはなかった。

マスカルは跪いたまま、いつまでもサレンボウドのそばを離れなかった。彼は泣いた……が、こみあげてくる嗚咽と嗚咽のあいまに時どき頭をあげて、遠くで鳴っている太鼓の音に耳を傾けた。

一時間たち、そして二時間がたった。ティアゲルドは今では南西の空にかかっていた。マスカルはサレンボウドの死体を持ちあげて肩にかつぎ、峠のほうへ歩き始めた。もはやマスペルのことなど気にならず、この愛する女の死体を洗う水と、埋葬する場所とを捜したい一心だった。

先ほどサレンボウドと一緒に坐った、地すべり跡が見渡せるあの丸石のところまで来ると、マスカルはかついでいた荷をおろし、死んだ女を石の上に横たえて暫くのあいだそのかたわらに坐し、ベアリーのほうをじっと見つめた。

やがてマスカルはモーンスタップ峠をくだり始めた。

20　ベアリー

とっくに夜は明けていたが、マスカルがみじめな眠りからさめたときにはまだ日は昇っていなかった。起きあがって小さなあくびをすると、空気がひんやりして、甘かった。地すべり跡の遥か下では鳥が囀っていた。唄うようなその声は二つの音色《ねいろ》しか出していなかったが、いかにも哀れを誘う悲痛な啼き声だったので、聞くに忍びなく、耐えようにもその仕方が分らなかった。

東の空はかすかな緑色に染まり、地平線の近くにチョコレート色をした細長い雲の帯がたなびいていた。空気は青い色合を帯びて謎めかしく、靄がたちこめていた。サークラッシュもアディッジも見えなかった。

峠の頂上である鞍部はマスカルの百五十メートル上にあった。マスカルは昨夜それだけの距離をおりて来たのだ。地すべり跡は巨大な空飛ぶ階段さながらにくだり続け、五百メートルほどさがったところにあるべアリーの斜面の上部につながっていた。峠の地表面はごつごつしていて、傾斜は絶壁ほどではないにしてもひどく急だった。道幅は二キロ半を超え、東と西の両側では尾根の側面が黒ぐろとした絶壁となって垂直に切り立っていた。峠が外側に張り出しているところでも、絶壁の高さは優に七百メートルはあったが、一方ではアディッジのほうに、反対側ではサークラッシュのほうに向かって峠が高くなるにつれ、絶壁は全く信じられないほどの高さに達していた。峠の幅が広く、地面もしっかりしていたのに、マスカルは中空に宙づりになっているような気がした。

あまり遠くないところに見える凹凸《おうとつ》の多い肥沃な褐色の一郭、そこにサレンボウドの墓があるのだ。月明かりを頼りに、長くて平べったい石を鋤《すき》がわりに使ってマスカルはサレンボウドの死体をそこに埋めて来たのだった。そこから少しさがったところで、温泉の白い蒸気が薄明かりの中で渦を巻いていた。マスカルが坐っている地点からは、温泉が最終的に流れこんでいる池は見えなかったが、昨夜、まず死んだ女を、そのあと自分の身体を洗ったのがその池だった。

マスカルは立ちあがってもう一度あくびをし、伸びをしてぼんやりとあたりを見まわした。長いあいだ墓を見ているうちに薄明が刻一刻と完全な日中の光に変っていった。日の出が間近いのだ。空には殆ど雲がなかった。と、マスカルの背後で巨大な尾根が朝靄の中からその驚くべき全容を現し始めた。……そこにはサークラッシュの一部と、氷で緑色を呈している巨大なアディッジそのものの頂上があった。それを眺めるには頭を真うしろにめぐらさなくてはならなかった。……マスカルは魂を失った人のように、ものうい無感動状態ですべてのものを見つめていた。あらゆる欲望が永遠に消え失せて、どこへも行きたくなく、何をする気にもなれなかった。とにかく、ベアリーへ行こう、とマスカルは思った。

顔を洗って眠気をさまそうと、温泉の水が流れこんでいる池まで行ってみると、そのふちに腰をおろして泡を見つめている男がいた。それはクラッグだった。

マスカルは夢を見ているのだと思った。男は皮のシャツと半ズボンを身に着けていた。顔はいかめしく陰気で醜かった。男は微笑むことも立ちあがることもせずにマスカルをじろじろ見た。

「一体どこへ行っていたんだ、クラッグ」

「肝腎なのは、おれがここにいるということだ」

「ナイトスポーはどこだ」

「そんなに遠くないところさ」

「百年ぶりに会ったような気がするな。どうしてきみたち二人とも、あんなひどいやり方でぼくを置いて行ってしまったんだ」

「きみはひとりで切りぬけられるほど強い人間だからさ」

「たしかに結果的にはそうだということが分ったんだが、一体どうしてきみにそのことが分ったのか。……とにかく、いい時に来てくれた。ぼくはどうも今日《きょう》死ぬらしい」

クラッグは顔をしかめた。「きみは午《ひる》までに死ぬ」

「そういう運命なら仕方あるまい。だけど、きみはそのことをどこで聞いて来たんだ」

「きみはもう死んでもいいのだ。一通りあらゆる経験をしたんだからな。まだほかにどんな生きる目的があると言うのか」

「何もない」マスカルは短い笑い声をあげながら言った。「覚悟はできている。ぼくは何をやっても必ず失敗した。ただ不思議なのは、なぜきみにこのことが初めから分っていたのかということだけだ……。そうか、とにかくこれでまたきみと一緒になれたわけだ。これからどこへ行く」

「ベアリーを通りぬける」

「ナイトスポーはどうする」

クラッグは無器用だが身軽な動作でがばと立ちあがった。

「ナイトスポーが来るまで待ったりはしない。おれたちが向うに着けばすぐナイトスポーもやって来る」

「向うってどこのことだ」

「われわれの目的地のことだよ。……さあ、行こう。陽《ひ》が昇ってくる」

二人が並んで峠を這うようにしてくだり始めたとき、巨大な白陽ブランチスペルが勢いよく空に躍り出た。明け方の繊細微妙な趣はすっかり消え、また粗暴な昼が始まった。二人は何本かの木や植物のそばを通り過ぎた。どの葉も眠ってでもいるように丸まっていた。

マスカルは指でクラッグにこういう葉を示した。「陽の光を受けても葉が開かないのはなぜなのかね」

「ブランチスペルもああいう葉には第二の夜なのさ。ああいった葉の昼はアルプペインだ」

「そっちの太陽が昇るまでにはあとどのくらい間《ま》があるんだね」

「もう暫くだ」

「それを見とどけるまでぼくは生きられるだろうか」

「見たいのか」

「見たいと思ったときもあったが、今はどっちでもいいという気持だ」

「そういう気分を失くすなよ。そうすりゃ万事うまく行く。トーマンスには見る値打ちのあるものなどありゃしないのさ」

二、三分してからマスカルが言った。「それじゃあ、なぜここへ来たんだ」

「サーターのあとを追うためだ」

「なるほど。――しかし、サーターはどこにいる」

「きみが思っているよりも身近にいるんじゃないかな」

「クラッグ、ここではサーターは神とみなされていることを知っているのかい。……それに、超自然的な火もある。それはなぜかサーターとつながりがある火なのだとぼくは信じこまされてきた。……どうしてきみはいつまでも秘密を明かしてくれないのかね。サーターはどこの何者なのか」

「そのことは気にするな。きみには決して分らないことだ」

「そう言うきみは知っているのか」

「知っている」クラッグは語気鋭く言った。

「この世界の悪魔はクラッグと呼ばれているんだぞ」マスカルはクラッグの顔をじっと見ながら喰いさがった。

「快楽が崇められている限り、いつまでもクラッグは悪魔なのだ」

「ぼくたちは今こうして二人で面と向かい合って話をしている。……だが、一体きみのどこを信じたらいいのか」

「自分の感覚を信じたまえ。本当の悪魔はクリスタルマンなのだ」

二人は地すべり跡をくだり続けた。太陽の光線は耐えがたいほど暑くなっていた。前方の、遥か下のほうで水面と陸地が入り乱れているのが見えた。どうやら行く手にあるのは湖水地帯らしい。

「クラッグ、きみとナイトスポーはこの四日間何をしていたんだ。魚雷型飛行船はどうなったんだ」

「きみには、真新しい宮殿を見て工事用の足場はどうなったのかと訊く人と同じくらいの知能程度しかないのか」

「それじゃあ、きみたちはどんな宮殿を建てていたと言うのかね」

「怠けていたわけじゃない」クラッグは言った。「きみが殺人を犯したり恋をしたりしているあいだに、こっちはちゃんと自分の仕事をしていたのさ」

「ぼくが何をしてきたか、よく分ったな」

「何のことはない、きみは開かれた本みたいなものだ。一目瞭然なのさ。今やたかが六時間付き合っただけの女のためにきみは心に致命傷を受けている」

マスカルの顔が蒼ざめた。

「クラッグ、いくらでもせせら笑うがいい！　六百年のあいだ一緒に暮してきた女が死ぬのを見ても、なめし革のようなきみの心は少しも動じないだろう。きみには虫けらがもっているほどの感情もないのだ」

「はっ、まさしく自分の玩具《おもちゃ》を後生大事に守っている子供なみだ！」クラッグはにたにた笑いをうっすらうかべて言った。

マスカルは急に立ちどまった。「きみはぼくに何を望んでいるんだ、どうしてここへ連れて来たんだ」

「立ちどまったところで何にもなりゃしないよ——見栄を切って唸らせようたって、そうは問屋が卸さない」クラッグはマスカルを引っ張ってまた歩かせながら言った。「何度立ちどまろうと、とにかく目的地までは行かなきゃならんのさ」

クラッグがマスカルに触れたとき、マスカルは刺すような恐ろしい痛みを心臓に感じた。

「クラッグ、ぼくはこれ以上きみを人間とみなすことはできない。きみは人間以上のものなのだ。……善なのか悪なのか、それは分らないが」

クラッグは恐ろしい陰気な顔つきになった。マスカルの言葉には答えず、ちょっと間《ま》をおいてからこう言った。「そうすると、きみは殺人と抱擁のあいまに自分の一存でサーターを見つけようとしていたと言うのか」

「あの太鼓の音は何だったのか」マスカルは尋ねた。

「そんなに偉ぶらなくてもいいだろう。きみが鍵穴に耳を押しあてていたことぐらい、ちゃんと分っているんだ。しかし、きみだって会合に加われるんだぞ。……マスカル、あの音楽はきみのために鳴らされていたわけじゃないんだ」

マスカルはいくらか苦々しい微笑みを洩らした。「とにかく、もうこれ以上盗み聞きはしない。ぼくは生と縁を切ったんだ。これからはもうぼくは誰のものでもなく、何ものにも属さない」

「勇ましい言葉だ、全く勇ましい！　実行のほうは、ゆっくりお手並みのほどを拝見させて貰おう。たぶんクリスタルマンはきみにもう一度働きかけてくるだろうからな。そうするだけの時間はまだある」

「どうもきみの言うことが分らないな」

「きみは完全に幻想から醒めたつもりでいるんじゃないかね。だがね、幻想から醒めたと思っていること自体が、最後の、そして今までで一番強力な幻想だということになるかもしれないんだ」

これで話は跡切《とぎ》れた。二人は一時間後に地すべり跡の麓に着いた。ブランチスペルはじわじわと雲ひとつない空に昇り、サークラッシュに刻々と近づいていたが、その峰を越えるかどうかは分らなかった。うだるような暑さだった。二人の背後では、ぞっとするような崖のある受皿のような形の長いどっしりした尾根が、鮮やかな朝の色で輝いていた。それより何千メートルも高くそびえているアディッジは、孤独な巨像のようにこの尾根の端を守っていた。前方を見ると、二人が立っているあたりから、小さな湖と森のあるひんやりした魅惑的な荒野が始まっていた。湖の水は暗緑色だった。森はまだ眠っていて、アルプペインの昇るのを待っていた。

「ベアリーに着いたか」マスカルが尋ねた。

「そうだ。……あそこにベアリーの人間がひとりいる」

クラッグがこの言葉を口にしたとき、その眼には険悪な光がきらめいたが、マスカルには見えなかった。ひとりの男が、このあたりで見かけた最初の木の陰の中でその幹によりかかっていた。どう見ても二人がやって来るのを待っていたらしかった。男は小柄で、色は浅黒く、ひげを生やしておらず、まだ成人になったばかりだった。ゆるやかにたれている紺色の長衣を身にまとい、つばの広いソフト帽をかぶっていた。特殊な器官がついていないため醜くはないその顔は、青白く、まじめで、厳粛だったが、なぜか非常に好感がもてた。

ひとことも交わされないうちに、男は心をこめてマスカルの手を握ったが、そうしながらもクラッグに奇妙なしかめ面を向けた。それに応えてクラッグも顔をしかめるようにしてにたりと笑った。

男が口を開いて喋りだすと、その声はふるえるようなバリトンだったが、同時に、抑揚や音色が奇妙なほど女性的でもあった。

「わたしは日の出からずっとここできみを待っていた」男は言った。「マスカル、ベアリーへようこそ！……試練を受けすぎた人よ、願わくは、きみがこの地で悲しみを忘れられんことを」

男をじっと見つめるマスカルの顔には親しみの表情がうかんでいなくもなかった。

「どういうわけであんたはぼくが来るのを待っていたのですか。どうしてぼくの名前が分ったんです」

見知らぬ男は微笑んだ。微笑むとたいそう美男子になった。

「わたしはギャングネットだ。たいがいのことは知っている」

「ギャングネット……おれへの挨拶はないのかい」クラッグは、ぞっとするような顔をギャングネットの顔にくっつけんばかりに近づけて言った。

「クラッグ、わたしはきみを知っている。きみが歓迎される場所はめったにないのだ」

「おれもあんたを知っている、男女《おとこおんな》のギャングネットよ……とにかくこれで三人が集まったわけだから、あんたとしてはこの好機をせいぜい利用しなくちゃな。おれたちはこれから海へ出かける」

ギャングネットの顔から微笑が消えていった。「クラッグ、きみを追っ払うことはできないが、歓迎はしないまでも仲間に加えてやることはできる」

クラッグはのけぞって大きな耳ざわりな笑い声をあげた。「この取引、おれとしても異存はない。おれには実質があり、あんたにはたぶん影があるんだろうから、あんただって損はしないはずだ」

マスカルはこわばった微笑をうかべて言った。「これで双方円満に取り決めが成立したのだからひとこと言わせて貰うけど、目下のところぼくは誰とも付き合いたくないんだ。……クラッグ、そう何でもひとり決めしないでくれよな。きみはもうすでに一度ぼくを裏切っているんだぞ。……ぼくは誰にも拘束されていないと自分では思っているんだけどな」

「自由な人間になるには自分専用の宇宙が必要なんだぞ」からかうような表情でクラッグが言った。「ギャングネット、どう思う。……ここは自由な世界かね?」

「苦痛と醜さからの自由は万人の特権でなくてはならないのだ」ギャングネットは静かに答えた。「マスカルの言っていることは本人の権利に基づく正しいことなのだ。もしきみがマスカルから離れると約束すれば、わたしもそうしよう」

「マスカルは幾度でも好きなだけ顔を変えることができるが、おれを厄介払いしようたって、そうは簡単に問屋が卸さない。固く考えないでくれ、マスカル」

「そんなことはどうでもいい」マスカルは呟いた。「ひとりのこらず行進に加わって貰おうじゃないか。いずれにせよ数時間後にはぼくは最終的に自由になるんだから——ぼくの寿命についてみんなが言っていることがもし本当ならばだが」

「わたしが先に立って案内しよう」ギャングネットが言った。「マスカル、きみはもちろんこの国を知らない。何キロか下の平地に着いたら水路を通って舟で行くことができるだろうが、差しあたっては歩かなくてはならない——それが心配だ」

「心配か、はっ。心配症のぐうたらめ！」クラッグが軋るような甲高い声で不意に喋り出した。

マスカルはびっくりして二人の顔を見くらべ続けた。この二人のあいだには根深い反目があるらしい。ということは、二人が以前は親しい間柄だったことを暗示していた。

一行は出発し、森の中を通って行った。森のふちから遠くないところを進んだので、二キロかそれ以上のあいだ、森のそばを流れる細長い湖が見えていた。木は低くて細く、ドルム色の葉はどれも丸まっていた。下生えはなく、一行は障害物のない褐色の地面を歩いて行った。遠くから滝の音が聞こえてきた。三人は木陰を歩いていたが、空気は心地よい暖かさだった。苛々させる昆虫はいなかった。森の外の明るい湖は涼しげで詩的に見えた。

ギャングネットは愛情をこめてマスカルの腕を握った。

「マスカル、もしきみをきみの世界から連れて来る仕事がわたしの役目だったら、連れて来たのはここであって、緋色の砂漠などには連れてこなかっただろう。そうすればきみは暗黒の場所に踏みこまないですんだだろうし、トーマンス全体が美しい場所に見えただろう」

「それがどうしたというんだ、ギャングネット。それでも暗黒の場所があったことに変りはないのさ」

「そういった場所をあとで見ることもできたのだ。光を通して暗黒を見るのと、影を通して明るさを見るのとは全くちがうことなのだ」

「澄みきった眼で見るに越したことはない。トーマンスは醜い世界であり、むしろ、そのあるがままの姿のほうをぼくは知りたいのだ」

「トーマンスを醜くしたのは悪魔であってクリスタルマンではない。きみが自分のまわりに見ているのはクリスタルマンの想念なのだ。クリスタルマンは《美》と《快》以外の何ものでもない。……いくらクラッグが図々しくても、それを否定するようなまねはしないだろう」

「ここはとても快適だな」クラッグは憎々しげな表情であたりを見まわしながら言った。「これにクッションが一枚とあだっぽい美女が五人もいれば申し分ない」

マスカルはギャングネットの手を振りほどいた。

「昨晩ぞっとするような月光のもとで悪戦苦闘しながら泥の中を進んでいたとき……世界は美しいとぼくは思った……」

「かわいそうなサレンボウド！」ギャングネットは溜息をついて言った。

「何だって！　あんたはサレンボウドを知っていたのか」

「わたしはきみを通じてサレンボウドを知った。……気高い女性の死を悼むことによって、きみはきみ自身の気高さを示している。……わたしは女性はみな気高いと思う」

「気高い女は数えきれないほどいるだろうが、サレンボウドはひとりしかいない」

「サレンボウドが存在できるなら、世界は悪い場所であるはずがない」ギャングネットは言った。「話題を変えよう。……世界は苛酷で残忍なところだ。だからぼくは世界からおさらばするのをありがたく思っている」

「だが、ある点ではきみたち二人は意見が一致している」クラッグは邪悪な笑みをうかべて言った。「それは、快楽は善であり、快楽の停止は悪だという考え方だ」

ギャングネットは冷ややかな目つきでクラッグをちらっと見た。「クラッグ、わたしたちはきみ一流の理論を知っている。きみはその理論がとても好きだが、それは実行不可能な理論だ。世界は快楽なしには存在し続けることができないだろう」

「ギャングネット様はかく考えるってわけか、はっ」クラッグがひやかした。

一行は森のはずれまでやって来た。そこからは小さな崖が見渡せた。崖の一番下――十五メートルほど下――からは、また湖と森がいくつも続いていた。ベアリーは、自然によって段状地に変えられた大きな山の斜面のように見えた。三人が今までそのほとりを歩いていた湖の先端は堰とめられてなく、しぶきが美しい糸のような五本の滝となって低いほうへ溢れ出ていた。滝は白く、水しぶきを上げていた。崖は垂直ではなく、くだるのは簡単だった。

崖の下まで降りると、一行は別の森に入った。今度の森はずっと樹木が密生していて、いずこを見まわしても木ばかりだった。澄んだ小川が森の中心部をさらさら流れていたので、三人はそのふちを歩いた。

「今ふと思いついたことなんだけど」とマスカルはギャングネットに話しかけた。「アルプペインがぼくの命とりになるんじゃないだろうか」

「ここの木はアルプペインを恐れてなどいない。きみだって恐れる必要はないのだ。アルプペインは生命をもたらすすばらしい太陽なのだよ」

「こんなことを訊いたのはなぜかというと……アルプペインの残照をぼくは見たんだ。すると、心の中にとても激しい感動が湧き起ってきたので、それがもうちょっと激しかったらとうてい耐えられなかったろう」

「それはもろもろの力がうまくバランスをとっていたからだ。きみがアルプペインそのものを見るなら、アルプペインは至上の支配力をふるい、きみの内部ではもはや意志の闘いは起らなくなるだろう」

「マスカル、あらかじめ話しておいても悪くあるまいが——それがクリスタルマンの切り札なのさ」クラッグがにたにた笑いながら言った。

「それはどういう意味なんだ」

「いまに分る。きみはあまりにも熱心に現世を放棄しようとするので、そういう自分の興奮を楽しむだけのために現世に踏みとどまりたいと思うようになるだろう」

ギャングネットは微笑んだ。「きみも知っているように、クラッグは気むずかし屋だ。きみは楽しんでもいけないし、放棄してもいけないのだ。……一体どうするつもりなのかね」

マスカルはクラッグのほうを向いた。「おかしな話なんだが、わたしは今になってもまだきみの信条が理解できない。……きみは自殺をすすめているのかい」

クラッグは刻一刻と血色が悪くなり、ますます気味の悪い顔つきになっていった。

「今までの連中がきみの頭を撫でるのをもうやめてしまったから自殺したいってのか」クラッグは変色した歯を見せて笑いながら大きな声で言った。

「きみが何ものであれ、何を望んでいようと、とにかくきみは大変な自信家らしいな」とマスカル。

「そうだ。きみはおれが間抜けみたいに顔を赤らめて口ごもればいいと思っているんだろう、えっ？　いったんついた嘘を台なしにしたいんなら、赤面したり吃ったりするに越したことはないけどな！」

ギャングネットは一本の木の下にちらっと目をやり、身をかがめて卵のようなものを二つ三つ拾いあげた。

「食べろというのか」マスカルは差し出された贈り物を受けとりながら言った。

「そうだ、食べたまえ。……腹がすいているはずだ。わたしはほしくない。クラッグにはやらない。なにしろ快楽を——ましてやこんな低級な快楽を——提供したりしてクラッグを侮辱してはならないからな」

マスカルは二個の卵の端を割って中味の液体を飲んだ。それはどちらかというとアルコールの味だった。クラッグはひとつ残った卵をマスカルの手からひったくると、木の幹に投げつけた。卵は割れ、どろどろしたはねをあげて幹にくっついた。

「ギャングネット、問われるより先にこちらから訊こう。……どうかね、こなごなに打ち砕かれた快楽以上に見ぐるしいものがこの世にあるかね」

ギャングネットはこれには答えず、マスカルの腕をとった。

森の中を通りぬけたあとは崖を降りては斜面を下る、という難行軍が二時間以上も続いたろうか、そのうち風景が変った。険しい山の斜面が始まり、少なくとも三、四キロは続いていた。それだけの距離のあいだに地面は殆ど同じ傾斜で千メートルあまりも下がったらしかった。マスカルはこのような大規模な斜面を見たことがなかった。丘の中腹には巨大森林が背中におぶさるように茂っていたが、この森は三人がこれまでに通って来た森とは異なり、木の葉はやはり巻いていて眠っているらしかったにせよ、大枝はぎっしり茂り、数も多かったので、もし半透明な枝でなかったら、太陽光線は完全に遮られていただろう。が、実際は森全体が光の洪水であり、光が枝の色と混じり合って柔らかな美しい薔薇色を呈していた。その光はきらびやかで女性的で暁のようだったので、マスカルは、そう望んだわけでもないのに、忽ち心がうき立ってきた。

うき立つ心を抑えてマスカルは溜息をつき、物思いに沈んだ。

「憂いに沈む眼《まなこ》と象牙さながらの白い首にとって何とお誂え向きの場所だろう、な、マスカル!」クラッグが耳ざわりな声でからかった。「サレンボウドがどうしてここにいないんだろうねえ」

マスカルは手荒くクラッグをつかみ、手近の木に投げ飛ばした。クラッグは身体のバランスを取り戻すと、突然、轟き渡る大声で哄笑した。その様子にはいささかもとり乱したところがなかった。

「それでも、おれの言ったことは……事実だったのか、はずれていたのか、どっちなんだ」

マスカルは厳しい表情でクラッグをにらみつけた。「どうもきみは自分自身を必要悪とみなしているようだな。ぼくにはこれから先もきみと旅を続けなくちゃならぬ義理はない。別れたほうがいいと思う」

クラッグは真剣さを装った醜怪《グロテスク》な様子でギャングネットのほうを向いた。

「きみはどう思う。……マスカルがそうしたいと思ったときに別れるのがいいか、それともおれがそうしたいと思ったときに別れるのがいいか」

「マスカル、何を言われても怒るんじゃないぞ」ギャングネットがクラッグに背を向けながら言った。「この男のことならわたしのほうがきみよりもよく知っている。クラッグがきみにしがみついて離れない今となっては、手を放させる方法はひとつしかない。……こいつを無視することだ。こんな奴、軽蔑してやれ。……口もきくな。何を訊かれても黙っているんだ。こいつの存在を認めなければ、こいつはもうここにいないも同然だ」

「こんなことはもううんざりだ」とマスカル。「この世におさらばする前にどうやらもう一度殺人を犯すことになりそうだな」

「殺しの匂いがぷんぷんしてきたぞ」くんくん嗅ぐふりをしながらクラッグが大きな声で言った。「しかし、誰を殺すのかな」

「マスカル、わたしの言うとおりにしたまえ。クラッグとやり合ったりするのは火に油をそそぐようなものだ」

「ぼくはもう誰とも話さない。……一体いつになったらこのいまいましい森から出られるんだ」

「まだかなり道程がある。だけど、森をぬければあとは楽だ、舟で行けるからな。身体も休まるし、考えごともできる」

「せいぜいのんびりと自分の苦しみのことでも考えればいいさ」クラッグが言い添えた。

明るい日ざしの中に出るまで、三人はこれ以上何も言わなかった。森の斜面はひどく急だったので、歩くというよりは走らざるをえず、たとえ話を交わす気があっても、どのみちお喋りなどしていられなかったろう。三十分もしないうちに三人は森を通りぬけた。広びろとした平らな風景が前方に見渡す限り遠くまで広がっていた。

この国の三つの地方はなだらかな湖水地帯で、岸辺の低い大きな湖がつらなり、そのあいだには木で蔽われた細長い陸地が延びていた。一行のすぐ間近にある湖は、その小さな先端が森と接していた。そのあたりでは湖の幅は五百メートルほどで、両側と先端部分の水深は浅く、ドルム色の藺草《いぐさ》がぎっしり茂っていたが、中央部では、岸から数メートル離れたところから沖に向かって水が流れているのが見えた。流れがあるとすると、これは湖なのか川なのか、判断しにくかった。浅瀬には小さな浮き島が二つ三つ浮かんでいた。

「舟に乗るというのはここからなのか」マスカルは尋ねた。

「そうだ、ここからだ」ギャングネットが答えた。

「でも、舟なんかどこにもないじゃないか」

「あの浮き島が舟になるのさ。流れに乗ればあとはしめたものだ」

マスカルは顔をしかめた。「一体どこへ行き着くんだ」

「さあ、乗った乗った」下卑た笑い声でクラッグが言った。「朝は刻々と過ぎ去って行く。そして、きみは午前《ひるまえ》に死ななくてはならない定めなのだ。おれたちはこれから海に出るのさ」

「クラッグ、何もかも知りつくしているのなら……ぼくがどういう死に方をするのか教えてくれ」

「ギャングネットに殺されるのさ」

「この嘘つきめ！」とギャングネット。「わたしはひたすらマスカルの幸運を祈っているだけだ」

「いずれにしろ、ギャングネットがきみの死の原因になるのだ。……しかし、それが何だというのかね。肝腎なのは、きみがこのむなしい世界からおさらばしようとしているってことだ。……ところで、ギャングネット、きみはあいもかわらず無精だな。どうやらこの仕事もおれがしなくちゃならないらしい」

クラッグは湖の中に飛びこみ、水をはね飛ばしながら浅瀬を走り始めた。最寄りの浮き島に着いたときには、腿まで水につかっていた。浮き島は菱形で、全長が五メートルほどあり、褐色の軽い泥炭のようなもので出来ていた。表面には植物が棲息している形跡はなかった。クラッグは島のうしろにまわり、流れのほうに押し始めた。どうやらたいして苦労することもなくクラッグが流れの影響範囲内まで島を押しやると、ギャングネットとマスカルもそこまで入って行って、三人とも島に乗った。

航行が始まった。流れは時速三キロを超えなかった。太陽は情け容赦もなく三人の頭に照りつけており、どこにも陰はなく、これからも陽中《ひなか》を通り続けなければならないようだった。マスカルは島の先端近くに腰をおろし、一定の間を置いてひっきりなしに頭に水をかけた。ギャングネットはマスカルのとなりに坐り、クラッグは檻の中の動物のように速い小刻みな歩調で行ったり来たりしていた。湖が広くなるにつれて流れの幅も広がり、最後には、広びろとした河口に出て流れのまにまに漂っているようにさえ感じられた。

突然、クラッグが身をかがめてギャングネットの帽子をひったくり、毛深い手で握ってもみくしゃにし、流れに向かってほうり投げた。

「どうしてきみは女みたいな身なりをしているんだ」耳ざわりな声でげらげら笑いながらクラッグは言った。「その顔をマスカルに見せてやれ。たぶんマスカルはきみの顔をどこかで見た憶えがあるはずだ」

たしかにギャングネットの顔を見ていると、ある人のことが思いうかんだが、その人は誰なのか思い出せなかった。黒い髪はカールして首筋に垂れ、眉は太く盛りあがって気品があった。ギャングネットの容姿全体はすこぶる甘美な趣をたたえていて、奇妙にこちらの感情に訴えかけてくるところがあった。

「わたしに恥ずべきことがあるかどうか、マスカル自身に判断して貰おう」ギャングネットは泰然自若として誇らしげに言った。

「その頭の中には全くすばらしい考えしか入っていないはずだ」マスカルはギャングネットをじっと見つめながらつぶやいた。

「みごとな評価だ。ギャングネットは詩人の中の王なのさ。……しかし、詩人が実際的な企てをやりとげようとすると、どうなるかな」

「実際的な企てって、何のことだ」マスカルはびっくりして尋ねた。

「ギャングネット、きみは何を目論んでいるのか……それをマスカルに教えてやれ」

「実際的な活動には二種類ある」ギャングネットは静かに答えた。「建設するか破壊するかだ」

「ちがう、二種類じゃなくて三種類だ。盗みをすることも活動の一種さ……しかも盗みをしていることを自覚しさえしない場合があるんだ。財布だけ盗んで、お金はそのままにしておくこともあるのさ」

マスカルは眉を釣りあげた。「きみたち二人は前にどこで会ったんだ」

「マスカル、きょうはおれのほうがギャングネットを訪ねて来たんだが、昔、ギャングネットがおれを訪ねて来たこともある」

「どこに訪ねて来たんだ」

「おれの家にだよ——それがどこにあるのかはどうでもいいことだ。ギャングネットは名うての盗人《ぬすっと》なのさ」

「きみの話はまるで謎々だ。言ってることがさっぱり分らない。ぼくはきみたち二人をどっちも知らないんだが、ギャングネットが詩人ならば、さしずめきみは道化師だということになるな。……きみはまだ喋り続けなくちゃ気が済まないのか。ぼくは静かにしていたいんだ」

クラッグは笑ったが、それ以上何も言わず、やがて顔を太陽に向けて長々と横になると、二、三分もたたぬうちにぐっすり眠りこみ、いやないびきをかき始めた。マスカルは不快の色をはっきりと表して、見るも厭わしいクラッグの陰気な顔を時どきちらっと見続けていた。

二時間が経過した。両側の陸地までは二キロ以上もあり、前方には陸は全くなかった。うしろを見ると、リッチストーム山脈は、立ちこめた靄に包み隠されていた。ちょうど水平線の上あたりで前方の空が奇妙な色を呈し始めた。それは鮮烈なジェール・ブルーだった。北のほうの大気はどこもかしこもウルファイアー色に染まっていた。

マスカルの心は乱れた。

「ギャングネット、アルプペインが昇りかけている」

ギャングネットはもの悲しげに微笑んだ。「アルプペインがきみを悩まし始めたのか」

「アルプペインはとても厳かで……悲劇的で、殆ど……。それでも、アルプペインはぼくを地球に呼び戻す。人生はもはや重要ではなくなっていたけど、これは重要だ」

「この別の昼間から見れば普通の昼は夜だ。あと三十分もすればきみは暗い森から真昼間の光の中に出て行く人のような気持になるだろう。そうすれば、どうして今まで盲だったのか不思議に思えてくる」

二人は青い日の出をじっと見守り続けた。北の空には、天頂と地平線の真ん中あたりまで隅なく異様な色の縦縞が光り輝き、その色の中ではジェールとドルムが圧倒的に強かった。普通の夜明けの主な特徴が神秘であるように、この夜明けの著しい特徴は荒々しさだった。それは理解力よりはむしろ心《ハート》そのものを混乱させた。マスカルは、この日の出をとらえて不滅化し、わがものとしたいという漠としたあこがれは感じなかった。

そのかわりに、日の出は、超自然的な交響曲の冒頭の数小節さながらに、マスカルの心をかき乱し、苦しめた。

南のほうを振り向くと、ブランチスペルの白昼はそのまぶしい光を失っていて、マスカルは臆することなく巨大な白い太陽を見つめることができた。……人が暗闇から明るいほうを向くように、やがてマスカルは再び本能的に北を向いた。

「ギャングネット、きみがいつか教えてくれたのがクリスタルマンの思想だったのなら、これはきっとクリスタルマンの感情なのだろう。……ぼくは今、文字どおりの意味でそう言っているんだ。今ぼくの感じていることを、クリスタルマンはぼくより前に感じていたにちがいない」

「マスカル、クリスタルマンは悉く感情なのだ。……それが分らないのか」

眼の前の光景をむさぼるように見つめていたマスカルは、返事をしなかった。顔の表情は岩のように動かなかったが、眼はこみあげてくる涙でぼんやりかすんでいた。空はますます強烈に燃え立った。……今まさにアルプペインが洋上に姿を現そうとしているのだ。この頃には浮き島は河口を通りぬけていた。一行は三方を水でかこまれ、背後からは靄が忍び寄って来て、陸地をすっかり視野から隠した。クラッグはまだ眠っていた――皺だらけの醜い怪物さながらのその姿。

マスカルは横に視線を向けて、流れている水を見た。水は暗緑色が薄れて、今では全く透明になっていた。

「ギャングネット、もう海に出ているのだろうか」

「そうだ」

「とすれば、あと残っているのはぼくの死だけだ」

「死のことではなく生について考えたまえ」

「だんだん明るくなってくる。……それと同時に陰気さも濃くなってきた。……クラッグは影が薄くなっていくように見える……」

「アルプペインだ！」ギャングネットがマスカルの腕にそっと指を触れて言った。

強烈な白熱した青い円盤さながらの太陽が、水平線上に顔をのぞかせた。マスカルは深く心を打たれて沈黙した。見るというよりはむしろ感じていた。……その感情は言葉では言い表せないものだった。おのれの魂が強くなりすぎて、もはや肉体では手に負えなくなったかのようだった。……みるみるうちに水の中から現れてくる青い巨大な球体は恐ろしい眼さながらで……マスカルをじっと見守っているようだった……青い球は勢いよく一足跳びに洋上に飛び出し、こうしてアルプペインの昼が始まった。

「どういう気分だ」ギャングネットは依然としてマスカルの腕をつかんでいた。

「ぼくは今《無限》と向き合っているのだ」マスカルは呟いた。

すると突如、持ち前のあの混沌とした情念がひとつにまとまり、すばらしい観念が、強烈無比な喜びを伴って、マスカルの全存在を貫き通った。

「なんてことだ、ギャングネット……ぼくは無だ！」

「そうだ、きみは無だ」

霧が三人をすっぽり包んだ。二つの太陽と一メートル以内の海しか見えなかった。アルプペインの光で出来る三人の影は黒くなくて、文字どおり白い白昼の光だった。

「それなら、何ものもぼくを傷つけることはできない」マスカルは不思議な微笑をうかべて言った。

ギャングネットも微笑んだ。「そうだとも、どうして傷つけられようか」

「ぼくは意志を失った。……悪性の腫瘍がえぐりとられ、さっぱりして自由になったような気分だ」

「マスカル、今なら人生が理解できるか」

ギャングネットの顔は異常なほどの精神的な美しさで神々しく……あたかも天から降り来たったもののように見えた。

「理解できるのは、ただひとつ、ぼくにはもう自己がないということだけだ。……が、しかし、これがまさしく人生なのだ」

「かの有名なる青い太陽についてギャングネットが御高説を述べておられるってわけかい」嘲りの声が二人の頭の上から聞こえた。見あげると、クラッグがすでに立ちあがっていた。

ギャングネットとマスカルも立ちあがった。それと同時に、立ちこめた霧が真丸《まんまる》いアルプペインをぼんやりと隠し始め、その色を青から鮮明なジェールに染め変えた。

「クラッグ、ぼくたちに何の用があるんだ」マスカルは落ちつき払って問うた。

クラッグは妙な顔をして数秒間マスカルを見つめた。三人のまわりに波が打ち寄せた。

「マスカル、死がやって来たことが分らないのか」

マスカルは返事をしなかった。クラッグが軽く肩に手を当てると、突然気分が悪くなり、気が遠くなって、マスカルは筏がわりの島の先端近くの地面に崩れるように倒れた。心臓は重苦しい奇妙な動悸を打っていた。……その鼓動は太鼓の音を思い出させた。さざ波をものうげに見つめているうちに、水を透かして……どこまでもどこまでも深く……ずっと底のほう……ついには不思議な火まで、見えてくるようだった……

水は消えた。二つの太陽も消滅した。島は雲に変り、マスカルは――その上にただひとり乗って――空中を漂っていた。……下はすべて火だった。……マスペルの火だった。その光はしだいに高く昇り、ついには世界全体を満たした……

マスカルは、てっぺんも底もない切り立った巨大な黒岩の絶壁のほうに漂って行った。その崖の中ほどに、クラッグが宙づりになって、血のように赤い一点に大きなハンマーで恐ろしい打撃を加えていた。リズミカルなカーンカーンというその響きはものすごかった。……やがてマスカルは、その音が聞き慣れた太鼓の音であることを知った。

「何をしているんだ、クラッグ」マスカルは尋ねた。

クラッグは手を休めて、振り向いた。

「きみの心臓を叩いているのさ、マスカル」にたにた笑いながらクラッグは答えた。

崖とクラッグが消え、ギャングネットが空中でもがいているのが見えた。……が、それはギャングネットではなかった——クリスタルマンだった。クリスタルマンはマスペルの火から逃れようとしているらしく、マスペルの火は、クリスタルマンがどちらを向いてもクリスタルマンをとりかこみ、炎の舌で舐め続けた。クリスタルマンは悲鳴をあげていた。……火がクリスタルマンに燃え移った。クリスタルマンは恐ろしい声で絶叫した。涎を垂らしている下卑た顔がマスカルの眼にちらっと見えた。……やがて、その顔も消えた。

眼をあけると、浮き島は依然としてアルプペインの光でかすかに照らされていた。クラッグはマスカルのそばに立っていたが、ギャングネットはもはや島の上にはいなかった。

「この海は何ていうんだ」マスカルは辛うじて言葉を口に出した。

「サーターの海だよ」

マスカルはうなずき、暫くのあいだ黙っていてから、顔を腕にのせた。

「ナイトスポーはどこにいる」だしぬけにマスカルは尋ねた。

クラッグは厳粛な表情でマスカルの上にかがみこんだ。

「きみがナイトスポーだ」

死にかけている男は眼を閉じて微笑んだ。

少ししてからマスカルは力をふりしぼって重い瞼をもう一度開き、小声で言った。「きみは誰なんだ」

クラッグは重苦しい沈黙を続けていた。

まもなく、恐ろしい激痛が心臓を貫き、マスカルは即死した。

クラッグは振り返った。「ナイトスポー、やっと夜が本当に過ぎ去った。……昼になったのだ」

ナイトスポーは長いあいだ真剣な面持《おももち》でマスカルの死体を見つめていた。

「どうしてこうまでする必要があったのだろうか」

「クリスタルマンに訊くんだね」クラッグが厳しい語調で答えた。「クリスタルマンの世界は冗談事ではない。奴は強い支配力をもっている。……だが、おれのほうがもっと強い。……マスカルはクリスタルマンのものだったが、しかし、ナイトスポーはおれのものだ」

21　マスペル

霧がひどく濃くなったので二つの太陽はすっかり見えなくなり、あたりは夜のような真っ暗闇にとざされた。ナイトスポーにはもう相棒の姿は見えなかった。波が筏がわりの島の側面にひたひたと打ち寄せていた。

「夜は過ぎたと言ったね。だけど、まだ夜じゃないか。ぼくは死んでいるのだろうか、それとも生きているのか」ナイトスポーが言った。

「きみはまだクリスタルマンの世界にいる。しかし、もはやその世界に属してはいない。おれたちはマスペルに近づきつつあるのだ」

ナイトスポーは強い静かな空気の鼓動を感じた。……それはリズミカルな四拍子の鼓動だった。

「太鼓の音がする」ナイトスポーは叫んだ。

「あの意味が分るかね、それとも、もう忘れてしまったのか」

「半分だけ分るけど、頭の中がすっかり混乱しているんだ」

「もうクリスタルマンがきみの身体にかなり深く爪を突き立てたらしいな」クラッグは言った。「あの音はマスペルから来ているが、クリスタルマンの空気を通って伝わってくるので、ああいうリズムになっているのだ。クリスタルマンの本性は、クリスタルマンが好んで用いる言い方を借りれば、リズムだ。……おれに言わせれば、それは死のように単調な繰り返しということになるが」

「思い出したよ」ナイトスポーは暗闇の中で爪を嚙みながら言った。

鼓動がはっきり聞きとれるようになり、遠くで鳴っている太鼓の音のように響いていた。二人の遥か前方に不思議な光が小範囲で輝き、浮き島とその周囲の鏡のように穏やかな海面をかすかに照らし始めた。

「すべての人があの恐ろしい世界から脱け出せるのだろうか。……それとも、ぼくや、ぼくに似たごく少数の人間だけが脱け出せるのか」ナイトスポーは尋ねた。

「誰もが脱け出せるのならおれは苦労しないさ、わが友ナイトスポー君……これから先、幸い仕事と苦悩と徹底的な死の危険とが向うでおれたちを待っている」

ナイトスポーはがっくり気落ちした。「それじゃあ、まだ終ったわけじゃなかったのか」

「終らせたくなければまだ終ってはいない。きみは一度は通りぬけた。だが、どうなんだ――まだ終らせたくない気持があるのか」

太鼓の音が大きくなり、苦痛なまでに激しく響いた。光は縮まって巨大な夜の壁の中で謎めいた輝きを放つ小さな長方形と化した。岩のように厳しいクラッグの顔が見えてきた。

「再生をやりとおすなんて、とても無理だ」ナイトスポーは言った。「再生に較べれば、死の恐怖など何でもありはしない」

「いずれかを選ぶことになるんだ」

「ぼくには何もできない。クリスタルマンはあまりにも強すぎる。魂をやられずに逃げ出すのが精一杯だった」

「きみはまだ地上のガスでぼうっとしていて、まともにものを見ることができないのだ」クラッグが言った。

ナイトスポーは返事をせず、何かを思い出そうとしているようだった。二人の周囲の水はあくまでも静かで無色透明だったので、二人を下から支えているものが液体であるとは思えないほどだった。マスカルの死体はすでに消えていた。

太鼓の音は今やカーンカーンと響く鉄の音に似てきた。長方形の光がぐんと大きくなり、激しく狂ったように燃えさかった。光の上下とその両側の暗闇は、次第に形を帯び、境界線のない巨大な黒壁に似てきた。

「われわれが近づいているあれは本当に壁なのだろうか」

「じきに分るさ。きみが見ているのはマスペルであり、あの光はきみがくぐらなければならない門だ」

ナイトスポーの心臓が激しく打った。

「あそこを通ってしまっても、まだ思い出せるだろうか」ナイトスポーは呟いた。

「うん、思い出せるとも」

「クラッグ、ついて来てくれ、そうしないとぼくは迷ってしまう」

「あそこの中でおれがすることは何もない。おれは外できみを待つ」

「きみはまた闘いに戻るのか」ナイトスポーは指の先を噛みながら訊いた。

「そうだ」

「ぼくにはそれだけの度胸はない」

リズミカルに打ち鳴らされるカーンカーンという雷のような音が、鉄拳そのもののようにナイトスポーの頭を強打した。光はこのうえなく強烈に輝いていたので、もはや正視できないほどだった。立て続けに閃く稲妻さながらの驚くべき不規則さできらめくこの光には、もうひとつ、こういう特徴があった――なぜかそれは、実際の光ではなくて光に見える感情を放っているようなのだ。二人はまっすぐドアのほうに向かって、暗黒の壁に近づき続けた。鏡のように穏やかな水はちょうどそのドアに向かって流れ、水面が殆ど敷居近くまで達していた。

もはや二人とも喋れなかった。音が耳を聾するほど激しくなっていたのだ。

数分後に二人は入口の前に着いた。ナイトスポーはうしろを向いて両手で眼を隠したが、それでも光のために眼がくらんだ。心に熱情が溢れ、そのせいで身体までが大きくなっていくようだった。恐ろしい音が打ち鳴らされるたびに激しく身体がふるえた。

入口にはドアはなかった。クラッグは岩台に飛び移ると、手を伸ばしてナイトスポーをぐいと引き寄せてくれた。

入口を通ると、とたんに光は消えた。リズミカルに打ち鳴らされていた音も全くやんだ。ナイトスポーは両手をだらりと下げた。……あばかれた墓のようにあたりは暗く静かだったが、空気そのものにはぞっとするような燃える情熱がみなぎっていた。それはくすんだ色に対して光がもっているのと同じ関係を光や音そのものに対してもっている情熱だった。

ナイトスポーは手を心臓に押し当てた。

「耐えられるかどうか分らない」クラッグのほうを見てこう言ったとき、ナイトスポーは、クラッグを眼で見ることができた場合よりも遥かにありありとはっきりクラッグという人物を感じた。

「ナイトスポー、中へ入るんだ、時間を無駄にしてはいけない。……ここでは時間は地上にいるときよりも貴重なのだ。一瞬たりとも無駄にはできない。ほうっておくわけにはいかない恐ろしい悲劇的な大事がまだ控えている――しかもそれはわれわれを待ってはくれないのだ。……すぐ中へ入りたまえ。何があっても立ちどまるな」

「わたしはどこへ行くのだろうか」ナイトスポーは呟いた。「何もかも忘れてしまった」

「入るんだ、さあ、入れ！　道はひとつしかない。迷うことなどあるものか」

「どうせまた出て来るのなら、なぜ中に入れと命じるんだ」

「きみの傷を癒すためだ」

この言葉を言い終らないうちにクラッグは筏がわりの島に跳び乗った。ナイトスポーは無意識のうちにそのあとを追おうとしかけたが、すぐに吾に返って、その場に立ちつくした。クラッグの姿がすっかり見えなくなった。外は全くの闇夜だった。

クラッグが去ったその刹那、ある感情が無数の喇叭のようにナイトスポーの心に湧き起った。


ナイトスポーの足元のすぐ前のところには、狭くて急な石造りの螺旋階段の登り口があった。前進する道はそれ以外になかった。

ナイトスポーは一段目に足をかけ、同時にじっと上を見た。何も見えなかったが、一段ずつ登るにつれ、その道が一センチ平方もあまさず悉く内感によって感知できるようになってきた。石段は冷たく陰鬱で人気《ひとけ》がなかったが、魂が高揚しているナイトスポーには天に通じる階段のように思えた。

十段ほど登ると一息つくために立ちどまった。一段ごとに次第に登るのが困難になってきて、まるで重い男を肩にかついでいるような感じだった。と、心の琴線に何かが触れた——何となく思いあたる節があったのだ。さらに十段ほど登ると、高い朝顔口《エンブレイジャー》に嵌めこまれた窓の前まで来た。

ナイトスポーは朝顔口によじ登り、窓から覗いてみた。窓は一種のガラスで出来ていたが、何も見えなかった。だが、外界から浸透してくる大気擾乱《じょうらん》がナイトスポーの感覚に激しく打ちかかり、血が凍りついたように冷たくなった。ある瞬間にはそれは大地の涯から響いてくる、低い嘲るような下卑た笑い声に似ていたが、次の瞬間にはリズミカルな空気の振動のようで、さながら強力なエンジンが鼓動している静かな連続音を思わせた。この二つの感覚は同一だったが、それでいて異なっていた。両者は魂と肉体のように関連し合っているようだった。長いあいだそれを感じたあと、朝顔口からおり、また石段を登り続けていると、たいそう厳粛な気持になっていた。

石段を登るのが今までよりずっと骨の折れる苦業となり、三段か四段登るたびに立ちどまって筋肉を休め、呼吸を整えざるをえなかった。このようにしてさらに二十段ほど登ると、二番目の窓のところに来た。今度も何も見えなかった。笑い声のような空気の乱れもやんでいたが、大気の鼓動は今では以前の二倍もはっきりし、そのリズムも二重になっていた。二種類の鼓動があり、ひとつは行進曲の拍子で、もうひとつはワルツの拍子だった。第一の鼓動はとげとげしく、感じているうちに心が石と化してしまうようだったが、第二のそれは陽気で、気力を骨ぬきにする妖しさがあって、おどろおどろしかった。

ナイトスポーはこの窓のところには長くは足を停めなかった。と言うのも、あと一歩で大発見をするところまで来ていて、さらに登れば遥かに重要なことが待ちうけているのだと感じられたからだ。こうして先を急いで登るにつれ、ますます疲労が激しくなり、みずからの体重によって完全に押しつぶされ、坐りこまなければならぬことも再三あった。それでもどうにか三番目の窓に辿り着いた。

朝顔口に登ると、ナイトスポーの感性が視力と化し、ある光景が見えた。忽ち顔から血の気がひいていった。みずから光を発する巨大な球体が空にかかり、殆ど全天を埋めつくしていた。この球は全体が二種類の活動物質で出来ていた。まず、ごく小さな緑色の微粒子が無数にあった。非常に小さいものから殆ど見分けられないほど微小なものまで、大小さまざまで、色は緑《グリーン》ではなかったが、ナイトスポーにはなぜかそう見えた。どの粒子も競って一定の方向——ナイトスポーのいるマスペルの方向——に進もうともがいていたが、あまりにも微力で微小なために少しも前進できなかった。その動きは、ナイトスポーが前に感じたあの行進曲のリズムを打ち出していたが、このリズムは微粒子そのものの内部から発するのではなく、障碍にぶつかったために生じるものだった。生命と光の原子であるこの粒子群をとりかこんでいるのが、それより遥かに大きな白い光の渦巻だった。渦巻はここかしこで回転し、その動きにつれて緑色の微粒子をどこへでもお望みのところまで運んでいるのだった。この回転運動にはワルツのリズムが伴っていた。緑色の原子は意志に反して踊らされているだけでなく、その結果、耐えられないほど激しい恥辱を受けているようにナイトスポーには思えた。比較的大きな原子は、極小の原子よりしっかりしていて、その中には少数だが殆ど静止しているものさえあり、自分の行きたい方向に進んでいる原子も一個あった。

ナイトスポーは窓に背を向けて両手に顔を埋め、おぼろな記憶の奥底に、今見た光景の説明を捜し求めた。何ひとつ定かには思い出せなかったが、心は恐怖と激怒のとりことなり始めた。

次の窓に向かって石段を登る途中、眼に見えない指に心臓を絞めつけられ、ひねられているように思われてきたが、引き返そうとは夢にも思わなかった。なにくそっという荒々しい気分になっていたので、ただの一度でも立ちどまることを自分に許さなかった。朝顔口によじ登る頃には疲労困憊のあまり、窓を覗いても数分間は何も見えず……自分のまわりで世界がものすごい速さで回っているようだった。

やっと窓の外に眼を向けることができるようになると、さっきと同じ球体が見えたが、その表面の状態は一変していた。それは岩、鉱物、水、植物、動物そして人間の世界だった。ナイトスポーはこの世界全体を一目で見たが、何もかもが著しく拡大されていたので、生命の様子がその細部に至るまで見分けられるほどだった。どの個体、どの個体集団、どの化学原子を見ても、その内部にあの緑色の微粒子の存在がはっきりと認められた。しかし、各生命体の尊厳の程度に応じて、緑色の微粒子は断片的であったり、比較的大きかったりした。たとえば、水晶の場合なら、閉じこめられた緑色の生命はきわめて微小で殆ど見えないほどだった。それと同じくらいの大きさしかない生命粒子をもつ男もいたが、その二十倍も百倍も大きな粒子のある男女も見えた。しかし、大小にかかわりなく、緑色の生命はどの個体においても重要な役割を果たしていた。まさしく個体そのものである白光の渦巻が、それを包んでいる生体の奥にはっきり見えていたが、どの渦巻も存在していることを喜び、ひたすら存在を享受することのみを願っているようだったのに対し、緑色の粒子は永遠に続く不満の状態にありながらも、盲目で、解放されるにはいずれの方角へ進めばよいかも分らずに、験《ため》しに新しい道を切り拓こうとするかのように絶えまなく形を変えていた。こうして元のグロテスク形態が新しいグロテスク形態に変身するのは、いかなる場合でも緑色の原子がみずから直接行なう仕事であって、その原子は、絶えずマスペルのほうへ逃れようとするのだが、忽ち抵抗に遭遇しているのだった。火のような生ける霊の小区分であるこの火花はひとつのこらず柔弱な快楽の薄気味悪い泥沼の中に脱出のあてもなく幽閉されているのだ。……どの火花も骨ぬきにされ、堕落させられて——要するに、包みこんでくる不潔で病的な生体の中に吸収されていたのである。……この光景を眺めているうちに、ナイトスポーは、むかつくような恥辱を魂の内部に感じた。

昂揚感はとっくに消え去っていた。ナイトスポーは爪を噛み、ふと思いあたった。なぜクラッグが下で待っているのか、それが分ったのだ。

五番目の窓へとゆっくり石段を登る。身体を抑えつける空気の圧力は、さながら猛烈さと不規則さをとり除かれた大風のように強かったので、一瞬たりとも努力をゆるめることは許されなかった。それにもかかわらず、そよとも風は吹かなかった。

第五の窓を覗いてみたナイトスポーは新しい光景に仰天した。球体は依然として天空にかかっていたが、球と、ナイトスポーが立っているマスペル世界とのあいだに、ぼんやりした巨大な影が見えたのだ。それは、はっきりと見分けのつく形こそとっていなかったが、なぜか胸がむかつくような甘さのこもった匂いを放っていた。ナイトスポーはそれがクリスタルマンであることを知った。激しい光——しかし、それは光ではなく情熱だった——の洪水が絶えまなくマスペルからその《影》めがけて滔々と流れ、それを突きぬけていた。だが反対側から球体のほうに向かって出てくるときには、その性質が変っていて、光は、ちょうどプリズムによって分解されるように、前にナイトスポーが見た二つの生命体——緑色の微粒子と渦巻——に分れた。ほんの一瞬前には火のような霊だったものが、今では、身もだえしながら這いまわる個体が形成する不快きわまりない集団と化し、快楽を求める意志の渦巻ひとつひとつの中核に、生ける緑色の火の一断片である火花がひそんでいるのだった。……これを見ているうちにスタークネスの逆光線のことを思い出したナイトスポーの頭に、あの緑の火花はマスペルの逆光線であり、渦巻はマスペルの前進光線なのだということが疑う余地のない真理としてひらめいた。緑色の火花は、それが生まれた場所に必死に戻ろうとするが、あくまでも現在の位置にとどまろうとする渦巻の野蛮な力によって抑えつけられているのだ。個々の渦巻は押し合いへし合って、互いに闘い、それどころか互いにむさぼり合う共喰いまでしていた。これは苦痛を生み出したが、いかなる苦痛を感じようとも、渦巻が捜し求めるのは常に快楽だった。時には緑色の火花は、マスペルのほうにわずかに戻るだけの力を一時的にもつことがあった。すると、渦巻は異議を申し立てないだけでなく、いかにも誇らしく嬉しそうに――そうさせてやったのは自分なのだと言わんばかりに――火花の動きを認めてやるのだった。しかし、渦巻はあの《影》の彼方を見とおすことができず、もっぱら《影》に向かって進んでいるものと思いこんでいた。回転運動をするのが本性である渦巻は、直進運動することに疲れ果てるとすぐに、またもや殺したり踊ったり愛したりし始めるのだった。

ナイトスポーは、六番目の窓が最後になるであろうことを予感した。いかなるものもナイトスポーが最後の窓のところまで登るのを妨げることはできなかったろう。ほかならぬクリスタルマン自身の本性がそこで明らかになるはずだとナイトスポーは予想していたからだ。石段を一段一段登るのは、血みどろの、生死をかけた闘いだった。階段はナイトスポーを床に釘づけにし、空気の圧力で鼻と耳から血がほとばしり、頭は鉄の鐘のようにがんがん鳴った。必死の努力をして十段ばかり登ると、突然、てっぺんに出た。階段はひんやりした石で造られた、がらんとした小部屋で終っていた。部屋には窓がひとつだけついていて、反対側から短い階段が上へ延びていた。そのてっぺんにある撥《は》ね上げ戸の先はこの建物の屋上らしかった。この階段を登る前に、ナイトスポーは急いで窓の前まで行き、じっと外を見つめた。

クリスタルマンの《影》は前よりもぐんとナイトスポーに近づき、空全体を蔽い隠していたが、それは暗い影ではなく明るい影だった。形もなく、色もついていなかったが、どことなく早朝の柔らかな色合いを思わせるこの影はぼやけていたので、それを通して球体がはっきりと見分けられたが、影の幅そのものは厚くて、影から発する甘い匂いはどぎつく、胸がむかつくほどで、ひどく恐ろしかった。……それは、筆舌に尽くし難いほど俗悪で無知な、人を嘲るねば土のようなものから発散する臭いのようだった。

マスペルから出る霊の流れは複雑多様なきらめきを放っていた。それは個体性の下にあるのではなく、それを越えた上にあった。それは《一》でも《多》でもなく、そのいずれをも遥かに超える何か別のものだった。霊の流れはクリスタルマンに近づき、（あの明るい霧を体と呼ぶことができるなら）その体内に入り、クリスタルマンの中をまっしぐらに通りぬけたが、それが通過することによってクリスタルマンは最も精妙な快楽を得た。マスペルの流れはクリスタルマンの食べ物だったのである。……マスペルの流れはクリスタルマンを突きぬけて、球体のある反対側に出るときには二重の状態になっていた。流れの一部は本質的な変化こそ受けなかったが粉々になった状態で出て来た。この無数の破片が緑色の微粒子であった。それはきわめて微小なために、クリスタルマンの中を通過しても吸収されずにすんだのだ。だが、マスペルの流れの別の部分は吸収を免れることができず、火がぬきとられ、膠結物質も吸いとられて、宿主《ホスト》であるクリスタルマンの恐ろしい甘美さによって穢され柔弱にされたあと、流れは分裂して個体になった。この個体が生きた意志をもった渦巻であった。

ナイトスポーは身ぶるいした。……ひとつの《存在《ビーイング》》に喜びを感じさせるために、意志の世界全体が永遠の苦痛を嘗める宿命を背負うまでの過程をナイトスポーはついに理解したのだ。

まもなく、屋根に通じる最後の階段に足をかけた。……今ではもうそこしか残っていないことを漠と思い出したからだ。

中ほどまで登るとナイトスポーは気を失った。……しかし、意識をとり戻すと、何事もなかったかのようにまた登り続けた。撥ね上げ戸から頭が出て、自由に空気が吸えるようになると、忽ち、水中から陸に出てくる人が感じるのと同じ肉体的感覚が生じた。全身を外に出すと、ナイトスポーは期待に胸をはずませながら石畳の屋根に立ち、まだ見たことのないマスペルの姿を求めてあたりを見まわした。が……

何もなかった。

立っているところは塔のてっぺんで、屋上の広さは縦も横も五メートルたらず、あたりは闇にとざされていた。ナイトスポーは沈んだ心で石の手摺に腰をおろした。……と、重苦しい予感が心をとりこにした。

突然、何を見たわけでも何が聞こえたわけでもないのに、周囲の暗闇が四方八方でにたにた笑っている印象をはっきりと受けた。……忽ちナイトスポーは、自分がクリスタルマンの世界にすっかりとりかこまれていて、マスペルというのは、ほかでもないこの自分と、自分が坐っている石の塔とで成っているここだけの世界であることを理解した……

ナイトスポーの心の中で火がひらめいた。……甘くさせられたグロテスクで俗悪きわまる滑稽な無数の個体——かつては《霊》であったもの——がマスペルの救いを求めて堕落と苦悶の状態の中から叫びを上げているのだ。……この叫び声に答えてやれるものはナイトスポー自身と……下で待っているクラッグと……サーターしかいなかった。……だが、サーターはどこにいるのか。

今や真理がその冷酷で野蛮な現実性を悉く露呈して、否が応でもナイトスポーの心にのしかかってきた。マスペルは、存在する権利のない別の虚偽の世界が隣りに存在しているのを——あくまでも無関心に——そしらぬ顔で見すごすことのできる全能の宇宙ではなかったのだ。……マスペルは自己の生命のために、最も恥ずべきもの、最も恐ろしいものすべてと闘っているのだ——永遠の美の仮装をまとった罪悪、自然の本性に化けた卑劣さ、神のふりをしている悪魔との闘い。……今やナイトスポーには一切が分った。この精神的な闘いは見せかけの闘いではなく、戦士たちが昼にはばらばらに切り刻まれ、夜には饗宴を張るヴァルハラでもないのだ。それは、死よりもひどいもの——ほかでもない霊そのものの死——が必ずマスペルの被征服者たちを待ち受けている苛烈な死闘なのだ。……一体いかなる手段を用いればこの恐ろしい闘いに巻きこまれずにいられると言うのか！

苦悩にさいなまれていたその数瞬のあいだに、《自我》の考えすべて——地球上でのナイトスポーの人生の腐敗そのもの——が焼きつくされて彼の魂は清められた……それは今度が初めての経験ではなかったのかもしれないのだが。

長いあいだ坐りこんでいたあと、ナイトスポーは降りようとして立ちあがった。と、そのとき何の前ぶれもなく、慟哭のような奇異な叫び声が世界の表面に広がった。恐ろしい神秘の響きで始まったその声は、最後には全く卑しい下劣な嘲りの調子を帯びて消えていったので、それがどこから生じたものであるかをナイトスポーは一瞬たりとも疑うことができなかった。それはクリスタルマンの声だったのである。

クラッグは筏がわりの島に乗ってナイトスポーを待っていた。クラッグはナイトスポーに厳しい一瞥を投げた。

「何もかも見てきたか」

「この闘いは勝ち目がない」ナイトスポーは呟いた。

「前にも言ったろう、おれのほうが強いんだ」

「きみのほうが強いかもしれないが、クリスタルマンのほうが大きい」

「おれのほうが強くて大きいのだ。クリスタルマンの帝国はマスペルの表面にうつった影にすぎない。だが、血みどろの激闘を戦いぬかぬ限り、何ひとつやりとげることもできないのだ。どうするつもりなんだ、きみは」

ナイトスポーは不思議そうな目つきでクラッグを見た。

「クラッグ、きみはサーターではないのか」

「おれがサーターだ」

「やっぱりそうだったのか」ナイトスポーは別に驚きもせず、ゆっくりと言った。「だけど、地球では何と呼ばれているのかね」

「ペインだ」ペインとは《苦痛》の意だ。

「それもぼくには分っていたはずだ」

ナイトスポーは暫く黙っていたが、数分たつと静かに筏に乗った。クラッグが手で押すと筏は動きだし、両人は再び闇の中へ旅立った。

訳者あとがき

SFは文学たりうるかという疑問を解く一つの鍵としてこの一文を草する。

『アルクトゥールスへの旅』の読後感はきわめて強烈である。その迫力は圧倒的であり、本書を読むことがそのまま一つの体験となる。こういう作品にめぐり会うのは稀なことだ。コリン・ウィルソンが「今世紀最大の天才の生んだ傑作」と言わんばかりに絶讃しているのもうなずける。『アルクトゥールスへの旅』は少なくとも力作である。この「力作」という言葉を私はpowerful workという英語を直訳したものとして使う。Powerには「強大な力」（能力や体力や権力）という意味のほかに、神や天使や悪魔など「霊的な存在」の意もある。『アルクトゥールスへの旅』から感じられるのは、まさにこの世を超えた強大な霊の圧倒的な力なのだ。

　人は自分の住む世界が現実なのだと思っている。いや、そう思うところまでも行かず、自分が空気を吸って生きているのと同じように全く〝自然に〟世界はあるのだとしか感じずに生きている場合が多い。私自身、日常生活の大半をこういう〝無自覚〟状態で生きている。たまに「現実」という言葉を口にすることがあっても、たいがいは「現実は厳しいからな」というような形でしか使わない。この場合の現実とは「経済生活」とか「物質的生存」とか「生存競争」といったきわめて形而下的な意味しかもたない言葉なのである。だが「現実的《リアル》」という言葉には「生々しい」とか「真実らしい」といった意味があり、人はたとえば芸術、特に文学に没頭すると、虚構であるはずの芸術作品のほうが日常の実生活よりもリアルに感じられる瞬間を経験する。そこで生じるのが真の「現実《リアリティー》」とは何かという疑問である。

　話を芸術の問題に限れば、虚構の世界である作品のほうがいわゆる〝現実〟である実人生よりも現実らしく見えてくるというこの逆転を私たちに経験させる作品こそが真の芸術としての条件をひとつ満たしているものなのであり、デイヴィッド・リンゼイの『アルクトゥールスへの旅』はまさしくそういう作品なのである。

再び言うが、私たちは現在只今のこの自分の生活が〝現実〟であることをつゆ疑わずに生きている。そこへいきなりリンゼイはアルクトゥールスの惑星トーマンスという別世界に設定された架空の人生をつきつける。そこでまず私たちはこう思う。地球上での私たちの人生の舞台をただ別の惑星に移して、この地球上では物理的に不可能な自然環境や現象や科学技術を利用して面白可笑しい冒険をくりひろげるだけの空想小説がどうせまた始まるのだろう、と。

だが、この第一印象は、やがて訂正を迫られる。読み進むにつれて私たちは物語の中へ文字どおり引きずりこまれ、これは単なるＳＦではない不可思議な力をもつ作品なのだと感じ、次には、別世界トーマンスでの架空の人生が鮮烈なまでにリアルとなり、ひいては自分そのものが主人公のマスカルになりきって、さまざまな〝冒険〟を体験しているのだと感じるに至る。

『アルクトゥールスへの旅』を訳しているあいだ、いわゆる〝現実〟の私は夢遊病者となり、マスカルと一体化することのできた仮の私のほうが目ざめていた。〝現実〟の世界が色あせ、架空・虚構の世界がリアルとなった。日常の私は実存していないとしても、アルクトゥールスの世界に没入していた時の私は実存していたのだと言ってもよい。

ここまで私は、〝現実〟の私たち自身と『アルクトゥールスへの旅』という文学作品との関係を述べてきた。その関係は「実と虚」の関係であり、それがいわば逆転する過程を私は記述してきたのだが、『アルクトゥールスへの旅』というこの作品の内容と主題そのものが虚と実の問題を扱っているのである。

一方には地球上の世界があり、他方にはトーマンス惑星の世界があって、両世界は殆どあらゆる点で対比されている。〝芸術家〟のパンオウがペンや絵筆によって作品を作り出すのではなく、おのが肉体そのものから卵という形で作品を文字どおり生み出し、しかも忽ちそれを棄て去るというエピソードや、トーマンスの神は、肉体を有していて人びとと直接まじわるのだという話がこの対比の例である。トーマンスの世界は地球上の人生を他の惑星に移しただけのものではなく、地球上の人間世界をアイロニカルに諷刺してその虚構性を露呈する形で存在するのだ。こう言うと読者は両世界が全く相反するものだと思われるかもしれないが、トーマンスの世界は地球世界の反語的な鏡であると同時に、地球世界の人生をいわばX乗した強烈な〝分身世界〟でもあるのだ。

そうでなかったならば私たちはトーマンスの世界でのマスカルの――そして私たち自身の――体験をあれほどリアルなものとは感じられなかったはずなのだ。なるほど、トーマンス世界の自然環境や自然現象は全く異質であり、三流のSF作家が描いたならば荒唐無稽としか思われなかったであろうような様相を呈している。ところがリンゼイは文章力というよりは真の想像力（イメージやアイディアを生き生きと現前させる力）によって、トーマンスの自然描写をきわめてリアルなものとすることに成功しており、この点だけでも本書は一読の価値がある（と同時に、この作品を構成している個々のエピソードの興味だけでもこれは読みごたえのある小説なのだ）。

さらにまた、一見したところ、『アルクトゥールスへの旅』に登場する人たちは妙に個性を欠き、マスカルを始め、各人物の性格描写は稀薄であるにもかかわらず、どの人物も（第一章に登場する地球人たちを除けば）私たちに強烈な印象を与える。彼らはいわば人格タイプの原型なのであり、一種の抽象体として実存しているのだ。さらには、エピソードそのものが、人間存在の根元的状況を描き出していて、やはり実存的なのである。

いわゆる幻想文学でこれほど実在感と実存性を読者に感じさせる作品は稀であろう。リンゼイは地球世界を強烈化してトーマンス世界に再現させると共に両者を対比させるという離れ業を見事になしとげたのだ。

それだけでも驚異であるが、先に述べた「実と虚」の逆転ということは、リンゼイがトーマンスの世界や人びとを地球の世界やマスカル以外の地球人よりもリアルに見えさせることに成功したというだけに限らないのである。地球世界よりもリアルなトーマンスの世界そのものが実はクリスタルマンの生み出した偽りの世界であることが徐々に明らかとなり、トーマンス世界すなわちクリスタルマン世界は一つの影であり、真実の世界はマスペルなのだということが結末で分る。つまり、クリスタルマン世界という虚偽の世界がマスペルという実在と鮮やかに対比されているのだ。

ここにこの作品の最大の二重性がある。クリスタルマン世界は地球世界の実在形であり、しかもそのクリスタルマン世界自体が虚偽であってその実在はマスペルにあるというこの二重性。そこにこの作品のディテール(細部)がきわめて迫真的でありながら謎めいた曖昧さを帯びているように見える最大の理由があると私は思う。(『アルクトゥールスへの旅』には、さまざまな二重性が織りこまれていることは読者もお気づきであろう。二、三、例をあげれば、恒星アルクトゥールスがブランチスペルという青の太陽とアルプペインという白の太陽とから成る二重星であってトーマンスには二種類の昼があること、トーマンスの月ティアゲルドがこの二つの太陽の光を受けていること、マスカルはナイトスポーでもあり、ギャングネットはクリスタルマンであり、クラッグはサーターであり、そのサーターとクリスタルマンをトーマンス人たちは同一人物とみなしていること、などである。）

要するに『アルクトゥールスへの旅』という作品そのものの内容は、主人公＝英雄のマスカルがさまざまな虚をくぐりぬけて実に到達するまでの歴程の〝記録〟なのであり、各エピソードの中でマスカルがこれは現実なのだということを殆ど疑わずに経験してきた出来事や出会った人たちが実はクリスタルマンの作り出した偽りのものであったことに次第に気づく、その過程を描き出しているのである。（個々のエピソードの意味や物語全体としてのそれらのつながり、および各人物の位置づけと〝心理分析〟などについてはここでは触れぬことにし、近いうちに翻訳するつもりでいるコリン・ウィルソンの『不思議な天才デイヴィッド・リンゼイ』に詳しい解説が出ているので、それを参照することをお勧めしておく。）

「実と虚」の二重性という本書のテーマを最もよく表している一節を本文中から引用しておこう。第十四章でマスカルはポールクラッブと問答しながら独りごとのようにこう言う。

「あの森を抜けてからぼくの内部で変化が起り、ものが今までとは違って見えるようになった。ここにあるものはすべて、ほかの所にあるものよりずっとどっしりしていて現実のものらしく見える。……そう見える度合があまりにも強いので、そのものの存在を多少なりとも疑うことさえできないほどだ。ものが現実らしく見えるだけではない、紛れもなく現実なのだ――この点については命を賭けてもいい。……だが、現実であると同時にそれは偽りでもある……」

するとポールクラッブは「夢のようにかね？」と尋ねる。

マスカル「ちがいますよ――夢とは似ても似つかないんです。そうだ、ぼくが説明したいのはまさしくこのことなんです。あなたたちのこの世界は――この点ではぼくの世界も同じだと思うけど――夢とか幻影とかそういった種類のものでしかないのだとはとても思えない。この世界は今のこの瞬間も実際にここにあることをぼくは知っているし、この世界はまさしくあなたとぼくがこうして見ているとおりのものなのだけど、それでいて、やっぱり偽りなんです。ポールクラップ、偽りだというのはこういうことなんですよ。この世界と並んで別の世界が存在し、その別の世界は真実なのだけど、この世界は徹底的に偽りなのだ。……だから、真実と虚偽は同じ事柄を別の言葉で言い表したものなのだという考えが、ふと心にうかんだんですよ」

右の傍点は私が附したものであることは断わるまでもあるまい。

真の世界と偽りの世界が別個に並存しているのだ。作家のタイプは二種類に大別でき、一種は現世のこの〃現実《リアル》〃世界から離れられない作家であり、もう一種は別世界に目を向けることのできる作家である。だが、現世に重点を置けば、作品はいわば泥沼化し、ひるがえって別世界にのみ集中すれば作品は軽量化する。日常的〃現実〃の支えのない彼岸的現実の描写は単なる幻想と化し、近視眼的に眺められた日常的〃現実〃の描写は不透明なものとなる。

ところが、右に引用した言葉をマスカルに吐かせたリンゼイは、現世と彼岸の両方に等分にまたがっていたために、このジレンマに陥らずに済み、両世界の実在性をひしひしと読者に感じさせることに成功したのである。

だが、勿論、虚の世界と実の世界が並存するということのみを『アルクトゥールスへの旅』は言おうとしているのではない。既に述べたとおり、リンゼイ＝マスカルは偽りの世界の虚飾と仮装を見破ってその世界を完全に棄却するのである。作者のリンゼイ自身がメモの中に書いていることを翻訳してみよう。

「世界をただ単に幻影の住処《すみか》とのみ見るだけでなく、徹頭徹尾、幻影で腐りきっているものと見る必要もある。……いかに神聖なものでもそのまま素直に受けとってはならない。と言うのも、注意深く調べてみれば、いかに神聖なものでもそれ以外のものと同じくらい空虚なものなのだということが分るからである。……このいかさまの世界の背後に畏怖すべきものすごいマスペルの真実世界があり、マスペルの世界は、意志も、統一も、個体も知らぬ世界であって、要するに普通では考えられない世界なのだ」

その「考えられない世界」マスペルとはどんな世界なのか。『アルクトゥールスへの旅』の結末でそれがナイトスポー＝マスカル＝リンゼイに分る。

「今や真理がその冷酷で野蛮な現実性を悉く露呈して、否が応でもナイトスポーの心にのしかかってきた。マスペルは、存在する権利のない別の虚偽の世界が隣りに存在しているのを――あくまでも無関心に――そしらぬ顔で見すごすことのできる全能の宇宙ではなかったのだ。……マスペルは自己の生命のために、最も恥ずべきもの、最も恐ろしいものすべてと闘っているのだ――永遠の美の仮装をまとった罪悪、自然の本性に化けた卑劣さ、神のふりをしている悪魔との闘い。……」

クリスタルマン世界という現世を棄却した仏教徒的・ショーペンハウアー的マスカル＝リンゼイは、ニーチェ的な闘争原理を体現しているものとしての現実を見るに至るのである。そしてマスカルはクラッグ＝サーターを手助けしてこの永遠の闘争に加わるべく再び闇の中へ旅立って行く。

マスカルの死または再生が彼の解脱を意味していることは明らかであり、現世の真理が苦であることをペイン＝クラッグ＝サーターの存在が示しているという本書の結末はペシミスティックである。作者リンゼイとしては、現世をいかさまと見た以上、そのいかさまを打ち砕く闘いに加わるか、ウィルソンも述べているとおり、仏教の修道院に入るか自殺する以外に進むべき道はなかったはずだ。解脱は静でしかない。私たちは『アルクトゥールスへの旅』を閉じる時、問題がまだ解決されていないことを痛切に感じる。本書には解決がないのだ。

普通、解決のない作品からはカタルシスは得られない。シェイクスピア劇の世界は、いかに超〝現実〟化しようとも、最後には日常的〝現実〟の秩序に復帰し、ひとつにはそれによって観客に健全なカタルシスを与える。

だが、『アルクトゥールスへの旅』は未解決であるにもかかわらず一種のカタルシスを私たちに与える。普通のカタルシスは、日常生活を平穏に継続させるためのものであって、再び日常生活に私たちが戻るところのカタルシスは消える。だが、『アルクトゥールスへの旅』のカタルシスはいつまでも消えずにのこって私たちの日常生活そのものをさえ変えてしまう不思議なカタルシスであるように私には思われる。

ウィルソンは『アルクトゥールスへの旅』という物語の構想には不明な点はなく、すべて解明できると述べているが、その彼でさえ、たとえば第十章『タイドミン』の終り近くの洞窟の場面でマスカルが第一章のあの降霊術会で具象化したギリシャ人のような青年になっていて、クラッグとおぼしい人物にやはり首をひねられるというエピソードは何を意味しているのか説明してはいない。こういう謎は作中に幾つもあり、その中には全篇に響きわたるあの太鼓の音のように結末で解明されるものもあるが、最後まで謎としてのこるものも少なくない。

だが、そういう謎によって『アルクトゥールスへの旅』は却ってその迫力を増す。大体、この物語全体が、いくら細部の意味が解明されても一つの大きな謎として読後、心にのこるのである。偉大な作品には必ずこの謎めかしさがつきまとっているものなのだ。

本書を訳しながら私は特に人物たちのせりふからアイルランドの劇作家シングの『西の国の人気者』の文体を連想した。シングのこの劇は父親殺しを扱った一種の喜劇なのだが、各人物のさりげない簡潔なせりふの中に深い象徴的な意味が隠されていて、訳すのに苦労したのを憶えている。それと同様の、具体性と象徴性の融合が『アルクトゥールスへの旅』の文章からも感じられたのである。リンゼイのこの作品とシングの『西の国の人気者』とは全く異なるテーマを扱った作品なのだが、それにもかかわらず、私は両作に単なる文体上の類似以上のものをすら感じた。この印象をここで分析している余裕はないが、『西の国の人気者』もまた二十世紀最大の文学作品の一つだと私は思っている。

最後に、本書に出てくる人名や地名などの固有名詞についてひとこと。文学作品に現れる固有名詞が単なる記号＝名前でなく、意味をになわされている名称である場合がよくあるが、本書の固有名詞も殆ど全部が意味を有している。たとえばマスカル（maskull）は mask（仮面）と skull（頭蓋）との合成語なのである。そこで、意味の推定できる固有名詞などを一覧表として附記しておいた。但し、たとえばディススコーン（disscourn）の dis は「反」、scour は「こすり落す」をそれぞれ意味し、さらに scour は scorn（冷笑）を連想させるというふうに二つ以上の意味要素が融合している場合には特に語意全体を推定するのは難しく、作者がどこまで意識的に造語したのかも定かではないので、全く訳者の独断的推定である場合も少なくないことをお断わりしておく。（ウィルソンの説によると、トーマンスの地名にはスコットランドの地名をヒントにして作られたように思われるものが多いとのことである。）

翻訳について

本書『アルクトゥールスへの旅』の存在を知ったのは数年前、コリン・ウィルソンの評論『文学の可能性』によってであり、その後、本書を通読してこれは是非訳さなくてはと思い、二、三の出版社に申し入れをしたが断わられていたところ、このたびサンリオ出版が訳本の刊行を快諾して下さり、やっと念願が叶った次第である。サンリオ出版編集部の佐藤守彦氏を始めとした諸氏に心からお礼を申し述べたい。

翻訳にあたっては私の教え子である中村正明君の協力を得、同君の訳した原稿に私が大幅に手を入れるという形で協同作業を進めた。共訳でなければ鼻についたかもしれない私個人の筆癖がかなり取り除かれ、また、解釈も一人で訳す場合よりも正確になったのではないかと思っている。

本書の翻訳でも私は極力、「彼」と「彼女」という代名詞の使用を避け、僅かに二か所で「彼」を使っただけである。読者はそれにお気づきになられたろうか。

第三章「スタークネス」以下の数章と第二十章「ベアリー」が内容的にも結びついていることに読者もお気づきになったろう。第二十章の次にくる最終章「マスペル」でマスカルはスタークネスで登ったのと同じような塔に登るのである。その塔の屋上にマスペルがある。このことからも、トーマンスと地球との関係がマスペルとトーマンスとの関係とひとしいものだという私の説が裏づけられると思う。

一九八〇年三月

中村　保男

※「訳者あとがき」は一九八〇年刊のサンリオ版から一部修正の上、転載しました。

新版によせて

この新版では訳文に若干の訂正を施した。また、旧版で誤植のために改行の仕方が原書と異なっていた部分を正した。

内容に関して言えば、本書には、生きるよすがとなる名言も随所に含まれている。それに着目して読むのも一つの方法ではないかと思う。

また、人生のさまざまな経験をすることによってはじめて分るようになる個所もある。〝哲学の書〟とされる所以である。

二〇一三年十二月十五日

中村　正明

固有名詞一覧表（※は後記の註を参照すること）

人名

マスカル（仮面をつけた髑髏）
ナイトスポー（夜の胞子）
クラッグ（尖岩）
シェイピング（形成）
クリスタルマン（結晶人）
※サーター（スルト神の変形）
ジョイウインド（歓びの風）
パンオウ（汎畏）
ブルードヴィオル（黙想する弦楽器）
スロフォーク（二叉の抜け殻）
ミュールメイカー（獄壁づくり）
ニュクランプ（核塊）
オウシアックス（海斧）
サテュール（自然のサテュロス）

クリムタイフォン（罪の暴風）
ディグルング（支え掘り）
ハトール（憎悪者）
スパデヴィル（釘悪魔）
モールガー（怒りの大槌）
キャティス（薄氷《キャット・アイス》）
ドリームシンター（夢の〝湯の花〟）
ポールクラッブ（極蟹）
グリーミール（ほの輝く病）
アースリッド（大地裂き）
リーフォールフィー（陰半精）
コーパング（肉痛）
フェイスニー（顔無）
アムフューズ（娯融）
ホーント（憑かれた者）
サレンボウド（暗兆）
ロッド（道しるべ）
ギャングネット（集団網）

地名

トーマンス（責め苦の芝居）
スタークネス（赤裸）
ソルジー（不安）
ブランチスペル（分岐した呪縛）
プーリングドレッド（溜る恐怖）
イフドーン・マーレスト（休息をそこなう仮の夜明け）
アルプペイン（至苦）
ウームフラッシュ（子宮の閃き）
スウェイロウン（揺れる孤独）
リュージョン（良き錯覚）
ディススコーン（こすりとる冷笑を排す）
サント（健康衛生）
マタープレイ（物質の遊戯）
スリール（三現実）
リッチストーム（屍嵐）
ベアリー（赤裸）
ティアゲルド（涙の黄金）

アイアンティック（鉄の時打）
サークラッシュ（辛辣な激突）
アディッジ（年とる格言）
モーンスタップ（朝の刺痛）
マスペル（ムスペルヘイムの変形）

その他（現象名・器官名など）
ブロッドソンブル（血陰）
ブリーヴ（短絡）
ポイグンズ（定点指向洞察）
マグン（磁石）
ソーブ（吸収）
ジェール（青白い翡翠）
ウルファイアー（狼火）
ドルム（苦灰石色）
グノール（ひねりさいなむ）
ドルード（無礼なドルイド）
シュローク（屍衣鷹）

※サーター（Surtur）は北欧神話の神スルト（Surt）にちなんでつけられた名前で、スルトは、ムスペルヘイムの守護神であり、その統治者である。平和・繁栄・豊産の神であるフレイを打ち破り、世界を火で破壊する運命を負うと言われる。本書の中にフレイはクリスタルマンとして登場しているのだろうか。なお、ムスペルヘイムは火の燃えさかる地で、その熱気によって寒冷な死者の暗黒界ニヴルヘイムの水を溶かして霧にすると言われる。クリスタルマンの世界トーマンスが影または霧として見えてくるという本書の結末の部分が思い出される。

訳者略歴

中村保男

1931年、東京生まれ。東京大学文学部卒業。訳書に、J・G・バラード『結晶世界』（創元SF文庫）、アンソニー・バージェス『1985年』（サンリオ）などがある。

中村正明

翻訳家。訳書に、コリン・ウィルソン『文学の可能性』（共訳）、ボウルズ『氷河期の「発見」』、アーグエイエス『マンダラ』、ロックスパイザー『絵画と音楽』他。

＊今日の人権意識に照らして不適切と思われる語句や表現については、
時代的背景と作品の価値をかんがみ、そのままとしました。

アルクトゥールスへの旅

2014年2月1日初版第一刷発行

著者：デイヴィッド・リンゼイ

訳者：中村保男・中村正明

発行者：山田健一

発行所：株式会社文遊社

東京都文京区本郷4-9-1-402　〒113-0033

TEL: 03-3815-7740　FAX: 03-3815-8716

郵便振替：00170-6-173020

書容設計：羽良多平吉 heiQuiti HARATA@EDiX+hQh, Pix-El Dorado

本文基本使用書体：本明朝小がな Pr5N-BOOK

印刷：シナノ印刷

乱丁本、落丁本は、お取り替えいたします。

定価は、カバーに表示してあります。

A Voyage to Arcturus by David Lindsay

Originally published by Methuen, 1920

ISBN 978-4-89257-102-2

憑かれた女

デイヴィッド・リンゼイ
中村 保男 訳

階段を振り返ってみると——それは、消えていた！　奇妙な館に立ち現れる幻の階段を上ると辿り着く別次元の部屋で彼女が見たものは……。イギリス南東部を舞台にした、思弁的幻想小説。

書容設計・羽良多平吉　ISBN 978-4-89257-085-8

歳月

ヴァージニア・ウルフ
大澤 實 訳

十九世紀末から戦争の時代にかけて、とある英国中流家庭の人々の生活を、半世紀という長い歳月にわたって悠然と描いた、晩年の重要作。
解説・野島秀勝　改訂・大石健太郎

書容設計・羽良多平吉　ISBN 978-4-89257-101-5

兵士の報酬

ウィリアム・フォークナー
加島 祥造 訳

第一次大戦後、記憶を喪失し、アメリカに帰還した空軍傷痍兵。故郷の婚約者、戦争未亡人、町の人々の憐憫と確執の果てに——。フォークナーの記念碑的な長篇第一作。改訳新版。

書容設計・羽良多平吉　ISBN 978-4-89257-081-0

ジャンガダ

ジュール・ヴェルヌ
安東 次男 訳

「夜は美しく、大筏《ジャンガダ》は流れのままに進む」――イキトスの大農場主の秘めたる過去、身に覚えのない殺人事件、潔白を示す暗号は解けるのか⁉ 圧巻の長篇小説。挿画84点を収録した完全版。

書容設計・羽良多平吉 ISBN 978-4-89257-087-2

永遠のアダム

ジュール・ヴェルヌ
江口 清 訳

SFの始祖、ヴェルヌの傑作初期短篇「老時計師ザカリウス」「空中の悲劇」「マルティン・パス」、殁後発表された「永劫回帰」に向かう表題作を収録。レオン・ベネット他による挿画多数収録。

書容設計・羽良多平吉 ISBN 978-4-89257-084-1

黒いダイヤモンド

ジュール・ヴェルヌ
新庄 嘉章 訳

石炭の町《コール・シティ》を襲う怪事件、地下都市の繁栄を脅かす敵の正体とは――。炭鉱を舞台に展開する、手に汗握る地下都市の物語。ジュール・デカルト・フェラによる挿画完全収録。エッセイ・小野耕世

書容設計・羽良多平吉 ISBN 978-4-89257-089-6

愛の渇き

アンナ・カヴァン
大谷 真理子 訳

物心ついたときから自分だけを愛してきた冷たく美しい女性、リジャイナ《女王》と、その孤独な娘、夫、恋人たちは波乱の果てに――アンナ・カヴァン、渾身の長篇小説。全面改訳による新版。

書容設計・羽良多平吉 ISBN 978-4-89257-088-9

ジュリアとバズーカ

アンナ・カヴァン
千葉 薫 訳

「大地をおおい、人間が作り出したあらゆる混乱も醜悪もその穏やかで、厳粛な純白の下に隠してしまったときの雪は何と美しいのだろう――。」カヴァン珠玉の短篇集。解説・青山南

書容設計・羽良多平吉 ISBN 978-4-89257-083-4

ヘレナ

イヴリン・ウォー
岡本 浜江 訳

英国出身のローマ皇帝生母による十字架発見は、史実か虚構か――? 真の十字架という聖遺物をめぐってキリスト教の核心に迫る、ウォー渾身の長篇小説。解説・中野記偉

書容設計・羽良多平吉 ISBN 978-4-89257-086-5

店員

バーナード・マラマッド
加島 祥造 訳

ニューヨークの貧しい食料品店を営むユダヤ人店主とその家族、そこに流れついた孤児のイタリア系青年との交流を描いたマラマッドの傑作長篇に、訳者による改訂、改題を経た新版。

書容設計・羽良多平吉

ISBN 978-4-89257-077-3

烈しく攻むる者はこれを奪う

フラナリー・オコナー
佐伯 彰一 訳

アメリカ南部の深い森の中、狂信的な大伯父に連れ去られ、預言者として育てられた少年の物語。人間の不完全さや暴力性を容赦なく描きながら、救済や神の恩寵の存在を現代に告げる傑作長篇。

書容設計・羽良多平吉

ISBN 978-4-89257-075-9

プニン

ウラジーミル・ナボコフ
大橋 吉之輔 訳

亡命ロシア人プニン教授のアメリカでの生活を、ユーモラスかつアイロニカルに描いた長篇小説。

「読むたびに内容が変わるこの本を、読み終えることはできるのだろうか――」（帯文 円城 塔）

書容設計・羽良多平吉

ISBN 978-4-89257-074-2

物の時代
小さなバイク

ジョルジュ・ペレック
弓削 三男 訳

パリ、60年代――物への欲望に取り憑かれた若いカップルの幸福への憧憬と失望を描き、ルノドー賞を受賞した長篇第一作『物の時代』、徴兵拒否をファルスとして描いた第二作を併録。

書容設計・羽良多平吉　ISBN 978-4-89257-082-7

ビッグ・サーとヒエロニムス・ボスのオレンジ

ヘンリー・ミラー
田中 西二郎 訳

風光明媚な土地、ビッグ・サーをミラーはアメリカの消費社会から隔絶したユートピアとして発見した。ビート・ジェネレーションを魅惑した西海岸の楽園に住まう人々と、思索の日々が甦る。

書容設計・羽良多平吉　ISBN 978-4-89257-072-8

ブコウスキー・ノート

チャールズ・ブコウスキー
山西 治男 訳

「好きなことを何でも書ける完璧な自由があった」というロサンゼルスのアングラ新聞『オープン・シティー』に、66年から連載されたコラムから四十篇を収録。ブコウスキーの原点。

装幀・佐々木暁　ISBN 978-4-89257-019-3

冬の猿

アントワーヌ・ブロンダン
野川政美 訳

「さあ、また長い冬がやってくる……」中国での戦争体験を追想する男と、闘牛士の情熱に憑かれた男の、世代を越えた友情を描いた、哀感漂う長篇小説。59年度アンテラリエ賞受賞、仏映画『冬の猿』原作。

ISBN 978-4-89257-032-2

リアリティのダンス

アレハンドロ・ホドロフスキー
青木健史 訳

カルトの鬼才、『エル・トポ』監督による自伝。いじめ、虐待を受けた少年期、詩へのめざめ、瑞々しくも激しい恋と友情、数々の芸術実験、オカルト的精神修行、そしてサイコテラピーの道へ。

装幀・佐々木暁

ISBN 978-4-89257-076-6

インタヴュー ジョン・フォード

ピーター・ボグダノヴィッチ
高橋千尋 訳

「インタヴュー嫌い」で知られたジョン・フォードに、若き日のピーター・ボグダノヴィッチが取材し、構成した名著。関係者へのインタヴュー、網羅的なフィルモグラフィを収録。

装幀・加藤賢策

ISBN 978-4-89257-070-4

サイクリング・ユートピア

フランク・パターソン画集

古き良き時代のイギリスの田園とサイクリングをこよなく愛し、自ら自転車に乗ってその様々な情景を飽くことなく描き続けたパターソン。天性の技量で、精緻に描写されたペン画傑作集。

装幀・佐々木暁

ISBN 978-4-89257-078-0

マン・レイ自伝 セルフ・ポートレイト

マン・レイ
千葉 成夫 訳

「わたしは事実、もうひとりのレオナルド・ダ・ヴィンチであったのだ……」シュルレアリスムとダダ、ピカソ、ブルトン、デュシャン、モンパルナスのキキらとの交遊、戦争が、マン・レイ自身の言葉で綴られる。

ISBN 978-4-89257-055-1

ポッピズム ウォーホルの60年代

アンディ・ウォーホル
パット・ハケット
高島 平吾 訳

ウォーホルが現代美術の枠を超え、メディアの寵児となった60年代を克明に綴った自伝。抽象表現主義から、ポップアートに至るアメリカ現代美術を振り返り、ファクトリーでの狂躁の日々を赤裸々に描く。

ISBN 978-4-89257-064-3